Mariposa en la sombra

Gilly Macmillan

Mariposa en la sombra

Traducido del inglés por
M.ª del Puerto Barruetabeña Diez

ALIANZA EDITORIAL

Título original: *The Perfect Girl*

Primera edición: 2017
Segunda edición: 2018

Diseño de cubierta: Elsa Suárez Girard / www.elsasuarez.com

Calle Juan Ignacio Luca de Tena, 15
28027 Madrid
www.alianzaeditorial.es
ISBN: 978-84-9181-181-7
Depósito legal: M. 12.288-2018
Printed in Spain

Dedicado a mi familia

Damos vueltas en corro y hacemos conjeturas,
pero el secreto se halla en medio y sabe.

El secreto se halla, Robert Frost, 1942

Hoy ha muerto mamá. O quizá fue ayer.

El extranjero, Albert Camus, 1942

Domingo y lunes

Música para una velada de verano

Domingo, 24 de agosto de 2014

7 de la tarde

Holy Trinity Church, Westbury-on-Trym, Bristol

Zoe Maisey y Lucas Kennedy

tocarán obras de

Brahms, Debussy, Chopin,
Liszt y Scarlatti

«Nadie debería perderse a estos dos precoces adolescentes llenos de talento que debutan en Bristol. Promete ser una velada de lo más especial».

Bristol Evening Post

En beneficio de la Sociedad de Ayuda Familiar

Precio de la entrada: 6 £ adultos, 3 £ niños; 15 £ abono familiar

Para hacer sus reservas o para cualquier consulta sobre futuras actuaciones, pueden contactar con Maria escribiendo a: maria.maiseykennedy@gmail.com

Domingo por la noche

El concierto

Zoe

Antes de que empiece el concierto, me detengo un momento nada más cruzar el umbral de la iglesia y miro la nave central. Aunque en el exterior todavía hay luz, en las bóvedas del techo ya habitan las sombras y detrás de mí oigo cómo se cierran las impresionantes puertas de madera.

Dentro, las últimas personas acaban de ocupar sus asientos entre el público. Está casi todo lleno. El sonido de sus voces produce un murmullo de tono neutro.

Me estremezco. Por la tarde, cuando estaba sudando por el calor pegajoso y cansada tras el ensayo, no me di cuenta de que en la iglesia la temperatura sería fresca, incluso aunque el aire de afuera pareciera salido de un horno, y elegí para ponerme esta noche un vestido corto, negro y con unos tirantes finísimos, así que ahora tengo frío. Se me ha puesto la piel de gallina en los brazos.

El calor se ha quedado al otro lado de las puertas de la iglesia al cerrarlas para que el ruido de fuera no nos moleste; no es que este barrio de Bristol sea conocido por lo escandalosos que son sus habitantes, pero al fin y al cabo la gente ha pagado por sus entradas para oír la música.

Y no es solo por eso. El concierto es mi primera actuación desde que salí del Centro y también la primera dentro de mi segunda oportunidad de tener una vida.

Como mi madre ha dicho unas cien veces hoy: «Este concierto tiene que salir lo más perfecto posible».

Miro a Lucas, que está de pie a mi lado. Solo nos separan un par de milímetros de aire.

Él lleva unos pantalones negros, que mi madre ha planchado cuidadosamente con raya esta misma tarde, y una camisa también negra. Está guapo. Ha conseguido domar su pelo marrón oscuro lo justo, aunque no del todo. Creo que si se molestara un poco más, podría hacer que todas esas chicas ingenuas que leen novelas de vampiros se murieran por él.

Yo también estoy bastante bien, o al menos lo estaré cuando se me quite la piel de gallina. Soy de constitución menuda, tengo la piel pálida e impecable y el pelo largo y muy rubio, aunque bastante fino, tanto que parece el hilo de una telaraña brillando a la luz del sol. El contraste del pelo con el vestido negro es impresionante. Además, a veces, con la luz precisa, parece casi blanco, y eso me da un aire de inocencia.

«Frágil y delicada como una cervatilla», así me describió la fiscal de mi juicio, y en principio no me pareció tan mal, pero añadió algo que todavía me duele al recordarlo: «Pero no se dejen engañar por su apariencia».

Flexiono los dedos y los entrelazo para asegurarme de que los guantes que llevo me quedan bien ceñidos y cómodos, como a mí me gustan, y después dejo caer los brazos a los lados y los sacudo para que las manos se muevan. Quiero tener los dedos calientes y flexibles. Los quiero latiendo por la circulación de la sangre.

A mi lado Lucas sacude las manos también, pero él lo hace despacio, primero una y después la otra. Los pianistas se dedican a detectar ese movimiento de las manos en otros pianistas, como hace el resto de la gente con los bostezos.

En el otro extremo de la nave, delante del altar, se ve el impresionante piano sobre una plataforma baja, con sus intestinos de macillos y cuerdas expuestos y reflejados en la parte interior de la brillante tapa negra inclinada. Nos está esperando. Lucas lo mira fijamente, muy centrado, como si fuera la pared vertical de un glaciar que está a punto de intentar escalar con las manos desnudas.

Ambos tenemos maneras diferentes de enfrentarnos a los nervios. Él se queda muy quieto, empieza a respirar por la nariz despacio y no contesta cuando le hablan.

Por el contrario, yo no paro, y mi mente repasa a toda velocidad las cosas que tengo que hacer y el orden que he de seguir antes de empezar la actuación. La concentración absoluta no llega hasta que toco la primera nota; entonces la música, pura y blanca como un sudario, me envuelve y todo lo demás desaparece.

Hasta ese momento tengo los nervios de punta, como Lucas.

Hay una señora al lado del piano que acaba de presentar el concierto. Nos hace un gesto y va saliendo del escenario haciendo una reverencia tras otra, casi arrastrándose.

Ha llegado nuestro momento de subir.

Me quito los guantes rápido y los dejo en una mesa donde hay café y panfletos para la catequesis, y Lucas y yo caminamos juntos por el pasillo, como si estuviéramos en el ensayo de una boda. Cuando empezamos a andar, las cabezas del público se van volviendo poco a poco para mirarnos, una fila detrás de otra.

Pasamos junto a mi tía Tessa, que se está ocupando de una cámara de vídeo que hemos preparado para grabar la actuación. La idea es ver la grabación después para buscar imperfecciones e identificar cosas en las que se puede introducir alguna mejora.

Tessa mira la cámara con los ojos entornados, nerviosa, como si de repente pudiera girarse y darle un lametón en la cara, pero aparta la mirada un momento para vernos pasar y levanta el pulgar. Adoro a Tessa; es una versión mucho más calmada de mi madre. No tiene hijos y dice que eso hace que yo sea aún más especial para ella.

Las otras caras que llenan la iglesia sonríen cuando Lucas y yo caminamos entre ellas, pero, según nos vamos acercando, lo que se ve son arrugas de concentración y expresiones de ánimo. Ahora tengo diecisiete años, pero conozco esas caras desde que era pequeña.

Mamá describe a ese tipo de personas como nuestros «seguidores». Dice que, si tocamos bien, vendrán a vernos una y otra vez y además se lo dirán a sus amigos. Pero esos seguidores no son santo de mi devoción; no me gusta cuando se acercan después del concierto y dicen cosas como: «Tienes un verdadero don», como si tocar el piano no fuera algo que hay que trabajar todos los días para alcanzar la perfección.

Casi se ve la palabra «genio» parpadeando en sus mentes, como un cartel de neón con su luz sugerente. Cuidado con eso, les diría si me preguntaran. Tengan cuidado con lo que desean, porque tiene un precio.

En la primera fila de la iglesia, las últimas caras en las que me fijo son la de mi madre y la del padre de Lucas. O, dicho de otra manera, mi padrastro y su madrastra, porque Lucas y yo somos hermanastros. Como siempre, son las caras demasiado felices de unos padres que están ocultando un nivel de ambición paternal que podría acabar asfixiando a cualquiera.

Lucas va delante, y cuando yo llego a la plataforma en la que está el piano, él ya se está sentando.

Vamos a empezar tocando una pieza a cuatro manos. Es una de las favoritas de la gente y cosa de nuestros padres. Ellos creen que tocar juntos para abrir el concierto nos ayuda a calmar los nervios.

Tanto Lucas como yo preferiríamos tocar solos, pero les seguimos la corriente, en parte porque no tenemos elección y también porque los dos somos intérpretes natos, y los intérpretes quieren tocar, necesitan tocar y adoran tocar.

Un intérprete se prepara todo el tiempo para interpretar.

Así que lo hacemos, y lo hacemos lo mejor que podemos.

Cuando me siento al piano, mantengo la espalda muy recta, y aunque noto que las entrañas se me retuercen y se hacen una maraña, como una bola de gomas elásticas, le sonrío al público. Pero no sonrío demasiado; es importante que parezca también humilde, que consiga clavar exactamente la cara de actuación.

Lucas y yo invertimos unos minutos en colocarnos y ajustar las banquetas del piano. Ya sabemos que están exactamente como deben, porque hemos probado el piano antes de que llegara todo el mundo, pero aun así las desplazamos un poco, revisamos el espacio entre las dos y reacomodamos la altura un milímetro nada más. Es parte de la actuación. Es por los nervios. O por el espectáculo. O por ambos.

Cuando los dos estamos sentados a nuestro gusto, pongo las manos sobre las teclas. Tengo que esforzarme para controlar la respiración porque siento el corazón acelerado, pero mi cerebro está centrado en la música que tengo por delante y el resto de mi ser solo espera oír esas primeras notas, que son como el disparo que da la salida de una carrera.

El público está en silencio. Solo se oye una tos que resuena en las bóvedas y entre las columnas. Lucas espera a que ese ruido se desvanezca y reine un silencio absoluto; entonces se limpia las palmas en las perneras de los pantalones y después pone las manos sobre las teclas.

Ahora no existe nada más que esa hilera blanca y negra que hay bajo nuestras manos. Yo observo sus manos atentamente, como un animal que vigila su presa, a punto de abalanzarse. No puedo perderme su señal. Hay un par de segundos de silencio perfecto antes de que él arquee las palmas y sus manos reboten levemente una, dos, tres veces.

Y nos ponemos a tocar en perfecta sincronía.

Cuando lo hacemos, la gente se queda deslumbrada, todo el mundo lo dice. La energía que producen dos pianistas, cuando es la correcta, puede ser electrizante: controlar ese poder, el tono y la dinámica es como estar en la cuerda floja, porque todo tiene que guardar un equilibrio exacto. No ha salido tan bien esta tarde, cuando ensayamos pasando calor, y acabamos cansados y enfadados el uno con el otro, pero esta noche... es brillante. Es algo perfecto, hermoso, los dos nos metemos de lleno en la música, y eso es algo que no pasa siempre. La verdad es que la mayoría de las veces no pasa.

De hecho, estoy tan concentrada que al principio ni siquiera oigo los gritos, y no oír los gritos supone que no me doy cuenta de que lo que se acaba de desencadenar es el fin.

Pero ojalá me hubiera dado cuenta.

¿Y por qué deseo eso?

Porque seis horas más tarde mi madre estará muerta.

Lunes por la mañana

Sam

A las ocho de la mañana Tessa sigue durmiendo, pero yo llevo despierto desde el amanecer.

Soy abogado penalista y tengo mucho trabajo. Normalmente trabajo hasta tarde y suelo dormir profundamente hasta que suena el despertador, pero hoy tengo una cita en el hospital, una cita que lleva más de una semana en mi agenda; desde entonces no ha dejado de rondarme por la cabeza y esta mañana ocupa toda mi mente desde el mismo momento en que abrí los ojos.

Las cortinas de la ventana del dormitorio están cerradas, dejando el cuarto a oscuras, pero cuando se agitan un poco por la brisa del río, la luz se filtra por los laterales proyectando curvas perezosas e impredecibles. Si las abriera, vería afuera el extenso muelle flotante y la colorida mezcla de modernos apartamentos, viejos almacenes y cobertizos para botes que hay en la orilla opuesta.

Pero no las abro.

Me quedo en la cama y noto que la brisa es tan suave que apenas altera la quietud de la habitación. Dijeron que iba a haber una tormenta anoche, pero no fue así; solo tuvimos un breve y violento chaparrón de lluvia, seguido de una fina llovizna que nos dio un respiro del calor temporalmente. Pero ha sido demasiado breve, porque ya ha vuelto y está empezando a volverse pegajoso otra vez.

Tessa llegó bajo la lluvia, en medio de la noche.

Se disculpó por molestarme, como si no acabara de alegrarme la noche. Me dijo que me había llamado, pero que no había podido localizarme. Yo no oí el móvil porque me había quedado dormido en el sofá, delante de la televisión, con los restos de un *chow mein* especial en el regazo y la carta del hospital sobre el pecho.

Al abrirle la puerta, me fijé en que bajo sus ojos, en su piel mojada, se veían dos medialunas oscuras producto del agotamiento. Y cuando la abracé se quedó inmóvil, como si todos los músculos de su cuerpo estuvieran demasiado tensos.

Me dijo que no quería hablar, así que no quise presionarla. Lo nuestro es una aventura tranquila, respetuosa; ni pedimos, ni tampoco esperamos, que ninguno de los dos se desahogue emocionalmente con el otro. Lo que pretendemos más bien es proporcionarnos a ambos un refugio: un lugar sólido y seguro en el que habitar, donde estamos, casi con total seguridad, lo que dos adultos menos reservados llamarían «enamorados» (aunque nosotros nunca diríamos algo así).

Yo soy un hombre tímido. Me mudé de Devon a Bristol hace dos años, porque eso es lo que hay que hacer si quieres evitar pasarte toda tu vida y tu carrera rodeado de un reducido círculo de gente, siempre el mismo, en el sitio donde te has criado. En Bristol había oportunidades interesantes y acababa de ocuparme del caso de Zoe Guerin, así que me pareció que era un buen momento para el cambio.

Pero no me ha ido como esperaba. Tengo casos más variados y la cantidad de trabajo es mayor, cierto, pero me ha costado mucho hacer nuevas amistades porque trabajo muchas horas y no se conoce a muchas potenciales parejas en las visitas a las cárceles o en las vistas en el juzgado. Así que cuando Tess y yo nos encontramos en la calle un día, me pareció algo caído del cielo: era una cara conocida y compartíamos cierta historia, por difícil que fuera. Así que fuimos estableciendo rápidamente una rutina en la que pasábamos momentos juntos, solo para tomar café o alguna copa al principio, aunque después surgió algo más. Pero Tessa está casada, así que hasta ahí hemos podido llegar. No podemos dar más pasos si ella no deja a su marido.

Anoche, cuando llegó, se dejó caer en mi sofá como si su cuerpo acabara de desinflarse. Fui a por una cerveza fría para ella y de camino a la cocina guardé discretamente la carta del hospital en un cajón para que no la viera. No quería que eso estropeara las cosas entre nosotros, al menos no hasta que estuviera seguro. No hasta después de la cita de hoy. No es difícil ocultar la falta de sensación en la mano izquierda que tengo. Nadie en el trabajo lo ha notado de momento.

Ella se bebió la cerveza despacio y vimos una película de Hitchcock a oscuras; las imágenes en blanco y negro de la pantalla parpadeaban de tal manera en las paredes que parecía que la habitación estuviera animada. A mi lado Tessa estuvo viendo la película muy quieta y sin decir nada; solo un par de veces se movió para pasarse la botella fría por la frente. Yo le lanzaba miradas de reojo cuando podía, preguntándome qué le pasaría.

Tessa no tiene el pelo rubio platino, la piel clara ni las facciones finas de su hermana y su sobrina (tampoco su altivez), pero sí que tiene sus penetrantes ojos azules. El grueso y sedoso pelo rubio rojizo recogido, las facciones abiertas de su cara con forma de corazón y las pecas de su piel le dan una apariencia accesible y amable. Sus ojos brillan a menudo, divertidos. Y además tiene la figura atlética y una actitud práctica y eficiente. Para mí es preciosa.

La miro ahora, en la cálida oscuridad del dormitorio: está tumbada con las manos sobre la almohada, junto a la cara, con los dedos flexionados muy cerca de sus labios. Solo la resplandeciente alianza de su dedo anular me estropea la imagen.

Tras pasar un rato mirándola, salgo de la cama porque tengo ganas de desayunar. Estoy rebuscando en una pila de ropa sucia que hay en el suelo para encontrar algo que ponerme cuando vibra mi teléfono.

Lo cojo apresuradamente porque no quiero que la despierte.

El nombre que sale en la pantalla es el de Jeanette, mi secretaria. Ella siempre llega temprano a trabajar, sobre todo los lunes.

Se produce una lucha en el interior de mi mente para decidir si respondo o no, pero lo cierto es que soy un tío muy responsable, así que realmente la batalla estaba perdida en cuanto oí el móvil. Descuelgo el teléfono.

–Sam, perdona, pero hay aquí una persona que quiere verte.

–¿Quién es? –pregunto.

Repaso mentalmente la lista de mis clientes más importantes, intentando adivinar cuál de ellos es el que se ha apartado del buen camino y se ha vuelto a meter hasta las rodillas en el barro.

–Es una chiquilla –dice Jeanette en un susurro.

–¿Cómo se llama? –pregunto.

Estoy pensando que no puede ser, no, ¿verdad? Pero solo he tenido una cliente adolescente.

–Dice que se llama Zoe Maisey, pero que tú la conoces como Zoe Guerin.

Salgo del dormitorio y entro en el baño de al lado, cierro la puerta y me siento en la bañera. Aquí la luz de la mañana entra a través del cristal esmerilado, llenando la habitación de un resplandor amarillo e inundando de claridad mis pupilas dilatadas por la oscuridad.

–¿Es broma?

–Me temo que no. Sam, dice que su madre apareció muerta anoche.

–Oh, Dios santo...

Esas tres palabras se quedan muy cortas para expresar mi total incredulidad, porque Zoe es la sobrina de Tessa, y su madre, Maria, es su hermana.

–¿Sam?

–¿Se puede poner al teléfono?

–Insiste en que quiere verte.

Calculo si es posible; mi cita en el hospital no es hasta última hora de la mañana, así que probablemente tendré tiempo antes para ocuparme de este tema, al menos parcialmente.

–Dile que voy para allá.

Estoy a punto de colgar el teléfono cuando Jeanette añade:

–Está con su tío.

Las entrañas me dan otro vuelco porque el tío de Zoe es el marido de Tessa.

Domingo por la noche

El concierto

Tessa

Cuando no tienes hijos, la gente tiene la tendencia a darte cosas para que te ocupes de ellas. Creo que asumen que no tienes en qué volcar los instintos maternales y de protección que seguramente sientes.

La noche del concierto de Zoe, el sustituto de un hijo que me dan para que me encargue de él es la cámara. Me dicen que tengo que estar pendiente de ella durante toda la representación para grabarla en su totalidad. «Es una tarea importante», me asegura mi hermana con un tono muy pedante, como si yo fuera tonta.

¿Hablamos ya de las razones por las que no tengo hijos y así nos quitamos eso de en medio? Sí, tratemos ese tema. A pesar del hecho de que soy una profesional con éxito y que eso me llena y me hace feliz, ese detalle es el que le provoca más curiosidad a todo el mundo.

Pues ahí va: existe una cosa que se llama «infertilidad idiopática». Es algo oficial, a pesar de lo raro que suena, y eso es lo que tengo. Mi marido Richard y yo lo descubrimos cuando teníamos ya más de treinta años, porque decidimos dejar lo de tener hijos para después de viajar y estabilizarnos en nuestras carreras profesionales. Cuando nos enteramos, probamos la fecundación *in vitro*; hicimos tres ciclos antes de rendirnos. La gestación subrogada no me convencía; no soy lo bastante valiente. La adopción: lo mismo por idéntica razón. De todas formas, ahora ya no nos considerarían aptos, teniendo en cuenta el problema de Richard con la bebida.

Y si lo que creen es que soy alguien sin instinto maternal o protector, me echaría a reír a carcajadas, porque da la casualidad de que soy veterinaria.

Mi consulta está en el centro de la ciudad, en un punto en el que confluyen varios barrios muy diferentes de Bristol. En un día normal veo entre veinte y veinticinco animales, a los que palpo, pincho, acaricio, calmo y a veces hasta tengo que atar para poder ocuparme de sus problemas de salud física o psicológica. Y después tranquilizo, aconsejo y a veces incluso acaricio también a sus dueños, si las noticias que tengo que darles no son buenas.

En pocas palabras, durante la semana me dedico a cuidar y proteger la mayor parte del tiempo.

Pero hay cierta ironía en todo esto, algo que nunca se me escapa cuando estoy con mi hermana pequeña y sobre todo cuando me lía para ayudar de alguna forma a su familia, como esta noche.

Cuando éramos pequeñas, Maria era la niña traviesa mientras que yo era la perfecta en todo. Ella de niña tenía mucho potencial, sobre todo potencial musical, lo que emocionó mucho a mis padres, pero Maria nunca estuvo a la altura de sus expectativas.

Desde muy pequeña siempre fue dinámica y divertida, pero cuando cumplió los catorce se volvió loca. Mientras yo me encerraba en mi habitación por las noches para estudiar sin descanso, con mis sueños puestos en la Facultad de Veterinaria, su mesa, que estaba al otro lado de la habitación, estaba cubierta de productos de maquillaje que había dejado tirados tras arreglarse para salir de fiesta. Dejó de estudiar, dejó de tocar música clásica y se dedicó a pasárselo bien.

Le parecía que el resto de las cosas no tenían ningún sentido, decía, a pesar de que a mi padre se le salían los ojos de las órbitas cuando la oía hablar así.

A mí, sin novios, más feúcha y con menos habilidades sociales que mi guapa hermana pequeña, me encantaba vivir indirectamente a través de ella, y creo que a ella también le gustaba. Cuando volvía a casa a altas horas de la madrugada me contaba sus secretos en voz baja: los besos que le habían dado, lo que había bebido y las pastillas que había tomado, los celos y los triunfos... aventuras, en definitiva.

Pero después, para gran sorpresa nuestra, con diecinueve años conoció a Philip Guerin en un festival de música. Él tenía veintisiete y ya había heredado la granja de la familia. Ella se fue a vivir allí con él y al poco tiempo se casaron. De repente. «Viviendo un sueño», solía decir mi madre sarcásticamente mientras se retorcía las manos.

Zoe llegó poco después. Maria la tuvo con solo veintidós años y creo que fue después de eso cuando la realidad de la vida en la granja con una niña pequeña le fue quitando poco a poco la pátina brillante que la había cubierto siempre. Pero no se rindió y lo dejó todo, lo que la honra. Empezó a volcar todas sus energías en Zoe, y en el momento en que la extraordinaria musicalidad de la niña quedó patente, cuando con solo tres años empezó a tocar canciones de oído en el piano de la granja, Maria hizo que cultivar el talento de su hija se convirtiera en su misión en la vida.

Eso fue antes del accidente, claro; después las cosas empezaron a irles muy mal. Pero adonde quiero llegar es a que, durante todo ese tiempo, y tras haberlo hecho todo bien en mi vida, tras estudiar mucho y seguir las normas, sí, estoy casada, pero he acabado sin poder tener hijos. Yo ya me he hecho a la idea, pero Richard no lo lleva tan bien, sobre todo tras una dramática decepción profesional, que además coincidió con mi negativa a intentar un cuarto ciclo de fecundación *in vitro*.

Así es como hemos llegado a esta noche, en la que estoy ayudando a mi hermana y a Zoe, que es algo que me encanta hacer cuando Maria me deja. Estoy deseando que empiece la actuación, porque Zoe ha recuperado el nivel que tenía antes de ir al Centro y estoy segura de que va a deslumbrar a todo el mundo. Y yo espero hacer bien la tarea que me han encomendado y grabarlo todo.

Solo he conseguido que Lucas, el hijo del nuevo marido de mi hermana, me dedicara treinta segundos para contarme cómo funciona la cámara. Lucas es un loco de las cámaras y las películas, así que diría que estaba en buenas manos, pero no sé si esas breves instrucciones serán suficientes, porque yo soy de naturaleza más bien tecnófoba, y cuando me estaba dando las explicaciones sentía que las palabras flotaban dando vueltas alrededor de mi cabeza como un banco de peces en pleno pánico.

Me gustaría que Richard estuviera aquí conmigo, ayudándome, pero me ha dejado tirada otra vez.

Justo hace una hora, cuando ya teníamos que empezar a prepararnos para el concierto, fui a buscarlo. Estaba en el cobertizo que hay al fondo del jardín, supuestamente trabajando en la maqueta de un avión, pero cuando llegué me lo encontré exprimiendo el plástico del interior de un tetrabrik de vino para sacarle las últimas gotas. Había arrancado el cartón y estaba masajeando y retorciendo esa bolsa plateada sobre una taza de té, como si fuera una ubre reticente.

Mientras le miraba desde el umbral, unas cuantas pálidas gotas de líquido cayeron de la bolsa a la taza. Richard se las bebió inmediatamente. Entonces me vio. No se disculpó ni se esforzó por ocultar lo que estaba haciendo.

–¡Tess! –saludó–. ¿Tenemos otra caja de vino?

Desde la puerta noté que su aliento apestaba y que arrastraba las palabras; aunque estaba intentando comportarse como un bebedor civilizado, alguien que solo está disfrutando de una copita de vino blanco el domingo por la tarde, en su cara había vergüenza y sus manos temblaban de forma exagerada. La maqueta de madera seguía allí, en su caja, esperando a que alguien la montara, con todas esas piezas cortadas con precisión todavía colocadas en perfecto orden bajo el manual de instrucciones sin abrir.

–En el garaje –contesté.

Y salí de allí para irme al concierto sola.

Así es como he acabado aquí, con una cámara que no estoy segura de que esté funcionando correctamente, la cabeza a punto de reventar y el corazón lleno de decepción, diciéndome que no debo, por nada del mundo, ceder a la tentación e ir a ver a Sam tras el concierto de esta noche, porque eso estaría mal.

Domingo por la noche

El concierto

Zoe

Lucas oye los gritos antes que yo.

Él deja de tocar primero, pero yo no me doy cuenta inmediatamente, porque estamos en medio de un pasaje complicado de la partitura que siempre me arrastra de una forma imparable, como si fuera una locomotora a toda velocidad.

Cuando me doy cuenta de que sus manos han parado y de que estoy tocando sola, al principio continúo y me quedo mirándolo y preguntándome si habrá olvidado su parte; estamos tocando de memoria y a veces ocurre, se te queda la mente en blanco de repente.

Por eso espero que retome la melodía en cualquier momento, *deseo* con todas mis fuerzas que la recuerde, porque este concierto tiene que ser perfecto. Sigo tocando hasta que soy consciente de que ha parado intencionadamente porque hay un hombre plantado en el centro del pasillo.

Entonces yo dejo de tocar también y, mientras la vibración de las últimas notas que he tocado se va desvaneciendo, miro al hombre y me parece que le reconozco.

Su cara está desdibujada y tiene una expresión extraña: no se ve en ella apreciación por nuestra interpretación, sino que está muy roja de rabia. Los tendones de su cuello están muy tensos, tanto que parecen casi huesos.

–¡Esto no puede ser verdad! –grita–. ¡Es una burla! ¡Una falta de respeto!

Sus palabras resuenan en ese amplio espacio y un par de personas se levantan.

Me está mirando a mí y me doy cuenta de que realmente le conozco.

Le conozco porque maté a su hija.

La banqueta del piano se vuelca cuando me levanto, pero apenas hace ruido porque está sobre una alfombra cuadrada carmesí que amortigua el sonido de su caída y solo se oye un ruido sordo.

Mi madre se levanta de su asiento. Ella también conoce a ese hombre.

–Señor Barlow –dice–. Señor Barlow... Tom, por favor. –Y empieza a caminar hacia él.

Yo no me quedo allí. Tengo mucho miedo de lo que pueda hacerme.

Salgo corriendo del escenario. Me doy un fuerte golpe en la cadera con el borde del piano en mi huida lejos de él. Me dirijo hacia el fondo de la iglesia, donde hay una puerta tras el altar que me ocultará a su vista. La cruzo y bajo unos escalones de piedra resbaladizos hasta una diminuta habitación, en la que solo hay una pila cubierta de trapos manchados, y me agazapo en un rincón, temblando, cubierta por el sudor frío del remordimiento, abrumada por la imposibilidad de mi vida, de las segundas oportunidades o de los inicios desde cero, y me quedo ahí hasta que mi madre me encuentra.

Me dice cosas que no significan nada para intentar hacerme sentir mejor. Habla en voz baja mientras me acaricia el pelo y me lo coloca tras la espalda.

–Tranquila, tranquila –repite, pero no sé si es porque quiere consolarme o porque pretende que pare de sollozar para que no me oiga nadie más.

Quince minutos después (el tiempo necesario para asegurarnos de que se han librado de Thomas Barlow y de su furia llena de dolor) mi madre me saca por la puerta de atrás hasta el cementerio y después me mete en el coche.

Ahora no puedo seguir tocando, es algo que no me puedo ni plantear. No paro de temblar y las notas están todas mezcladas en mi cabeza.

Fuera solo soy consciente de que la noche es muy oscura y cálida, y ese calor me reconforta tras el aire frío del interior de la iglesia. Noto el fuerte olor de las rosas blancas que cuelgan sobre la puerta de la iglesia y el aleteo de los murciélagos que revolotean en un rincón de la alta torre. Caminamos por la hierba reseca y nos rodean unas lápidas cuyos cimientos cadavéricos han cedido y por eso se inclinan las unas hacia las otras en busca de apoyo. Distingo una cruz celta, los contornos de montículos de piedras cubiertos de líquenes, inscripciones por todas partes, palabras de recuerdo. Por encima de nosotras, las hojas oscuras y puntiagudas de un tejo apenas dejan pasar la poca luz que queda.

Desde el interior de la iglesia llega el sonido del principio de la pieza de Debussy que está tocando Lucas. El espectáculo debe continuar. El sonido al principio es un baño cálido de notas y después un río que fluye. Es algo hermoso en lo que me envuelvo para protegerme de lo que acaba de pasar.

Y evita que vea que al borde del camino hay una placa que han colocado recientemente. En ella dice: «Amelia Barlow. 15 años. Tu familia te quiere. Tus amigos te extrañan. El sol brillaba más cuando estabas en este mundo». Hay flores bien cuidadas plantadas alrededor.

No sabíamos que su familia había hecho poner una placa en su honor allí. Nunca habríamos alquilado esa iglesia para el concierto si lo hubiéramos sabido, nunca. Los continentes habrían tenido que cambiar de lugar y de forma antes de que se nos hubiera ocurrido hacerlo.

Durante el trayecto a casa, mi madre apenas dice nada aparte de:

–No importa. Podemos volver a organizar el concierto y así estarás preparada para obtener el diploma. Ya lo estás.

Mi madre, que nunca habla de lo que realmente importa, está intentando consolarme porque, aunque organizar un concierto público para demostrar que sigo al nivel del prodigio infantil que fui ha sido mi perdición esta noche, ella sigue creyendo que será mi salvación al final. Está convencida de que eso fue el catalizador que nos proporcionó nuestra segunda vida y que también será el combustible que la impulse hasta una estratosfera que está a un millón de años luz de lo que ha sido nuestra vida hasta ahora.

Y tal vez debería haberla escuchado con más atención entonces, porque fue la última vez que me consoló, la última vez que sentí que la frustración por nuestra incapacidad de conectar la una con la otra cargaba el aire.

Tal vez debería haber salido de mi capullo de dolor para preguntarle a ella si estaba bien, aunque no se pueda decir que ninguna de las dos haya estado bien estos tres últimos años.

Pero ojalá lo hubiera hecho. Preguntárselo, quiero decir. Ojalá.

Lunes por la mañana

Sam

Todavía en el baño de mi piso, tras colgar a Jeanette y con un temor que me abrasa las entrañas al pensar que tengo que darle esa noticia a Tessa, me quedo sentado un rato recordando el día que conocí a Zoe Maisey, o Zoe Guerin, como se llama ahora.

Mi primer encuentro con Zoe se produjo tres años atrás, cuando yo vivía en el norte de Devon, y lo que propició las presentaciones fue una llamada telefónica de la centralita del Colegio de Abogados, porque yo era el abogado que estaba de guardia cuando la arrestaron.

La llamada llegó a las nueve y media de la mañana, unas ocho horas después de que ocurriera el accidente. Me describieron a Zoe y su situación así:

–Menor, adulto competente presente, se le acusa de conducción temeraria y homicidio imprudente, dos fallecidos, un herido en estado crítico. Esperando para ser interrogada en la comisaría de Barnstaple. El número de procedimiento es el 00746387A.

Llamé a la comisaría inmediatamente, me identifiqué y le pedí al sargento que tenía a Zoe bajo custodia que la pusiera al teléfono.

–¿Hola? –respondió.

Me presenté.

–No le digas nada del accidente a la policía –aconsejé–. Voy para allá. Tardaré unos cuarenta y cinco minutos. No accedas a ningún interrogatorio hasta que yo llegue.

–Vale –contestó con una voz que sonaba demasiado tranquila, seguramente por culpa del *shock*. Después me aseguró que no tenía ninguna pregunta que hacerme.

Conduje por una carretera rural para llegar a la comisaría. Era una mañana fría pero espectacular. Dejé atrás campos escarchados rodeados de setos macizos, de algo más de medio metro de grosor, pero sinuosos al mismo tiempo, que servían para separar los campos circundantes. Aunque se habían quedado sin hojas porque estábamos en invierno, formaban una muralla vegetal tan tupida que las sombras que proyectaban eran como gruesas bandas horizontales. Por algunos sitios, donde había algún hueco en el paisaje, se veía el mar azul verdoso, sorprendentemente en calma, y Lundy Island, tranquila, antigua y fría, se apreciaba con total claridad frente a la costa.

En el calabozo de Barnstaple, el sargento me pasó la denuncia con la relación completa de los hechos delictivos de los que se acusaba a Zoe.

–No quiere que su madre la acompañe –explicó–. Se ha negado, aunque su madre está ahí fuera. Ha venido alguien de Servicios Sociales. Tampoco quería abogado, pero la trabajadora social la ha obligado.

Revisé la denuncia. No era exactamente como me habían dicho por teléfono. Sí que la acusaban de «conducción temeraria y homicidio imprudente», pero había un agravante: «conducción bajo los efectos del alcohol».

Era un delito importante en cualquier circunstancia, pero teniendo en cuenta que se trataba de una niña de catorce años, rebosante de potencial, que solo unas horas antes tenía toda la vida por delante, resultaba absolutamente terrible.

–¿La han interrogado?

–Todavía no. Acaba de llegar la asistente social.

Por su edad, la policía no podía interrogar a Zoe sin un «adulto competente» presente. Como se había negado a que su madre estuviera con ella, se habían visto obligados a esperar hasta por la mañana, a que empezara su turno la asistente social.

El sargento llevaba una camiseta de la policía negra y ceñida, con el cuello alto y manga corta, que dejaba a la vista sus brazos musculosos, y me habló sin levantarse de su mesa, que estaba encaramada en una plataforma elevada. Mientras me explicaba los detalles, tecleaba de forma eficiente en un ordenador, con los ojos pegados a la pantalla.

–Acabo de empezar mi turno, así que solo me ha dado tiempo a echarle un vistazo a todo esto, pero la trajeron a eso de las cuatro y media desde el hospital, donde había pasado un par de horas.

Sentí lástima por todo el tiempo que ya había tenido que pasar Zoe en la celda. Mis clientes, incluso los que ya han pasado un tiempo en la cárcel, dicen que lo peor, lo que más odian, es el calabozo de la comisaría. No hay rutina a la que aferrarse, solo cuatro paredes, un colchón sobre una plataforma, un baño que no siempre está muy limpio y un par de ojos, de carne y hueso o en forma de lente de una cámara, que te vigilan todo el tiempo.

–¿Por qué no ha querido que la acompañara su madre? –pregunté, por si la niña estaba en acogida, vivía con su padre o era huérfana.

–No estamos seguros. Supongo que por vergüenza.

–¿Vergüenza?

Se encogió de hombros y levantó las manos con las palmas hacia arriba.

–La madre lleva sentada en recepción desde que llegó la niña.

Vi a una mujer sola en recepción cuando llegué. Tenía el pelo rubio platino y las facciones delicadas. Estaba acurrucada en un rincón y se estremeció cuando, al entrar yo, por las puertas automáticas se coló una fría corriente de aire. Me miró fijamente y pensé que era la mirada de alguien que no ha podido dormir en las últimas horas y que está esperando que pase algo malo.

Era una expresión que se ve mucho en las salas de espera que yo frecuento: en las comisarías, en los juzgados... En esos sitios nadie está deseando que llegue lo que está por venir.

Esa mujer de apariencia agradable, que en ese momento había sido expulsada bruscamente de la vida de su hija, fue lo primero que me indicó que este caso iba a ser cualquier cosa menos fácil.

No me había hecho una imagen mental de Zoe antes de verla. Para entonces ya tenía suficiente experiencia para saber que la criminalidad adopta todo tipo de formas, y por eso nunca puedes predecir cómo van a ser tus clientes, aunque si hubiera querido aventurarme habría dicho que la niña de catorce años que estaba a punto de conocer sería madura para su edad, probablemente un poco ordinaria y una borracha empedernida, tal vez también habría hecho ya sus incursiones en el mundo del trapicheo de drogas, y sin duda tenía que ser una de esas chicas a las que les gusta demasiado la juerga.

La chica que me encontré no tenía nada que ver con eso. La policía se había quedado con su ropa porque era una prueba, así que llevaba puesto lo que las enfermeras de urgencias habían conseguido encontrarle: unos enormes pantalones de chándal grises y un polar azul con cremallera. Tenía una herida vendada en la sien y su pelo largo y rubio platino, aún más claro que el de su madre, centelleaba por los diminutos fragmentos de cristal del accidente que tenía aún enredados.

Estaba sentada en una silla de plástico atornillada al suelo, con los pies apoyados en el borde del asiento y abrazándose las rodillas con los brazos. Se la veía desaliñada y muy pequeña. Tenía los pómulos delicados, los ojos azul claro brillantes y la piel tan pálida como la escarcha del exterior. Se había metido las manos en las mangas del polar, que tenía los puños sucios: manchas de otra vida que no habían podido quitar en la lavandería del hospital.

A su lado estaba sentada una mujer que lucía la expresión estoica de una trabajadora social que ya está de vuelta de todo. Mediana edad, con el pelo tan corto que seguro que pinchaba y una cara de piel grisácea con profundas arrugas, seguramente consecuencia de haber fumado veinte cigarrillos al día durante veinte años. Sobre la mesa había depositado en un montón ordenado unos guantes, un gorro y una bufanda.

Me presenté al ver a Zoe y ella me sorprendió levantándose y dándome un tímido apretón de manos. Cuando lo hizo, me fijé en que tenía una estatura media y la complexión muy menuda, que quedaba aún más empequeñecida por la ropa prestada. Parecía excepcionalmente frágil.

Nos sentamos el uno frente al otro.

Ese momento no fue el principio de su pesadilla, que había ocurrido horas antes, pero sí acabábamos de llegar al punto en el que tuve que empezar el delicado proceso de ayudarla a comprender del todo lo grave que podía llegar a ser su situación.

Domingo por la noche
El concierto

Tessa

Cuando Zoe y Lucas empiezan a tocar a cuatro manos, ya me siento más tranquila y estoy bastante segura de que la cámara está grabando porque hay una luz roja parpadeando en la esquina inferior derecha de la pantalla y un contador que registra frenéticamente los segundos y milisegundos que pasan.

Zoe y Lucas estaban fantásticos ahí arriba, sobre la plataforma, como siempre: una dulce imagen de perfección adolescente. Son el yin y el yang, rubia y moreno, la princesa de hielo y su consorte de piel oscura.

Soy la primera en notar la presencia de Tom Barlow, porque el trípode de la cámara y yo estamos justo al lado del pasillo, bastante cerca de la entrada; lo hemos hecho así para que pueda levantarme y ocuparme del aparato sin taparle la visión a nadie.

Al principio no lo reconozco, y cuando lo hago, ya es demasiado tarde para hacer algo.

Más tarde me pregunto si las cosas habrían salido de forma diferente si hubiera intervenido en ese momento, si habría podido detenerle y cambiar el curso de las cosas, pero es una especulación sin sentido porque, al igual que el resto del público, únicamente me quedo mirándole con la boca abierta mientras grita y las gotitas de su saliva salen despedidas por el aire delante de él.

Zoe es la última persona de la iglesia que nota su presencia, y cuando lo hace, el miedo provoca que se le sacudan las extremidades como si fuera una marioneta. Un momento después sale del escenario tambaleándose. Es comprensible. Tom Barlow parece poseído, y además es un hombretón.

Cuando Maria se levanta y hace un débil intento por calmarle, él no se muestra receptivo.

–Usted tiene a su hija –dice él, y las palabras parecen golpear a Maria como puñetazos–. No se atreva a decirme lo que tengo que hacer. Usted todavía tiene a su hija.

–Lo siento mucho, Tom... –contesta ella.

Pero él la interrumpe:

–Es culpa suya. Culpa suya –acusa.

Y después se produce un revuelo: la gente empieza a abandonar sus asientos y rodear al señor Barlow, que cae de rodillas y empieza a sollozar con un sonido espantoso y desgarrador que hace que se me erice el vello de la nuca.

Sé quién es porque lo reconozco del juicio, claro. El juicio de Zoe se realizó a puerta cerrada por su edad, así que yo nunca llegué a entrar, pero fui todos los días y me quedé en la sala de espera reservada para las familias de los acusados. A las familias de las víctimas las vi fuera del juzgado, en la calle, un día tras otro, reunidas en grupos.

Mantuvimos las distancias para evitar que se produjeran escenas desagradables, pero estoy segura de que se trata de Tom Barlow porque su cara salió en los periódicos locales. Los otros padres y él aparecían en páginas destacadas en los funerales de sus hijos, vestidos de negro y rotos por el dolor.

En el concierto, aprovechando el alboroto, Maria sigue a Zoe detrás del escenario. Antes de ir se produce una tensa conversación entre ella y su nuevo marido, Chris, en la que él parece interpelarla y ella niega con la cabeza enérgicamente. Mi mirada se encuentra con la de Maria cuando está saliendo; se la ve afligida y yo pronuncio, mirándola: «¿Quieres que vaya contigo?». Ella me hace un gesto que dice que no, así que me quedo sentada donde estoy y me esfuerzo por no llamar la atención. Otras personas están arrodilladas al lado de Tom Barlow, preocupándose por él, así que no me necesita. Lo mejor en este momento es que no me vea, porque existe la posibilidad de que me reconozca.

Me pregunto cómo habrá sabido Tom Barlow que Zoe iba a estar aquí esta noche. Tras dejar Devon, ella se cambió el apellido y rompió todos los vínculos con esas familias y con todo lo demás. Todos creíamos que había dejado a la familia de Amelia Barlow definitivamente atrás.

Si habíamos tenido la malísima suerte de que Tom Barlow, su esposa y sus otros hijos se hubieran mudado allí también, la gente no tardaría en conocer la conexión. Bristol, al parecer, no está lo bastante lejos para que mi hermana y Zoe puedan escapar de la tragedia. Además, es un lugar donde las noticias vuelan. En ciertos círculos hay muy pocos grados de separación entre toda la gente de esta ciudad.

Chris Kennedy no sigue a Maria y a Zoe. Va junto a Lucas, que sigue sentado al piano. Los dos contemplan el agónico fin de la crisis de Tom Barlow con una expresión de *shock* total e incredulidad en sus caras. Me entristezco al pensar en todas las historias que habrá que contar ahora, todas las verdades que habrá que desvelar, y reflexiono tristemente sobre la imposibilidad de que la brillante y feliz nueva vida de mi hermana continúe como hasta ahora.

Zoe, nuestra querida Zoe, ha provocado que la felicidad doméstica estalle en mil pedazos una vez más.

Cuando sacan de allí al señor Barlow, recogiéndolo del suelo como si fuera una bebida que se hubiera derramado, se decide que Lucas continúe tocando solo. Al oírlo, el público vuelve a sentarse y yo compruebo que la cámara sigue grabando. En la pantalla veo a Lucas y me parece que está bien enfocado. También veo el perfil de Chris Kennedy, que está sentado muy quieto, mirando fijamente hacia delante. Solo una arruga en la frente y la total inmovilidad de sus facciones revelan la incomprensión que debe de estar sintiendo.

Domingo por la noche
Después del concierto

Zoe

El silencio espinoso, afilado y típico que se produce en el coche mientras mamá me lleva a casa me sirve para recuperar la calma, porque a mi madre no le gustan los llantos. Es el mismo tipo de silencio que suele reinar normalmente entre mi madre y yo. Ahora está agarrando el volante con tanta fuerza mientras conduce que tiene los nudillos blancos. Cuando intento hablar con ella, me manda callar, diciéndome que necesita pensar.

Así que guardo silencio, pero minutos después, cuando aparcamos delante de la casa, ese silencio queda hecho añicos porque los muros de piedra de nuestra gran casa retumban con un sonido que Lucas y yo solo podemos escuchar a escondidas en nuestros iPods.

Es música pop, esa que normalmente escuchaban los otros chicos del Centro de Menores. Aquí, en esta casa, es algo excepcional que se raciona estrictamente para que Lucas y yo no veamos excesivamente interrumpida nuestra dieta musical básica, que se limita al repertorio clásico para que «desarrollemos nuestra musicalidad».

Mamá entra corriendo en casa y yo la sigo. La música está tan alta que Katya, la *au-pair,* no nos ha oído llegar y no se da cuenta de que estamos allí hasta que cruzamos la puerta del salón y nos plantamos justo detrás de ella.

Está en nuestro sofá, con Grace, mi hermana pequeña, sobre una rodilla, y justo a su lado, tan cerca que parece que está pegado a ella, hay un chico que conozco del colegio y que se llama Barney Scott. Grace se ríe mucho porque Katya la está agarrando de los bracitos y la hace rebotar una y otra vez, pero en cuanto nos ve, estira los brazos hacia mi madre y Katya y Barney se levantan de un salto del sofá, se estiran la ropa arrugada y se recomponen en unos pocos segundos, de una forma bastante impresionante.

–Hola, Maria. Hola, Zoe –dice Katya, y le da la niña a mi madre.

Ella está sin palabras por todas las flagrantes transgresiones de las normas de la casa que está presenciando: la música, el novio, el bebé en el piso de abajo mucho después de su hora de acostarse. Agarra a Grace como si le acabaran de decir que un desprendimiento de tierras nos iba a arrastrar hasta el mar a nosotros cinco y a los descendientes de toda la humanidad.

–Espero que no le importe que le haya pedido a Barney que venga, pero Grace no estaba muy bien y su padre es médico –explica Katya.

Su fuerte acento ruso y su cara inexpresiva, con las mejillas como losas de arenisca, le dan a esa frase una gravedad inmediata.

Miro a mi madre. Ni siquiera ella está tan loca como para tragarse lo de «su padre es médico», pero veo que Katya ha dado de lleno en la diana con el comentario de que Grace «no estaba muy bien».

Grace es «el bebé de la segunda oportunidad», el bebé-milagro; es un regalo para todos nosotros. Es parte de mamá y de Chris, y por tanto un producto de lo que Lucas llama «su unión perfecta». Como dijo Chris en la ceremonia de imposición de su nombre, esa niña es «algo precioso y alegre» y «un pedacito de felicidad que nos ha ayudado a todos a empezar de nuevo».

Eso significa que el comentario de Katya ha manipulado hábilmente la psique de mi madre para que tome el camino que más le gusta seguir: el de vivir en un estado permanente de miedo por la salud de Grace.

Así que mi madre ignora el hecho de que Grace parece rebosante de energía y que se la ve feliz por la sobreestimulación y la lleva inmediatamente arriba para acostarla, con Katya pisándole los talones, y yo me quedo sola en la habitación con Barney Scott. Es raro, porque en circunstancias normales él y yo nunca nos quedaríamos los dos solos, ni hablar, porque en el instituto él es uno de los populares.

Barney Scott retuerce la cara de una forma rara que me parece que es un intento de sonrisa y eso me hace preguntarme qué tendrían intención de hacer Katya y él esta noche, porque solo un profundo sentimiento de culpa podría ser el origen de una cosa así.

–Hola –saluda.

–Hola –contesto.

–Habéis vuelto pronto –comenta.

–Obviamente.

–Ah. –Asiente repetidamente con la cabeza como uno de esos perros de plástico que se ponen en los salpicaderos de los coches–. ¿Has... bueno... has tocado bien?

A Barney Scott no le interesa cómo he tocado, pero supongo que debo sentirme impresionada de que por lo menos haga el esfuerzo de preguntar. Es uno de esos chicos que cuelgan en internet cosas del tipo: «En los Downs. 8 de la tarde. Barbacoa, priva y unas nenas cachondas», y cree que eso es divertido. Aunque probablemente tiene razón, porque allí estarán chicas como Katya o las otras chicas populares del instituto, con unos *shorts* diminutos con el forro de los bolsillos asomando por debajo sobre unos muslos bronceados en algún país extranjero, que van con ellos para emborracharse y dejarse meter mano.

–Ha salido bien –contesto.

Barney Scott no necesita saber lo que ha pasado. Solo quiero que se vaya.

Él obviamente tampoco tiene ganas de estar allí conmigo.

–Esperaré fuera –dice de repente señalando la puerta que da al vestíbulo, como si yo no supiera dónde está.

–Vale.

Mientras le miro salir, tengo unas ganas locas de decirle que yo una vez tuve a un chico popular más o menos enamorado de mí, o al menos loco por acostarse conmigo, así que no soy ni tan estúpida ni tan inútil como todos ellos creen; no lo soy.

Ese chico popular se llamaba Jack Bell y actuaba como si yo le gustara. Y mucho. Por desgracia, había obstáculos que evitaban que pudiéramos salir juntos, y el mayor de ellos era la hermana melliza de Jack, Eva, que era la chica más popular del colegio. Eva me dejó claro inmediatamente que su hermano no estaba «enamorado», sino que estaba «tanteando el terreno». La chica que le gustaba de verdad, la que le ponía mucho más, aseguró Eva, era su mejor amiga, Amelia Barlow.

Y aunque la palabra de Eva Bell era como la de Dios para la mayoría de la gente del colegio, yo no la creí, porque veía la forma de mirarme que tenía Jack; todavía la recuerdo, la verdad, y solo con pensarlo siento que algo se funde en mi interior. Puede que sea una persona poco sociable, lo soy, pero no soy tonta.

Aunque ahora tengo que apartar esa sensación de mi mente rápidamente, porque Jack Bell ahora está enterrado bajo tierra, como Amelia Barlow, y el dolor que eso me produce es demasiado fuerte para poder soportarlo.

La ventana del salón está abierta de par en par, pero dentro el calor sigue siendo sofocante. Fuera oigo los pasos de Barney Scott, que hacen crujir la gravilla, y lo veo apoyado en la puerta de la verja, esperando a Katya.

Necesito que mi madre venga conmigo, pero no quiero molestarla mientras intenta dormir a Grace. Tengo mucho miedo cuando pienso en lo que pasará cuando Chris y Lucas vuelvan, porque van a querer saber de qué estaba hablando el señor Barlow en la iglesia, y si queremos que nuestra segunda oportunidad de tener una familia no quede destruida, tenemos que pensar qué vamos a decirles.

Lunes por la mañana

Sam

Voy a tener que despertarla, porque necesito contarle lo de Maria y Zoe, aunque la verdad es que no quiero hacerlo.

–Tessa –la llamo–. Tess.

Está cubierta por una fina sábana y sus delicados pliegues blancos insinúan las líneas de su cuerpo con tanta precisión que parece que alguien los hubiera colocado ahí estratégicamente, como las primeras vendas húmedas de una escayola.

Se despierta rápido y me mira con los ojos abiertos de par en par; ha notado algo en mi voz.

–¿Qué? –pregunta en un susurro. No se ha movido todavía.

Quiero callarme la razón por la que la he despertado, no decírsela. No quiero hacerle esto a ella.

–Lo siento mucho –digo, y esas palabras tan formales me hacen sentir fatal, me cierran la garganta y nos roban nuestra intimidad.

Y en cuanto le digo a Tessa que su hermana está muerta, se incorpora y sus ojos examinan los míos en busca de confirmación de la veracidad de lo que le he dicho. En ese momento me doy cuenta extrañamente de que se parece más a Maria de lo que había notado hasta entonces.

Tras un rato abrazándola con fuerza mientras sufre los efectos del *shock* y experimentando dentro de mí algo que solo puede describirse, a pesar de lo espantosamente tópicas que suenan esas palabras, como un dolor en el corazón, tengo que dejarla ir.

Pero ese dolor en el corazón, esa especie de fuerte presión que siento, no es algo que pueda consentirme. Esa emoción autocomplaciente no es más que un charco grasiento poco profundo comparada con los mares de dolor que la familia de Tess ha tenido que soportar y tendrá que volver a superar. Siguiendo con la metáfora, su dolor podría llenar la fosa de las Marianas.

Recojo la ropa de Tessa, se la doy y ella se viste despacio. Cuando termina, le pregunto:

–¿Quieres venir conmigo? ¿A ver a Zoe? ¿A Richard?

Su nombre se queda flotando en el aire entre nosotros, enorme, pero esa es la menor de sus preocupaciones en este momento.

–Debería ir a su casa primero –dice Tess–. Necesito ver... Y el bebé...

No puede terminar la frase; sus palabras suenan estranguladas por los efectos del *shock* y la incomprensión. Tenemos muy poca información; solo sabemos que Maria murió en su casa, pero no cómo. Entiendo que queda en mis manos ocuparme de Zoe por ahora, esté con quien esté.

–¿Quieres que te lleve hasta allí? –pregunto. Me preocupa que coja el coche en esas condiciones.

Estamos de pie en el descansillo de la escalera común de mi edificio. Es un espacio pequeño y luminoso, con unas ventanas que van del suelo al techo y desde las que se ve la carretera de circunvalación exterior, con su denso tráfico. No hay ascensor, solo una escalera metálica funcional, mal ventilada y sofocante, que baja serpenteando hasta la planta baja y el aparcamiento.

–No –contesta Tessa–. Tienes que ir con Zoe. Vendré más tarde.

Y se va, con las sandalias repiqueteando en los escalones mientras baja por la escalera.

Domingo por la noche

Después del concierto

Zoe

La pieza de Debussy de Lucas dura catorce minutos, y la de Bach, nueve. A ese tiempo hay que añadirle el que tendrán que pasar saludando y charlando con el público después y el del trayecto hasta llegar a casa. Asumiendo que, como mamá y yo nos hemos venido en el coche, tendrá que traerles la tía Tess en su furgoneta Volkswagen, que no pasa de los 60 kilómetros por hora sin ponerse a escupir humo negro, creo que mamá y yo contamos con más o menos una hora y diez minutos para hablar antes de que lleguen Chris y Lucas, a lo que hay que restarle el tiempo que hemos tardado en descubrir a Katya y a Barney en el sofá, y el minuto que Barney ha podido soportar estar en la habitación conmigo, lo que nos deja unos cincuenta y ocho minutos.

Mamá sigue arriba con Grace y yo la espero tumbada en el sofá. Me duele la cadera por el golpe que me he dado con el piano; me levanto el vestido para examinar la zona y veo que ya me está saliendo un cardenal en ese lugar. Me duele al tocármelo. Verlo hace que se me llenen los ojos de lágrimas, y por eso los cierro, vuelvo a tumbarme e intento respirar como me han enseñado, centrándome solo en la sensación de inspirar y espirar para dejar la mente en blanco.

Hace calor. Esta casa, nuestra segunda oportunidad de tener un hogar, es un antiguo caserón victoriano. Normalmente a mí me resulta fría y húmeda, sea cual sea el tiempo que haga fuera, pero este verano ha hecho tanto calor y ha durado tanto tiempo que la temperatura interior ha ido subiendo poco a poco y esta noche parece que hemos alcanzado la culminación de esa progresión; es como si la casa hubiera llegado a su punto de ebullición y el aire del interior se nota ardiente como una música de jazz que resuena en el techo lleno de condensación de un club repleto hasta los topes, o como la imagen de un sol rojo palpitante sobre una tierra naranja que reverbera que vi en un enorme libro de fotografías de desiertos que mi padre me regaló cuando era pequeña.

Desde arriba me llega el ruido que se produce al dar cuerda al móvil que cuelga sobre la cuna de Grace y después la musiquita repetitiva y familiar; una música metálica que desgarra el alma.

Katya aparece de repente en el umbral y me mira sin decir nada.

–Está fuera –le digo.

–Lo sé. Le acabo de escribir un mensaje. Tu madre está arropando a Grace.

–Lo sé.

Katya se queda allí más tiempo del necesario y empiezo a sentirme incómoda tumbada ahí, en silencio, deseando que se vaya.

–He intentado ser tu amiga –dice.

No, por favor. De verdad que no tengo tiempo para esto ahora mismo. No tiene ni idea del mal momento que ha escogido.

–Gracias, Katya –contesto–. *Spasiba* –añado, porque sé que le molesta mucho que diga palabras en ruso.

Saco el teléfono y me pongo a mirarlo, intentando dar la impresión de que estoy esperando recibir algún mensaje de una persona de verdad.

–Zoe, tú eres tu peor enemiga –dice.

–Original.

–¿Perdón?

–He visto lo que estabas haciendo.

De repente me siento vulnerable allí, postrada; es curioso que en un momento te puedas sentir glamurosa y sexi, como una diva acalorada de una película antigua, y al siguiente te des cuenta de que lo más seguro es que estés proyectando una imagen estúpida. Me incorporo y la miro a los ojos por encima del respaldo del sofá.

–Con Barney –especifico–. He visto dónde tenía él la mano.

Ella hace un gesto que mezcla el asco y la tristeza ante lo básica que es mi patética existencia, comparable a la de una ameba.

–Inapropiado –dice–. Totalmente. Puaj.

Tiene la costumbre de usar expresiones aleatorias en un idioma que no domina, así que a veces parece que está presentando el concurso de Eurovisión.

Estoy a punto de decir que lo que acabo de decir no es lo inapropiado, que lo que estaba haciendo ella sí que lo es, y quiero preguntarle si mi madre le había dado permiso para quedar con Barney esta noche, pero su teléfono pita y las dos estamos entrenadas para no hablar cuando un teléfono suena (es, como dice mi tía Tessa, una de las características principales de nuestra generación: la veneración ciega del pitido del teléfono), así que nos quedamos calladas mientras ella lee el mensaje.

–Barney me está esperando –dice cuando termina.

Y, sin más, se gira tan rápido que las puntas de su pelo forman un abanico en el aire y desaparece antes de que me dé tiempo a soltarle mi réplica.

Vuelvo a tumbarme. Me alegro de que se haya ido. Desde arriba sigue llegando la melodía del móvil de Grace con los animales de circo. Sé cómo estará mi madre ahora: sentada en el suelo junto a la cuna de Grace, muy quieta, acariciándole la frente. Puede estarse horas así, pero esta noche eso me pone muy tensa, porque es como si el tiempo que nos queda antes de que Lucas y Chris lleguen a casa estuviera marcado en uno de esos temporizadores de cocina que hacen tictac sin parar, como una bomba a punto de estallar, hasta que al final suena una alarma con un pitido estridente que Lucas dice que parece el grito de auxilio de un pajarito al que están estrangulando.

Y entonces veo algo. En el teléfono con el que he estado jugueteando básicamente para fingir que estaba ocupada cuando Katya me estaba mirando hay algo. Tengo una notificación, y al verla el estómago se me hace un nudo porque ahí está, igual que antes: un uno rodeado por un círculo rojo en una esquina del icono de la aplicación Panop.

Es una aplicación que no debería tener en mi teléfono. La tengo prohibida porque, como decía Jason, el asistente social que me asignaron en el Centro (y no me queda más remedio que estar de acuerdo con él), sin lugar a dudas contribuyó a mi caída, ya que Eva Bell, Amelia Barlow y sus amigas la utilizaban para atormentarme.

Por eso no debería ni estar cerca de ella, pero cuando salí del Centro no pude resistir la tentación de descargármela, solo para echar un vistazo de vez en cuando; tenía curiosidad por saber qué había sido de la gente que conocía antes. Dejé atrás una vida cuando entré en el Centro y cuando salí tenía otra completamente diferente, en otro lugar, y nadie hablaba de la de antes; Panop era la única forma de tener algún contacto con ella. Así que la descargué y a veces la miro a escondidas para ver lo que está haciendo la gente. Es una aplicación que se puede utilizar de forma anónima, si quieres.

Arriba, Grace se ha quedado callada, pero calculo que pasarán otros diez minutos como mínimo antes de que aparezca mi madre. Con el corazón martilleándome en el pecho, pincho en el icono de la aplicación. Aparece una pregunta que llena la pantalla:

¿Creías que ibas a poder permanecer escondida para siempre?

Domingo por la noche

Al final del concierto

Tessa

Al final del concierto la multitud irradia no sabría decir qué, se nota algo en el ambiente, como una especie de estática de bajo nivel. La interpretación de Lucas no ha podido disipar la incomodidad provocada por la escena que ha montado Tom Barlow.

Mientras Lucas hace la reverencia, miro el teléfono y encuentro dos mensajes:

Maria: No digas nada.
Richard: ¿Dónde estás?

No respondo a ninguno de los dos. Voy a hacer lo que Maria me ha pedido; ella sabe que lo haré, y Richard puede esperar. Imagino que habrá salido por fin del cobertizo, habrá entrado en casa y se habrá dado cuenta de que está solo.

Cuando levanto la vista, me encuentro a Chris a mi lado.

–Maria se ha llevado el coche –dice con brusquedad–. Quiero volver a casa, pero creo que debería quedarme unos minutos al menos. Es lo que la gente espera que haga.

Seguramente tiene razón, así que le contesto:

–Os esperaré para llevaros a casa cuando acabéis.

No ha hecho ninguna referencia directa a la interrupción de Tom Barlow.

Chris Kennedy y yo no nos conocemos muy bien, porque Maria siempre lo ha tenido acaparado, como un tesoro que hubiera encontrado; tampoco me extraña tras el infierno que ella ha tenido que pasar.

Cuando internaron a Zoe en el Centro de Menores, el matrimonio de Maria se desmoronó y ella tuvo que recomponer sola su vida a partir de los pedazos que habían quedado. Zoe se pasó dieciocho meses encerrada y durante ese tiempo Maria tuvo que hacer la transición de mujer de granjero con una hija preciosa y con mucho talento, un prodigio musical nada menos, a madre soltera de una hija adolescente con antecedentes penales.

Para estar más cerca de mí, dejó Devon y se mudó a Bristol, a un piso de alquiler en la única zona de la ciudad que se podía permitir, y empezó a trabajar de secretaria de la universidad, un trabajo que le consiguió Richard y que al principio le costaba desempeñar por culpa de la depresión tan grave que sufría.

Fue el piano lo que lo cambió todo, como ya había ocurrido otras veces a lo largo de la vida de Zoe.

El padre de Zoe no quiso saber nada del tema; culpaba al piano de la mayor parte de las cosas que ocurrieron. Decía que había hecho que la niña fuera diferente, que se creyera más de lo que era, y que esa había sido la causa del acoso escolar y posteriormente del accidente.

Los demás lo interpretábamos todo de otra forma: el piano podía ayudar a Zoe a redescubrirse, a recuperar su autoestima y además a darle un futuro. Su talento era tan enorme que ninguno de nosotros podía soportar la idea de dejarlo de lado. Y además, ¿qué otra cosa le quedaba aparte de eso y su gran inteligencia?

Siguiendo los consejos del terapeuta que trató a Zoe en el Centro, cuando volvió a casa todos la animamos para que volviera nuevamente a tocar. Tras un par de meses de ensayos con un teclado que le regaló Richard y con los desafinados pianos de su nuevo colegio y de lecciones con un profesor que le buscó y también pagó Richard, Maria la apuntó a una exhibición local discreta para ver qué tal le iba y con vistas a que le sirviera para volver a coger el ritmo.

No era más que una audición, los intérpretes no competían, y solo había dos inscritos. El otro era Lucas.

Ese día Zoe tocó de forma brillante, teniendo en cuenta las circunstancias. Realmente se creció en el escenario.

Yo me senté junto a Maria, y en la misma fila, separado de nosotras solo por un asiento, estaba Chris Kennedy. Éramos los únicos espectadores, aparte del juez, que no estaba allí para escoger un ganador, sino para darles una valoración a los pianistas.

Tras oír la interpretación de Zoe, Chris se inclinó hacia nosotras y nos preguntó quién era su profesor. Maria le respondió, y poco después empecé a sentir que sobraba allí y me llevé a Zoe a tomar una taza de té mientras ellos hablaban intensamente en el pasillo de la sala de conciertos, y Lucas iba de acá para allá, dando vueltas a su alrededor.

Chris y Maria se dieron los números de teléfono ese día, en principio para intercambiar información sobre el profesor de piano de Lucas, que Chris dijo que era «el mejor del sudoeste de Inglaterra y el único a la altura del talento de Zoe». Días después quedaron para verse.

Muy pronto resultó evidente que Chris era muy bueno para Maria. Ella empezó a vestirse mejor y a cuidarse más. Sonreía. Contrató a ese nuevo profesor para Zoe, que a Richard y a mí nos costaba el doble que el anterior, pero no nos importaba pagarlo. Cuando Maria por fin anunció que tenía una relación con Chris, a todos nos dio un poco la impresión de que él la había salvado.

Pero, a pesar de ello, y aunque nos habíamos visto muchas veces en reuniones sociales, Chris seguía siendo prácticamente un extraño para mí. La única conversación un poco íntima que podía decir que había mantenido con él se produjo un día que nos encontramos fortuitamente en un tren a Londres. Fue después de que naciera Grace, porque recuerdo cómo le brillaban los ojos cada vez que hablaba de ella.

Chris iba a Londres porque le habían invitado a ser el orador principal en una de esas comidas de negocios para empresarios de éxito en las que todo el mundo se da muchas palmaditas en la espalda, una reunión de millonarios que quieren convertirse en multimillonarios. Fue él quien describió así el acto al que iba a asistir, no yo, y tengo que reconocer que lo hizo con una buena dosis de ironía. Yo iba a una conferencia sobre hipertiroidismo felino.

Después de que nos encontráramos en el andén de la estación de Temple Meads de Bristol, él tuvo la amabilidad de conseguirme un hueco en primera clase. Una vez acomodados, colocó sobre la mesita que había entre los dos todas sus herramientas de trabajo: el *Financial Times*, la BlackBerry, el iPhone, el portátil y las notas de su discurso.

Mientras él hacía una llamada de trabajo, durante la que estuvo diciendo cosas como: «Bueno, ya lo valoraré en cuanto llegue al mercado» o «Sí, sí, claro. Todo tiene que ver con... Sí, bueno, le va a poner los pelos de punta a más de uno, seguro, pero es un hecho que tenemos que meternos de lleno en ello», y mirando por la ventanilla, yo solo fui capaz de quedarme sentada frente a él, un poco intimidada, y no me atreví ni a comerme el rollito de salchicha envuelta en hojaldre que me había comprado para desayunar, ni a sacar la revista *Hello!* que llevaba en el bolso.

Pero la verdad es que no necesité la revista, porque, en cuanto acabó con su llamada, Chris y yo nos pusimos a charlar y no paramos durante todo el camino; hablamos de mi trabajo, del suyo y de la pequeña Grace, que acababa de nacer.

–Maria es una madre por naturaleza –dijo–. Soy un hombre con suerte, después de todo.

Y yo me alegré por mi hermana, porque quién habría creído que iba a tener este golpe de suerte después del juicio de Zoe.

–¿Sabes lo que me encantó de tu hermana cuando la conocí? –preguntó.

Negué con la cabeza. Cuando Chris conoció a Maria, ella no era más que la sombra de aquella chica que volvía locos a todos los chicos del instituto.

–Es una mujer preciosa, obviamente –continuó–, pero en lo que más me fijé fue en su dulzura y en esa elegancia serena; era como si tuviera muy claro quién era y su lugar en el mundo. Me recordó a una bonita figura de porcelana. No me podía creer la suerte que estaba teniendo cuando la vi.

Sonreí por el cariño y la emoción que había en sus palabras, pero lo primero que pensé en ese momento fue que Chris no conocía muy bien a Maria, que se había encontrado con una versión de ella doblegada por los antidepresivos y el *shock*, y que había confundido lo que vio con fragilidad y entereza.

Obviamente no le dije nada entonces, pero me hizo preguntarme si Maria habría estado todo ese tiempo ocultando los que para mí eran sus verdaderos rasgos de personalidad. ¿Habría visto Chris claramente, sin tapujos, su fortaleza, su inteligencia o su humor, esas cualidades innatas que ella tenía y que reaparecerían seguramente pronto, cuando Zoe y ella empezaran a recuperarse? ¿O Maria había mantenido todo eso escondido a propósito porque no quería estropear la dinámica de su relación o la buena suerte de haber logrado tener una segunda oportunidad?

En aquel momento me sentí valiente y le pregunté a Chris por su primera mujer. Pura curiosidad, pero ¿quién no tiene curiosidad en cuanto a las extrañas circunstancias que hacen que un hombre acabe criando solo a su hijo? Le había preguntado a Maria por ello, claro, pero o estaba poco informada sobre el tema o fue increíblemente discreta, porque no me dio muchos detalles aparte de que la madre de Lucas murió por una enfermedad cuando el niño tenía diez años y que eso destrozó tanto al padre como al hijo. Chris aparentemente no había tenido ninguna relación importante entre la muerte de Julia y el momento en que conoció a Maria.

En el tren, animada por el exceso de cafeína que había tomado con el estómago vacío, le pregunté:

–¿Y ser parte de esta nueva familia ha ayudado a Lucas a superar su pérdida?

La respuesta de Chris fue rápida y segura.

–Sí, le ha ayudado mucho.

–¿Cómo murió su madre?

–Tenía un tumor cerebral terminal especialmente virulento. –Lo dijo con un tono casi clínico, pero la mano que tenía sobre la mesa se sacudió involuntariamente; Chris cogió su BlackBerry y se puso a hacerla girar en su palma una y otra vez.

–Oh, cuánto lo siento. –Y era cierto, pero noté que se me enrojecían el cuello y las mejillas–. No debería haberlo preguntado.

–No importa. Lucas se volcó con ella, claro, pero cuando se acercaba el final no fue fácil. Ella no estaba muy estable. Y yo... bueno, nosotros, Lucas y yo, estamos muy agradecidos de que Maria quisiera casarse conmigo. Tu hermana es una mujer maravillosa. Y yo, muy afortunado.

Ese día, en el tren, me pregunté si Maria había hecho lo correcto no contándole a Chris el pasado de Zoe. Pero no podría mantenerlo en secreto con el paso del tiempo, pensé. Me decidí a aconsejarle que se lo contara cuando fuera el momento, cuando estuviera segura de que él lo iba a entender. Pero nunca pude llegar a darle ese consejo, porque, cuando le saqué el tema, Maria se mostró horrorizada. Me dijo que nunca, jamás, se me ocurriera entrometerme de esa manera en su vida y en la de Zoe, que ella había encontrado a su alma gemela y que iba a hacer todo lo que pudiera para que aquello funcionara tanto para ella como para Zoe. Y lo único que yo tenía que hacer era guardar silencio sobre su pasado y no meter las narices en sus asuntos.

Y eso es lo que he hecho todo este tiempo, pero esta noche asfixiante, en la iglesia donde se ha celebrado el concierto, vuelvo a preguntarme si esa decisión no va a acabar volviéndose contra todos nosotros.

Desmonto la cámara y el trípode torpemente. Cuando me uno a todos los que están tomándose una copa después del concierto, percibo que sigue sin reinar el habitual ambiente de satisfacción entre el público, que normalmente está allí disfrutando del placer de intercambiar opiniones sobre lo que acaban de presenciar. Esta noche en el aire se respira conspiración: la gente está apiñada formando grupitos y seguramente algunos estarán hablando de la interpretación de Lucas, pero para mí está claro que la mayoría están comentando la interrupción.

En la mesa hecha con caballetes que hay a un lado de la sala esperan dos platos de comida. Me acerco y me pongo a quitarles el plástico que los cubre. En ambos hay una selección de aperitivos que ha preparado Maria.

Lucas aparece a mi lado. Está muy pálido.

–Muy buena actuación –le felicito–. Has tocado muy bien –aseguro, aunque no me lo creo del todo, y le doy una palmadita en el brazo porque es un buen chico y porque siempre tengo una extraña necesidad de reconfortarle, aunque normalmente se le ve increíblemente sereno (puede que sea precisamente por eso).

–¿Zoe está bien? –pregunta.

–Creo que sí. Está con su madre. Ahora las llamo.

–¿Deberíamos ir a casa?

–Yo os llevaré a ti y a tu padre dentro de poco.

–¿Tú...? –Quiere preguntarme algo sobre lo que ha pasado, lo veo escrito en su cara, por eso le interrumpo.

–Ya hablaremos de eso luego, ¿vale?

Vuelve a mirarme, esta vez con esa expresión inescrutable suya, pero, tras un segundo de pausa, se pone a ayudarme.

Unos veinte minutos después Chris se aparta de la gente discretamente. Encontramos a Lucas sentado en un banco de la iglesia haciendo algo con una tablet pequeñita y brillante, que guarda rápidamente en la bolsa de las partituras en cuanto nos ve.

En el interior de mi furgoneta Volkswagen los dos parecen enormes: son todo rodillas y hombros hundidos.

Apenas hablamos durante el viaje.

Lunes por la mañana

Sam

Zoe y yo no hablamos mucho tiempo en esa primera toma de contacto en la comisaría de Barnstaple el día que la conocí. En ese momento solamente quería presentarme, tranquilizarla todo lo que pudiera y explicarle que estaba ahí para ayudarla. Quería intentar ganarme su confianza antes de empezar con el interrogatorio detallado. Y no quería ponerme con eso hasta que hubiera hablado con el policía que estaba a cargo del caso, para que me diera la relación de las pruebas con que contaban.

Me reuní con él en la zona de recepción que había junto al calabozo. Tras un breve apretón de manos, nos dirigimos a una sala similar en la que había estado con Zoe y nos sentamos. El policía tenía la cara ancha, las mejillas rojas como las de un muñeco y llevaba bigote. El uniforme le quedaba apretado a la altura de la barriga.

Me pasó la denuncia por escrito y me dijo que iba a grabar el audio de la reunión que estábamos manteniendo. Es una medida sensata: se guarda registro de lo que se ha dicho y así no hay nada que se pueda cuestionar después. Porque ese es mi trabajo: encontrar agujeros en las pruebas, en las reales o en las procesales, no importa; cualquier fallo le servirá al cliente.

Me fue enumerando lo que tenían, todo. La policía no tiene que hacerlo, puede mostrarse evasiva e ir racionando la información con cuentagotas, alargando todo el proceso si le parece. He tenido reuniones como esa que han durado horas y que se han ido intercalando con agotadores interrogatorios a mi cliente en los que nos veíamos forzados a recurrir a la defensa de «sin comentarios» porque no sabíamos qué se iban a sacar de la manga después.

Pero en el caso de Zoe, el policía se mostró abierto, breve, y lo que me dijo fue absolutamente deprimente.

Cuando se produce un intercambio positivo y sincero con un policía en esas situaciones, normalmente eso te devuelve la fe en tu profesión y te anima a seguir adelante con el duro contacto diario con la criminalidad, porque ese intercambio de información correcto y profesional entre los dos es algo honorable que arrincona los recuerdos de policías caraduras, de los que se limitan a ir detrás de las ambulancias, de los que no se preocupan más que de comer bollos y de los que disfrutan demasiado utilizando la porra. Todo se limita a dos hombres en una sala, respetando la ley; hay una pureza en eso, una especie de distinción, que se ve muy raramente en el día a día.

Aunque en el caso de Zoe solo sirvió para hacer las cosas un poco más soportables, porque los hechos relativos a su arresto eran totalmente desfavorables para ella.

–Había salido del coche cuando llegamos –explicó mi interlocutor–, pero no hay duda de que ella conducía. Le hicimos la prueba de alcoholemia en la escena: 0,75 miligramos por litro.

Se me cayó el alma a los pies porque ese resultado superaba el límite por mucho. Era muy menuda, pero debía de haber consumido mucho alcohol para ir tan borracha.

–Había tres pasajeros en el coche –continuó el policía, inexpresivo, aunque lo que estaba leyendo era algo muy duro, incluso para un profesional–. El del asiento del acompañante, fallecido en la escena; la de atrás a la izquierda, fallecida en la escena, y la de atrás a la derecha, trasladada al hospital de Barnstaple.

Vio la pregunta en mis ojos, pero negó con la cabeza.

–Murió media hora después –añadió–. Hemorragia cerebral masiva. La familia decidió desconectarla.

–Dios mío...

–He visto unas cuantas escenas, pero esta era de las malas. Del coche salía una música atronadora, que se oía desde lejos, y lo volvía todo muy extraño, espeluznante.

Me imaginé la noche oscura, las estrellas en el cielo, los faros con un ángulo imposible, el motor en marcha, la carrocería aplastada, el parabrisas hecho añicos y el equipo de música todavía reproduciendo a todo volumen una de esas canciones que se suelen poner en el coche para los cuerpos que había dentro, aunque solo dos de los cuatro seguían emitiendo nubes de vapor hacia la fría oscuridad.

–Ella consintió que le hicieran una prueba de alcohol en sangre en el hospital –continuó– que confirmó que superaba el límite permitido.

–¿Zoe lo consintió?

–Y el médico.

Tal vez habría tenido algo con lo que trabajar si únicamente Zoe hubiera consentido la prueba, por su edad; esa era otra de esas situaciones en las que tenía que estar presente un «adulto competente» para aconsejarla. Estaba seguro de que la policía tendría eso bien atado, pero lo anoté para comprobarlo.

–¿El informe de tráfico?

–Ya lo hemos pedido.

–¿Cuánto tardará?

–Lo menos posible. Estará para final de semana, probablemente.

En esa fase inicial del procedimiento, parte de mi trabajo consistía en asegurarme de que la policía tenía las pruebas necesarias para demostrar el delito que la fiscalía presentaría en el tribunal. Iba a tener que esperar a tener los resultados de todas las pruebas y todo el papeleo antes de poder hacerme una idea exacta del tema, pero la gravedad de la voz del policía y el aparente cumplimiento estricto del protocolo me dieron la sensación de que, en lo que respectaba a esa parte de la investigación, las cosas no pintaban bien para Zoe. Vi inmediatamente que era muy poco probable que pudiera encontrar una defensa para ella en los detalles del procedimiento, en los hechos que tenían que ver con el accidente o en el tratamiento que ella recibió después, porque, hasta ese momento, la policía parecía haberlo hecho todo estrictamente según las reglas.

–Van a tener que fijar una fianza. No pueden mantenerla encerrada; es demasiado joven.

Me pregunté si me iba a poner pegas a esa petición, por la gravedad de lo que Zoe había hecho, pero no lo hizo.

–Seguramente no habrá problema con eso, aunque con algunas condiciones, por supuesto.

–Bien, podemos negociar las condiciones. Entonces ¿el delito del que se la acusa es: «Conducción temeraria y homicidio imprudente con el agravante de conducción bajo la influencia del alcohol»?

–Lo siento –contestó, y con eso quería decir que sí.

Nos levantamos; las sillas no se movieron porque estaban atornilladas al suelo. Nos dimos un firme apretón de manos y él añadió:

–No pinta nada bien. Y es una pena, porque solo es una chiquilla.

Asentí. Yo estaba de acuerdo con él, pero me dije que seguramente las familias de los chicos que habían muerto no pensarían lo mismo.

Antes de salir de la sala, pregunté:

–¿Lo sabe ella? ¿Lo de los fallecidos?

–Sabe lo de los dos del coche, pero no lo de la que murió en el hospital. Lo siento.

Esas dos palabras de nuevo...

Domingo por la noche

Después del concierto

Zoe

Cierro la aplicación de Panop y veo que me tiemblan las manos, porque esto era lo que pasaba antes, cuando todo empezó.

En las sesiones de rehabilitación en el Centro, Jason, el asistente social que me llevaba, siempre hacía mucho hincapié en ese tema y me obligaba a repasarlo una y otra vez hasta que se convencía de que lo entendía.

–¿Qué es lo que debes evitar cuando salgas de aquí, Zoe?

–Las redes sociales.

–¿Y cuál en concreto?

–Todas.

–¿Pero sobre todo?

–Esa pregunta no tiene sentido si acabo de decir que las voy a evitar todas.

–Sígueme la corriente, anda.

–Panop.

–Muy bien.

–¿Me vas a dar una pegatina con una estrellita dorada?

–No te pases.

Jason era, básicamente, bastante genial. No dejaba que nadie se pasase ni un pelo.

Mi cociente intelectual es oficialmente de 162. Eso hace que forme parte de la categoría de «personas con capacidades excepcionales» y significa que mi cociente supera al de Einstein y al del profesor Stephen Hawking, ambos con 160.

Pero el problema es que un cociente intelectual alto no implica necesariamente que seas lo bastante inteligente como para evitar acabar siendo un gigantesco tópico adolescente. Eso era yo, o en eso me había convertido antes de mi caída hasta el nivel de «tragedia adolescente», claro.

Jason repasó los detalles de mi caso conmigo en nuestra primera sesión.

–Para ser alguien con un cociente de genio, has tomado unas cuantas decisiones bastante interesantes, ¿no te parece? –dijo.

En ese momento no sabía que él iba a ser lo más cercano a un caballero de brillante armadura que yo tendría allí, porque solo llevaba en el Centro de Menores una semana, así que le contesté con una frase que había aprendido de los otros chicos de mi pasillo:

–Que te den.

No me gustaba la apariencia de Jason, con todo ese vello facial que parecía sacado de un estreno de cine, ni el sonido de su voz, que era aburrido y nasal, como si tuviera anginas, ni el té que me ponía delante, en una taza manchada, con una bolsita que llevaba demasiado tiempo sumergida en el agua, así que me pareció que esa frase era una buena respuesta. Pero resultó que Jason tenía un poco más de experiencia en la vida que yo. Qué sorpresa...

Panop es una aplicación a través de la cual puedes preguntarles cosas a los demás anónimamente. Esto es lo que pone en la página de inicio cuando vas a registrarte:

¡Hola! ¡Bienvenido a Panop!

No nos hace gracia, pero tenemos que empezar con una advertencia.

Sabemos que algunas personas se transforman en troles cuando entran en internet, así que te lo vamos a pedir amablemente: si te registras, no hagas el trol. Por favor. Puedes hacerle preguntas a alguien, pero que sea de buenas. Si no sabes comportarte así, no te registres.

Y si te registras y alguien te hace una pregunta desagradable, no la respondas. De hecho, no respondas a nada de esas características. La gente que pertenece a Panop tiene que saber lo que hace. Lo que buscamos todos aquí es diversión, entretenimiento y pasar un buen rato.

Felices preguntas...

Nada más registrarme en Panop, con trece años y flamante alumna de noveno curso en Hartwood House School, ¿cuál fue la primera pregunta que recibí?

Esta:

¿Ers una put?

Pensé que sería un error. Incluso necesité unas cuantas horas para darme cuenta de que con esa grafía intentaban decir «puta». Así de inocente era.

No me di cuenta de que había estado hablando con Jack Bell, el chico más popular, que se suponía que era propiedad exclusiva de su hermana Eva y su pandilla de chicas populares en mi colegio. No me di cuenta de que se suponía que no debía hablar con Jack Bell, porque nadie me había explicado que, gracias al dinero de sus padres, a su peinado de chico de banda juvenil y a sus vaqueros de cintura baja, Jack Bell era el chico de oro a nivel social y que en cambio a mí, por el hecho de ser beneficiaria de la beca de música anual del noveno curso de Hartwood House School, me habían concedido automáticamente el estatus social de una ameba.

Ser becada significaba que mis padres no se podían permitir pagarme esa escuela, así que no era parte de los Elegidos, los que estaban allí por derecho propio. Era poco más que una pordiosera. Todo el mundo sabía que yo me ganaba mi educación, e incluso subvencionaba mi horroroso uniforme, tocando el piano. Estaba obligada a ir a todos los conciertos e inauguraciones, e incluso a salir en el folleto publicitario con las manos perfectamente colocadas sobre el teclado y sonriendo serenamente, como si el simple hecho de ser una alumna de Hartwood House School me hubiera otorgado todo el talento y las oportunidades con las que contaba.

Ahora sé que es posible superar el estatus social de ameba si te esfuerzas mucho y estás dispuesta a comprometer tu alma de diversas formas fundamentales, pero en ese momento no fui lo bastante inteligente para considerar siquiera esa posibilidad.

Así que un día, durante las primeras semanas del curso, me encontré hablando con Jack Bell. Y Jack Bell y yo nos caímos bien, o eso creí yo. No me di cuenta de que otras personas nos estaban mirando, juzgando y poniéndome a prueba en realidad. No me di cuenta de que Jack Bell no era más que un cebo brillante colgando delante de mí, cegándome para hacerme entrar en la enorme boca oscura de fauces abiertas, llena de dientes afilados como cuchillas, de la bestia que había detrás.

Hay muchísimas cosas de las que no me di cuenta entonces.

–No podías –me aseguró Jason–. Eras inocente, eso es todo, y probablemente te faltaba un poco de criterio también.

Jason, por mucho que le apreciara, era un maestro del eufemismo: yo era tan tonta como Forrest Gump, o más incluso, porque ni siquiera se me ocurrió que lo que debería haber hecho era salir corriendo.

Pero mientras estoy sentada allí, con el teléfono en la mano, recordando todo eso, lo que ya me deja totalmente asombrada es que justo en ese momento me llega un mensaje de Lucas. Es el mayor índice de actividad que he registrado en mi móvil en días, semanas o meses incluso. Mira tu correo, dice solamente. Y aunque no se puede decir que Lucas sea una persona muy sensible, creo que al menos debería haberme preguntado cómo estoy o algo. Pero miro mi correo de todas formas y veo que tengo un mensaje suyo.

Lo único que dice el mensaje del correo es: Lee esto, por favor. Hay un archivo pdf adjunto que se titula «Lo que sé». El título hace que se me hiele la sangre en las venas un momento, pero intento permanecer tranquila porque no hay forma de que sepa mi historia, ¿verdad? Probablemente será una de esas listas tontas de internet, que es lo que me suele mandar y que molestan mucho a Chris y a mamá porque a veces, cuando las leo, suelto alguna carcajada inesperadamente y eso, al parecer, «resulta muy incómodo para la gente que hay alrededor».

Abro el adjunto. Es un guion, escrito por Lucas. Lucas está obsesionado con el cine. En nuestra casa no le permiten ver las películas que quiere, pero sé que se ha construido un servidor *proxy* para poder evitar la seguridad de internet del colegio y ver películas allí en su tablet. No se lo voy a decir a nadie, pero lo sé. Lucas es listo, pero se lo tiene muy callado.

Empiezo a leer.

LO QUE SÉ

GUION CINEMATOGRÁFICO

por LUCAS KENNEDY

Queridas Maria y Zoe:

Os envío esto para explicaros un poco cómo eran las cosas antes de que mi madre muriera.

Es un guion cinematográfico que escribí para contar la historia de lo que nos pasó a mí, a mi madre y a mi padre antes de conoceros. Espero que lo leáis.

Leedlo, por favor.

Con cariño,

Lucas

PRIMER ACTO

INT. HABITACIÓN PRIVADA DE HOSPITAL. MUY BIEN EQUIPADA. NOCHE

Una mujer, JULIA, de treinta y pocos, pero que parece mucho mayor por culpa de su enfermedad, está tumbada inmóvil en una cama de hospital. Es evidente que una vez fue hermosa; siguen apreciándose sus rasgos delicados y simétricos. El pelo, largo y negro, está desparramado sobre la almohada, rodeándole la cara.

Pueden verse un jarrón con flores y un par de tarjetas por la habitación, que está inmaculadamente limpia, muy bien equipada y tiene una luz fuerte. JULIA está recibiendo los mejores cuidados médicos disponibles.

Al lado de su cama está sentado su hijo, LUCAS, de diez años, que tiene una de las manos de JULIA envuelta entre las suyas. Es un niño guapo, de ojos grandes y pelo oscuro. La mayor parte del tiempo tiene la cabeza hundida, pero a veces levanta la vista y se lleva la mano de ella a la mejilla con mucho cuidado. Cuando lo hace, a veces se le cae una lágrima también. Cuando empieza a oírse la voz en *off* (V. O.) de ella, él levanta la cabeza para mirarla y le coloca el pelo sobre la almohada para que esté perfecto.

La voz de JULIA es cálida. Es la de alguien con quien te gustaría tener amistad.

JULIA MORIBUNDA (V. O.)

No es así como me habría gustado conocerte. Preferiría estar de pie, peinada y con un poco de maquillaje. Y me gustaría no llevar puesto un camisón. Si hubieras venido a nuestra casa, te habría invitado a entrar y te habría ofrecido té y galletas, o tal vez incluso una magdalena casera si Lucas y yo las hubiéramos preparado ese día. Podríamos haber charlado al sol en la mesa de la cocina y habría sido agradable.

La cámara hace un trávelin alrededor de la cama para que se aprecien la fragilidad de JULIA, su piel pálida y la inmovilidad total de su cuerpo. No puede respirar por sí sola.

JULIA MORIBUNDA (V. O.)

El final ya está cerca, como ves, y una gran parte de mí se siente profundamente agradecida por tener a Lucas aquí conmigo, porque nunca he querido dejarle, pero tengo que admitir que hay otra parte que está aliviada porque ya casi ha acabado todo esto; es que no puedo soportar ni un minuto más ver a Lucas presenciando cómo me voy muriendo. Ha sido un proceso largo y brutal, a pesar de todos mis esfuerzos por acelerarlo. Pero ya hemos llegado a la fase final. He tenido un ataque al corazón y estoy a punto de tener otro, que esta vez será fatal.

Se ve una orden que dice «No resucitación» al pie de la cama de JULIA.

JULIA MORIBUNDA (V. O.)

¿Es eso algo cruel? Lucas lloró cuando le explicaron lo que significaba la orden de no resucitación y les gritó a los médicos. Pero es necesaria para no prolongar las cosas y para que mi niño no sufra más de lo necesario. Pero se me ha pasado por la cabeza que, a pesar de todos mis esfuerzos por irme limpiamente, mi niño hermoso e intuitivo puede que encuentre una excusa para volver más pronto del colegio el día que yo decida hacerlo y que estará allí para suplicar que me salven, esté en el estado en que esté.

INT. DORMITORIO DE CHRIS Y JULIA. DÍA. UNAS HORAS ANTES

JULIA está tumbada en la cama en un dormitorio lujoso, bonito, decorado con gusto. Ya está inconsciente. A su lado hay muchos frascos de pastillas, todos vacíos. Los dedos de una de sus manos envuelven, sin fuerza, una botella de agua. Tiene un sobre encima del pecho. En el anverso está escrito: «A quien corresponda». Se oyen unos golpes desesperados en la puerta del dormitorio.

LUCAS (FUERA DE ESCENA)

¿Mamá? ¡Mamá! ¡Mami! ¿Estás ahí dentro? ¡Mamá!

Se oyen patadas contra una puerta, cada vez más frenéticas, y luego otro tipo de golpe, como si alguien estuviera estrellando todo el peso de su cuerpo contra esa misma puerta. Después, un breve silencio.

LUCAS (FUERA DE ESCENA) (CONTINUACIÓN)

Sí, hola. Una ambulancia, por favor. Sí, y que vengan también los bomberos. Por favor, que vengan rápido. Es por mi madre.

INT. HABITACIÓN PRIVADA DE HOSPITAL. MUY BIEN EQUIPADA. NOCHE

Se ve a JULIA y a LUCAS exactamente igual que antes. También se ve a un CHRIS más joven de pie al otro lado de la puerta, mirando a LUCAS y a JULIA a través de la ventanita que hay en ella. Tiene la palma de la mano apoyada en el cristal. Parece totalmente abatido.

JULIA MORIBUNDA (V. O.)

Ese es mi marido, Chris. En este momento está tan afectado como nuestro hijo. Quiere estar conmigo también, pero le está dando tiempo a nuestro hijo para que pueda despedirse a su manera.

La cámara gira 360 grados para mostrar toda la habitación; se ven las máquinas que monitorizan las constantes de JULIA, que pitan pausadamente. Uno de los números parece vacilar un segundo y LUCAS se queda mirándolo, alarmado, aunque vuelve a adquirir un ritmo constante otra vez. LUCAS hace un gesto a CHRIS, que llama a una ENFERMERA. Ella entra apresuradamente, lo comprueba todo y después le pone una mano en el hombro a LUCAS para animarlo. Él vuelve a sentarse y ahora CHRIS se sienta detrás de él. Es una vigilia.

JULIA MORIBUNDA (V. O.)

No, no te preocupes. No ha llegado la hora todavía. Aún me quedan unos momentos y, ya que los tenemos, quiero contarte mi historia. Es la historia que vivimos Chris y yo, la de nuestra vida, y la del bebé que tuvimos juntos, al que llamamos Lucas. Y voy a empezar la historia cuando Chris solo tenía quince años.

INT. DORMITORIO DE UN HOMBRE JOVEN. NOCHE

Un CHRIS adolescente está sentado delante de una mesa, rodeado de libros y papeles, escribiendo como loco en un cuaderno de tamaño folio, solo deteniéndose para comprobar datos en un libro de texto o cruzar algunas notas. La habitación está casi a oscuras, solo un flexo ilumina su mesa. Una bombilla desnuda cuelga del techo, pero está fundida. La habitación no es miserable, pero tampoco parece cómoda. Puede verse un reloj en la mesa de CHRIS que indica que es más de medianoche.

JULIA MORIBUNDA (V. O.)

Christopher Kennedy era hijo único en una familia en la que había un padre y una madre, y a veces también se les unía un tercero, que era siempre el más impredecible de todos: el crack.

Se oyen gritos violentos que vienen desde el otro lado de la puerta de la habitación y el inconfundible sonido de que golpean a alguien. CHRIS hace una mueca de dolor, pero sigue trabajando; está acostumbrado a eso. Segundos después se oye un portazo y sollozos con un tono desesperado y derrotado, como los gemidos de un perro apaleado. Entonces se oye a la MADRE DE CHRIS llamándole.

MADRE DE CHRIS (FUERA DE ESCENA)

Christopher, cariño, ven a ayudarme. Ven a ayudarme, por favor.

CHRIS deja lo que está haciendo para escuchar. Se ve que varias emociones cruzan su cara y al principio deja el bolígrafo y parece que está a punto de levantarse, pero entonces su expresión cambia y muestra resolución. Coge unos auriculares, se los pone y sigue con su trabajo. Se oye lo que él está escuchando, una fuerte música de piano, y los sollozos quedan ahogados por la música. La expresión de CHRIS ahora es de concentración y serenidad.

JULIA MORIBUNDA (V. O.)

Chris fue consciente, desde muy pequeño, de que la única persona que podía ayudarle a llegar adonde quería era él mismo. Así que se volvió totalmente independiente y dedicó todas sus horas a su trabajo.

INT. EDIFICIO WILLS MEMORIAL, UNIVERSIDAD DE BRISTOL. DÍA

CHRIS está en una ceremonia de graduación. Se oye que alguien dice su nombre y él se levanta para ir hasta el escenario a recoger su título. Un numeroso público aplaude.

JULIA MORIBUNDA (V. O.)

El trabajo duro de Chris dio sus frutos. Se licenció con matrícula de honor en Informática en la Universidad de Bristol con 19 años, uno de los más jóvenes en conseguirlo. Y después de eso no dejó de esforzarse y las cosas siguieron yéndole bien.

INT. DESPACHO DE CHRIS EN EL DEPARTAMENTO DE INFORMÁTICA DE LA UNIVERSIDAD DE BRISTOL. NOCHE

Al otro lado de una ventana alta se ven las luces de la ciudad brillando afuera. El despacho es un espacio diminuto en el que se ha conseguido encajar una mesa y un sofá muy sencillo, que parece sacado de un piso de estudiantes.

JULIA MORIBUNDA (V. O.)

La Universidad de Bristol le concedió un despacho propio para que desarrollara sus ideas. En él, si se colocaba en el sitio preciso, incluso tenía vistas. Y Chris no se durmió en los laureles, porque poco después tuvo una idea que llamó la atención de cierta gente.

Se ve a Chris mirando una pantalla. Escribe un *e-mail* cuyo texto se puede leer: «Creo que lo he conseguido, joder», dice, y pulsa el botón de Enviar.

INT. UN DESPACHO EN LA CASA DE UN INVERSOR. NOCHE

Un hombre mayor con pinta de rico está sentado tras una mesa en una habitación que se parece a lo que todos imaginamos cuando pensamos en un club de caballeros. Recibe el *e-mail* de Chris, sonríe al leerlo, escribe un correo en respuesta que dice: «VAMOS A DAR EL PELOTAZO» y pulsa Enviar.

INT. NUEVO DESPACHO DE CHRIS EN LA UNIVERSIDAD. DÍA

El nuevo despacho de CHRIS es más grande y más luminoso, y las vistas de la ciudad son amplias e impresionantes. Lo único familiar que se ve es el sofá, que está más viejo y más gastado, pero sigue en su sitio.

CHRIS está tumbado en el sofá, lleva unos auriculares y está hablando por teléfono.

JULIA MORIBUNDA (V. O.)

A Chris lo ascendieron merecidamente en la universidad y le dieron un despacho mejor. Su idea de negocio era buena. De hecho era genial, y recibió una oferta muy tentadora de un fondo de inversión para que la hiciera realidad.

CHRIS habla por teléfono utilizando los auriculares con micro. De repente se incorpora bruscamente y se queda sentado.

CHRIS JOVEN

¿Un pedido de cinco mil? Eso está bien. Muy, muy bien. Es un buen comienzo, sólido...

(escucha)

¿Perdón? ¿Cincuenta mil? ¿Es broma? Creía que había dicho...

(escucha)

¿Cincuenta mil? Bueno, eso... eso es increíble.

JULIA MORIBUNDA (V. O.)

El negocio empezó a ir tan bien y a crecer tan rápido que dejó de necesitar el apoyo de la universidad. Se estableció por su cuenta y el fondo de inversión le proporcionó suficiente financiación para poder permitirse incluso contratar a una ayudante.

INT. UNA CAFETERÍA. DÍA

CHRIS está sentado en una mesa pequeña con un montón de papeles delante. Una mujer joven, JULIA, entra y se acerca a la mesa.

JULIA

¿Hola? ¿Eres Chris?

CHRIS

Sí. Hola. ¿Julia?

JULIA

Sí, soy yo. ¿Puedo sentarme?

CHRIS

Sí, claro, perdona. Siéntate.

CHRIS se levanta de un salto de su asiento y aparta una silla para JULIA. Es el gesto un poco precipitado de un hombre que no parece estar muy acostumbrado a mostrarse tan educado. Lo hace con tanta torpeza que la gente de las otras mesas se fija y un par incluso sonríe discretamente ante esa demostración de entusiasmo. CHRIS y JULIA están sentados el uno frente al otro. Él se queda mirándola fijamente, sin decir nada.

JULIA

¿Y bien?

CHRIS

¡Oh, claro!

JULIA

Aquí tienes mi currículum.

CHRIS

Bien, sí. Gracias.

CHRIS le echa un vistazo rápido al currículum, que solo tiene una página.

CHRIS (CONTINUACIÓN)

Genial. Perfecto. ¿Tienes alguna pregunta?

JULIA

¿Yo? Oh, bueno, me preguntaba si tengo experiencia suficiente para el puesto.

(se da cuenta de lo que ha dicho)

Oh, Dios mío, lo siento. Pero qué tontería acabo de decir. Perdóname.

CHRIS sale bruscamente de su ensoñación y suelta una carcajada.

CHRIS

¡Es la peor técnica de hacer entrevistas que he visto en mi vida!

JULIA

Creo que debería irme. Lo siento. Es el primer trabajo que he solicitado. No sé lo que hago.

CHRIS

¡No! No, perdona, no quería molestarte. Quédate, por favor. Hablemos del trabajo. Creo que debería hacerte yo unas cuantas preguntas a ti. Pero, antes de empezar, ¿quieres tomar algo?

JULIA MORIBUNDA (V. O.)

Me tomé un chocolate. Con nata encima. Y él también.

EXT. UNA CALLE BONITA.
UNA NOCHE FRÍA PERO DESPEJADA

La cámara muestra primero las baldosas gastadas por el tiempo de una vieja acera y después va avanzando hacia la ventana bien iluminada de un restaurante. Es un sitio pequeño, y en una mesa junto a la ventana se ve a CHRIS y a JULIA, uno a cada lado de una mesa íntima, los dos mejor vestidos y menos incómodos que en su primer encuentro. La luz de las velas se refleja en las copas de vino de las que beben y los dos se apartan un poco cuando llega el camarero con los platos de comida, aunque no dejan de mirarse a los ojos. Se les ve cariñosos, cómodos y muy felices.

JULIA MORIBUNDA (V. O.)

Chris no tardó mucho en tener que hacer otras entrevistas para encontrar a una nueva ayudante, porque a mí me ascendió al puesto de prometida. Caí rendida a sus pies desde el principio. Expresó tener unos sentimientos por mí muy intensos, que no se parecían a nada que yo hubiera conocido antes. Era embriagador. Y, arrastrados por el optimismo del amor de juventud, sentimos que nuestras vidas y nuestra ciudad nos pertenecían, que todo era posible y que el futuro sin el otro sería insoportable.

Dentro del restaurante, cuando el camarero se retira, CHRIS saca una cajita del bolsillo y se la da a JULIA, que la abre y aparece un anillo, precioso y con un diamante. El placer y la emoción que siente son evidentes. Se ve que su boca pronuncia la palabra «sí» y después la cámara se aleja de la ventana del restaurante para mostrar otra vez la calle, donde se ven unas encantadoras luces navideñas. Finalmente la cámara se dirige aún más allá, hacia el pueblo de Clifton, y enfoca el Puente Colgante, iluminado de forma espectacular, una imagen etérea sobre la profunda garganta. Es una escena bella y romántica. Podría haber también una luna llena reinando sobre el paisaje, perfecta, irradiando esperanza en medio de la noche invernal.

JULIA MORIBUNDA (V. O.)

Fue una de las noches más felices de mi vida.

INT. GOLDNEY HALL ORANGERY EN CLIFTON, BRISTOL. DÍA

CHRIS y JULIA están de pie en medio de una bonita sala victoriana, en la que unos ventanales de guillotina cubren todas las paredes y ofrecen una vista de un precioso jardín. Hay lámparas de araña sobre sus cabezas y bajo sus pies el suelo es de baldosas de piedra dorada.

JULIA MORIBUNDA (V. O.)

Chris y yo preparamos la boda juntos y nos ocupamos de todos y cada uno de los detalles. Queríamos lo mejor.

JULIA le coge la mano a CHRIS.

JULIA

¿Te parece demasiado grande?

CHRIS

Me parece perfecta.

Y se ve por la emoción de la cara de JULIA que a ella se lo parece también, pero que quería que él lo dijera primero.

INT. GOLDNEY HALL. DÍA

El vestíbulo está lujosamente decorado para una ceremonia nupcial y hay un número reducido de personas reunidas en un extremo, sentadas alrededor de CHRIS y JULIA, el novio y la novia, que están ante ellos de pie, cogidos de las manos y mirándose mientras pronuncian sus votos.

JULIA MORIBUNDA (V. O.)

La sala era demasiado grande para nuestra reducida ceremonia, pero Chris invitó a muchos de sus colegas de trabajo para compensar la reducida familia que teníamos los dos. Sus padres no asistieron. Me dijo que su familia no significaba nada para él, que no quería ni siquiera hablar de ellos.

Se ve que la mayoría de los asistentes a la ceremonia son un grupo de profesionales bien vestidos.

JULIA MORIBUNDA (V. O.)

Mi madre sí estuvo. Vino sola, porque mi padre nos dejó cuando yo era un bebé, y ella dijo que lo prefería así.

Se ve a una mujer adorable, la MADRE DE JULIA, sentada en la primera fila, desde donde ve bien a su hija. Lleva un traje sencillo y poco maquillaje, pero tiene prendidas en la solapa de su chaqueta unas flores preciosas y se ha colocado con mucho estilo el sombrerito que lleva.

JULIA MORIBUNDA (V. O.)

Ella le agradeció mucho a Chris que se ocupara de pagar toda la boda, porque con su presupuesto solo nos habría dado para un par de docenas de rollitos de salchicha y unas cuantas copas en el club social. Además, estaba orgullosa de verme a punto de empezar un matrimonio que tenía muchas más esperanzas de prosperar que el suyo, porque, para qué negarlo, en su boda yo tuve un papel destacado porque estuve presente en forma de prominente barriga, lo que supuso una gran vergüenza para ambas partes. Pero mejor dejar eso atrás. Estaba contenta de que ella hubiera venido, porque la quería mucho. Tristemente murió poco después, pero para ella significó mucho saber antes de irse que yo estaba felizmente casada.

Se ve una sonrisa aparecer poco a poco en la cara de la MADRE DE JULIA y después la cámara gira para mostrar lo que ella ve: la novia y el novio acercándose para besarse mientras el público aplaude.

Cuando se separan, CHRIS se queda allí, rodeando a JULIA con el brazo, apretándola contra él y sonriendo ampliamente.

CHRIS

¡Mi esposa! ¡Ahora tengo esposa!

Todo el mundo ríe mientras JULIA los mira a todos un poco avergonzada, pero muy feliz.

Domingo por la noche

Después del concierto

Zoe

Dejo de leer porque oigo que mi madre baja por fin por las escaleras. El guion es bastante entretenido, pero no estoy interesada al cien por cien, sinceramente, porque hasta ahora es básicamente la historia de amor de Chris y Julia contada por la voz de la madre moribunda de Lucas, y eso es algo que me resulta bastante raro. Tampoco entiendo qué tiene que ver todo eso conmigo.

No estoy muy segura de por qué Lucas ha insistido tanto en que mamá y yo lo leamos.

Dejo el teléfono (de hecho lo escondo bajo los cojines del sofá, porque lo que he visto en Panop todavía hace que me suden un poco las manos y por eso no quiero ni verlo) y voy a esperar a mi madre al pie de las escaleras, desde donde la veo bajar con la mano apoyada en el pasamanos brillante. Cuando llega al final, se pone un dedo sobre los labios para que no diga nada que pueda despertar a Grace y me hace un gesto para que vaya a la cocina.

La sigo a esa habitación. Ella coge una copa de vino del armario y se sirve una cantidad generosa de una botella que, en cuanto la saca de la nevera, se cubre de una condensación que gotea sin descanso. Espero, escuchando el tintineo que hace el cristal sobre el granito, y mientras, me estiro el vestido, porque desde que disfrutamos de esta segunda oportunidad de tener una familia a ella le gusta que vaya siempre impecable y creo que ahora estoy un poco desaliñada tras haber estado tumbada en el sofá.

Mi madre le da un par de buenos sorbos al vino.

–Zoe... –empieza a decir.

–¿Sí? –respondo, llena de miedo, porque ha llegado el momento de que ella y yo nos pongamos de acuerdo, de decidir qué vamos a hacer.

Miro el reloj de estación ferroviaria que hay en la pared de la cocina y calculo que nos quedan como diecisiete minutos para hacerlo antes de que lleguen Tessa, Chris y Lucas.

–Creo... –continúa mi madre mientras se acerca las manos a la cara y hace un gesto para estirarse las mejillas; un *lifting* momentáneo.

Y, a pesar de todo, una diminuta parte de mí está ilusionada, porque estoy contenta de que vayamos a hacer esto juntas, a hacer juntas cualquier cosa en realidad; hace mucho que no lo hacemos.

El corazón me late con un ritmo como el de la música tecno que suele hacer estremecerse los coches, porque ahora es el momento. Pero entonces ella dice, con un tono tan alegre como la música del móvil de la cuna de Grace:

–¿Sabes lo que creo que deberíamos hacer? Preparar *bruschetta* para los chicos.

Lunes por la mañana

Sam

En la comisaría de Barnstaple, cuando volví para hablar con Zoe después de la reunión con el policía a cargo del caso, me la encontré en la misma postura que antes, hecha un ovillo encima de la silla de plástico, con la trabajadora social sentada en silencio a su lado.

Zoe me observó mientras entraba y me sentaba; sus ojos resacosos me siguieron como los de un gato, enmarcados por su pelo lleno de destellos de cristal.

–Hola de nuevo.

–Hola –respondió.

–Bueno. ¿Le has dicho a alguien que estás arrestada?

–Han llamado a mi madre.

–¿Quieres que tu madre se reúna aquí con nosotros?

–No.

La trabajadora social frunció los labios, pero no dijo nada.

–¿Me podrías decir por qué?

–No quiero que ella lo sepa.

–Está fuera, Zoe. Sabe que estás aquí y sabe por qué. No vas a poder mantener esto en secreto.

Su respuesta inmediata fue una firme negación con la cabeza, así que no quise insistir más. Un trozo de cristal se cayó de su pelo y aterrizó en la mesa frente a ella, que, curiosa, casi hipnotizada al verlo, acercó el dedo para tocarlo; parecía un diamante diminuto.

–¡No lo hagas! –exclamé, pero ya era demasiado tarde.

El cristal le hizo un corte en el dedo; ella lo apartó bruscamente y se lo metió en la boca. La diminuta esquirla rebotó por la mesa y cayó al suelo.

–Voy a por el botiquín –propuso la trabajadora social.

–No se moleste –respondió Zoe–. No es nada.

Nos mostró el dedo para que viéramos que solo tenía una diminuta gota de sangre y después volvió a metérselo en la boca.

La trabajadora social rebuscó en su bolso y le dio a Zoe un pañuelo de papel y los dos la observamos mientras se envolvía el dedo con él, apretándolo tanto que la yema se le quedó blanca.

–Bueno, si cambias de idea en algún momento, le pediremos a tu madre que entre. ¿Y tu padre?

Otra negación con la cabeza, más firme incluso esa segunda vez.

–¿Te encuentras lo bastante bien para hablar conmigo ahora?

De cerca se la veía peor de lo que me había parecido antes. Me dijeron que había vomitado en el hospital.

–Sí.

–Tu bienestar es muy importante para los que estamos aquí, así que debes avisarnos inmediatamente a mí o a...

–Ruth –aportó la trabajadora social.

–Avisarnos a mí o a Ruth si te encuentras mal y no puedes seguir hablando o si necesitas cualquier cosa. Ruth está aquí para ayudarte, y yo soy tu abogado, como te he dicho antes, y eso significa que quiero asegurarme de que te proporcionan los consejos adecuados en tu situación y también de que comprendas todo lo que está pasando esta mañana y lo que ocurrió anoche. Y lo que es más importante y la razón por la que debes decir en cualquier momento si no puedes continuar con esto: necesito estar seguro de que entiendes perfectamente las consecuencias que pueden tener las declaraciones o respuestas que le des a la policía.

–Estoy bien.

Me pregunté de dónde vendría ese estoicismo. Todavía no sabía lo del piano, lo de su disciplina y su autocontrol, ni su ansia de excelencia, pero su extraordinaria inteligencia ya estaba empezando a hacer acto de presencia. Se advertían una claridad y una extrema atención en sus ojos.

–¿Vives en la zona, Zoe?

–Entre Hartland y Clovelly, en East Wildberry Farm.

–¿Cerca de Hartland Point?

–Sí. Ahí es adonde íbamos.

–¿En el coche? ¿A Hartland Point?

–Al faro.

–¿Por qué?

–Porque Jack dijo que podía coger el coche de su padre para llevar a Gaviota a casa, pero solo con la condición de que fuéramos al faro antes.

Pensé en el faro de Hartland Point, porque lo conocía bien. Para llegar hasta él había que cruzar unas puertas cerradas con llave y coger un camino empinado y lleno de obstáculos que bajaba por un acantilado hasta la costa, donde unas rocas negras sobresalían en la orilla como dientes de tiburón. El faro estaba en un montículo rocoso reforzado con un rompeolas para evitar que las olas lo alcanzaran. Estaba deshabitado y tenían intención de apagarlo definitivamente pronto. Había unas casas vacías cerca, donde antes vivían los fareros.

Cuatro adolescentes borrachos andando por allí en una noche fría y oscura era, en mi opinión, una forma de invocar al desastre.

–¿Y por qué quería ir Jack al faro?

Vi que, tras esos ojos atentos, Zoe valoraba algo antes de responder.

–No lo sé.

Cambié de táctica.

–¿Y cómo es que tú sabes conducir?

–Mi padre me enseñó, en la granja.

–¿Y por qué conducías tú, habida cuenta de que Jack tenía ya edad para tener el carné de conducir?

–Jack estaba borracho. Demasiado para conducir.

–Pero tú también lo estabas.

–Yo no. Yo solo había tomado un Spritzer.

–Según la policía, tu nivel de alcohol en sangre duplicaba el límite permitido.

–Yo no estaba borracha.

Dejé ese punto temporalmente. Lo investigaría más adelante. Si ella no sabía que estaba borracha, podríamos construir una defensa a partir de eso.

–¿Por qué Gaviota quería irse de la fiesta?

–Porque no se encontraba bien.

–¿Y no se encontraba bien porque había bebido?

–Creo que sí.

–¿Estabas tú con ella?

–Vino a buscarme cuando empezó a encontrarse mal.

–¿Sois amigas?

–Es mi mejor amiga.

–¿Y dónde estabas tú cuando ella vino a buscarte?

–Con Jack.

–¿Y dónde estabais Jack y tú?

–En el dormitorio.

Lo escribí en mi libreta mientras la trabajadora social se revolvía en su asiento; me pregunté si sería por el tono desafiante que Zoe había utilizado. Más adelante iba a necesitar saber todos los detalles, pero decidí que en ese momento era mejor no presionarla, porque al mirarla vi que se estaba poniendo cada vez peor y pensé que estaba a punto de vomitar otra vez.

–Me parece que vamos a dejarlo ya, porque no creo que estés en condiciones esta mañana. Pero antes de que me vaya, ¿hay algo que quieras que sepa, Zoe? Vamos a hablar mucho más sobre todo esto, ¿pero hay algo que quieres que sepa ahora?

–Hoy es el cumpleaños de Gaviota –dijo, y se echó a llorar.

Domingo por la noche
Después del concierto

Zoe

–*¿Bruschetta?* –pregunto.

Este es un ejemplo perfecto de por qué a veces es una locura intentar tratar cualquier cosa con mi madre. Todos comimos antes de salir para el concierto, así que ellos no van a tener hambre cuando vuelvan. Estoy totalmente segura de que Jason, mi asistente social, diría que hacer *bruschetta* en este momento es un ejemplo clásico de actividad para distraer la atención.

–Sí, creo que eso es lo que deberíamos hacer –contesta mi madre.

Ni siquiera me está escuchando, está hablando sola. Cruza la cocina y sus zapatos repiquetean sobre el suelo de piedra; todavía lleva los zapatos de tacón que se puso para el concierto. Abre la puerta de la nevera.

–Veamos... –dice–. ¿Tenemos todo lo necesario?

Mi madre tiene una nevera muy grande. Es tan grande que se podría meter una persona dentro. Eso dice Lucas. Una vez comentó: «¿Creéis que si metemos a Grace en la nevera parará de llorar? Al menos así dejaríamos de oírla».

Yo solté una carcajada al oír eso, en parte porque Lucas no suele hacer bromas cuando estamos todos juntos, así que pensé que sería bueno reírme para animarle, y en parte porque me imaginé a Grace en la nevera, metida en un *tupperware,* como las sobras que suele guardar mi madre. Pero no era nada morboso (todo el mundo piensa siempre que yo imagino cosas morbosas); solo era algo divertido.

«El humor negro puede ser una herramienta para gestionar tus emociones; oirás hablar mucho de ese tema mientras estés en el Centro. Pero tienes que tener muchísimo cuidado a la hora de utilizarlo cuando vuelvas al mundo exterior, Zoe», me dijo una vez Jason, mi asistente social, quitándose las gafas y masajeándose las arrugas de la frente con tanta fuerza que fue como si estuviera buscando ahí algo que hubiera perdido.

Mi madre se quedó blanca como un helado Mini Milk cuando Lucas dijo eso y se puso todavía más pálida cuando yo solté esa carcajada tan fuerte. En ese momento Grace era tan pequeña que se pasaba la mayor parte del tiempo encaramada en el hombro de mi madre, haciendo burbujitas viscosas con la boca.

Chris se puso como una fiera, aunque esa no es una buena descripción de cómo se pone Chris cuando se enfada. Cuando mi padre se enfadaba, gritaba y agitaba las manos sin parar. Una vez tiró una patata asada al suelo y explotó enviando trocitos por todas partes; mamá, él y yo casi nos morimos de la risa.

Chris no es así, es demasiado educado. En aquel momento su forma de ponerse como una fiera consistió en quedarse un poco tenso y decirle a Lucas:

–¿Podemos hablar un momento?

Los dos salieron de la habitación y los oí hablando mucho rato en el estudio de Chris, al final del pasillo. En la cocina mi madre puso Radio 3 y dijo:

–No deberías haberte reído así.

Y yo sentí vergüenza.

Cuando Lucas y Chris volvieron, Lucas dijo:

–Perdóname, Maria. Lo que he dicho ha sido inapropiado.

–Entiendo que era solo una broma, Lucas –contestó mi madre–, pero te agradezco la disculpa. No pasa nada.

Y entonces Chris comentó que, si no estaba equivocado, era Barenboim el que tocaba Beethoven en la radio y todos nos pusimos a prestarle atención a la música.

Mamá saca una bolsa de tomates pequeños y maduros de la nevera. Son del tamaño de canicas grandes.

–¿Podemos hablar de lo del señor Barlow? –digo.

Ella abre el paquete y saca los tomates; están muy rojos y todavía tienen la ramita.

–Oh, sí, claro. Sí –contesta en un primer momento, pero después continúa–: Creo que estos son lo bastante pequeños y dulces como para no tener que quitarles la piel. ¿Me traes un poco de ajo, por favor? Vamos a necesitar... a ver... dos dientes grandes o tres pequeños, diría yo.

En la despensa encuentro los ajos: una gruesa trenza de grandes bulbos que parecen envueltos en papel, colgando de un brillante gancho de metal. Aquí se está más fresco que en la cocina y me apetece quedarme un rato y apoyar la cabeza en una encimera de mármol donde hay una tarta de chocolate y caramelo en una lata. Abro la lata sin hacer ruido y meto el dedo en el glaseado del centro de la tarta; así no quedará rastro de lo que he hecho. Meto el dedo hasta el fondo y lo saco lleno de chocolate; después me lo chupo y aplano un poco el glaseado para que nadie se dé cuenta. Fácil.

Intento pensar en formas de conseguir que mamá hable conmigo sobre el padre de Amelia Barlow.

Cuando salgo de la despensa, le paso los dientes de ajo (dos grandes) haciéndolos deslizarse por la encimera de la gran isla de la cocina, que es de un granito negro brillante. Chris y mamá necesitaron tres semanas para elegirlo. Chris trajo a casa un montón de muestras y le dijo a mamá que eligiera. Yo sé que ella habría preferido uno de color más claro, por ejemplo ese de color beis y blanco con alguna pizca de negro aquí y allá que parece hecho de granos de arena, pero escogió el de color ébano para agradar a Chris, seguro, porque ellos siempre están intentando superarse el uno al otro a la hora de agradar. Lucas dice que probablemente estarán eternamente atrapados en un bucle de agrado mutuo, que no dejarán de hacer esas cosas hasta que la muerte los separe. Está convencido de que es porque a los dos les da miedo quedarse solos.

Cuando fui a la tumba de Gaviota, vi que también era de granito negro, pero este tenía motitas plateadas brillantes. Creo que a Gaviota le habría gustado; le gustaba que todo tuviera un poco de brillo (literalmente, no en sentido metafórico). El cementerio de la iglesia tenía vistas al mar. La tumba de Gaviota era de granito negro con brillitos y de fondo se veía el vivo verde de los campos y el gris helado del mar; la tarde que fui había unas olas enormes y violentas que parecían una advertencia y el viento era tan fuerte que teníamos que darle la espalda.

Mi madre dijo que esa lápida debía de haber costado una fortuna. Más de lo que la familia de Gaviota podía permitirse, porque ella también estudiaba en Hartwood House School con una beca, como yo, solo que la suya era de deportes. Nos hicimos amigas por eso. Así podíamos compartir lo de ser amebas en esa sociedad.

Me dieron ganas de pasar más tiempo en la tumba de Gaviota, pero era importante que no nos vieran, porque la gente se enfadaría. De hecho tuve que ir con un gorro de lana que me tapara el pelo rubio platino de doncella de hielo y envolverme bien en una bufanda para que no se me viera mucho la cara.

Mamá ha cogido un cuchillo grande y está enfrascada haciendo cortes diagonales y precisos a una *baguette*. Me quedo esperando que haga algún descanso para decir algo, pero cuando llego a la conclusión de que no va a hacer ninguno, simplemente empiezo:

–Mamá...

–Este pan es de ayer –responde ella–, así que está un poco duro, pero seguro que no hay problema.

–Mamá...

–De hecho seguramente es mejor así para hacer la *bruschetta*. –Dice el nombre como en italiano: «brusketa».

A Chris le gustaría oír que lo dice así. La llevó a Italia dos semanas antes de que naciera Grace, y cuando volvieron mamá lo pronunciaba todo a la italiana. Nos contó que había tenido mucho tiempo para leerse el libro de frases útiles que se había llevado y mejorar su italiano; esa era la parte buena de haber tenido que hacer reposo tras torcerse el tobillo el cuarto día. Mi madre siempre hace mucho hincapié en ver el lado bueno de las cosas. Qué curioso.

Calculo que le quedan solo tres rebanadas ruidosas y llenas de migas para acabar la barra. Después tendrá que hacerme caso. Sigo oyendo el crujido del pan al cortarlo hasta que por fin deja el cuchillo sobre el granito con un ruido seco y sus bordes dentados reflejan la luz. Hay migas por todas partes y un montoncito perfecto de rebanadas de pan cortadas en diagonal, como las que se ven en las revistas.

–Mami –repito. Sé que ya soy demasiado mayor para llamarla «mami», pero no me está escuchando–. Mami, ¿qué les vamos a decir?

Ella traga saliva, parpadea muchas veces (algo que en ella es señal de tensión) y empieza a retirar las migas del granito, colocando una mano junto al borde y empujando las migas para que caigan en ella con la otra. Sus movimientos son rápidos, pero no tan eficientes como de costumbre. Lo está haciendo precipitadamente y algunas migas se caen al suelo. Veo que ya se ha bebido dos tercios de la copa de vino; ha debido de darle un buen sorbo cuando yo estaba en la despensa. El vaso está sudando tanto que se diría que tiene que tener sed.

–Vamos a decirles que ha sido un error –contesta con una sonrisa–. Que no conocemos a ese hombre y que se ha debido de equivocar.

Veo pequeños círculos de transpiración bajo sus axilas. Un rizo se le ha caído sobre la frente y parece grasiento por el calor. Si se lo viera, no le gustaría nada.

–¡Pero si le llamaste por su nombre!

–No me lleves la contraria, Zoe. ¡No lo hagas! Necesito pensar.

Su voz suena sorprendentemente aguda y hace que me ponga muy erguida.

Sopla para apartar el rizo grasiento (aunque no puede verlo, lo ha notado), pero solo consigue que se eleve un poco y caiga otra vez sobre su frente, justo donde lo tenía antes.

–Dios, ¡qué calor hace! –dice, saca un trapo del cajón, donde están todos limpios, planchados y doblados, perfectos, y se enjuga la frente con él.

Le tiemblan las manos y a mí de repente me invade la soledad que ha sido mi verdadero castigo desde el accidente. Estoy infestada de soledad. Me come como un cáncer; se extiende por mi cerebro y me hace sentir como si me estuviera volviendo loca. Estoy sola porque no puedo hablar de eso desde que llegó esta segunda oportunidad de tener una familia, pero pasó y es parte de mí y no puedo cambiarlo. Estoy tan sola ahora que es incluso peor que antes de que ocurriera. Pero es mejor guardar un silencio absoluto sobre lo de la soledad.

Así que me siento en un taburete al otro lado de la isla de la cocina, frente a mi madre, y la observo mientras prepara los tomates: los corta en trocitos diminutos, minúsculos, que va amontonando en una montañita carnosa junto al borde de la tabla de cortar. Después coge varias ramitas de albahaca de las plantas que tiene en macetas en medio de la isla y empieza a despedazarlas, echando los trozos en un cuenco blanco.

–Hay que romper la albahaca así, Zoe, ¿ves? No se debe cortar porque entonces se machacan los bordes. Al trocearla así el sabor se distribuye poco a poco –explica.

Pero ella no las está troceando con cuidado, sino con brusquedad, y veo que en realidad los pedazos de hojas están un poco machacados.

Antes de vivir con Chris nunca me daba consejos de cocina, pero ahora lo hace a todas horas. Creo que es porque a él le encanta que lo haga. Dice que es parte «de una verdadera educación» y que está deseando que mamá le pueda enseñar a Grace la «alquimia de la cocina». También le deja caer a Lucas a veces que debería escuchar cuando mamá comparte sus conocimientos.

Pero a mí no me gusta que mi madre me hable así cuando estamos solo ella y yo; por eso, cuando ella se pone a pelar los gruesos dientes de ajo y a cortarlos por la mitad, no puedo evitarlo, se me llenan los ojos de lágrimas otra vez. Intento respirar profundamente porque sé que mi madre no querrá que llore; eso va contra la regla de «Preferiblemente no llorar» (subtítulo: «sobre todo ahora que Chris debe de estar de camino a casa»), pero todo me supera. Pruebo a respirar despacio por la nariz para intentar que pare el llanto, pero no funciona. Ya me estoy estremeciendo en silencio cuando el cuchillo para tras un par de cortes firmes. El olor del ajo es penetrante.

–Cariño... –dice mi madre, y por primera vez desde que nos acurrucamos juntas en la habitación que había al fondo de la iglesia me parece detectar un poco de cariño en su voz.

La miro y su expresión es de cansancio, igual que la mía, creo, pero cuando oímos dos pitidos de un claxon, que es el ruido que hace tía Tessa siempre cuando llega a nuestra casa, veo en los ojos de mamá que ahora es tan consciente como yo de que se nos ha acabado el tiempo, porque ya han vuelto.

–Déjamelo a mí –dice–. Tú no admitas nada. *Nada de nada*. ¿Me lo prometes?

Eleva un poco la barbilla y me queda claro que tiene intención de salir a recibirlos a la puerta, pero está esperando a que yo acceda.

Asiento pero exclamo:

–¡Espera!

Con eso consigo que se vuelva. Yo me acerco a ella, que ya está cerca de la puerta del vestíbulo, y le coloco el pelo para que no se vea ese rizo grasiento. De repente vuelve a tener una apariencia fresca y preciosa, justo como Chris querrá verla.

–Gracias –contesta, y ella me coloca el tirante del vestido en el hombro y el pelo detrás de las orejas, y pienso que vamos a tener al menos un par de segundos para hablar, pero en ese momento dice–: Ve a lavarte la cara. Lo más rápido que puedas. Y cuando bajes, échales aceite a las rebanadas de pan y ponlas a tostar.

Domingo por la noche

Después del concierto

Tessa

Aparco en la calle delante de la casa de Chris y Maria. Hay muchos arbustos podados artísticamente en la entrada, así que siempre evito aparcar ahí porque tengo miedo de que mi furgoneta Volkswagen cause daños fatales en la vegetación si tengo que dar marcha atrás cuando me vaya. También hay dos pilares de piedra dorada, descascarillada y antigua, que flanquean la entrada a la casa y no quiero ser yo la que acabe derribando alguno de ellos.

La gravilla cruje cuando cruzamos el camino, los tres uno junto al otro. Maria abre la puerta justo cuando llegamos. Tiene la misma apariencia de doncella de hielo que Zoe, solo que lleva el pelo más corto y peinado en una media melena. Teniendo en cuenta todo lo que ha pasado, se la ve razonablemente tranquila.

Centra su atención en Chris y da un grácil paso hacia él.

–Hola, cariño –dice, le pone la palma de la mano en una de sus mejillas y le da un beso en la otra, que él le ha ofrecido en un gesto ensayado, aunque esta noche parece que le sale un poco forzado.

Maria y Chris siempre están revoloteando el uno alrededor del otro de esa manera y sus acciones me recuerdan a la actuación coreografiada de un mimo. No sé cómo, pero de alguna manera son capaces de encontrar el movimiento apropiado y socialmente perfecto para casi cualquier situación. Si yo intentara besar a Richard así, seguro que uno de los dos no estaría en el lugar correcto y acabaría produciéndose una situación muy incómoda. Con Sam seguramente sería diferente, aunque no puedo saberlo porque nuestra relación nunca ha sido un asunto público; no hemos tenido que presentarle ninguna cara al mundo porque todo lo que tiene que ver con nosotros es un asunto privado y secreto.

A mí me han dado ganas de dejar a Chris y a Lucas y marcharme sin salir siquiera del coche, pero he pensado que Maria va a necesitar un poco de solidaridad esta noche. En circunstancias normales los habría dejado en la puerta y no habría llegado ni a entrar.

Chris no dice nada después de recibir el beso, pero la mira atentamente.

–¿Qué tal el concierto? –pregunta ella, como si no hubiera pasado nada raro.

Chris mira a Lucas, que está claro que tiene la mente en otra parte, y se ve obligado a pensar precipitadamente en una respuesta que darle.

–Bien –es lo único que logra decir al fin.

–Creo que hay que trabajar un poco más la de Scarlatti, pero, por lo demás, no ha estado mal –añade Chris.

–Bueno, seguro que has estado brillante –contesta Maria.

Cuando se gira para entrar en casa, Chris da un paso rápido para acercarse y la acompaña apoyándole la mano en la parte baja de la espalda, como si la estuviera guiando.

Lucas me hace un gesto que indica «las señoras primero», pero yo odio esas formalidades, así que le cojo del brazo y digo:

–Serás tan amable de ayudar a una anciana, ¿verdad?

Él no sonríe, pero tampoco protesta, y espero que no se haya fijado en mi inspiración profunda cuando cruzamos el umbral y la pesada y brillante puerta se cierra con un suave clic detrás de nosotros.

Delante, Chris le está diciendo a Maria:

–Cariño, ¿podemos hablar un momento?

Pero a ella no le pilla desprevenida.

–¿No puede esperar? –responde–. Es que tengo que ir a echarle un ojo a la *bruschetta*.

Domingo por la noche

Después del concierto

Zoe

Me lavo la cara con cuidado de no mojarme el pelo. Me retoco el maquillaje y después me cepillo el pelo hasta que queda sedoso. Me gustaría ducharme y cambiarme de ropa para librarme de todo rastro del concierto, de Tom Barlow, de Katya, de Barney y del mensaje de mi teléfono. Quiero hacerme un ovillo en mi cuarto, que es mi refugio, mi nido, mi lugar seguro, pero sé que no puedo.

En el espejo veo que estoy igual que siempre: un halo de pelo casi blanco, los ojos azules, la piel como la cera. «Como una princesa», dijo Jack Bell cuando me cogió la barbilla, me levantó un poco la cara y la acercó a la suya. La gente siempre decía que yo parecía una princesa. Lucas no estuvo de acuerdo cuando se lo conté. Dice que eso de que las princesas son criaturas menudas, rubias, pálidas y con rasgos muy suaves solo es una fantasía de los blancos de clase media (es decir: noreuropeos y norteamericanos).

Jack Bell me dijo que era una princesa en la fiesta que dio en su casa la noche del accidente. Después me cogió la mano, se la acercó y se la colocó sobre el estómago.

–Zoe Guerin –dijo–. ¿Por qué tienes un apellido francés?

–Porque hace unos cien años la familia de mi padre era francesa –expliqué.

–Seguro que te sabes la fecha exacta, ¿a que sí?

Se estaba burlando de mí porque yo siempre levantaba la mano para responder a las preguntas en el colegio, pero no me importó.

Sentí bajo mi palma que el estómago de Jack Bell era duro y musculoso. Aunque hacía mucho frío fuera y los campos habían empezado a ponerse blancos por la escarcha de la noche, él solo llevaba una camiseta. Le había estado mirando mientras bailaba y se iba quitando capas de ropa, esperando que sus ojos se dirigieran hacia donde estaba yo. Y lo hicieron: una mirada, después una sonrisa y un rato después estábamos tan cerca que tenía la mano extendida sobre su estómago.

Me gustaba Jack Bell, aunque podía ser muy cruel a veces, como cuando me ignoraba en el instituto si estaba con sus amigos. A pesar de eso me gustaba, y mucho. Sinceramente, me pasaba todo el tiempo pensando en él.

Jack Bell era quien representaba el papel de héroe masculino en todas las fantasías que yo tenía. En mi mente éramos marido y mujer, amigos para toda la vida, la cadencia perfecta al final de una pieza musical: armoniosa, satisfactoria, completa, lo que tenía que ser.

Creo que fue por eso por lo que me impactó tanto el hecho de tocarle de verdad, porque Jack Bell ocupaba tanto mi mente que su contacto en la realidad me resultaba extraño. Su aliento olía a alcohol y tenía la piel sudada; no estaba segura de si eso me gustaba, pero aun así mis dedos se fueron separando sobre su abdomen.

–Ven conmigo –me susurró al oído.

Busqué a Gaviota. Estaba al otro lado de la habitación, hablando con uno de los amigos de Jack y riéndose por algo que él había dicho.

Jack me llevó a una habitación al final del pasillo. Era un dormitorio. Cerró la puerta, me puso las manos en la cintura y las fue subiendo por los costados, haciendo que se formaran pliegues en los lados de mi vestido. La sensación fue como si me estuvieran echando agua caliente por el cuerpo, tan intensa que tuve que apartarme un poco.

Jack Bell sonrió y me llevó hasta la cama.

–Siéntate conmigo –pidió.

Yo lo hice y nos acomodamos el uno al lado del otro sobre el colchón, que rebotaba mucho.

Yo di un pequeño bote y luego otro más alto, riendo.

–Ven aquí –dijo Jack, y me besó brevemente de una forma muy incómoda, porque estábamos sentados el uno al lado del otro.

Fue mi primer beso. Después me tocó con la mano un pecho y yo me sobresalté.

–¿Dónde está tu copa? Voy a traerte otra –ofreció Jack.

Ya me había tomado un Spritzer y sabía que no podía tomar más alcohol. Era importante, porque no estaba acostumbrada a beber y además ni siquiera debería estar en la fiesta porque tenía un concurso de piano la tarde siguiente, así que le dije:

–Solo Coca-Cola, gracias.

–¿Estás segura de que no quieres algo más fuerte?

–No, una Coca-Cola está bien.

–¿Seguro? –Su sonrisa me tentaba a aceptar, pero no lo hice.

–Solo Coca-Cola.

–Tú siempre sabes lo que quieres, ¿no, Zoe? ¿Te has puesto ese vestido porque querías que me fijara en tu cuerpo?

Un estremecimiento de culpa me recorrió cuando dijo eso, porque sí que quería que se fijara, pero también me parecía que de alguna forma estaba mal, porque nunca estaba *segura* de lo que quería, nunca jamás. Y sigo sin estarlo.

–¿Puedes buscar a Gaviota? –le pedí–. Se estará preguntando dónde estoy.

–Vale –contestó, y se me quedó mirando solo un momento antes de salir de la habitación y cerrar la puerta.

Yo me dejé caer hacia atrás en la cama y me quedé mirando al techo y preguntándome por qué, si este era uno de los momentos más importantes de mi vida, me sentía bien y mal al mismo tiempo.

E, incluso ahora, solo el recuerdo de ese momento me provoca una intensa sensación de caída libre.

Pero me desconecto de todo eso de repente porque me distrae un movimiento. Hay algo volando por el baño.

Al principio pienso que es una polilla y apago rápidamente la luz del baño porque no quiero que se lance hacia ella y se ponga a revolotear a mi alrededor, pero cuando mis ojos se acostumbran a la oscuridad, veo que es una mariposa y me sorprendo, porque las mariposas no suelen volar de noche. Pero a esta parece gustarle la oscuridad, porque se posa en el borde del espejo y repliega las alas.

El reflejo de la mariposa en el espejo me deja petrificada. Sus alas tienen los bordes irregulares y parecen hechas de capas estriadas de polvo iridiscente oscuro que refleja y absorbe la luz de la lámpara de araña del pasillo y despide innumerables destellos diminutos y variables. Es como una sombra que hubiera cobrado vida.

Me quedo muy quieta y ella me recompensa abriendo las alas, solo un momento, para revelar sus brillantes colores (un fondo rojo oscuro y manchas azules, negras y amarillas), y sé inmediatamente que es una mariposa pavo real. Cuando era pequeña, mi padre y yo buscábamos mariposas en nuestros campos e íbamos identificando de qué especie eran. Teníamos un libro, así que cuando no sabíamos de qué tipo era alguna, intentábamos recordar cómo era y después, cuando llegábamos a casa, la buscábamos en el libro. Yo estaba obsesionada con ellas, me parecían las criaturas más bonitas del universo, y por eso me pusieron el apodo cariñoso de «mariposa», aunque mi madre ya no me llama nunca así.

Cuando la mariposa vuelve a cerrar las alas, me quedo allí y la contemplo un poco más, esperando que me deje ver sus colores otra vez, pero no lo hace. Por la ventana abierta me llega ruido desde el jardín y recuerdo que tengo que dejar la mariposa, el espejo y el baño y volver con mi segunda oportunidad de tener una familia.

Un último vistazo al espejo me revela que ahora tengo los ojos oscuros como charcos de petróleo y que se me ha vuelto a resbalar el tirante por el hombro. Me lo subo y me dispongo a bajar las escaleras.

Las frescas baldosas de piedra del pasillo me transmiten una sensación muy agradable, pero tengo que calzarme porque la *bruschetta* suele ir acompañada de otros platos italianos que siempre comemos sentados a la mesa y a Chris no le gusta que estemos descalzos cuando nos sentamos a la mesa.

Me pregunto qué le parecería mi padre, pero nunca me he atrevido a preguntarle a mamá. ¿Qué pensaría Chris de él, una persona a la que no le importaban lo más mínimo las formalidades y que se sentaba conmigo en la alfombra a ver la televisión con la espalda apoyada en el sofá y un envoltorio de pescado con patatas en el regazo, que nos hacía sándwiches tostados para que pudiéramos comérnoslos junto al tablero del Monopoly y a quien nunca le importó qué lleváramos en los pies mientras comíamos. «Su padre nunca puso límites y mira adónde nos ha llevado eso», dijo mi madre en una de las reuniones de reintegración familiar en el Centro de Menores. Tenía los labios apretados pero temblorosos, parecían una línea en zigzag en una gráfica. Por un momento me dieron ganas de contestarle: «Pero eso a ti nunca te importó», aunque no me atreví.

Cuando bajo, encuentro a todo el mundo en la cocina. El corazón ha empezado a martillearme en el pecho otra vez y solo logro reunir el coraje suficiente para llegar hasta el umbral de la habitación. Allí los veo a todos, excepto a mamá, dándome la espalda.

–¡Zoe! –me saluda ella, y en ese momento me recuerda a la mariposa con las alas abiertas: resplandeciente, perfecta y preciosa–. ¿Podrías tostar el pan?

Tiene en la mano un vaso de cristal tallado, el vaso en el que Chris bebe el cóctel Tom Collins, y hay cubitos de hielo dentro, que tintinean contra el cristal, y un dedo de un líquido claro que sé que es ginebra. Mi madre añade soda y la mezcla burbujea. Un Tom Collins es lo que bebe siempre Chris antes de cenar los fines de semana.

–Hola, cariño –saluda tía Tess, y se gira para darme uno de sus abrazos de oso. Cuando me envuelve con los brazos, me susurra al oído–: Todo se va a arreglar.

Por encima del hombro de Tess veo a Lucas en la mesa. Mirándome pronuncia en silencio unas palabras y me parece que ha dicho: «¿Has leído mi correo?». Niego levemente con la cabeza, porque no lo he terminado. No entiendo por qué de repente se muestra tan obsesionado con eso.

Por último miro a Chris, pero está ocupado abriendo las puertas plegables, para que la cocina quede unida al jardín, y encendiendo las luces del exterior.

Los focos despiden unos haces de luz amarilla que salen de la base de los árboles que hay afuera. Hay un abedul plateado joven que mi madre y él plantaron (hizo falta una grúa para meterlo en el jardín), pero mi favorito es un gran cedro viejo que tiene un tronco enorme y gris con pedazos de corteza seca que se pueden arrancar y parecen costras.

Mi madre echa un poco de aceite de oliva en un plato pequeño, redondo y blanco. El líquido dorado y un poco verdoso me recuerda al petróleo. Entonces me pasa un pincel.

–Solo por un lado –indica–. Ni mucho, ni poco.

Estoy tan concentrada en el movimiento del pincel, la resistencia inicial del pan y la absorción del aceite, que me sobresalto cuando Chris se acerca y me pone una mano en el hombro.

–Zoe –dice, y su voz suena extrañamente profunda y envolvente, como si estuviéramos encerrados en un confesionario; él detrás de la celosía con sotana y yo a punto de desahogarme, diciendo palabras reprimidas durante mucho tiempo, para purgar mi vergüenza.

Siento su cuerpo detrás de mí y noto que me tenso. Me parece que Chris no me ha tocado nunca antes. Tiene mucho cuidado cuando está cerca de mí, como si hubiera leído un manual sobre qué hay que hacer para no ser un padrastro de los que dan escalofríos.

–¿Estás bien? –pregunta, y aparta la mano casi inmediatamente.

Miro a mi madre al otro lado de la isla, por encima del mar de ramitas de albahaca peladas, pero ella aparta la vista. El pendiente que le cuelga del lóbulo, dos piezas muy finas de oro entrelazadas, se agita. Desde detrás de ella Lucas nos mira fijamente. Delante de él hay una hilera de portavelas, que supongo que le habrán mandado rellenar con las velas que hay en una bolsa. La tía Tessa no se atreve a mirarme a los ojos; está ocupada echando aceite y vinagre balsámico a un cuenco en el que hay dados de tomate y trozos de albahaca maltratada que se van empapando.

–Lo siento. No sé qué me ha pasado –respondo.

–¿Conocías a ese hombre de la iglesia? –pregunta Chris.

–No –digo en voz baja sin apartar la vista de las rebanadas de pan.

–¿Cómo?

–No –repito algo más alto, y niego con la cabeza.

–¿Y tú le conocías, Maria? –le pregunta Chris a mi madre.

Ella se gira y mira a Chris a los ojos directamente, igual que hizo con Jason, el asistente social, cuando tuvo que explicarle por qué mi padre ya no venía a las reuniones de reintegración familiar. Mi madre es una actriz estupenda. Estaría a la altura de la mejor Meryl Streep.

–Me pareció que sí, cariño, pero ahora creo que no –contesta–. Me he debido de equivocar. ¿Te apetece una? –ofrece poniendo un pequeño platito de aceitunas verdes en la isla–. Son de la tienda *delicatessen*.

–No tengo hambre –dice Chris–. Y no sé por qué estás cocinando a estas horas, la verdad.

–Yo sí tengo hambre –interviene Tessa, que tiene en la mano el molinillo de pimienta de mi madre, del tamaño de un fémur, y lo está utilizando para condimentar el cuenco de tomates–. De hecho me muero de hambre.

–Pero llamaste a ese hombre por su nombre –insiste Chris, dirigiéndose a mamá, y yo siento como si en medio de ese calor asfixiante sus palabras adquirieran cierta consistencia y se volvieran resbaladizas como los regueros de aceite del cuenco.

Sigo con la cabeza gacha, centrada en acabar de embadurnar el pan con aceite con pinceladas lentas, y después empiezo a colocarlo en una bandeja de horno.

–Creí que era una persona que conocía –responde, y le da la espalda mientras va a coger otra copa para echarle vino a Tess–. Pero después me he dado cuenta de que me había equivocado. –Entonces me mira y dice–: El lado del aceite hacia abajo.

Y yo empiezo a dar vuelta a las rebanadas, una por una, y todas vuelven a parecer recién cortadas, como si no les hubiera caído ni una gota de aceite.

Domingo por la noche

Después del concierto

Tessa

Maria no me sirve mucho vino porque sabe que tengo que conducir. Es de agradecer que esté pendiente de ese detalle con todo lo que tiene entre manos, porque no es algo que se pueda comentar como si nada estando delante de Zoe. Maria se acerca para darme la copa y yo cojo una aceituna.

–Qué ganas tengo de comer.

Es verdad que tengo hambre, pero lo habría dicho aunque no fuera cierto. No sé a qué está jugando Maria exactamente, pero está claro que quiere ganar tiempo.

Veo a Chris perdido por primera vez desde que lo conozco. Su cocina es enorme y muy espaciosa comparada con el pequeño rincón que tenemos Richard y yo en nuestra casa. Chris está de pie, con el vaso en la mano, en medio de ese espacio iluminado por unos halógenos tan potentes que parece el quirófano de mi clínica, un poco descolocado por la inesperada seguridad de Maria.

Las luces se reflejan en todas las superficies de la habitación, todas ellas lustrosas, pulidas y relucientes, y entiendo por qué a mi hermana siempre se la ve tan arreglada. Allí no puedes mirar a ninguna parte sin toparte con un reflejo tuyo devolviéndote la mirada, ni encontrar ningún sitio en el que los demás puedan mirarte de una manera que no se asemeje a la de un forense.

Cuando miro a Chris, al que siempre he visto como el bondadoso rey en su castillo, veo claramente que se está enfrentando a un dilema.

Reconozco su expresión al instante porque la veo a menudo en los dueños de las mascotas que trato. El dilema mayor y más difícil al que muchos se tienen que enfrentar es si prolongar la vida de su animal o terminar con su sufrimiento. Algunas personas quieren que yo tome esa decisión por ellos, pero no puedo hacerlo. Unos se derrumban y otros luchan en silencio con esa decisión, con las caras contraídas por el esfuerzo de no mostrar sus emociones en público y los nudillos blancos mientras aprietan la correa inerte del perro o el asa de la jaula, objetos que pronto pueden acabar siendo solo recuerdos. Esa es exactamente la expresión que tiene Chris ahora.

El dilema de Chris es este: insistir o dejar el tema por ahora, postergar la situación. Y se ve en ese dilema porque me parece que no se cree lo que dice Maria.

Yo tampoco la creería.

Mientras él piensa, Maria aprovecha el salvavidas que yo le he ofrecido.

–¿Cuánta hambre tienes? –pregunta.

–Me muero de hambre –contesto–. Me comería un caballo.

Es el tipo de chiste que hacemos en la clínica constantemente; entre los veterinarios y los auxiliares tenemos una competición a ver quién suelta la mayor cantidad posible de frases que incluyan animales.

Chris le da un largo sorbo a su copa y se aleja para mirar por la ventana su impresionante jardín; es una parcela enorme para esa zona, con un par de fabulosos árboles antiguos y que tiene unas vistas preciosas de la ciudad desde uno de sus extremos.

–Voy a poner la mesa aquí fuera, ¿te parece? –le pregunta a Maria.

–Me parece fantástico. Podemos encender las luces nuevas.

–¿Quieres llamar a Richard? –me pregunta Chris a mí–. Tal vez quiera venir a cenar con nosotros. Estaría bien.

Me sorprende la sugerencia, porque Chris sabe muy bien la propensión que tiene Richard a la bebida. Es un secreto a voces en la familia. La pregunta le llama la atención a Maria también. Le mira y después dice muy resuelta:

–Richard ha cogido un catarro veraniego. Mejor que se lo cure en cama. No quiero que Grace se contagie.

Chris entorna los ojos porque los tres sabemos que las posibilidades de que Richard tenga un catarro son muy, pero que muy reducidas. Estoy segura de que no soy la única que se está imaginando a Richard ahora mismo, desmayado en alguna parte, apestando a alcohol y a depresión, catatónico.

–¿Y qué pasa conmigo?

Todos nos damos la vuelta para mirar a Lucas, porque no suele hablar cuando hay mucha gente en una habitación; solo está cómodo cuando hay una sola persona. Únicamente se encuentra bien en público si está sentado al piano, aislado por lo que está tocando.

–¿No importa si yo me contagio? ¿Y si se contagia Zoe? –Lo dice totalmente inexpresivo y con una voz sorprendentemente profunda.

Maria enarca ambas cejas y exhala bruscamente.

–¡Eso que has dicho es de muy mala educación! –le reprende Chris.

–No, no, no pasa nada. Es una pregunta razonable –interviene Maria, y levanta las manos con las palmas hacia fuera–. Creí que no hacía falta especificar que no quiero que ninguno de vosotros se ponga enfermo. Por supuesto que no.

–¡Discúlpate!

Chris va hacia la mesa donde está sentado Lucas y se inclina sobre ella, acercando la cara a su hijo más de lo necesario. En los civilizados confines de esa habitación, con el olor del pan empapado en aceite tostándose y el aroma de la barbacoa de algún vecino que se cuela por las puertas abiertas, eso es claramente un gesto de agresión. Lucas echa atrás la cabeza bruscamente. Lo ha interpretado de la misma forma que yo. Su expresión es de sorpresa.

–Perdona, Maria –dice Lucas con suavidad, pero un segundo después baja la mirada, aparta la cara de la de su padre y vuelve a poner velas en los portavelas. Cada una de ellas hace un ruido seco al caer dentro.

Tengo que admitir que estoy un poco sobrecogida. Zoe les está dando la espalda mientras controla el horno; no los ha visto. Y Maria ha observado la escena con ojos vacíos.

–Cariño –le dice Maria a Lucas, y por primera vez parece que su compostura se quiebra un poco y su voz tiembla como unos guijarros en un tarro de cristal–, no pasa nada. ¿Podrías sacar los portavelas a la mesa del jardín cuando acabes? Creo que hará falta limpiarla un poco primero. Tess, si te mueres de hambre, creo que podríamos improvisar un pollo a la parmesana, ¿te apetece?

Dos cosas me llaman la atención. La primera es que nadie «improvisa» pollo a la parmesana: es una receta complicada con pan rallado y huevos en la que hace falta machacar y macerar la carne y después hacer una salsa, hornear y gratinar. Es una labor para hacer con mucho tiempo y mucho amor, algo que hay que empezar a preparar a las cinco de la tarde, no tan tardíamente una noche de domingo. Me pregunto si mi hermana pretende huir de esta situación a base de cocinar sin parar, aunque eso sea sin duda un esfuerzo inútil, porque no puede estar cocinando siempre. Lo segundo que pienso es que es mi plato favorito y que Maria lo sabe.

–Oh, eso suena genial –contesto.

Ella asiente brevemente con la cabeza.

–¡Fantástico! Esperaba que dijeras que sí. Podemos organizar una cena tardía en el jardín.

Es raro, porque yo normalmente no soy el centro de sus desvelos de anfitriona. Es una habilidad nueva que ha desarrollado desde que está con Chris, y yo normalmente la observo desde fuera, no soy la receptora de esas atenciones. La Maria de antes del accidente llevaba su casa en un plan de «así son las cosas aquí»: había un vestíbulo lleno de zapatos y una cocina donde había que apartar los suplementos dominicales para encontrar un sitio para sentarte. Era un sitio relajado e informal.

Era todo lo que Chris, el bueno de Chris, no es.

Domingo por la noche

Después del concierto

Zoe

No puedo soportar tocar la carne blanca cruda. Tiene que ver con el accidente y las cosas que vi; mamá lo sabe, así que le pide a Lucas que machaque la carne hasta que se quede lo más plana posible.

Mientras él se dedica a darle golpes de una forma que parece a cámara lenta y con un estrepitoso ritmo que calculo que debe de ser de unos cuarenta pulsos por minuto en un metrónomo, yo salgo afuera con Chris a poner la mesa. Él la limpia con una bayeta y después saca la brillante cubertería y las copas de vino, y reparte los portavelas que ha preparado Lucas por toda la mesa para que quede bonito.

También hay en la mesa unos anchos cuencos de terracota que tienen velas amarillas con aroma de limón y Chris enciende las gruesas mechas con una cerilla larga que chisporrotea en la oscuridad. Las velas despiden un humo negro al principio, pero después empiezan a liberar un aroma que hace que me pique la nariz de una forma casi agradable. Chris me mira desde el otro lado de la mesa y más o menos me repite la pregunta que me ha hecho antes, solo que ahora lo hace más despacio, como si quisiera que sus palabras tuvieran más peso.

–Zoe, ¿estás absolutamente segura de que no conocías a ese hombre? –pregunta–. ¿El de la iglesia?

Le miro a los ojos, que brillan por la luz parpadeante de las velas y también por el brillo azul acuoso de las luces de la piscina que alguien acaba de encender desde dentro de la casa.

–No –respondo–. Creo que no.

Soy muy consciente de que tengo que hacer lo que dice mi madre, porque ella es básicamente el escudo humano entre el mundo y yo, pero no puedo negar que siento la tentación de decirle la verdad. Hay una parte de mí que quiere que Chris lo sepa, pero solo si va a poder con ello. Mi padre biológico no pudo.

–¿Estás segura? –La voz de Chris no suena apremiante y hay una flexibilidad alentadora en su tono que casi me saca la verdad, pero el impulso se desvanece cuando añade, un poco más receloso–: Has tenido una reacción muy dramática.

–Me dio miedo –respondo–. Parecía que estaba loco.

En el silencio del jardín todavía oigo los golpes continuos que sigue dando Lucas para ablandar la carne y no estoy segura de si la respiración de Chris llega a oírse en realidad, pero a mí me parece que se oye tanto como si tuviera los labios solo a centímetros de mi oído. Durante un momento me estudia como si fuera la *Mona Lisa* o algo así.

–Me estás diciendo la verdad, ¿no, Zoe? Sabes que en esta familia es importante que todos seamos sinceros.

–Claro –contesto, y sé que debería mirarle a los ojos; de eso hablábamos en el Centro, de que hay que mirar a la gente para que no crea que te estás mostrando furtivo. Pero no puedo evitarlo y aparto la mirada un poco, porque la voz de Chris es como el caramelo y a veces quiero que me abrace, sentir sus brazos envolviéndome, como antes hacía papá. La necesidad de decírselo resulta muy fuerte.

Pero Chris se gira y vuelve a la cocina.

–¡Lucas! –exclama–. ¿No crees que ya es suficiente? ¿Es que estás intentando provocarme una migraña?

–¿Cómo de plano tiene que estar? –oigo que Lucas le pregunta a mi madre.

Dentro de la cocina la escena, enmarcada por la enorme abertura rectangular de la puerta, parece sacada de uno de esos calendarios de adviento: gente preparando comida reunida, charlando. Lucas coge un trozo de pollo plano como si le hubiera pasado un coche por encima y lo levanta para que mi madre lo inspeccione.

–Está bien así, cariño –responde ella–. Perfecto.

Y yo tengo que mirar hacia otra parte.

No me gusta que enciendan las luces de la piscina por la noche, porque entonces se convierte en una trampa para insectos. Pienso en la mariposa que vi antes y en por qué no voló hacia la luz como están haciendo las polillas ahora; se lanzan como aviones kamikazes hacia las llamas de las velas y vuelan en círculos sobre la superficie iluminada de la piscina. Hay también mosquitos aquí afuera; siento que me pican en los brazos y también hacen que me pique la cabeza.

Me quito los zapatos, me siento al borde de la piscina y meto los pies en el agua.

No me siento bien por las mentiras que le he dicho a Chris, pero son solo las habituales, así que suponen una incomodidad de bajo nivel que es soportable porque ni se acerca a lo que mi madre llama «un incidente».

Alrededor de mis pantorrillas se forman unas ondas que se alejan hacia los bordes de la piscina, distorsionando la luz y creando sombras y siluetas danzarinas en el agua. Un pájaro pequeño baja en picado justo delante de mí y da un trago de agua o viene a cazar un insecto que se ha ahogado tal vez. El pájaro desaparece casi antes de llegar; observo su vuelo, que es muy elegante.

–¿Lo has visto? –pregunto, porque he oído a alguien salir de la casa.

Se han encendido más luces, esta vez una serie de bombillas que cuelgan de la pérgola que hay encima de la mesa. Despiden un suave resplandor blanco que ilumina las hojas que se arremolinan encima y hace que destaquen las delicadas rosas amarillas que mi madre insiste en podar ella misma dos veces al año. Está encantada con ellas este año porque ha conseguido que florezcan de nuevo después de lo que Chris calificó como «un despliegue absolutamente fabuloso» en junio. Supongo que ellas también están haciendo muchos esfuerzos por agradar a todos.

Es mi madre la que se acerca y lleva en la mano un plato con *bruschetta* y una pila de servilletas.

–Creo que las servilletas de papel son lo adecuado para una cena tardía en el jardín.

No ha oído mi pregunta y yo no la repito.

Nos sentamos todos a la mesa y Chris sirve el vino: una copa llena para mamá y para él, pero solo media para Lucas y para mí. Tessa tapa su copa con la mano.

–Yo voy a beber agua –dice–. Hace mucho calor.

Lo lógico sería que yo huyera del alcohol, ¿verdad? Pero Chris insiste en que Lucas y yo nos acostumbremos a «tener alcohol alrededor de una forma civilizada», así que no es raro que nos sirva media copa de algún vino que a él le parezca adecuado. Solo media, eso sí, porque más sería «excesivo». Qué me va a decir a mí... Pero él no lo sabe, claro.

–Adelante –dice mi madre, y todas las manos se dirigen a la *bruschetta*, excepto la de Chris.

–Por ti, cariño –dice de repente Chris, levantando su copa hacia mi madre–, la única mujer que conozco que puede improvisar un banquete como este un domingo por la noche. Qué maravilla.

Está sentado en la cabecera de la mesa y todos tenemos la cabeza vuelta hacia él mientras habla.

–Gracias –responde mi madre–. ¿No quieres tomarte una *bruschetta?*

–Me voy a reservar para el pollo. Como he dicho antes, todavía estoy lleno con lo que he comido en el concierto.

–Claro –dice mamá, y parte un trozo diminuto de su *bruschetta* y lo mastica con cuidado. Después levanta su copa–. Quiero deciros que me siento muy afortunada de teneros aquí a todos esta noche. Es algo muy especial.

Y todos bebemos. Nadie habla. En la mesa, al lado de mi madre, está el vigilabebés de Grace, con su luz verde fija que parece el ojo de una serpiente.

–A ver si adivináis qué animal he tratado por primera vez esta semana –deja caer la tía Tess para romper el silencio posterior.

Está a punto de seguir con el tema cuando suena el timbre de la puerta.

Aunque no es solo el timbre; también se oyen unos fuertes golpes, como si Lucas siguiera machacando las pechugas de pollo, y después vuelven a tocar el timbre con urgencia. Todo ese ruido se registra en el monitor del vigilabebés de Grace, donde las luces suben toda la escala y vuelven a bajar. Entonces oímos el inconfundible sonido de la niña revolviéndose.

–¿Quién demonios puede ser? –pregunta Chris. Aparta la silla, arrastrándola sobre las losas impecables gracias a la limpieza con agua a presión, y las patas emiten un chirrido–. Yo abriré.

Mamá se levanta también.

–No, ya voy yo –se ofrece–. Tú relájate.

Pero no ha sido lo bastante rápida, porque Chris ya va hacia la puerta y además el ruidito del intercomunicador indica que Grace está a punto de soltar un grito a todo pulmón.

–Es mejor que tú vayas a ver a la niña –le dice Chris a mamá.

Lunes por la mañana

Sam

Justo después del accidente, Zoe estuvo bajo fianza un par de semanas mientras la policía reunía pruebas. Durante ese tiempo yo me vi con ella y con sus padres para hablar de la estrategia de cara a lo que vendría después. Todavía no disponía ni de uno solo de los documentos que estaba preparando la fiscalía, pero era importante que Zoe me contara la historia completa.

La familia se pasó por mi oficina de Bideford una mañana. Venían todos vestidos muy elegantes. Algunas familias llegan cogidas de la mano y a veces los maridos sacan las sillas para que se sienten sus mujeres o sus hijos. En este caso, no se podía decir que Zoe y sus padres estuvieran distantes, pero tampoco parecían unidos en ningún sentido.

Era mi primera reunión con el señor Guerin, el padre de Zoe, y estaba claro que él se sentía muy incómodo. Supuse que estaría más acostumbrado a andar por los campos, con el ganado y en compañía de los perros, nada que ver con un despacho. Parecía mayor que su mujer, pero tal vez era porque estaba curtido por el trabajo en el campo.

–Estábamos fuera esa noche –dijo–. Fuimos a casa de mi hermana, cerca de Exeter. Daba una fiesta porque su marido acababa de volver de Afganistán. Zoe nos dijo que quería quedarse a dormir en casa de Gaviota porque era su cumpleaños, ¿sabe? Eso nos dijo. Solo nos enteramos de todo cuando la policía llamó desde el hospital. No sabíamos que los padres de Gaviota tampoco estaban. Y ellos no sabían que nosotros nos habíamos ido. Las niñas nos mintieron.

Zoe tenía la cabeza gacha mientras él hablaba, aunque me di cuenta de que me miró un par de veces para calibrar mi reacción ante las palabras de su padre.

–Hasta donde nosotros sabíamos, ella no iba a fiestas –continuó.

Estaba cogiendo carrerilla; era casi como si no pudiera parar de hablar una vez que había empezado, como si hubiera estado esperando que llegara el momento de poder quitarse de encima el peso que suponía para él toda esa historia. A su lado su mujer y su hija permanecían sentadas en silencio mientras sus palabras llenaban el espacio que había entre nosotros.

–Le estaba costando hacer amigos en el colegio nuevo. Algunas chicas no estaban siendo precisamente buenas con ella; la acosaban por internet, según nos dijo. La estaban acosando, señor Locke, y queremos saber si eso puede servir como defensa para lo que ha hecho.

Eso era lo que habían estado pensando, la chispa de esperanza que la familia creía haber descubierto y que estaban avivando y protegiendo en el hueco de sus manos.

–Le enviaban mensajes por una aplicación que se llama Panop. La bombardeaban con cosas muy virulentas, horribles –intervino Maria Guerin.

Desde el primer momento sonó mucho más coherente que su marido y detecté que no había nacido ni se había criado en esa zona. Me pregunté cuánto le habría costado adaptarse a la vida de la granja, porque suele ser difícil que te acepten en una comunidad rural si vienes de fuera.

–Nosotros no sabíamos nada –añadió el señor Guerin.

–¿Qué tipo de mensajes te enviaban? –le pregunté a Zoe.

Ella me miró. Vi que ocultaba algo.

–Dale el teléfono, Zoe –ordenó su padre–. Puede verlos todos en su móvil.

Ella pulsó un par de botones y me lo pasó por encima de la mesa. Era el típico teléfono de chica adolescente: rosa metalizado, con pegatinas de notas musicales en la parte de atrás.

En la pantalla vi los mensajes que Zoe había recibido. Su contenido me impresionó. Eran mensajes desagradables, hirientes, espantosos. Exudaban una inteligente y calculada malicia y atacaban todos los aspectos de su figura y de su personalidad. Me quedé un momento sin habla.

Cuando levanté la vista, Zoe me miraba fijamente, pero bajó los ojos enseguida y sus mejillas enrojecieron.

–¿Quién te los envió? –pregunté.

–Son anónimos. –Fue Maria la que respondió.

–¿Tú lo sabes, Zoe?

–No lo sé.

–¡Pero debes de tener alguna sospecha! –exclamó su padre.

Detecté que no era la primera vez que le decía eso.

Maria le cubrió una mano con la suya a su marido.

–No grites. No hace falta gritar. Aquí no.

Él apartó la mano y se la pasó por el pelo en un gesto de frustración. Tenía facciones aguileñas y orgullosas que le daban un aire de dignidad a su piel curtida. Maria volvió a colocar la mano en su regazo.

Me pregunté qué me contaría Zoe si solo estuviéramos ella y yo en la habitación, qué les ocultaba a sus padres.

–¿Te parece que estos mensajes afectaron a tu comportamiento la noche del accidente? –pregunté.

Eso era importante, porque podría utilizar ese detalle en su defensa, alegar coacción como posible eximente.

–No recibí ningún mensaje esa noche.

–Eso solo deja claro –dijo su padre, levantando la voz de nuevo– que quien los enviaba era alguien que estaba allí. No hace falta ser ingeniero aeronáutico para deducir eso. Yo no tendré un par de títulos universitarios, pero eso es de sentido común, ¿no? Sentido común, joder. La atrajeron allí y la obligaron a hacer algo que no habría hecho en otras circunstancias.

–No lo hicieron. –La voz de Zoe sonó baja y serena.

–¿Qué? –preguntó él.

–¡No me obligaron a hacer nada! Yo decidí conducir. Fue mi elección. Tú me enseñaste, papá, fuiste tú. Me ofrecí a conducir, pero no sabía que estaba borracha, lo juro.

Los dos padres de Zoe abrieron la boca para hablar, pero yo levanté la mano para que guardaran silencio. Tuve que intervenir porque necesitábamos tomar decisiones prudentes y racionales; la ley no legisla sobre los sentimientos.

–Explícame eso, Zoe –pedí–. Explícamelo, porque puede servirme para construir una defensa que nos pueda servir.

Domingo por la noche
Después del concierto

Zoe

En la mesa solo quedamos Lucas y yo, porque todos los demás se han ido. Estamos sentados el uno frente al otro, con llamas de velas y una pila de *bruschettas* entre los dos. Todavía se oyen ruiditos por el vigilabebés, así que le quito el sonido.

–¿Has leído el guion? –pregunta Lucas.

–He leído un trozo –contesto–. Pero solo me ha dado tiempo a echarle un vistazo al principio. Es triste.

Pienso en mi teléfono, escondido bajo los cojines del sofá, y me pregunto si, cuando lo recupere, encontraré más preguntas en Panop. Antes, en la peor época, los mensajes llegaban sin parar, una pregunta tras otra, a veces diez en cinco minutos, cada una de ellas socavando mis cimientos de una forma diferente:

¿Quién te crees que eres?

¿Estás enferma, guarra?

¿Ya te pasas las noches llorando hasta quedarte dormida?

¿Cómo se siente uno cuando todo el mundo le ooooooodia?

¿Las zorras bolleras lloran lágrimas de bollera?

Esa última en realidad no tenía sentido, dado que básicamente me estaban acusando de ser una puta por relacionarme con Jack Bell, pero era algo horrible de leer de todas formas. E, irónicamente, como tengo lo que Jason llamaba «un sentido de la ironía muy pronunciado», fueron precisamente los mensajes de Panop los que hicieron que tuviera *tantas* ganas de ir a esa fiesta: la fiesta en la que me convertí en una princesa solo durante un momento en manos de Jack Bell.

Se suponía que los mensajes pretendían alejarme de él, pero no lo consiguieron, porque también soy lo que Jason describía como «una persona testaruda y decidida». No se ganan concursos de piano a mi nivel a menos que seas ambas cosas.

Así que cuando Jack me invitó a ir a una fiesta en su casa unas semanas antes de Navidad e invitó también a Gaviota a regañadientes porque le dije que no podría ir si no venía ella también, sobre todo porque era su cumpleaños al día siguiente, hubo una parte de mí que pensó: «Que les den a Eva Bell y a Amelia Barlow». Porque estaba bastante segura de que eran ellas las que mandaban los mensajes, ellas y sus seguidoras.

–¿Aprovechamos que no están para rellenar las copas? –le sugiero a Lucas dándole un sorbo al vino.

Es algo muy atrevido y yo debería ser más sensata, por supuesto que debería, pero lo digo porque quiero arrancar a Lucas de su apatía y que bromee un poco conmigo. Quiero hacer algo que haga desaparecer el recuerdo de lo que ha pasado en la iglesia.

Lucas coge la botella y rellena las copas, pero sirve la misma cantidad que Chris en un principio.

–¿Vas a leer el resto del guion? –pregunta.

Se mete el índice en la boca y después se pone a recorrer el borde de la copa con la yema mojada, arrancándole al cristal una nota aguda, pura y desgarradora. Yo hago lo mismo con la mía.

–Sí –aseguro, para que no se enfade.

Nuestros dedos no dejan de acariciar el borde del cristal y el sonido empieza a crecer. Él se muerde el labio y no dice nada inmediatamente. Yo no quiero que se ponga a llorar ni nada por el estilo porque el guion le trae recuerdos de su madre.

–¿Dirías que esto es un sonido repetitivo? –le pregunto.

Cuando tengo la necesidad de dar golpecitos con el pie en el suelo de piedra de la cocina o cuando chasqueo los dedos siguiendo el ritmo de una música que está en mi cabeza y que solo yo puedo oír, me suelen regañar diciéndome que «los sonidos repetitivos les resultan irritantes a los demás».

–No –contesta–. Es un do sostenido.

Tengo muy buen oído, así que sé que lo que está emitiendo su copa es un do natural y la mía un mi bemol, pero no le corrijo porque a nadie le gustan los sabelotodos.

–¿Qué cuentas en el resto del guion?

–Es... Tienes que leerlo.

–Cuesta leerlo en el teléfono.

Deja de repente de hacer lo de la copa y la nota aguda se queda en el aire y se va desvaneciendo lentamente. Yo paro también y agarro la parte superior de la copa con la mano para detener las vibraciones. Ahora el sonido de los incansables filtros de la piscina, que no dejan de trabajar, se convierte en nuestra banda sonora. Lucas ahora se dedica a pasar el dedo sobre una de las llamas y veo que el borde de la vela se está ennegreciendo.

–¿Me lo puedes enseñar en tu iPad después de cenar? –pido.

Las lucecitas se reflejan en sus pupilas oscuras y parece que los ojos de Lucas tienen un brillo artificial; normalmente son oscuros e insondables, impenetrables pozos donde se esconden los pensamientos de Lucas.

–Tal vez –responde–. Pero puedes leerlo en el teléfono, no cuesta tanto.

Es un poco raro estar ahí con el vino y con Lucas, solos los dos, porque hay reglas en esta casa referentes a nosotros.

Nos mudamos a esta casa justo antes de que Grace naciera. Antes mamá y yo vivíamos en un piso mugriento, donde ella sobrevivía básicamente a base de Prozac, y Lucas y Chris vivían en otra casa grande diferente. Habríamos cabido todos en su casa anterior, pero eso no habría sido un «nuevo comienzo».

Ahora estoy recordando la charla que Lucas y yo tuvimos con nuestros padres cuando todos nos fuimos a vivir juntos, que fue increíblemente humillante. Lo esencial era (¿a que todo el mundo se lo imagina?) que a Lucas y a mí nunca, bajo ninguna circunstancia, se nos podía ocurrir empezar una relación porque teníamos que «respetar a nuestra nueva familia» por encima de todo. Aunque la única medida práctica que salió de esa charla fue que prometimos que no entraríamos en el dormitorio del otro a menos que hubiera un adulto presente. Tuve que contener la risa cuando lo dijeron, porque se parecía tanto a las normas del Centro de Menores que casi no podía creérmelo.

Después, cuando salimos de la reunión, Lucas dijo que eran unos hipócritas y unos controladores y que no confiaban en nosotros, y me preguntó si alguna vez había pensado en él de esa forma. Yo confesé que sí y él se quedó mirándome como si no se esperara esa respuesta ni mucho menos, así que añadí que solo había sido una vez. Él no me dijo si le había pasado lo mismo, seguramente porque a mí me dio demasiada vergüenza preguntarle. Simplemente se levantó y se fue a ensayar. Mientras le escuchaba, pensé en el Centro, en cómo a veces la gente parecía violarte con los ojos aunque nunca te hubieran tocado ni un pelo.

–Se lo he enviado a tu madre también –añadió Lucas–. El e-mail.

–¿Y por qué no me cuentas la historia ahora?

–No sabría, no podría. Es mejor que lo leas.

Y cuando lo dice, de repente su voz suena tan extraña y tan seria que un escalofrío helador y muy profundo me recorre el cuerpo.

Domingo por la noche

Después del concierto

Tessa

Es Tom Barlow quien está en la puerta. Yo me quedo en el pasillo, junto al armario de los abrigos, observando la escena. Veo que Chris le saluda receloso.

Tom Barlow está muy alterado, como en la iglesia; tiene la cara y el cuello enrojecidos, seguramente porque las emociones arden en su interior con la intensidad de un incendio forestal. Chris se queda en el umbral, prácticamente bloqueándolo, y le dice tranquilamente a Tom Barlow que se calme, que se ha debido de equivocar y ha venido a la casa equivocada. La voz de Chris es serena, contenida, y mantiene perfectamente el control.

Yo no salgo de entre las sombras, pero sigo mirando. Siento a Maria en el piso de arriba, intentando oír algo mientras calma al bebé. Estoy pegada a las cañas de pescar de Chris y a sus abrigos del trabajo: grandes prendas de cachemir que, a pesar de estar envueltas en las fundas de plástico de la tintorería, huelen un poco por culpa del calor.

Chris no pierde la paciencia incluso cuando Tom Barlow se niega a escuchar lo que le está diciendo. No le invita a entrar, pero le propone que tome asiento en un banco que hay junto al ornamentado porche delantero, justo al final del camino de entrada.

–¿Quiere que le traiga un vaso de agua fría? –le ofrece Chris a Tom Barlow en un tono que suena tranquilo pero que a mí me parece peligrosamente condescendiente.

Pero Tom Barlow no está para esas cosas.

–Tiene que responder por lo que hizo –le grita a Chris, y después, igual que en la iglesia, empieza a repetir las frases en un bucle, como si la energía que le impulsa para lanzarse a estos actos desesperados le estuviera dejando sin fuerzas, sin posibilidad de hacer nada más–. Tiene que responder –repite–. Tiene que responder por lo que me quitó.

–¿Quién? –pregunta Chris–. ¿A quién se refiere?

Y el señor Barlow se balancea sobre sus pies. Cada vez que logro vislumbrar su cara, veo más incredulidad en ella.

–Zoe Guerin –dice, y prácticamente escupe esa respuesta–. A Zoe Guerin, me refiero a Zoe Guerin. ¿A quién demonios me iba a referir?

Esas palabras se quedan como congeladas en el aire entre Chris y el señor Barlow. Los dos hombres se quedan de pie, cara a cara, sin hablar. Me imagino que el señor Barlow está observando la sucesión de emociones que cruzan la cara de Chris y, sobre todo, la serie de cosas que está entendiendo en ese momento, porque sin duda ahora él debe de estar llegando a la conclusión de que el señor Barlow sí que ha venido a la casa correcta y que está claro que Maria le ha mentido.

En el piso de arriba solo se oye un silencio total. Maria ya ha calmado al bebé. Me pregunto si habrá oído lo mismo que yo, porque si es así, sabrá que su juego ha terminado.

Cuando Chris recupera la capacidad de moverse, sus acciones son bruscas. Empuja violentamente con ambas manos a Tom Barlow y este resbala con la gravilla, que cruje bajo sus pies.

–¿Cómo se atreve? –dice Chris.

Escojo ese momento para salir del rincón en el que estoy escondida. Corro por el pasillo hacia ellos y salgo al camino de entrada.

–Hola –saludo con toda la calma que puedo reunir.

Tom Barlow se ha recuperado físicamente y está allí plantado, mirando fijamente a Chris con un odio intenso y una gran incredulidad. Le pongo una mano en el brazo a Chris.

–Hola –repito–. Chris, déjalo, no pasa nada.

Chris tiene la mandíbula tensa y apretada y los músculos del brazo endurecidos, listos para cualquier cosa. Tom Barlow respira por la nariz con las ventanas dilatadas y también aprieta la mandíbula; parece que se está preparando para responder a esa amenaza de violencia, a esa afrenta añadida, y da la sensación de que está a punto de lanzarse contra Chris. Estoy presenciando una interacción aterradora y primitiva, dos perros con el pelo erizado a un segundo de empezar una fea pelea. Me coloco entre los dos, dándole la espalda a Chris.

–¿Quiere hablar? –le digo a Tom Barlow.

Sus ojos me examinan la cara; creo que me reconoce.

Detrás de mí siento que Chris da un paso hacia delante y yo estiro un brazo tras la espalda hasta que le toco con las yemas de los dedos, indicándole que debe quedarse donde está.

–¿Quiere hablar conmigo? –insisto en voz baja, dirigiéndome a Tom Barlow.

Mira por encima de mi hombro un segundo más, con el pecho subiendo y bajando frenéticamente, incapaz de apartar la mirada rabiosa de Chris, pero de repente percibo una especie de desmoronamiento en el fondo de sus ojos y se le llenan de lágrimas, que empiezan a caer dejando gruesos regueros por sus mejillas.

–Venga conmigo –digo–. Hablaremos.

Le cojo del brazo con cuidado, porque, aunque a los perros se les pase el ataque de rabia, todavía pueden llegar a morder. Miro a Chris.

–Entra en la casa –ordeno.

Me sorprende la furia que veo en su cara, pero mi prioridad es alejar a Tom Barlow de allí, evitar que se enfrente a Maria y a Zoe y ponga las cosas peor de lo que están ahora.

Chris no se mueve.

–Entra –insisto.

Da un pequeño paso atrás, con la mirada todavía fija en Tom Barlow.

–Si vuelve a presentarse en mi casa, llamaré a la policía –amenaza.

Pero Chris sigue sin entrar. Se queda allí plantado, con los largos brazos junto a los costados, en medio del elegante círculo de gravilla del camino de entrada flanqueado por parterres salpicados de arbustos silvestres y otros cuidadosamente podados con formas de animales. Entre las sombras, bajo la vegetación, se oye el discreto siseo de un sistema de riego programado para asegurarse de que nada se seca.

Arriba, en una ventana del piso superior, veo a Maria con Grace en los brazos. Ha apartado la persiana a un lado y nos mira allí abajo. Pero cuando su marido por fin se gira y entra en la casa, deja caer la persiana y vuelve a quedar oculta a mi vista.

Domingo por la noche

Después del concierto

Zoe

Lucas se da cuenta de mi estremecimiento y se me queda mirando los hombros desnudos.

–¿Necesitas una chaqueta? –pregunta–. ¿Quieres que vaya a buscártela?

–No, gracias.

–¿Seguro?

–Solo ha sido una ráfaga de aire.

Corre una leve brisa a nuestro alrededor ahora, pero es un aire caliente y aterciopelado que llega de algún lugar oculto en la oscuridad y no refresca el ambiente.

–¿Alguien se ha puesto a caminar sobre tu tumba? –pregunta a continuación.

–Probablemente –contesto, pero es el tipo de comentario que me obliga a hacer un esfuerzo para permanecer seria.

Para distraerme con algo, coloco el dedo sobre la llama de la vela porque quiero hacer lo mismo que hacía él hace un momento, pero inmediatamente noto que me quemo y aparto el dedo. Lucas se ríe. Después nos quedamos en silencio de nuevo y pienso en que no podría soportar esta vida si él no estuviera en esta casa con nosotros. Mi madre ya no es cariñosa conmigo, no desde el accidente, y Chris no lo ha sido nunca. Grace sí lo es, pero de esa forma vaga en que lo son los bebés, así que

Lucas es el único que lo es de una forma personal conmigo y que parece ver las cosas de forma similar a como yo las veo, aunque no hable mucho.

–Lucas... –digo, pero él ha empezado a hablar a la vez que yo.

–¿Has pensado alguna vez en dejar el piano? –pregunta.

Me resulta tan totalmente increíble, inesperado y alucinante oír eso saliendo de su boca que me quedo sin palabras.

–¿Por qué? –pregunto por fin.

No puedo ni pensar en dejar el piano. Tocar el piano es como una adicción para mí. Es el camino que tengo que recorrer, el agua que tengo que beber, la comida que tengo que consumir y el aire que necesito respirar. Es la única cosa que transporta mi cabeza a un lugar seguro y lo que todo el mundo dice que me servirá para tener «un futuro brillante».

–No le digas a mi padre que he dicho eso –dice.

Ha visto mi sorpresa y le ha puesto nervioso, pero yo soy una persona leal.

–No se lo diré –contesto precipitadamente porque quiero que Lucas sepa que estoy de su lado, pero necesito volver a preguntarle–: ¿Por qué?

–No he dicho que yo fuera a dejarlo.

Está dando marcha atrás.

–Ya, pero ¿por qué lo estás pensando?

Se balancea un poco con la silla.

–Porque es parte de lo que no está bien.

–¿El piano no está bien?

–No.

–¿Qué es lo que no está bien?

–Esto. Nada de esto.

–¿A qué te refieres?

No me puedo creer lo que estoy oyendo, porque Lucas ensaya en el piano más tiempo que yo y se esfuerza más, pero nunca se queja.

Ahora levanta los dedos, forma con ellos un rectángulo y me mira a través de él. Sé de qué va eso: está enfocando una toma, porque Lucas está obsesionado con las películas. Lo hace con frecuencia y a Chris le molesta mucho.

–¿Es porque quieres hacer películas? –pregunto.

Sé que eso es lo que quiere, pero no habla de ello porque Chris dice que eso no es una carrera profesional de verdad.

Él deja caer las manos.

–Sí que quiero hacer películas, pero no es solo por eso. A veces me da la sensación de que el piano es como el engranaje de una máquina. Es como si no significara nada por sí mismo, es solo por las apariencias. Y odio eso. ¿Tú no?

Esas palabras me impactan tanto que tengo que soltar una exclamación; es como si el aire que acabo de respirar estuviera ardiendo en mis pulmones. Yo nunca dejaría el piano. Simplemente no lo haría, porque tenemos que seguir adelante.

Siento una terrible necesidad de levantarme de la mesa y darle la espalda, porque no quiero que vea que los ojos se me llenan de lágrimas por esto, así que me levanto de una forma un poco torpe, de esa forma en que lo haces cuando tienes prisa pero las rodillas se te han quedado encajadas bajo la mesa, y al hacerlo vuelco con la mano accidentalmente la fuente con la *bruschetta*.

Y las *bruschettas* salen volando. Manchurrones de tomate picado, orégano y aceite salpican el mantel, el suelo e incluso a Lucas. Tiene restos por toda la camisa negra de los conciertos y también en la cara y en el pelo. Si hubiera usado una pistola de aire comprimido, no habría conseguido que quedara más esparcido. Y como no sé qué hacer, me echo a reír. No debería reírme cuando pasan cosas malas; es una reacción que no puedo evitar, no sé por qué. Me causó problemas en el Centro una vez, porque en un lugar como ese no deberías reírte de los demás. Mejor que no cuente lo que me pusieron en la cama esa noche y a la noche siguiente.

Lucas me mira a los ojos con la expresión superseria que tenía solo un momento antes, pero un segundo después su seriedad se disuelve, su cara se vuelve divertida y termina riéndose.

Así que yo no paro de reírme demasiado alto, con esa risa que parece decir: «Eso sí que es gracioso». Por eso cuando Chris habla desde el umbral me da un susto de muerte, porque no lo he oído volver, y suelto un chillido breve y agudo.

–¿Qué estáis haciendo? –pregunta con un tono de voz que no le he oído nunca antes: es gélido.

–Perdón –dice Lucas.

–Ha sido culpa mía. Lo siento mucho –intervengo yo.

Y de nuevo se produce uno de esos momentos en los que de repente estoy allí riéndome con mi bonito vestido y sintiéndome bien porque estoy disfrutando con alguien y al minuto siguiente todo vuelve a la realidad y sigo siendo solo yo, una persona sin ningún valor o más bien probablemente un poco peor que antes.

Chris lo ve.

Chris, que nunca me ha dicho una palabra desagradable (aunque lo cierto es que tampoco me ha dicho muchas cosas), le dice a Lucas:

–Ve a limpiarte.

Y después, dirigiéndose a mí, dice:

–Deja de comportarte como una zorra delante de mi hijo. No creas que no veo lo que estás haciendo.

El silencio que sigue a esas palabras hace que se me ponga la carne de gallina poco a poco y voy notando que diferentes zonas de mi cuerpo se vuelven frías, fluidas, como si alguien estuviera dando vueltas a mi alrededor y soplándome. No sé qué hacer. Me quedo inmóvil, me concentro en el ruido que hace el agua de la piscina al pasar por los filtros y me muerdo la piel de la parte interior del labio. Me hormiguea la nariz, la primera señal de que las lágrimas están a punto de caer, y una vez más hago todo lo que puedo por evitar esa urgencia lo más silenciosa y discretamente posible.

Por la expresión de Chris, diría que está esperando que conteste algo, pero no se me ocurre nada que decir porque mi cerebro está lleno de confusión por la inseguridad que me provoca esta situación. No sabía que me estaba comportando como una zorra, o tal vez sí y por eso mismo he hecho algo vergonzoso a propósito. Pero, si eso es cierto, ¿debería admitirlo?, me pregunto.

Me siento como si estuviera desnuda. Las palabras de Chris me recuerdan los mensajes que solía recibir en Panop, a las chicas que me acosaban y también al Centro. Esas palabras no pertenecen a esta casa.

–Lo siento, Chris –digo al fin–. No era esa mi intención, de verdad que no.

–Estás caminando sobre una fina capa de hielo quebradizo, señorita –contesta–. Vete a cuidar a tu hermana y dile a tu madre que baje. Tengo que hablar con ella.

Paso junto a ellos dos sin mirarles a los ojos; intento mantener la vista al frente y asegurarme de que no camino como una zorra. Cuando entro en la casa, echo a correr y no paro hasta que termino de subir las escaleras y llego al pasillo, delante de la habitación de Grace. Allí me detengo.

Domingo por la noche

Después del concierto

Tessa

–La conozco, ¿verdad? –dice Tom Barlow.

–Soy la tía de Zoe, Tessa Downing.

–Estuvo en el juicio.

Asiento. Me ha reconocido a pesar del tiempo que ha pasado.

–Siento mucho su pérdida –digo.

Las palabras suenan vacías porque no tienen la capacidad de arreglar las cosas. Mi única esperanza es que detecte la buena intención que encierran.

Estamos en la calle, delante de la casa de Maria, pero quiero alejarle de allí un poco más. Desde aquí sería fácil que volviera corriendo a la casa o incluso podría darse la vuelta y ver a Zoe en el jardín. Ahora que se ha descubierto el secreto, mi mayor miedo es que le haga daño a ella. Dadas las circunstancias, lo que importa ahora es limitar los daños.

–¿Quiere hablar? –pregunto–. Podemos ir a sentarnos en mi coche. O dar un paseo.

Estoy intentando recordar lo que sé sobre ese hombre, entresacar la información que leí sobre él en las descripciones de las otras familias que hicieron los periódicos. Por lo que recuerdo, Tom Barlow es, o era, un hombre adinerado. De hecho, su perfil no era muy diferente del de Chris. Era un hombre de negocios hecho a sí mismo y orgulloso de ello. Si Chris y Tom Barlow se hubieran conocido en otras circunstancias, tal vez incluso se hubieran llevado bien. Amelia, que murió en el accidente, no era la única hija de la familia Barlow, pero sí era la única chica. Recuerdo las caras de otros dos niños, igualitos a su hermana, agarrando con fuerza las manos de sus padres en las fotografías del funeral.

–Necesito un cigarrillo –dice, y se apoya en el muro de piedra que rodea el jardín delantero de Chris y Maria, que tiene detrás un denso seto. Después se va deslizando poco a poco hasta el suelo.

No es tan seguro como conseguir alejarle de allí, pero al menos si nos sentamos no nos verán desde la casa.

Saca un cigarrillo de un paquete y me ofrece otro, pero yo niego con la cabeza.

–¿Le molesta? –pregunta.

En medio de esta situación esa pregunta casi me hace reír. ¿Cómo puede ser que los buenos modales tengan tal peso que trasciendan cualquier situación? He perdido la cuenta de las veces que la gente me ha pedido disculpas por llorar delante de mí justo después de que le practicara la eutanasia a su mascota.

–No, no. Claro que no –respondo.

Tom Barlow se inclina un poco y deja caer la cabeza. Tiene las manos apretadas entre las rodillas y el cigarrillo cuelga entre sus nudillos. El humo que despide le obliga a girar un poco la cabeza hacia el lado opuesto adonde estoy yo.

Noto que tiene una zona en la coronilla donde le ralea el pelo y que parece una tonsura monacal, y es evidente que ha intentado ocultarla cuidadosamente usando algún producto para el pelo. Eso me dice que hoy no ha empezado el día pensando en Zoe, que lo que ha pasado probablemente ha sido un *shock* para él igual que para nosotros. Seguro que no te acordarías de echarte un producto para taparte una calva si te consumiera la rabia y la indignación.

Nos quedamos sentados en silencio porque no quiero alterarle de nuevo diciendo algo inapropiado. Tras unos minutos, cuando ya se ha fumado medio cigarrillo, mete la mano en el bolsillo de sus pantalones cortos y me entrega un papel arrugado.

Es un folleto que anuncia el concierto de Zoe.

–Lo metieron bajo mi puerta –explica–. Esta mañana. Bajo la puerta de mi casa; lo encontré en el felpudo. En mi propia casa. Solo he ido al concierto porque no me creía que pudiera ser ella.

Me quedo con el folleto en la mano. No tengo ni idea de quién los ha repartido, pero supongo que habrá sido uno de los entrometidos organizadores de la iglesia.

–Si lo hubiéramos sabido –empiezo despacio, cauta–, no habríamos permitido que esto ocurriera, nunca, jamás. Se lo aseguro.

–Vinimos aquí escapando de todo aquello –dice–. Lo vendimos todo, obligamos a los niños a trasladarse, perdimos dinero para poder empezar de nuevo. No ha sido fácil.

Se le quiebra la voz y yo pienso que se podría decir lo mismo para describir la huida de Maria y Zoe desde Devon hasta Bristol, pero evidentemente no se lo digo a él.

Siento la necesidad de ponerle la mano en la espalda para consolarlo, pero no estoy segura de que sea una buena idea, así que solo digo:

–Lo siento muchísimo.

–La enterramos en Hartland –dice.

Y yo recuerdo de nuevo las fotos del periódico, en las que, tras las figuras vestidas de negro del cortejo fúnebre, se veía de fondo la torre escalonada de piedra gris de la iglesia de Hartland, construida con esa altura para que sirviera de punto de referencia a los marineros y ayudara así a salvar vidas siglos antes de que el faro de Hartland Point existiera.

–Así que no pudimos traérnosla con nosotros cuando nos mudamos –continúa–, pero encargamos una placa para que la pusieran en la iglesia de Westbury. Los niños nos ayudaron a escogerla.

Ahora entiendo el horror de todo lo que ha pasado. Zoe tenía previsto dar un concierto en la iglesia donde habían colocado una placa en memoria de una de las chicas que murió en el accidente que ella causó. Ella había intentado reconstruir su vida justo en el lugar donde había un recordatorio de su víctima.

–Señor Barlow... –empiezo. Estoy intentando escoger con mucho cuidado lo que voy a decir a continuación, pero él me interrumpe.

–¿Quién es ese hombre? –pregunta–. No es su padre.

–No. Maria se volvió a casar. Es el padrastro de Zoe.

–¿Y lo sabe? ¿Sabe lo que ella hizo? ¿Lo que esa chica es? ¿Lo sabe y aun así me trata como si no fuera más que mierda en la suela de su zapato?

Me estudia mientras yo busco una forma de responder, algo que no resulte incendiario, pero tardo demasiado y él deduce la verdad.

–No lo sabe, ¿no?

–Creo... –empiezo, pero él vuelve a interrumpirme.

–Me da pena su familia. Tener que vivir con una asesina...

Se levanta y yo también. Me da la sensación de que las cosas se me escapan de las manos de nuevo.

–Debe saber que lo sentimos mucho, de verdad –insisto.

–La gente debería saberlo. Ella tiene que pagar.

–Ya ha pagado por lo que hizo –contesto–. Ahora es otra persona, ha cambiado.

–¿Qué? ¿Doce meses en un cómodo centro de no sé qué sitio donde se estuvo preparando los exámenes? ¿Cómo puede compensar eso lo que hizo?

Hace un gesto con la mano para señalar la casa de Chris y Maria con su inmaculada grandeza y en su cara queda patente la incredulidad que siente ante la injusticia.

–¡Nosotros no tenemos nada! –exclama–. Y ella tiene todo esto. Se dedica a lucirse tocando el piano y vive en una mansión, como si no hubiera pasado nada.

–Eso no es cierto –contesto–. Ha recibido su castigo. Lo que pasó también destruyó su vida. Sea justo...

No debería haber dicho eso.

–¿Que sea justo? –repite. Me arrebata el programa de la mano y lee–: «Nadie debería perderse a estos dos precoces adolescentes llenos de talento que debutan en Bristol. Promete ser una velada de lo más especial». –En su voz solo hay desprecio–. La gente tiene que saberlo –insiste–, y me voy a asegurar de que así sea.

–¿Tan malo es que ella tenga un futuro? –pregunto.

Estoy desesperada y siento que voy perdiendo la calma por momentos.

–¿Y por qué iba a tenerlo ella si nosotros no lo tenemos?

Hace una bola con el papel y me lo tira a los pies. Después se gira y, con los hombros hundidos y la cabeza gacha, se va por la calle dejando atrás la casa en dirección a la farola que hay encima del buzón instalado al final de la calle, que destaca con su rojo chillón.

–¿Qué hace? –le grito–. ¿Qué va a hacer?

Pero él simplemente gira la esquina y desaparece.

Miro hacia la casa y me pregunto qué estará pasando dentro. Después mis ojos se dirigen hacia la esquina por la que ha desaparecido Tom Barlow y decido ir tras él.

Domingo por la noche
Después del concierto

Zoe

Las palabras de Chris han provocado que me eche a temblar. Estoy acostumbrada a que me digan cosas malas, pero no a que lo haga él.

En el pasillo del piso de arriba vuelvo a encontrarme a la mariposa. Ha salido del baño y ahora está en un rincón del techo, aleteando inútilmente contra las paredes. No me gusta verla haciendo eso, porque cada vez que se da un golpe me imagino el polvo brillante de sus alas desprendiéndose, una cascada de partículas iridiscentes que van cayendo poco a poco, como la arena de un reloj, y debilitando a la mariposa hasta que ya no pueda volar.

Eso me hace pensar en mi vida y en el daño que he hecho; pienso que he tenido suerte porque, hasta ahora, cuando las cosas se han torcido, cuando la arena de mi reloj se ha acabado y me he quedado sin tiempo, he logrado recuperarlo, darle la vuelta y empezar de nuevo. Pero ahora me pregunto si voy a poder volver a hacerlo. No sé cuántas oportunidades tiene una persona.

Abro la puerta del dormitorio de Grace. Mi madre está tumbada en la cama que hay frente a la cuna de Grace. Cuando mis ojos se adaptan a la oscuridad, veo que las dos han girado las cabezas para mirarme y que sus ojos de pupilas dilatadas reflejan la luz del pasillo.

–Mamá –susurro–. Chris quiere hablar contigo. Ya me ocupo yo de Grace.

No menciono lo que me ha dicho porque no quiero que a mi madre se le tuerzan las cosas aún más hoy, sobre todo si es por mi culpa.

Normalmente al oír esa frase mi madre se levantaría de un salto; siempre va corriendo cuando Chris la llama. Es superatenta con él. Chris siempre obtiene un servicio especial, VIP, porque nuestra segunda oportunidad de tener una familia es una operación especial también, igual que el negocio de Chris y que las interpretaciones que solemos hacer Lucas y yo al piano. Chris y mamá han puesto mucho empeño en ello.

Pero esta vez mamá no se levanta tan rápido. Cruzo la habitación, que está totalmente a oscuras, para acercarme a ellas y veo que Grace y mamá están tumbadas una al lado de la otra, como una osa y su osezna. Mi madre no está intentando que Grace se duerma, sino que está jugando con ella. Le acaricia la sien con el dedo y el bebé le agarra la mano y se la pone delante de la cara. Después mamá le presiona suavemente la punta de la nariz con un dedo y la niña ríe.

Me acerco despacio porque quiero tumbarme también en la cama con ellas. Hay un pequeño espacio en un extremo, debajo de donde está tumbada Grace, y me siento en él con cuidado. Mi madre está contra la pared. Grace me da pataditas con los pies; solo lleva puesto el pañal, porque en la habitación hace calor. Siento sus deditos de los pies calientes contra mi pierna desnuda. Los aparto un poco porque están cerca de la zona donde me di el golpe con el piano antes.

–Chris te llama –le susurro a mamá.

–Túmbate con nosotras –dice ella.

Cuando lo dice, mi corazón empieza a latir con tal fuerza que me parece que estoy a punto de hiperventilar. Mamá se aparta un poco, acercándose aún más a la pared, y tira suavemente de Grace hacia ella, dejando un estrecho espacio al borde de la cama. Me tumbo con la cabeza al lado de la de Grace y ella lo celebra propinándome una fuerte patada y después cogiéndome un mechón de pelo y dándole un tirón. Pero a mí no me importa, estoy acostumbrada. Grace intenta sentarse.

–Grace, cielo –susurra mi madre–, túmbate aquí con nosotras, ven.

Y milagrosamente Grace lo hace.

Nos quedamos tumbadas un minuto y después mi madre dice:

–Mis niñas...

Su voz es cálida y dulce como el chocolate caliente. Acerca su cabeza a la de Grace y estira la mano para ponérmela en la mejilla y acariciarme la sien con el dedo a mí también. Y por primera vez en un millón de años, yo me olvido de todo lo que ha salido mal y solo me relajo y me quedo tumbada allí, sintiendo su mano sobre mi piel y el cuerpecito de Grace, que no para de moverse, entre las dos. Y si no siguiera oyendo a la mariposa, que no deja de aletear en el pasillo, recordándome mi vida dentro del reloj de arena, esto sería perfecto, como estar en el cielo.

Domingo por la noche

Después del concierto

Tessa

¿Qué posibilidades hay de que Tom Barlow viva solo a unos kilómetros de la casa de Chris y Maria? Pocas. Las mismas, seguramente, de que Zoe acabara dando un concierto en la misma iglesia donde hay una placa en recuerdo de Amelia.

Pero si trabajas en el mundo en el que lo hago yo, sabes que el hecho de que haya escasas posibilidades no tiene por qué ser algo decisivo. Siempre hay alguien que representa ese pequeño porcentaje de gente a la que le pasan cosas poco probables o desesperadas, y nadie puede asegurar que esa persona no vayas a ser tú.

Tom Barlow no camina durante mucho rato. Poco después de girar la esquina de la casa de Chris y Maria, se mete en un coche aparcado. De repente me doy cuenta de que tengo el bolso al hombro y las llaves dentro (las habilidades como anfitriona de Maria le han fallado esta noche, porque no me ha cogido el bolso nada más entrar). Doy la vuelta rápidamente y me subo a mi coche, todo el tiempo con miedo de que se vaya y le pierda. Pero no. Cuando vuelvo la esquina, su coche acaba de salir del aparcamiento donde estaba, como si hubiera pasado unos minutos sentado dentro para calmarse o tal vez para hacer una llamada.

Dejamos atrás las amplias y tranquilas calles arboladas del barrio de Chris y Maria y nos adentramos aún más en las zonas residenciales, recorriendo de nuevo el camino hasta el lugar del concierto. En una larga calle de Westbury, que parece extenderse hasta el infinito, Tom Barlow aparca en la entrada de una modesta casa adosada que parece de los sesenta. Yo encuentro un hueco para dejar mi coche justo enfrente. Mantengo la cara oculta para que no me vea, pero yo sí veo su casa.

Tiene un gran ventanal en la parte delantera y al otro lado se ve el salón. Hay dos sofás, una televisión y una consola de videojuegos. Las paredes están pintadas de un suave tono magnolia. No hay mucho más aparte de una fotografía familiar de tamaño póster en la pared, en la que los niños son pequeños y Amelia está flanqueada por sus dos hermanos menores, que parecen gemelos. Los escasos muebles hacen que la habitación parezca simplemente funcional; no da la sensación de que se haya decorado con cariño.

Tom Barlow se queda sentado en el coche unos minutos. De hecho se queda tanto tiempo que al final una mujer, que sé que es su esposa, abre la puerta y mira afuera con cara de extrañeza.

Él sale del coche y le da un largo y fuerte abrazo.

–Me ha parecido que eras tú. ¿Estás bien? ¿Qué ha pasado? –oigo que le dice.

No me llega su respuesta, pero le veo negar con la cabeza como si quisiera decir «no pasa nada». Entonces ella lo aparta un poco, le agarra los hombros y le sonríe.

–Yo también te quiero –dice.

Desde el otro lado del umbral les mira uno de los chicos con el torso al aire; solo lleva puesto el pantalón del pijama. Cuando entra en la casa, Tom Barlow rodea con el brazo a su hijo, que, mientras la puerta se cierra, empieza a explicarle que hace demasiado calor para dormir.

En el camino hasta aquí venía pensando que iba a llamar al timbre e intentar explicárselo todo a esta familia, que podría convencerles de que Zoe se merece una oportunidad de reconstruir su vida, que Maria y ella tienen derecho a su privacidad y a seguir adelante. Pero ahora no puedo hacerlo, porque estoy bastante segura de que nadie en esa casa sabe dónde ha estado Tom Barlow esta noche ni qué ha estado haciendo. Todavía no, al menos, y no quiero ser yo quien se lo cuente.

Domingo por la noche

Después del concierto

Zoe

La luz que se estaba colando en el dormitorio de Grace desde el pasillo desaparece de repente. Mamá y yo giramos la cabeza hacia la puerta para buscar la razón. Una silueta de hombre bloquea el umbral, y al principio cuesta saber si es Lucas o Chris. Se queda allí un momento y después se va sin decir nada, pero eso es suficiente para que mamá se levante. La oigo hacer un ruido que me parece un leve gemido y después se baja de la cama. Grace no quiere que se vaya y empieza a lloriquear, pero yo me pongo a mover los dedos delante de su cara y ella se distrae intentando atraparlos.

Nunca sé cuándo Grace va a querer aceptarme como sustituta de mamá. A veces lo hace sin derramar una lágrima y otras se pone a chillar como loca hasta que mamá vuelve. Hace lo mismo con Lucas. Y con Chris. Mamá siempre ha sido la favorita de Grace. Bueno, y Katya también, pero, sinceramente, prefiero ignorar eso porque me fastidia demasiado.

Cuando mamá sale de la habitación, entorna la puerta hasta que queda casi cerrada, como si quisiera mantenernos a las dos justo como nos ha dejado. Grace ya está medio dormida. Gira el cuerpo hacia mí, yo la rodeo con el brazo para que pueda apoyar la cabeza en mi costado y me pongo a cantarle una cancioncilla que mi padre me cantaba cuando yo era pequeña.

Pienso mucho en mi padre. Es granjero. No pudo con todo después del accidente, porque dijo que lo que pasó había sido culpa de mi madre porque me había presionado demasiado con lo de la música y eso me había convertido en alguien que nunca debería haber intentado ser. Repetía que nunca debería haber solicitado esa beca de música, porque esas cosas no eran para gente como nosotros, y que tendría que haberme quedado en la escuela local y crecer igual que él: en la granja, en el corazón de la comunidad, segura.

–Pero a ti te *encanta* oír tocar a Zoe –dijo mi madre en la última reunión de reintegración familiar a la que asistió mi padre en el Centro–. Siempre decías que hacía bien en presionarla.

–Pero no a este precio –respondió, se puso el abrigo y añadió–: Lo siento, Zoe.

Y se fue, aunque Jason le pidió que no lo hiciera e incluso salió al pasillo a hablar con él durante un buen rato.

Después de eso pasé sin ver a mi padre nueve meses, el tiempo que hace falta para que se forme completamente un nuevo ser humano. Fui a la granja a verle cuando salí del Centro, pero solo una vez. Pasamos un día agradable y vino la abuela Guerin con unos pasteles, pero papá estuvo todo el tiempo triste y raro. Cuando salió a atender al ganado, la abuela Guerin me dijo que él nunca había sabido expresar sus sentimientos con palabras, que simplemente era así, pero que estaba segura de que me quería y de que siempre lo haría.

Yo quise decirle a mi padre que era la misma niña que antes del accidente, que seguía siendo su niña. Quise decirle que no era una mala persona, que solo había hecho algo malo sin querer, pero ese día su silencio hizo que a mí tampoco me resultara fácil comunicarme con palabras. Tal vez es que se trata de algo contagioso.

La abuela Guerin vio que tenía muchas palabras guardadas dentro y dijo:

–Sé que tu madre piensa que os he abandonado a ambas, pero él es mi hijo y tengo que protegerle. Solo estoy haciendo lo mismo que hace tu madre por ti. Sabes que él te quiere, Zoe, y no puedo prometerte nada más que eso ahora, así que no lo haré, porque no me gusta crear expectativas. Pero el tiempo puede curar las heridas, cariño.

En el tren de vuelta a Bristol fui pensando que el tiempo lo había destruido todo en la granja, que mi padre dedicaba una parte de su vida exclusivamente a arreglar lo que el tiempo había roto. Y vi su imagen, con sus mejillas coloradas de granjero y su frente arrugada, y me di cuenta de que todo lo que tenía que ver con él estaba más o menos igual que antes del accidente, excepto que ahora la granja no parecía acogedora como antes, y que sus ojos estaban llenos de tristeza. Si quisiera ponerme hiperdramática (fans de los romances vampíricos, ¡atentas! Esto es para vosotras), diría que sus ojos ahora eran profundos pozos de lágrimas.

No sé exactamente qué fue lo que les pasó a mis padres cuando yo estaba en el Centro. Solo sé que acabó resultándoles demasiado difícil seguir juntos. Jason me dijo que un suceso traumático en una familia puede hacer muy difícil que el matrimonio se mantenga unido y que eso era algo que simplemente tenía que aceptar. Las grietas en un matrimonio pueden convertirse en abismos si se ven golpeadas por un trauma, explicó. Yo le dije que eso sonaba casi poético, y él respondió que me vendría bien aprender a tomarme las cosas en serio.

Cuando salí de allí, mamá ya había sacado todas nuestras cosas de la granja y se había buscado un piso en Bristol. Empezó en un trabajo que le encontró mi tía

Tessa gracias al prodigio de su marido, Richard, el ingeniero espacial al que le gusta tomarse una copita de más de vez en cuando.

Mi madre me dijo que no debíamos quedarnos estancadas en el pasado, que íbamos a mirar hacia delante e intentar empezar de nuevo. Que mi padre estaría bien, que podía ir a verle en vacaciones. Pero ella lloraba todas las noches, y también cuando se levantaba algunas mañanas, hasta que conoció a Chris.

Domingo por la noche
Después del concierto

Tessa

Cuando la puerta se cierra tras Tom Barlow y su mujer, no me quedo allí. Pongo la marcha en la furgoneta y enfilo la carretera, pero aparco otra vez al volver la esquina, fuera de su vista. Necesito pensar.

Cuando apago los faros, noto que la oscuridad huele a almizcle y se nota mucha humedad. También me llega el olor de la barbacoa en el jardín de alguien. Un ciclista pasa a toda velocidad a mi lado con una bici de carretera y me sobresalta.

Tengo el teléfono en el bolsillo de atrás y me retuerzo para poder sacarlo. Richard me ha llamado otra vez, así que le devuelvo la llamada. Lo coge en medio segundo.

–¡Tess!

Sabe que soy yo porque nadie más llama al fijo de nuestra casa.

–Hola.

–¿Dónde estás?

Intento averiguar su nivel de ebriedad basándome en cuánto arrastra las palabras: ahora calculo que está ya muy cerca de la borrachera de campeonato y que se empieza a poner paranoico.

–Estaba en el concierto de Zoe. Y después he ido a casa de Maria. He tenido que llevar a casa a Lucas y a Chris.

No le cuento nada más de lo que ha pasado esa noche. A Richard no se le da bien encajar los problemas de los demás, porque los suyos han crecido tanto que ahora llenan completamente su cabeza. Su respuesta a lo que acabo de decirle me servirá para establecer con precisión de qué humor está en este momento.

Richard es un borracho que se autoaborrece o uno superambicioso, pero cuando coge la botella nunca se sabe cuál te vas a encontrar después. Aunque ninguna de las opciones es buena. El autodespreciativo es profundamente aburrido, porque entra en un bucle mental derrotista, pero el superambicioso también es malo, porque tiene unos delirios que consisten básicamente en una serie de promesas que nunca va a cumplir.

–Te he decepcionado otra vez –dice.

Ahí está mi respuesta: esta noche Richard está sufriendo un caso de autodesprecio provocado por la ebriedad y quiere que yo contribuya a su estado.

–No sé hacer otra cosa –continúa–. ¿Por qué no me dejas, Tessa? Abandóname y ya está.

Es una buena pregunta, y me la he hecho en muchas ocasiones. De hecho Sam también me ha hecho esa misma pregunta: «¿Por qué no le dejas?».

La respuesta es que me gusta Richard, incluso ahora. Llevamos juntos muchos años y yo amaba al hombre con el que me casé.

Nos conocimos cuando yo estaba haciendo unas prácticas con animales grandes como parte de mis estudios; Richard estaba preparando el doctorado en el departamento de ingeniería de la universidad. Tuvimos el comienzo de relación más fácil y apacible que se pueda imaginar. Era como si hubiéramos sido amigos toda la vida. Nos reíamos juntos y descubrimos que nos gustaba hacer las mismas cosas. Me encantaba su inteligencia amable, cómo se lo pensaba todo antes de hablar y que nunca era burlón ni esnob.

Solo cuatro meses después de conocernos nos fuimos a vivir juntos a una buhardilla diminuta que casi tenía vistas al Puente Colgante de Clifton y los dos nos centramos en estudiar como locos; nos preparábamos tazas de café instantáneo el uno al otro y sobrevivíamos a base de chile con carne y patatas asadas que cocinábamos por turnos.

Nuestro piso no tenía muebles, así que dormíamos juntos en un futón derrengado y nos sentábamos en sillas de playa a ver la televisión porque no teníamos dinero ni para comprar un sofá. Pero todo eso fue un buen entrenamiento para los viajes que hicimos después de estudiar; Richard y yo nos pasamos un año de mochileros recorriendo el mundo y después vivimos un tiempo en Kenia, donde los dos encontramos trabajo.

Nos casamos cuando volvimos al Reino Unido e hicimos el banquete en el Clifton Pavilion del Zoo de Bristol. Entonces todavía era una época feliz. Fue unos años después, cuando los dos ya estábamos bien establecidos en Bristol, con nuevos trabajos interesantes y una casa recién estrenada, cuando la cosa empezó a estropearse muy despacio, de una forma casi imperceptible, y pasó a convertirse en algo que no tenía nada que ver con lo que habíamos soñado.

Así que ahora estamos viviendo una versión más amarga de la pareja que imaginamos que seríamos. Richard no tiene trabajo y no tenemos hijos, y la dura decepción producida por eso le ha convertido básicamente en una versión deprimida, borracha y estúpida de mi querido marido. Pero hay horas, días, incluso semanas en las que el hombre que amaba reaparece, y eso es razón suficiente para seguir con él. Dejarle sería reconocer que el alcohol ha conseguido destruirnos, y todavía no estoy preparada para eso.

A Sam simplemente le digo que no puedo, todavía no. Y cuando lo digo me siento como la típica esposa que engaña a su marido. Pero no es porque me interese mantener el *statu quo*, no tiene nada que ver; de lo que se trata es de que no soy capaz de dejar atrás lo que Richard y yo teníamos, la idea perfecta de nosotros, incluso aunque nuestra realidad no tenga nada que ver con eso ya.

Por teléfono, tras recurrir a todas mis reservas de paciencia en un esfuerzo por no perder los nervios, le digo a Richard:

–¿Has visto la lasaña que te he dejado? Deberías comer algo. Volveré más tarde.

Y antes de que le dé tiempo a arrastrarme a su agonía, cuelgo y pongo en marcha el motor.

Domingo por la noche

Después del concierto

Zoe

A mi lado Grace se va durmiendo muy tranquila. Me encanta mirarla cuando está dormida porque se la ve perfecta: toda esa energía almacenada temporalmente dentro de ese exterior suave y sedoso, en recuperación para poder salir de ella en una explosión cuando se despierte. Grace tiene unas necesidades muy sencillas: despertarse, dar amor, recibir amor, reabastecerse, gastar energía, dormir. Me encanta eso de ella. Pero tiene una energía monumental; serviría perfectamente de fuente de alimentación de un colisionador de hadrones.

Quiero quedarme en la cama con Grace y dormir con ella toda la noche. Lo he hecho algunas veces. Si por la noche la oigo despertarse antes que Chris o mamá, vengo y la llevo conmigo a la cama que hay en su habitación. Así dejo descansar a mamá. Por la mañana, cuando Grace se despierta, me levanto con ella antes de que despierte a mamá, la cambio y hago la cama, porque si se enterasen de que he dormido con ella me regañarían por «sacarla de la rutina». Cuando acabo, se la llevo a mamá y bajo al piso inferior para prepararle el biberón. A Grace le encanta estar en la cama de Chris y mamá. Seguramente le debe de parecer un enorme campo de fútbol; estira los brazos y las piernas y acomoda la cabeza sobre el edredón y después mira a ver si hay alguien riendo.

Una vez oí que Chris le decía a mamá:

–Tiene mucha energía para ser una niña, ¿no?

Parecía que eso le preocupaba un poco, pero mamá le contestó:

–Todos son así a esa edad, no hay nada de qué preocuparse.

No oí el resto de la conversación porque empezaron a besarse y yo salí de la habitación.

Tendría que llegar el ardiente Apocalipsis, un atardecer teñido de rojo con jinetes galopando tan rápido que estuvieran ya casi encima de mí, para que yo soportara ver a esos dos haciéndose carantoñas más de lo estrictamente necesario: una de las manos de él agarrándole con fuerza de la cadera y arrugándole los pantalones del pijama de seda mientras los dedos de la otra van bajando hasta llegar a la unión de la nalga con el muslo... Suficiente.

Si me hubiera quedado allí con Grace esa noche, tal vez las cosas habrían salido de forma diferente, pero aparece Lucas en el umbral, una sombra igual a la que proyectaba su padre un poco antes.

–Zoe, tienes que venir –dice.

Cojo a Grace con mucho cuidado. Sus extremidades calientes pesan y cuelgan. Le coloco la cabeza sobre mi brazo y después la tumbo en su cuna. Durante un momento parece que se va a despertar otra vez, porque se tensa cuando su espalda toca el colchón, pero después se relaja y la cabeza le cae a un lado. La tapo un poco con la sábana, pero solo las piernas porque no quiero que tenga calor. En la oscuridad distingo que su pecho sube y baja despacio y que tiene los labios fruncidos, como si estuviera esperando el beso de un príncipe.

Lucas me espera en el pasillo. Ha visto la mariposa, que sigue aleteando en una esquina; sus alas han adquirido un ritmo tan veloz como el trino más rápido que yo soy capaz de tocar en el piano. Me pregunto cuánto rato podrá seguir así.

–¿Puedes salvarla? –le pregunto a Lucas.

–Está demasiado arriba.

–¿Por qué no vuela hacia la luz?

–Eso solo lo hacen las polillas. A las mariposas no les gusta la luz artificial.

Él acerca la mano al interruptor de la luz para apagarlo y en la oscuridad las alas de la mariposa dejan de hacer ruido, como si se sintiera aliviada.

Miro a Lucas y sonrío, pero él me está mirando de una forma muy intensa, algo que no es raro en él, pero lo que hace después sí que lo es.

Me da un beso.

Yo respondo de forma muy torpe al principio, porque no me lo esperaba. Pone su boca sobre la mía y me besa como no me ha besado nunca nadie antes, ni siquiera Jack Bell: es un beso increíble, supersexi, como los de las películas.

Solo dura unos segundos, y después se aparta de mí y yo no sé qué decir.

–Zoe –susurra–, sé lo que te pasó. Hace mucho tiempo que lo sé, pero mi padre no. Tenemos que estar con él y con tu madre, no debemos dejarlos solos, ¿me entiendes? No deben estar solos. Y, escucha, esto es importante: tienes que conseguir que tu madre lea mi e-mail.

–Pero se supone que tenemos que cuidar a Grace –protesto.

–Esto es más importante. Vamos...

Empieza a bajar las escaleras, pero entonces se gira y me mira. Yo sigo en la parte de arriba de la escalera. No entiendo nada.

–Vamos –repite, y me tiende la mano con la palma abierta, invitándome a cogérsela.

–¿Por qué no podemos dejarlos solos? –pregunto.

–Porque no.

–¿Pero por qué no?

No veo la expresión de su cara, así que no sé qué piensa en los segundos que pasan antes de responder.

–Papá puede ser cruel a veces.

No sé qué decir a eso, así que le cojo la mano, le doy un breve apretón y lo sigo por las escaleras.

Encontramos a mamá y a Chris en la cocina. Están de pie con la isla de por medio. Chris está aferrado al granito con las dos manos, como si estuviera intentando levantarlo. Al otro lado mamá está metiendo trozos de pan blanco en el robot de cocina, que está funcionando a toda velocidad y no deja de zumbar y hacer otros ruidos mientras pulveriza el pan hasta dejar solo unas finas migas.

Mi madre ha estado llorando. Se le ha corrido el rímel un poco alrededor de los ojos.

–Os he dicho que cuidéis de Grace –nos dice Chris a Lucas y a mí.

Obviamente ya no estamos cogidos de la mano; Lucas me ha soltado antes de llegar a la puerta de la cocina. Ahora guardamos la distancia habitual de dos metros entre los dos.

–Está dormida –contesto.

–¿Dónde está? –pregunta mamá con cierto pánico, como si yo fuera tan tonta como para dejar a Grace sola en la cama.

–La he dejado en la cuna. Tumbada boca arriba. Y le he tapado las piernas con la sábana.

–¡Oh! No sé si tendrá mucho calor. ¿Dónde está el vigilabebés?

Voy a buscarlo: está en la mesa de afuera y tiene restos de *bruschetta* que nadie ha limpiado todavía. Le quito un poco de tomate y subo el volumen. Grace está callada. Al entrar, mamá me coge el aparato y lo mira.

–Diecinueve grados en su habitación. ¿Crees que con la sábana estará bien? –le dice a Chris.

El vigilabebés de Grace muestra prácticamente todos los datos referentes a su habitación; lo único que no hace es grabarla.

Chris no se ha movido. Yo no me atrevo a mirarle a los ojos, pero veo que mueve un poco la mandíbula, apretándola y relajándola.

–No sé por qué me lo preguntas a mí, cariño –dice, y en su voz se trasluce un punto de maldad–, teniendo en cuenta que parece que no me respetas lo suficiente como para ser sincera conmigo sobre quiénes sois tu hija y tú.

Mi madre le quita la tapa a la picadora muy despacio y vierte las migas en un plato grande y poco profundo. Inspira hondo, inhalando todo el aire que puede, y después lo deja escapar hinchando las mejillas. Durante todo el proceso no deja de aplanar las migas con el dorso de la mano para que estén como deben y poder rebozar las pechugas de pollo.

–Voy a sugerir algo –dice por fin–. ¿Por qué no nos sentamos con algo de comida delante y hablamos de todo esto como una familia? Hay una cosa que Zoe y yo queremos explicaros a los dos, pero quiero hacerlo bien, como hacemos siempre las cosas nosotros.

–¿No es ya un poco tarde para eso? –responde Chris.

Mi madre se yergue un poco más y va hasta la nevera. Abre la puerta de acero inoxidable, tan grande que parece la de una mazmorra, y saca la caja de huevos orgánicos de gallinas criadas en libertad. Le tiembla un poco el labio mientras se dirige a la isla otra vez. Cuando llega, levanta la caja todo lo que puede y después la estrella contra la isla con todas sus fuerzas.

–Solo si no te importan estos dos niños, el bebé que hay arriba y todo lo demás que hemos construido juntos –le dice a Chris mirándole por encima de las plantas de albahaca sin hojas, con la caja de huevos destrozada delante de sí, derramando yema y clara de huevo por todos lados–. ¡Solo si quieres que nuestras vidas acaben así! –Y abre la tapa de la caja.

Dentro se ven las ocho o nueve cáscaras rotas y viscosas de los huevos que había. Yo tengo que apartar la vista porque no me gusta ver cosas así, espachurradas.

–¿Es eso lo que quieres? –insiste–. ¿Lo es? ¿Esto?

Ha metido las manos en el desastre de los huevos y está sacando trozos de cáscara rota para mostrárselos. El contenido viscoso le resbala entre los dedos. Es asqueroso. Además le ha caído un poco en la blusa de seda.

–¿Es que te has vuelto loca? –pregunta Chris–. Mírate. ¿Es que te has vuelto total y absolutamente loca?

Los dos se miran en silencio, inmóviles, en una especie de combate silencioso.

Lucas da un paso adelante e intenta limpiar el desastre de la caja de huevos, pero en cuanto la coge, Chris dice:

–Déjalo.

Y Lucas obedece. Vuelve a poner la caja sobre la encimera delante de mi madre y se aparta con unos movimientos tan cuidadosos que parece que estuviera haciendo una operación a corazón abierto.

–¿Que me he vuelto loca? ¿Eso es lo que crees? –pregunta mi madre.

Que se haya puesto a estrellar comida contra las superficies no es algo que a mí me haga pensar que mamá se ha vuelto loca, porque es el tipo de cosas que hacían mis padres cuando discutían, antes del accidente. La comida volaba por los aires, a veces alguna taza también, y había gritos, pero después se acababa, limpiaban y todo volvía a la normalidad y se abrazaban en el sofá.

Lo que ahora me pone los pelos de punta, aparte de lo obvio (que Chris está a punto de saberlo todo sobre mí), es que mamá nunca se ha comportado así con Chris. Con Chris es como una mariposa. Cuando es conveniente se posa con las alas bien cerradas, recatada, compuesta, paciente, agitándose solo imperceptiblemente, hasta que llega el momento en que él está listo para que ella abra las alas y muestre lo bonita que es y así ella se siente preciosa, admirada. Pero solo cuando él quiere que ella se sienta así. Y esa es la cuestión: ella nunca, jamás, pierde el control. Esta segunda oportunidad de tener una familia no funciona así.

–¿Sabes lo que es un locura? –continúa mi madre.

Apoya las manos en el granito y está inclinada hacia delante, enfrentándose a Chris. El rizo grasiento de su pelo ha vuelto a caerle sobre la frente y ahora la única mariposa a la que se parece es a una herida que se arrastra por el suelo con las alas rotas e inútiles, esperando que llegue un pie que termine con su agonía.

–¡Esto es una locura! ¡Todo esto! –Señala extendiendo los brazos con mucho dramatismo.

Chris la mira, después nos mira a nosotros y por fin ve la copa de vino vacía que hay delante de mi madre sobre el granito, que ha estado a punto de acabar volcada por culpa de la caja de huevos.

–Estás borracha, Maria –dice–. Y eso no es atractivo.

–NO estoy borracha.

Chris levanta un poco las dos cejas.

–Creo que los dos sabemos que sí lo estás.

–¡No seas condescendiente conmigo!

–Te voy a llevar arriba. Hablaremos de esto por la mañana.

–¡No! –exclama Lucas, y la atención de todos se centra en él–. ¿Dónde está Tessa? –dice–. ¿Está cenando?

Chris y mamá se quedan mirando a Lucas un momento, como si acabaran de recordar que él y yo estamos presentes.

–Tessa ha salido unos minutos –contesta mi madre–, pero sí, vamos a cenar.

Se pasa el antebrazo por la frente y después se mira la mano, como si no entendiera por qué la tiene cubierta de clara de huevo.

–¿Papá? –le pregunta Lucas a Chris, que sigue mirando fijamente a mamá.

–Fuera –nos dice a mí y a Lucas–. Fuera de esta habitación. ¡Ahora!

Y lo grita de tal manera que tengo que cubrirme las orejas con las manos y me hace sentir como si el mundo se hubiera vuelto oscuro y yo no pudiera volver a ver nunca más. Lo único que soy capaz de hacer ahora es chillar, así que abro la boca y lo hago.

Domingo por la noche

Después del concierto

Tessa

Cuando vuelvo a casa de Maria y Chris, aparco otra vez en la calle y vuelvo a entrar. Lo primero que oigo es un chillido. Es prolongado, agudo y hace que baje corriendo las escaleras en dirección a la cocina.

Es Zoe quien está chillando. Tiene las orejas cubiertas con las manos, la boca muy abierta y chilla como si estuviera presenciando algo insoportable.

Maria está junto a la isla.

–¡Para, Zoe, para! –está diciendo–. ¡Para! ¡Para ya!

Pero Zoe solo se detiene cuando la abrazo con fuerza; entonces de repente siento que su cuerpo se queda inerte junto al mío. Lucas está a nuestro lado, nervioso. Chris parece horrorizado.

Algo malo está pasando, es obvio. Creo que Chris se ha enfrentado a Maria. Ella está horrible: el maquillaje de los ojos corrido, la blusa sucia, los ojos enrojecidos, y hay unos huevos rotos sobre la encimera.

–Ven conmigo, cariño –le digo a Zoe, y la llevo hacia la puerta y después arriba, al salón, que está decorado como si la familia recibiera regularmente a miembros de la realeza, algo que quizá sí que hacen, quién sabe.

La obligo a sentarse y, aunque hace demasiado calor para estar abrazadas, la mantengo entre mis brazos el largo rato que necesita para conseguir dejar de temblar.

Zoe fue condenada por matar a varias personas. Eso es indiscutible. Tom Barlow seguramente iría más allá y la calificaría de asesina. Pero sigue siendo mi sobrina. Es el bebé al que fui a ver pocas horas después de su nacimiento muchos años atrás, esa cosita pequeña y arrugada que en aquel momento encerraba todo el potencial del mundo. Es la niña que llevaba a la playa y con la que hacía castillos de arena; la que acompañaba al zoo y animaba a ser valiente cuando quería alimentar a los loris pero le daba miedo que se le posaran en la mano. También es la niña de nueve años que felicité cuando llegó de una forma fulgurante a la final regional de un concurso de piano por primera vez, lo que hizo que me hinchara de orgullo pues me había estado mordiendo las uñas hasta que ya no me quedó nada que morderme.

Es la niña que adoro y por la que me intereso y me preocupo.

Y, a pesar de las cosas de las que es responsable, la sigo queriendo. Zoe cometió un error estúpido una noche que ha tenido consecuencias terribles. Pero yo la voy a querer siempre. Alguien tiene que hacerlo.

Sé que Maria la quiere también, y que ella está más cerca de Zoe, obviamente, pero las consecuencias de sus acciones ya han destrozado la vida de Maria antes y puede que la destrocen de nuevo; aguantar eso, por mucho que quieras a alguien, es complicado. Comparten un vínculo demasiado fuerte para que ese amor que se tienen resulte fácil. Pero estoy convencida de que Zoe tiene buen corazón. Creo su historia sobre lo que pasó aquella noche y quiero que sepa que alguien la quiere después del accidente igual que la quería antes. Creo que se merece al menos eso.

Siento mi cuerpo cada vez más caliente y más húmedo por su cercanía, pero me quedo ahí limpiándole las lágrimas según van cayendo y simplemente sigo abrazándola, y le susurro que yo siempre voy a estar ahí pase lo que pase y que la quiero con toda mi alma.

Cuando se calma lo bastante, la obligo a tumbarse y bajo al piso inferior a ver qué está pasando.

Domingo por la noche

Después del concierto

Zoe

Cuando la tía Tessa se va abajo, me quedo sola en el salón una vez más y pienso en todo, especialmente en que he fastidiado las cosas otra vez, porque se supone que no debo ponerme a chillar así.

–Chillar puede parecerte una forma de liberación –me decía Jason– y evidentemente lo es en cierta forma, pero hay otras formas de canalizar los sentimientos. Puedes salir de la habitación, puedes pedir un momento de tregua o expresar que lo que te dicen te está haciendo sentir incómoda o que te pone nerviosa en vez de hacer algo que lo demuestre. Todas esas son mejores estrategias que ponerse a chillar.

–¿Y puedo aullar como un lobo? –contesté.

Jason sonrió, aunque no me siguió la corriente; sabía que no lo haría, pero me gustaba encontrar formas de hacerle sonreír.

–Hablemos de las cosas que puedes hacer en vez de eso –insistió.

Y empezó a enseñarme, una vez más, cómo convertirme en un ser humano funcional.

Es curioso: yo creía que era de una forma antes de entrar en el Centro, pero después de tanta terapia es cuando entiendes lo rara que eres en realidad.

La noche que fui a la fiesta de Jack Bell no me sentía una persona rara; me sentía como si estuviera a punto de entrar en el reino de los populares.

Lo que pasó en el dormitorio con Jack es algo que tuve que hablar muchas veces con Sam, mi abogado, y después contarlo en el juicio, pero todo eso se centraba en niveles de alcohol y cuestiones de culpabilidad (un nuevo mundo sobre el que tuve que aprender mucho).

Durante todo ese proceso no llegué a recordar esa parte de la fiesta como algo que pudo haber sido agradable para mí.

Cuando Jack volvió al dormitorio, me trajo un vaso grande de Coca-Cola. Yo le dije que esa cantidad era brutal y él se rio.

Jack me pasó el vaso y yo le di un buen sorbo, tragando y tragando hasta que los ojos se me pusieron vidriosos y las burbujas me cosquillearon en la nariz, todo solo para hacerle reír.

–Tú no haces nada a medias nunca, ¿no? –dijo.

–¿Es Coca-Cola Light? –pregunté–. Sabe raro.

–¿Pero tú qué eres? ¿Una experta en Coca-Colas? Sí, es Coca-Cola Light, por eso sabe diferente. ¿Quieres que te traiga otra?

–No –respondí–. No pasa nada, me gusta.

Él se sentó muy cerca de mí, puso su mano sobre la mía y entrelazamos los dedos.

–Nunca te he oído tocar el piano –confesó–. Debería hacerlo algún día.

No supe qué decir a eso. El piano para mí es, y siempre ha sido, algo privado, aunque es justo eso lo que me convierte en una persona pública. Ver sus dedos junto a los míos de repente me recordó la mano de mamá poniendo los dedos sobre las teclas y empujando para que las tocara en los días en que sus manos eran mucho más grandes que las mías, cuando yo las tenía demasiado pequeñas para cubrir una octava completa.

Jack interpretó mi silencio como coquetería, como si estuviera flirteando.

–Tal vez vaya a tu siguiente concierto y me siente en la primera fila... –continuó. Se inclinó hacia mí y me acarició con los dedos justo debajo de la oreja. Después siguió por la mandíbula hasta la barbilla–. ¿O eso te distraería? –preguntó a continuación, inclinándose aún más y poniendo su boca sobre la mía y la mano sobre mi pecho.

Yo me aparté un poco porque la intensidad de todas esas sensaciones me tenía algo asustada, y Jack era mayor y más grande que yo.

–He oído que tocas como si tuvieras un demonio dentro –añadió–. Como si estuvieras poseída o algo así.

Eso me hizo reír.

–Yo eso no lo sé –contesté, pero interiormente pensé que seguramente era así, a veces, cuando me dejaba llevar mucho por la música.

Nunca sabes la apariencia que tienes cuando tocas bien, porque la concentración y la capacidad de escuchar lo son todo en ese momento.

Es difícil explicárselo a alguien sin que suene raro, así que bebí otro sorbo de Coca-Cola para ocultar lo rara que me sentía. Los ojos de Jack no se apartaron de los míos ni un segundo, incluso mientras se terminaba su bebida de un trago.

–¿Qué estás bebiendo? –pregunté.

–Sidra. ¿Quieres probarla? Puedo traerte un poco. –Negué con la cabeza–. Está buena –añadió.

Me cogió la Coca-Cola de la mano y la puso en la mesita, dejó su vaso al lado y después se puso encima de mí, me empujó con mucho cuidado para que me tumbara sobre las almohadas y empezó a susurrarme al oído palabras con las que solo había soñado. Justo en ese momento alguien llamó a la puerta.

–No digas nada –dijo Jack.

–¿Zoe? Soy Gaviota.

–Tengo que contestarle.

–No –insistió–. Quiero estar contigo.

Pero no podía abandonar a Gaviota; simplemente era algo que no podía hacer. Y Jack lo vio. Se apartó y se tumbó boca arriba con un gruñido de irritación.

–Gaviota –contesté, y fui a abrir la puerta.

Estaba cerrada con llave; no había visto a Jack cerrarla, pero la llave estaba en la cerradura, así que la abrí y encontré a mi amiga recostada contra la pared.

–¿Dónde estabas? –preguntó–. No te encontraba por ninguna parte.

Parecía desorientada y arrastraba las palabras.

–Perdona –contesté. Ella apoyó todo su peso en mí–. ¿Gaviota? ¿Estás bien?

Y entonces vomitó por todo el suelo.

–¡Oh, joder! –exclamó Jack–. Vamos a llevarla al baño.

Y se la llevó prácticamente arrastrando por el pasillo. Yo me quedé con ella mientras vomitaba una y otra vez en la taza del váter y Jack fue a limpiar el desastre del suelo. Pero tenía que haber cerrado la puerta del baño porque, cuando me quise dar cuenta, Eva Bell estaba en el umbral, hombro con hombro con su mejor amiga Amelia Barlow, y las dos nos miraban con un desdén absoluto.

–Si no sabéis beber, deberíais haberos quedado en la biblioteca, niñas –dijo.

Había oído una vez que Eva y sus amigas compraban algo para beber mientras se preparaban para las fiestas, por si acaso no había suficiente alcohol cuando llegaran allí.

–Cierra la boca –solté, pero no les estaba prestando mucha atención porque Gaviota estaba vomitando con tanta fuerza que tenía los ojos llenos de lágrimas.

–Mi madre me va a matar –dijo Gaviota. Yo le retiré el pelo y se lo sujeté lejos de la cara.

–No tiene que enterarse –contesté.

–Quiero irme a casa –dijo a continuación, y me agarró de forma vacilante–. Necesito irme a casa. Es mi cumpleaños mañana.

–¿Qué has bebido? –pregunté.

No le dije que era tan tarde que ya era su cumpleaños, porque eso solo habría servido para que se sintiera peor.

–Alguien me ha echado algo en la bebida. Lo juro, seguro que me han echado algo.

Habíamos ido en bicicleta a la fiesta, las dos en la bici de Gaviota. Eran unos seis kilómetros y medio, casi todo cuesta abajo. El plan era volver caminando a casa con la bicicleta, pero estaba claro que no íbamos a poder hacerlo. Gaviota tenía que apoyarse en mí para intentar levantarse y no parecía que pudiera caminar.

–Yo puedo llevaros a casa en coche –se ofreció Jack.

Ahora se le veía un poco nervioso, como si el vómito y tener que ocuparse de alguien fuera algo que no entraba en sus planes para esa noche.

Amy estaba justo a su lado, apoyada un poco en él como Gaviota en mí, solo que su cuerpo estaba apretado contra el de Jack. Cuando él se ofreció a llevarnos, sus ojos y los de Eva me atravesaron como láseres. Amy no estaba muy borracha, o si lo estaba lo aguantaba bien.

–¿Cuánto has bebido? –le preguntó a Jack–. ¿Por qué no dejas que se vayan a casa andando? Ella vive cerca, ¿no?

Amy tenía razón. La familia de Gaviota tenía una pequeña casa moderna en Hartland, donde nunca se hacía la colada y ni siquiera los perros se molestaban en lamer la grasa del suelo. Su madre y su padre eran las personas más cariñosas del mundo, pero esas cosas no les preocupaban. Lo único que les preocupaba era Gaviota. Cada céntimo que tenían, cada gramo de amor y cada esfuerzo eran para ella.

«Corre como el viento nuestra niña, como el viento», decían sus padres, y mi padre solía comentar por lo bajo: «Él también corría como el viento. Gaviota lo ha sacado de su padre».

Gaviota en realidad se llamaba Linda, pero sus padres, sorprendidos por la llegada de un bebé cuando habían perdido la esperanza de poder tener uno, empezaron a llamarla Gaviota porque, como decía su padre: «Es que chillaba a todas horas, como una gaviota. ¿Qué otra cosa podíamos llamarla? Chillaba muy alto y eso nos hacía reír. Seguro que los vecinos pensaban que la estábamos asfixiando, que no le dábamos de comer o que no la limpiábamos nunca».

A Gaviota no le gustaba que nadie supiera dónde vivía, porque estudiaba con una beca, como yo, así que nosotras no vivíamos en grandes casas como la de Jack y Eva Bell o la de Amy Barlow y los otros chicos del colegio. Vivíamos en casas normales en las que había barro, las cosas eran viejas, los animales se tumbaban junto al fuego y las ventanas no tenían doble acristalamiento.

–No puede quedarse aquí –protestó Jack–. Mis padres vuelven a casa a primera hora de la mañana.

–Yo no estoy borracha –intervine yo–. Si me prestas tu coche, yo puedo llevarla a casa.

–Pero si tú no sabes conducir... –exclamó Amy.

–Mi padre me enseñó.

De repente apareció un destello en los ojos de Jack.

–Podríamos dejar a Gaviota en casa y después ir al faro –propuso–, ¿habéis ido alguna vez?

–No –confesé, pero instantáneamente me sedujo el brillo de sus ojos y añadí–: Pero me gustaría ir.

–Qué idea más tonta, Jack –repuso Amy–. Que lleve a Gaviota a casa y vuelva a traer el coche. Después que se vaya a su casa en la bici.

Jack la ignoró.

–Es genial –explicó–. Se puede subir hasta arriba. Conozco un camino. Podemos coger el coche de mi padre.

Y entonces vi en mi mente la increíble imagen del faro, con su fuerte haz de luz barriendo las olas más abajo, y oí en mi cabeza una música poderosa, música clásica que crecía como la espuma de las olas sobre las rocas. Sabía que allí había un barco hundido, encallado en la costa rocosa como un oxidado esqueleto naranja abandonado tras una muerte violenta, y que se veía cuando la marea estaba baja.

–Deberías ir con ellos, Amy –aconsejó Eva arrastrando un poco las palabras. Ella sí que estaba borracha, sin duda–. Para asegurarte de que Jack no se escabulle por ahí con la chica del piano. Está tan pedo que igual se le ocurre.

–Cierra la bocaza –contestó Jack.

Un chico que se llamaba Douglas apareció detrás de Eva, le rodeó la cintura con las manos y apoyó la cabeza en su nuca.

–¿Vienes tú también, Eva? –preguntó Amy.

–Alguien tiene que ocuparse del fuerte si Jack se va –dijo ella–. Ve tú y asegúrate de que no haga ninguna tontería.

Ella se volvió hacia Douglas y su cuerpo pareció deslizarse contra el de él. Se pusieron a besarse tanto rato y tan apasionadamente que sentí mucha vergüenza. Pero no sé cómo todos asumieron que habíamos decidido que yo llevaría a Gaviota a casa en coche.

Recuerdo que me terminé la bebida mientras Gaviota y yo esperábamos sentadas en la cama a que Jack encontrara las llaves del coche; con un brazo la tenía rodeada a ella y en la otra mano sujetaba el vaso grande de Coca-Cola. Y recuerdo a Amy con el ceño fruncido, como si prefiriera estar en cualquier otro sitio que no fuera allí, con nosotras, pero no supiera qué otra cosa podía hacer.

Después me acuerdo de haber ayudado a Gaviota a llegar al coche y a entrar. Luego entré yo, giré la llave en el contacto y recuerdo que eso me transmitió una sensación de poder y valentía; ese coche era muy diferente al camión que había conducido en la granja.

Pero a partir de ahí me desconecto de los recuerdos, porque esa es la parte que me resulta dolorosa.

Pienso en que estoy en el salón sola, otra vez, y me pregunto si debería ir abajo y disculparme por haberme puesto a chillar así porque «las disculpas siempre son buenas y necesarias», pero creo que mi madre seguramente querrá que me quede al margen de todo esto para que ella pueda arreglar las cosas.

Lucas no deja de aparecer en mi mente: el beso, eso de que lo sepa todo. ¿Cómo lo sabrá?, me pregunto. ¿Por qué no se lo ha contado a nadie? Me viene a la mente su petición de que lea el e-mail. Recuerdo dónde he dejado mi teléfono y meto la mano bajo los cojines del sofá para recuperarlo.

Lunes por la mañana

Sam

La disyuntiva que les planteé a los señores Guerin y a Zoe cuando nos reunimos en mi despacho de Bideford una heladora mañana para tratar su caso era complicada.

Zoe podía acudir a la vista previa y declararse culpable. La sala seguro que consideraría favorablemente esa declaración de culpabilidad, porque así se evitaría un juicio duro y costoso, y además suponía que ella asumía su responsabilidad en los hechos. En ese caso era probable que el juez se decantara por aplicar la pena mínima en esas circunstancias, pero había pocas posibilidades de que pudiera evitarse el internamiento en un centro.

O Zoe podía ir a esa vista previa y presentar una defensa alegando circunstancias atenuantes de su responsabilidad; tendría que admitir que conducía el coche y que provocó el accidente, pero pediríamos que el juez decidiera si también era culpable de haberse puesto al volante ebria. Según la explicación de Zoe, alguien tuvo que echarle algo en la bebida en la fiesta, probablemente el chico con el que estaba, Jack Bell, que era una de las víctimas. Pero nos veríamos obligados a probar ese detalle en el juicio y eso iba a ser difícil, sobre todo porque los tres testigos principales estaban muertos.

–Bueno, hagamos eso –dijo el señor Guerin en cuanto oyó esa opción–. Me parece un buen plan.

Las personas que entran en contacto con el sistema judicial por primera vez siempre tienen la tentación de presentarse con una defensa, porque les parece un resquicio de luz, una forma de minimizar el daño que han hecho, la culpa que sienten y el perjuicio a su reputación y a su familia.

Pero Maria entendió los riesgos.

–Un momento, ¿y si no la creen?

–Pero es la verdad, ¿no? –repuso su marido.

Maria no dijo nada; estaba esperando mi respuesta.

–Si no aceptan esa defensa en el juicio, entonces Zoe se arriesgará a recibir una sentencia más dura de la que recibiría si se declara culpable.

–Pero al menos todo esto no pesará sobre su conciencia, ¿no? –intervino el señor Guerin–. Si se declara culpable, es como decirle a todo el mundo que nuestra hija reconoce que ha asesinado a esos chicos. Que es una asesina, Maria.

Zoe se iba encogiendo por momentos en su silla.

Maria ignoró a su marido.

–Es una apuesta arriesgada, por lo que veo –dijo dirigiéndose a mí.

–Sí, muy arriesgada.

–Si el juez acepta su versión, ¿podría conseguir una sentencia más leve que si se declara culpable desde el principio?

–No, lo dudo.

–Pero no quedará en nuestras conciencias –prosiguió Maria–. Será una sentencia similar, pero al menos se demostrará que ella no sabía que estaba borracha, que fue un simple accidente.

En mi opinión eso es lo que se llama agarrarse a un clavo ardiendo, pero esa familia obviamente necesitaba agarrarse a algo.

El señor Guerin se había puesto de pie y estaba junto a la ventana del despacho, que tenía vistas al río; la marea estaba baja esa mañana y la mayoría de los barcos estaban varados en el lodo. Un cielo gris, cubierto e implacable ensombrecía y apagaba el paisaje del puerto y se cernía sobre la escena mientras la familia consideraba sus opciones. Bajo esas gruesas nubes, las gaviotas planeaban en círculos, como todos los días.

El señor Guerin nos daba la espalda, pero cuando habló su voz sonó firme y quedó claro que su mente había dado un giro de 180 grados.

–No merece la pena el riesgo –dijo–. ¿Y si no la creen?

–Pero voy a decir la verdad –contestó Zoe.

–Has matado a gente, Zoe. ¿Quién te va a creer?

Al margen de la desesperada resignación de su tono y del efecto que lo que dijo tuvo en su hija, esa frase me impactó porque Philip Guerin era justo el tipo de hombre que habría en un jurado en aquella zona, y aunque sabía que no habría jurado en el Juzgado de Menores, la que él estaba mostrando podría ser perfectamente la actitud que adoptara el juez.

–La creerán –aseguró Maria, que de repente estaba decidida–. Podemos entrenarla. Les dará lástima, lo hará bien en el estrado, y tal vez podamos conseguir que algún otro chico declare.

–No –dijo el señor Guerin–. Estoy harto de que la entrenes. Ya la has entrenado bastante, Maria. No estaríamos en este lío si no la hubieras entrenado para que consiguiera esa beca musical. Estaría en la escuela del pueblo, que a mí me parece lo bastante buena, por cierto, pero que para ti no era suficiente. Si hubiera ido allí, nada de esto habría ocurrido. Ir a esa escuela pija e intentar ser como esos chicos es lo que ha provocado esto. No. No lo apoyaré. Debería declararse culpable y asumir las consecuencias de lo que ha hecho, pagar por ello y después, en futuro, tal vez lograr un cierto perdón.

–No estoy de acuerdo –respondió Maria–. Piensa en Zoe. ¡Piensa en nosotros!

–Estoy pensando en ella. Y en las otras familias. Yo me crié con Matt. –Se le quebró la voz.

Reconocí el nombre: era el padre de Gaviota, la amiga de Zoe.

–Lo sé –dijo Maria.

–No permitiré que Sue y él tengan que pasar por un juicio.

–Tenemos que darle a Zoe una oportunidad de limpiar su nombre.

–¡No! Gaviota era su única hija, ya lo sabes.

–No estoy dispuesta a poner en peligro el futuro de Zoe por proteger los sentimientos de las otras familias.

–Maria, a veces tienes un corazón muy duro –la acusó su marido–. ¿Y qué futuro tiene Zoe ahora de todas formas?

Quise intervenir y defender a Zoe, pero Maria se levantó de un salto. Los dos parecían ajenos a la presencia de su hija.

–¿Proteger a mi hija es tener el corazón muy duro? –preguntó Maria en voz muy baja, pero con una vehemencia desconcertante.

–¿Y si hacer eso no es protegerla? ¿Y si sale mal y va a la cárcel más tiempo que si se hubiera declarado culpable?

Estaban el uno frente al otro, con la mesa de por medio. Era difícil ver la expresión del señor Guerin porque estaba de espaldas a la ventana.

–Zoe –intervine, porque había llegado el momento de calmar las cosas y recordarles a esos dos adultos que su hija les estaba escuchando–, ¿entiendes la decisión que hay que tomar?

–No quiero ir a la cárcel, pero tampoco quiero empeorarles las cosas a las otras familias –contestó–. Diré que soy culpable.

Maria inspiró bruscamente y el señor Guerin rodeó la mesa y le puso las manos en los hombros a Zoe. Tenía unas manos enormes, rojas, secas y llenas de callos, que hicieron que Zoe pareciera más pequeña y más frágil que nunca.

–Muy bien, hija –dijo.

Pero yo miré a Maria y después a Zoe, que estaba observando a su madre, nerviosa, y me di cuenta de que en realidad la decisión no estaba tomada todavía.

Domingo por la noche
Después del concierto

Tessa

Cuando vuelvo abajo ya no hay nadie en la cocina. En la isla sigue la caja de huevos rotos, igual que antes; el líquido que chorrea se desliza en silencio por un lado del granito y cae al suelo de piedra dorada.

Salgo afuera. Lucas y su padre están de pie a un lado de la piscina, sus caras iluminadas por unas luces azules y amarillas. En el otro extremo está mi hermana, sentada al final del corto trampolín con los dedos de los pies metidos en el agua.

El desmoronamiento de Maria tras el accidente se produjo muy lentamente. Empezó cuando Zoe recibió la sentencia y tuvo que entrar en el Centro de Menores; entonces Maria dejó de tener un propósito en la vida y la adrenalina que la había sostenido durante el juicio y los meses anteriores se consumió. Hasta ese momento había estado muy involucrada en todos los detalles, actuando de enlace con Sam y con el resto del equipo legal de Zoe, tratando constantemente las posibles estrategias de defensa. La adrenalina le daba lo que necesitaba para seguir adelante. Adelgazó mucho y prácticamente perdió a su marido porque no estaban de acuerdo en nada, pero siguió centrada en el caso. No dejó ni un momento de ser una madre leona.

Pero en cuanto se llevaron a Zoe, Maria ya no pudo resistir más, porque de repente no tenía nada que hacer. Solo le quedaba una granja vacía, un marido que dormía en otra habitación y un silencio que se instaló entre ellos estrujándose las manos y mirándoles alternativamente cada vez que los dos estaban en la misma habitación.

–Philip no pudo con ello –me dijo–. Le avergonzaba. Sentía que le había fallado a Zoe, que había fracasado en su intento de formar una familia.

Creo que Maria tenía razón. Philip Guerin había sido un padre entregado cuando todo iba bien, pero nada en su vida le había preparado para lo que hizo Zoe. Y mientras Maria se convertía en una dinamo, él se aisló y se encerró en sí mismo. Tal vez fue porque llevaba décadas viviendo en esa comunidad, como las familias de los niños que murieron, y eso significaba que sintió la pérdida de esos tres chicos más que Maria. Tal vez el problema fue que era más débil que ella. Fuera cual fuera la razón, su incapacidad de soportar todo aquello fue irreversible; ni siquiera protestó cuando Maria se fue de casa y se trasladó a Bristol para estar cerca de mí y buscar un nuevo comienzo con Zoe.

Allí, en el extremo del trampolín, en medio del denso aire de la noche, me fijo en que Maria se ha subido la falda hasta los muslos. Los zapatos han quedado olvidados junto a la piscina, uno de ellos caído hacia un lado. Tiene las delgadas piernas al aire y lleva las uñas de los pies pintadas de un rojo oscuro, casi negro.

Cuando me ve, me habla con una voz estrangulada que apenas reconozco.

–Bueno –dice–, le he dicho a mi marido lo que ocurrió con Zoe, su hijastra. Le he dicho que estuvo en la cárcel porque cometió un delito, ¿y sabes qué, Tessa? Creo que nos va a dejar.

Chris se vuelve hacia mí.

–Está borracha –explica–. Ha perdido la cabeza. No puedo conseguir que diga nada con sentido.

Empiezo a dar la vuelta a la piscina y Maria se pone de pie como puede. No entiendo cómo ha podido emborracharse así tan rápido porque, si no me equivoco, solo he estado fuera de casa unos cuarenta y cinco minutos, una hora como máximo. Aunque tal vez no esté ebria, como ella dice.

–¡No te acerques! –grita–. ¡Que nadie se acerque a mí!

Estoy a punto de echarme a reír porque, aunque el trampolín no es muy alto, el tono con el que lo ha dicho suena a amenaza, como si estuviera de puntillas al borde del Puente Colgante de Bristol, cientos de metros sobre la garganta del Avon. Pero no llego a reírme porque Maria parece una marioneta rota y a Chris se lo ve desesperado. Yo solo quiero ayudarles a superar esta noche con la esperanza de que, si lo consiguen, lleguen a darse cuenta de que todavía pueden tener por delante un futuro juntos.

–Maria... –la llamo.

Avanza trastabillando, con la falda apretándole tanto los muslos que la hace tambalearse.

–¡No te acerques a mí! –repite.

Así que me detengo a medio camino. Me pregunto si Chris estará confundiendo esa inestabilidad con ebriedad, si la verdadera explicación de esa conducta será que los años de horrores le están pasando factura a Maria y amenazan con dinamitar su cordura. Cuando se quedó embarazada de Grace, me preocupé por si la presión de volver a empezar resultaba demasiado para ella, pero pareció llevarlo bien, igual que lo de ejercer su nuevo papel de señora de Christopher Kennedy, madre de Zoe y madrastra de Lucas. Ahora me pregunto si todo eso era solo superficial, una tirita que cubría unas heridas demasiado profundas.

–Maria, baja de ahí, por favor –pide Chris–. Hablemos. Vamos a comer algo como has dicho antes.

–No –responde–. Los huevos están rotos, así que no puedo empanar la carne. –Suena patética–. Lo siento, Tessa –dice mirándome.

–No pasa nada –digo–. Claro que no, no digas tonterías.

Mientras se tambalea en el extremo del trampolín, Maria se fija en la mancha que tiene en la blusa y se pone a frotarla. Como eso no sirve de nada, empieza a desabrochársela.

–¡Por todos los santos, Maria! –explota Chris desde el borde de la piscina–. ¿Qué haces?

Lucas aparta la vista porque en un abrir y cerrar de ojos ella se quita la blusa y se queda allí solo con la falda y el sujetador (una prenda complicada, de encaje, que le sujeta muy bien el pecho haciendo que parezca firme y turgente). Tiene el cuerpo totalmente terso. Me da la sensación de que ese sujetador ha debido de costar más que todo lo que llevo puesto yo.

–Oh, lo siento mucho –grita–. Siento no ser perfecta.

Chris decide acercarse.

–¿Qué haces? ¿Vienes a reprenderme? –chilla, intentando provocarle–. ¿A decirme que me comporte como una niña buena? ¿O a decirme que soy una inútil?

Él se para en la entrada del trampolín, sin saber qué hacer.

–¡Maria, por Dios! –digo yo.

Pero Maria, en un gesto que es melodramático y extraordinario a la vez, se gira, se tapa la nariz con dos dedos y se tira a la piscina. Durante un momento todos nos quedamos contemplando el agua que se va aquietando y vemos a Maria en el fondo, donde se queda flotando un par de segundos con los ojos cerrados.

Es Lucas quien la saca de allí. Se tira totalmente vestido, la saca a la superficie y los dos van nadando hasta un lado de la piscina, donde la ayuda a subir por la escalerilla. Ella boquea y tose. Cuando por fin logran salir, Chris ya ha desaparecido en el interior de la casa; simplemente se dio la vuelta y se encaminó hacia la puerta, como si estuviera demasiado indignado para tratar con ella en ese momento.

Yo me hago cargo del cuerpo mojado y sollozante de mi hermana y envío a Lucas dentro a cambiarse, en parte porque necesita ropa seca y también porque tengo que quitarle la falda empapada a Maria y no quiero empeorar su humillación.

La abrazo como he hecho con Zoe unos minutos antes. Ya la he convencido de que se quite la ropa mojada cuando Chris reaparece. Trae ropa para ella y una toalla. La extiende y se queda sujetándola y esperando; Maria le mira un momento antes de ir despacio hacia él y dejar que la envuelva con ella.

Él rodea su cuerpo con la toalla y la abraza fuerte. El agua de su falda empapada cae por sus piernas formando riachuelos. Está temblando.

–Maria –dice él–. Mi Maria... Vamos. Será mejor que te des una ducha.

Ella le mira a la cara y asiente.

–Perdona –dice–. No sé qué me ha pasado.

–Ya hablaremos de ello –contesta Chris.

Ella cierra los ojos y se apoya en él. Entonces Chris se dirige a mí:

–Creo que lo mejor será que te vayas a casa. Estamos bien. Todo va a estar bien.

–¿Seguro? –pregunto.

Quiero que me lo diga Maria, pero está acurrucada contra él, temblando, buscando la calidez del cuerpo de su marido porque el aire que nos rodea empieza a revolverse.

–Yo la cuidaré –insiste Chris–. ¿Te parece bien, cariño? ¿Que se vaya Tess?

Pone un dedo bajo la barbilla de Maria y le levanta un poco la cara. Ella le mira y asiente. Su sonrisa está llena de esperanza, pero es frágil y puede deshacerse en cualquier momento como la servilleta de papel que ha caído a la piscina y ahora está flotando allí, desintegrándose lentamente en muchos trocitos en medio del agua que ondula suavemente.

Domingo por la noche

Después del concierto

Zoe

Cuando saco el teléfono, veo que tengo otro mensaje en Panop. Dice:

¿Cómo se te ha ocurrido pensar que podrías mantenerlo en secreto? Yo lo he sabido todo este tiempo.

Y entiendo de repente que tiene que ser Lucas quien me ha enviado esos mensajes, porque ¿quién podría ser si no? Es Lucas y lo sabe desde hace mucho tiempo, como me ha dicho antes, pero lo ha mantenido en secreto. En cierto sentido es un alivio, porque no es alguien de entonces, pero también da miedo.

Estoy tan segura de que no me equivoco que envío una respuesta:

¿Cómo lo sabes?

Quiero saber cómo se ha enterado y lo que significa para él, porque no he podido preguntarle. Quiero saber por qué me ha besado. ¿Ha sido real? ¿O solo quería saber cómo es besar a una asesina? A muchos adolescentes les ponen esas cosas, y aunque no creo que Lucas sea ese tipo de chico, no se puede estar segura de nadie.

También quiero saber por qué está utilizando Panop para hablar conmigo, porque eso es muy raro, pero Lucas es una persona hipertecnológica, así que supongo que no es sorprendente que haya descubierto lo mío. Cierro Panop, porque sigo teniendo curiosidad por el e-mail de Lucas, y abro la bandeja de entrada de mi correo. Encuentro su mensaje, pero no puedo ponerme a leer el adjunto directamente; por alguna razón tengo que descargarlo de nuevo. Mi teléfono siempre está así, necesito cambiarlo.

Mientras espero, intento controlar mi respiración, que se ha vuelto rápida y poco profunda. Para distraerme me desplazo por la pantalla para ver qué más hay en mi correo: su mensaje está acompañado por otros veinte correos no leídos, ninguno personal.

El único que me llama la atención es una notificación de Facebook que dice que Katya ha cambiado algo en su perfil. Cuando llegó, Katya era muy maja conmigo, como un gato que se frota contra tus piernas, y quiso que aceptara su solicitud de amistad en Facebook. Pero eso fue antes de que descubriera que yo era una ameba a nivel social y que básicamente no tenía amigos, ni en internet ni en la vida real. Haberla aceptado como amiga en Facebook significa que veo cuándo cambia su foto de perfil, y eso es lo que acaba de hacer: ha cambiado los morritos de vampiresa a lo Kardashian que puso la semana pasada por una foto de Barney Scott y ella juntos en la que son todo narices, frentes y gafas de sol; no hay más que dientes y barbillas en esa imagen y se me cae el alma a los pies porque se les ve sexis, divertidos y geniales, como se supone que tienen que ser los adolescentes.

En internet no hay fotos mías de la época del juicio porque la prensa no pudo dar mi nombre ni publicar fotos por el tema de la edad, y eso fue una verdadera suerte, como dijo mi madre entonces.

Las únicas fotos mías que hay en internet son de esa estúpida página web que gestiona mi madre. En esas fotos siempre voy muy arreglada y llevo la ropa de los conciertos. Nunca estoy borracha, ni colocada, ni sexi, ni divertida, ni llevo gafas de sol. No saco la lengua como una estrella del pop. Solo hay una en la que tengo algo en la mano: es un brillante trofeo plateado. Cuando lo gané, mi madre me lo arrebató rápidamente para llevarlo a que grabaran mi nombre en él y se quedara ahí para siempre, igual que mis antecedentes penales.

Oigo a alguien. Es Chris, que viene desde el sótano, sube las escaleras de dos en dos, pasa delante de la puerta del salón y sigue hacia el primer piso. Me dan ganas de decir: «Shhh, no despiertes al bebé», pero no me atrevo. Esa frase resuena en mi cabeza porque es lo que mamá y él nos dicen todo el tiempo a mí y a Lucas, y cuando alguien te ha dicho algo mil veces se te queda ahí para siempre. Dejo que mi boca pronuncie las palabras pero sin emitir ningún sonido. Chris reaparece al poco con un fardo de cosas y vuelve a bajar. No mira hacia donde yo estoy, no sabe que le estoy mirando. Me pregunto qué estará pasando.

Pero creo que lo mejor es permanecer alejada de las escaleras, porque esta noche lo estoy estropeando todo. Así que cierro el e-mail de Facebook y vuelvo al de Lucas.

El adjunto está bajando muy despacio y eso es increíblemente irritante. Pienso en el título y el corazón me empieza a latir un poco más rápido porque ahora me pregunto a qué se referirá con eso de «lo que sé» y si, cuando acabe de contar lo de su madre, el guion va a tratar sobre nuestra vida de ahora o si contará cómo se enteró de lo mío. Inspiro hondo mentalmente; ahora siempre me da miedo que la gente se vaya a volver contra mí y me pregunto si Lucas lo hará. Las personas a veces lo hacen, incluso aunque te hayan besado, incluso si te han besado apasionadamente.

–Ese tema es algo complicado –me dijo Jason una vez cuando hablábamos de lo que pasó con Jack Bell–. Te sorprendería saber cuántas veces mezcla la gente los sentimientos de amor y de odio. No parece posible, pero lo hacen, y es porque ambas son emociones fuertes y a veces aterradoras.

Tuve que estar de acuerdo con eso porque, aunque no se lo había contado a nadie, recordaba perfectamente lo que pasó en el coche justo antes de que nos estrelláramos, antes de que ellos murieran.

Estábamos discutiendo. Yo iba conduciendo superdespacio, muy pero que muy despacio, porque se estaba formando hielo en la carretera y me costaba controlar el coche. Por el espejo retrovisor vi que Gaviota estaba dando cabezadas.

–¡Oye! –exclamó Jack–. Vayamos al faro ahora, todos. Tú puedes cuidar de Gaviota, ¿verdad, Amy? No te importa, ¿no?

–No –me negué–. Tengo que llevar a Gaviota a casa.

De repente empecé a sentirme rara, mareada y con el estómago revuelto, y la carretera que tenía delante empezó a moverse como si fuera una cinta que se agitara en el viento. Parpadeé una vez y dejó de hacerlo. Delante, iluminados por los faros, veía los setos cubiertos de escarcha y supe que al girar esa esquina que había justo después del cruce que iba al faro estaba la carretera que llevaba a la casa de los padres de Gaviota.

Agarré el volante con fuerza, las manos a las diez menos diez. Desde la parte de atrás Amy protestó:

–Por Dios, Zoe, vas conduciendo como una niña.

–Es que es una niña –dijo Jack–. Y lo está haciendo bien. –Entonces se inclinó hacia mí y me susurró al oído–: Aunque podrías ir un poquito más rápido.

Y después encendió la radio del coche y puso el volumen al máximo.

–*Highway to Hell,* de AC/DC –anunció, y me dedicó una sonrisa enorme que me encantó.

Cuando la música empezó a retumbar en el coche, pisé un poco el acelerador. Jack se giró para mirar al asiento de atrás.

–Gaviota está dormida –informó–. Venga, vamos al faro.

–No, no –insistí–. Deberíamos llevarla a casa. Además, ahora yo tampoco me encuentro muy bien.

De hecho me sentía desorientada, rara e insegura, y de repente los setos entre los que conducía no me sonaban y no estaba muy segura de dónde estaba.

–Oh, relájate –dijo Jack, que se daba golpecitos en las piernas al ritmo de la música–. No te vas a creer lo genial que es el faro, de verdad.

–¿Y qué quieres hacer allí con ella, Jack? –intervino Amy–. Solo es una guarrilla patética, ya lo sabes.

Oí sus palabras alto y claro y me giré solo un segundo para decirle algo, para contestarle que su comentario demostraba que ella era la bruja que me estaba enviando los mensajes de Panop, pero cuando lo hice, Jack gritó:

–¡Zoe! ¡Que te saltas la salida!

Y yo me volví otra vez para mirar a la carretera y vi que estábamos junto a la carretera que iba al faro, pero entonces pisé el acelerador por error y el coche se lanzó hacia delante justo cuando Jack estiró el brazo y giró el volante para que no fuéramos a casa de Gaviota sino que siguiéramos por la carretera del faro. Pasó un milisegundo y ya no tenía más recuerdos: solo hubo oscuridad hasta que me desperté y oí que alguien llamaba a una ambulancia. A partir de ahí empezó el resto de mi vida.

Recuerdo todo eso como si fuera una película a cámara lenta mientras sigo mirando el progreso de la bajada del adjunto, que es agónico, como la muerte si quedas sepultado bajo ceniza volcánica. Entonces Tessa sube a verme.

–Zoe, mamá se ha caído a la piscina –dice–. Está bien, pero no vamos a poder cenar porque se ha hecho un poco tarde, así que me voy a casa.

–¿Quería nadar?

–No, ha sido una especie de accidente.

Mi madre es torpe, como yo, pero creo que esto se lleva la palma, como diría Jason.

–¿De verdad tienes que irte? –pregunto.

No quiero que se vaya. No quiero. La tía Tessa es algo así como mi mejor amiga últimamente. Y es como si me leyera la mente, porque dice:

–¿Quieres venir a dormir a mi casa?

Y sí que quiero, tengo muchas, muchas ganas, pero sé que mamá me va a necesitar aquí y no quiero que esté sola si va a haber una discusión o una «charla».

–No, estoy bien –digo–. Será mejor que me quede.

Me da otro abrazo, cálido y cariñoso, y unas palmaditas en la espalda mientras me abraza, como hace siempre. Siento que una lágrima me cae por la mejilla. Pero solo una.

–Te llamo por la mañana –promete–. Sé fuerte, mariposa, no tienes que sentirte mal por nada. Por nada. Que no se te olvide. Ya has pagado por lo que hiciste y tienes derecho a tener una vida.

Me quedo mirando por la ventana de delante desde detrás de una de las gruesas cortinas y la veo cruzar el camino de entrada. Antes de salir, se gira una vez para volver a mirar hacia la casa y después desaparece de la vista.

Lunes por la mañana

Sam

Zoe no se declaró culpable. En contra de los deseos de su padre y guiada por su madre, se declaró no culpable y en su defensa alegamos que había circunstancias atenuantes de su responsabilidad. Era una defensa muy inusual (como le había advertido reiteradamente a toda la familia), pero al principio pareció que podría funcionar.

Zoe subió al estrado y se explicó bastante bien cuando habló de lo que había ocurrido esa noche. Demostró un gran arrepentimiento y admitió su culpa al reconocer que ella conducía, pero le aseguró al juez que no se había puesto al volante sabiendo que estaba borracha. Reconoció que había tomado algo de alcohol cuando llegó a la fiesta, un Spritzer, pero insistió en que después de eso bebió solo Coca-Cola y en que estaba convencida de que le habían echado algo en la bebida.

Pero cuando Eva Bell, la hermana melliza de Jack Bell, y una testigo de la fiscalía subieron al estrado, desapareció cualquier oportunidad de éxito que hubiéramos podido tener.

La fiscalía llamó a Eva Bell para que probara que Zoe había bebido conscientemente una cantidad excesiva de alcohol y Eva no pudo ser mejor testigo.

Por la edad de Zoe, solo se permitió el acceso a la sala a un número muy reducido de personas. Ya llevábamos allí una semana escuchando los testimonios de los expertos sobre el lugar del accidente, las condiciones del coche y los niveles de alcohol en sangre, así que parte de la tensión de la vista se había ido diluyendo y había dado paso al aburrimiento. Las paredes de la sala del juzgado estaban cubiertas de paneles de madera y no había luz natural, así que era como si lleváramos una semana enterrados bajo tierra, al menos esa era la sensación que teníamos todos. Zoe había accedido a que su madre fuera al juicio, pero no quiso que su padre asistiera porque estaba avergonzada tras haber ignorado su voluntad de que se declarara culpable. Si hubiera hecho lo que él quería, no se habría llegado a celebrar el juicio.

Eva Bell llegó con su madre. Las llevaron a la sala de la vista desde una sala de espera diferente a la que habían ocupado antes Zoe y su madre, algo que se hacía habitualmente para evitar escenas desagradables. Se sentaron solas en un banco en el lado opuesto a donde se encontraba la fiscal, al otro lado del pasillo.

Zoe había descrito a esa chica básicamente como una torturadora, pero, por el contrario, en el juzgado Eva Bell se mostró recatada e inteligente y, sobre todo, increíblemente triste. Su madre sollozó audiblemente mientras ella testificaba. Eva no miró a Zoe ni una sola vez.

No nos ayudó que la fiscal fuera una mujer que cualquiera querría como madrina de sus hijos. Fue poco a poco haciéndole a Eva una sucesión de preguntas que resultaron desastrosas para nosotros.

–¿Estabas con tu hermano Jack cuando fue a por la bebida de Zoe?

–Sí.

–¿Viste a Jack añadirle algo alcohólico a la bebida?

–Yo fui quien sirvió la bebida, así que sé que él no le echó nada.

–¿Serviste la bebida de una botella?

–Sí. Y tuve que abrirla.

–¿Así que no crees que la bebida pudiera tener algo raro?

–No. Y vi a Jack llevarla hasta la habitación en la que estaban los dos. Así que, si le echó algo, tuvo que hacerlo delante de ella.

Vi el pánico en la cara de Zoe al oír ese testimonio y le dije que tenía que permanecer tranquila, porque era obvio que la historia que hubiera venido a contar Eva iba a contradecir la versión de Zoe.

–¿Y viste a Zoe tomarse alguna copa anteriormente esa noche?

–Sí.

–¿Y qué bebió?

La compostura de Eva flaqueó un momento, pero el juez pudo fácilmente interpretar eso como una consecuencia del dolor.

–Bebió vodka con Coca-Cola –afirmó Eva.

–¿Se lo preparaste tú?

–No. Se lo hizo ella. Y le echó una cantidad generosa de vodka.

–¿Y la viste rellenarse el vaso?

Frunció los labios antes de responder.

–Sí, sí que la vi.

El respingo que dio Maria se oyó en toda la sala.

Pero la fiscal no se conformó con eso. Otra chica, una amiga de Eva y Amelia, testificó lo mismo, y nosotros no teníamos nada que nos sirviera para contradecir sus testimonios. Era su palabra contra la de Zoe, y ellas eran mayoría.

Domingo por la noche
Después del concierto

Tessa

Mientras me alejo en el coche de la casa de Maria y Chris, me siento totalmente vacía. Son las once de la noche y estoy agotada, necesito dormir. Le envío un mensaje a Sam, que espero que no me esté esperando despierto, para decirle que no me voy a pasar por su casa porque necesito irme a la mía y dormir. No hemos hecho ningún plan concreto, pero le dije que iba al concierto sola y que tal vez podría pasar después, así que siento que le debo la cortesía de avisarle al menos.

Siempre que veo a Sam me siento culpable, y eso no resulta fácil, pero no soy capaz de dejar de buscar su compañía porque, aunque quiero a Richard, estoy cansada de esta existencia cargada de apatía.

Lo hemos intentado todo para animar a Richard: un chute químico, una temporada de terapia, unas vacaciones, buscarle aficiones, una dieta diferente, ejercicio y muchas más cosas. También hemos probado diferentes combinaciones de todo lo anterior, pero al final no ha funcionado nada.

Ese famoso perro negro de la depresión es el compañero perenne de Richard, y él intenta rebajar la intensidad de su relación aferrándose al alcohol. Si yo todavía desempeño algún papel en su vida, ese es el de asegurarme de que, mientras esté entre las fauces de ese perro, no se esfume el resto de su vida. Lo hago porque espero que su depresión desaparezca algún día. Si nunca logra librarse de ella, habré tomado una muy mala decisión y su adicción habrá arrasado con lo mejor de mí. Es irónico en realidad, porque mi trabajo consiste en curar y rehabilitar.

Todo eso significa que temo volver a casa. Lo temo todos los días. Temo la monotonía de su desesperación y la forma que tiene de despojar a todo de su color. Temo su incapacidad de disfrutar de una taza de té caliente o del olor de la menta recién arrancada. Comprendo sus sentimientos porque entiendo la depresión, o al menos eso creo, pero todas y cada una de las células de mi cuerpo la temen.

Por eso me alegré muchísimo por Maria cuando conoció a Chris. Ella también había estado viviendo atrapada entre las fauces de ese perro negro hasta entonces; la habían empujado allí Zoe y el *shock* por la pérdida de su mundo en la granja de Devon. Nunca te esperas que una familia que vive en un ambiente rural así se desmorone, o al menos yo no me lo esperaba; hay algo en la continuidad de esa forma de vida que hace que desde fuera parezca más estable que las opciones que hemos elegido los demás. Pero evidentemente estaba equivocada. Así que cuando Maria conoció a Chris y las cosas entre ellos empezaron a evolucionar, me alegré por ella y por Zoe. De hecho me sentí increíblemente aliviada.

Richard no ha encontrado todavía ese algo que permitirá que un resquicio de luz traspase la oscuridad que reina en su cabeza. Sinceramente, no sé muy bien por qué la oscuridad se ha cerrado sobre él de esa forma. Sí, sufrió una decepción en el trabajo. No le tuvieron en cuenta para un ascenso a un puesto de prestigio que deberían haberle concedido porque a él nunca se le dio muy bien la política en su departamento, pero otros han sobrevivido a cosas así sin sucumbir a un desmoronamiento total como este.

A veces me pregunto si el hecho de que no tengamos hijos le ha privado de una fuente de felicidad. ¿Convertirse en padre habría salvado al Richard que conocía, al que trabajaba con tanto entusiasmo en su departamento, al que le encantaba viajar, a quien decoró nuestra casa y plantó con mucho amor nuestro jardín durante los primeros años, a ese hombre que soñaba con flores y sol en verano? ¿Eso habría cambiado algo? ¿O me habría pasado el tiempo explicándole a nuestro confuso hijo por qué papa no se levantaba de la cama o no sonreía aunque fuera Navidad?

Nunca lo sabré; solo es algo que pienso cuando me pongo a buscar razones. Yo no soy suficiente para anclar a Richard al presente, y por eso me pregunto si una familia lo habría sido.

Demasiados «¿y si...?»... Seguro que Zoe también debe de estar haciéndose preguntas así: ¿y si no me hubiera subido al coche esa noche? ¿Y si no hubiera ido a la fiesta? Cuando Zoe estaba inmersa en el proceso legal, rodeada de abogados, papeles del juzgado e informes policiales, lo que a mí me llamaba la atención era que las circunstancias de su caso consiguieron que todo el mundo se apiadara de ella. Sam también lo comentó: que la policía la trataba con muchísima consideración y que todos los que la rodeaban acabaron hundidos por lo desafortunado de su situación.

Seguro que Maria también sintió el peso de esos «¿y si...?»: ¿y si no hubiera intentado salvar su reputación? ¿Y si le hubiera permitido declararse culpable desde un principio? ¿Y si...?

Aparco en la entrada de mi casa. Cuando entro, noto que está todo en silencio, aunque hay una luz en el pasillo de arriba.

Richard está en nuestra cama, boca arriba. Está dormido y ronca de forma fuerte y persistente. No se ven botellas en el dormitorio, pero encuentro una metida en el estrecho y oscuro espacio que hay en el fondo de su armario. El cuello de la botella sigue húmedo y huele a vino fresco. Se me cae el alma a los pies porque eso seguramente significa que la ha guardado allí antes de desmayarse en la cama y por tanto es probable que tenga la vejiga llena pero que está demasiado borracho para notarlo. Suspiro porque sé que tengo que despertarlo.

Me paso más de diez minutos sacudiéndole hasta que alcanza un estado remotamente parecido a la consciencia en el que puedo convencerle de que vaya a orinar. Obedece; va tambaleándose vacilante por el pasillo como el borracho que es y habla arrastrando y embarullando unas palabras tan torpes como sus movimientos. Cuando vuelve, se desmaya sobre la cama otra vez, igual que antes, y yo me quedo con dolor en los brazos y el corazón latiendo con fuerza porque he tenido que ayudarle a cruzar por el pasillo, decirle lo que tenía que hacer y esquivar los avances amorosos que siempre hace cuando está en esas condiciones, aunque los dos sabemos que en cuanto vuelva a recuperar la posición horizontal se quedarán en nada.

Abajo, en la cocina, limpio el desastre que ha montado para calentar y comerse la lasaña y cierro con llave la puerta de atrás, por la que estaba entrando el tórrido aire de la noche al haberla él dejado abierta de par en par.

Después me siento en la mesa de la cocina, ahora tan limpia como mi mesa de operaciones en la clínica, y pienso en la conversación que mantuvimos por la mañana, una conversación vieja, cíclica, tanto que los dos nos sabemos las respuestas de memoria. Es una conversación sobre ir a rehabilitación o más bien sobre que yo quiero que vaya, pero él dice que no es necesario porque cree que puede ponerse bien solo. Cuando pienso en eso, en Tom Barlow y en todas las cosas que Maria va a tener que explicarle a Chris esta noche, el cansancio y la soledad me pueden y sucumbo al llanto unos momentos. De repente ya no necesito dormir, lo que necesito desesperadamente es compañía, así que hago justo lo que no debería: intento llamar a Sam.

Domingo por la noche

Después del concierto

Zoe

Poco después de que se vaya Tessa, Lucas entra en el salón, donde yo sigo tumbada con el teléfono, mirando el PDF que no acaba de descargarse. Me dice que nos vamos a reunir todos en el estudio de Chris para hablar. Se ha cambiado de ropa y tiene el pelo mojado.

Abro la boca para decirle: «¿Cómo sabes lo mío?», pero él se pone un dedo sobre los labios.

Me tiende la mano para ayudarme a levantarme, y yo noto una corriente eléctrica cuando lo toco. Me pregunto si eso significa que es mi amigo, o mi novio, o ninguna de las dos cosas, pero no me atrevo a preguntar, y de todas formas no es el momento.

Cuando estaba en el Centro, me hice amiga de personas de las que no puedo hablarle a mi madre, ni tampoco en realidad a nadie de este grupo de gente que constituye mi segunda oportunidad de tener una familia. A veces me parecía que era más fácil hacer amigos allí que en mi colegio. Después de todo, en ese lugar todos teníamos algo en común: un delito. Sé que parece una tontería, y no siempre algo así facilita las cosas, pero sí «iguala el terreno», como solía decir Jason, mi asistente social.

Mis amigos en el Centro eran Connor (allanamiento con el agravante de reincidencia) y Ellie (agresión, tres *strikes* y fuera). Eran lo que Jason llamaba «casos de puerta giratoria».

–Tú rotundamente *no* eres un caso de puerta giratoria, Zoe –decía–. Ro-tun-da-men-te no. –Y pronunciaba cada sílaba por separado para enfatizar sus palabras.

Jason utilizaba solamente recursos verbales para hacer hincapié en lo que quería destacar. Y a veces también una mirada que te atravesaba como un láser. Pero nada de presentaciones de PowerPoint en su caso. Solo él y yo en una habitación con rejas en las ventanas, una pantalla de cristal reforzado en la puerta y una mesa con dos sillas atornilladas al suelo.

En esas sesiones yo llevaba el maravilloso atuendo propio del Centro, que consistía en pantalones de chándal y sudadera verdes, y Jason vestía vaqueros y una camiseta, a menos que fuera invierno y una fina capa de nieve cubriera incluso los alambres de espino de fuera hasta que el fuerte viento la arrastrara formando espirales que después se colaban por todas las grietas y rendijas del edificio. Entonces Jason llevaba unos jerséis de manga larga sobre la camiseta que, sinceramente, le hacían parecer una triste estrella del pop de los noventa a punto de pasar una noche tranquila en casita.

–Poned la p*** calefacción –estuvo gritando Ellie desde su celda durante toda la noche el día que empezó a hacer frío–. Encended la p*** calefacción, p*** ca***. Me estoy helando las p**** tetas aquí dentro. –Utilizaba un lenguaje tan malsonante que yo no podía evitar sonrojarme.

También estuvo toda la noche golpeando la puerta con algo metálico con un ritmo que reventaba los tímpanos, y yo tuve que taparme las orejas con las manos; se podía montar un buen estruendo golpeando la puerta con una taza metálica. Al día siguiente nos dieron a cada uno otra manta fina y gris que tenía escrito «Prisión de Dartmoor». Me pregunté quién habría dormido bajo esas mantas y si también el suyo era un «caso de puerta giratoria» porque habían llegado allí tras pasar por una prisión de adultos. Lo único que hacía falta para ir a una cárcel de adultos era tener dieciocho años.

La razón por la que según Jason yo no era un «caso de puerta giratoria» era mi familia; tenerla significaba que me esperaba una oportunidad cuando saliera. Mi madre estaba decidida a empezar de cero conmigo, a ayudarme, me aseguró. Y también estaba mi talento para la música, continuó; mi madre se lo había contado todo sobre eso y los dos estaban de acuerdo en que no había mejor forma de rehabilitarme que a través del piano. Los casos de puertas giratorias no tenían ninguna oportunidad. Volverían a vidas de maltratos, privaciones y desatención, y estarían delinquiendo otra vez y de nuevo en el juzgado antes de que se dieran cuenta, mientras sus familias los miraban con ojos vacíos y expresiones que parecían resignadas por la inevitabilidad de todo aquello (eso si es que se molestaban en aparecer).

Cuando todos nos congregamos en el estudio de Chris, el PDF de Lucas todavía no se ha bajado. Solo lleva el sesenta y cinco por ciento y le quedan otros cinco minutos. Estoy pensando en eso porque en el estudio de Chris está el módem wifi, y puede que allí empiece a bajarse más... pero me olvido de todo eso en cuanto entramos.

No suelo entrar en esa habitación. Es el santuario de Chris y donde habla con Lucas cuando necesitan «tener una charla». Lucas nunca parece feliz cuando tiene que entrar allí. Mi madre entra a veces, normalmente cuando lleva algún tipo de ofrenda para Chris: una taza de té o café o un Tom Collins si es después de las seis. Yo he entrado un par de veces, y cuando lo hago, siempre me quedo mirando el cuadro que hay detrás del escritorio. Es un marco negro de unos 30 × 30 centímetros en cuyo centro, montado sobre un fondo también negro, hay un único chip de ordenador. Lo inventó Chris, y es la razón por la que ha prosperado. Cuando fabricó ese chip, Chris se volvió como Midas: consiguió que todo se convirtiera en oro.

Aunque nadie lo diría al ver su estudio, porque es muy espartano. Mi madre siempre está intentando decorarlo y a veces trae a casa muestras de diferentes cosas, como telas para el sofá de Chris o para las cortinas, pero él siempre se niega. El sofá es el mismo que tenía en su despacho cuando inventó el chip años atrás. Dice que «no es un hombre sentimental», pero que «no puede desprenderse de ese sofá». Es su sofá de la suerte.

Yo lo entiendo, porque tengo un lazo de la suerte que es el que llevé en mi primer concurso de piano. Ya no me lo pongo porque he cambiado de imagen, pero siempre lo toco antes de un concurso o un concierto. Lo toqué antes del concierto de hoy, aunque no se puede decir que me haya ayudado mucho. El lazo es negro y aterciopelado; no parece gran cosa y los extremos están deshilachados, pero tocarlo me infunde la sensación de que voy a tener suerte.

Además del viejo sofá, hay dos butacas de cuero que mi madre convenció a Chris para que comprara, porque dijo que tenía que poder hacer reuniones en su despacho de casa y que por eso el sitio no tenía que parecer una exposición de Ikea. Frente al sofá gastado, contra la pared, Chris tiene un escritorio grande rodeado de estanterías en las que hay toneladas de libros sobre código informático y cosas así, entre ellos, tres que ha escrito él.

Chris es tremendamente listo, me dijo mi madre cuando volvió a casa tras su primera cita con él; solo hacen falta unos conocimientos básicos de genética para explicar por qué Lucas también lo es. Lucas me dijo una vez que su madre también era inteligente, pero que nunca tuvo oportunidad de demostrarlo antes de morir. No pude hablar mucho de eso con él porque me recordó demasiado a Gaviota.

«Una alumna con un potencial excepcional», dijo la fiscal de ella en sus conclusiones; «un capullo cortado antes de que tuviera tiempo de florecer», añadió, y eso me pareció un poco demasiado, aunque, claro, no pude decir nada; pero creo que si Gaviota lo hubiera oído seguro que habría resoplado y se habría reído por lo bajo. Siempre resoplaba de esa manera, como un poni en una mañana fría, cuando oía cosas así de pomposas.

Yo soy la primera en sentarme y escojo el sofá. Los cojines tienen cierta inclinación hacia abajo, así que tengo que sentarme en el borde para poder conservar algo de eso que mi madre llama «adecuado decoro». Tengo cuidado de cruzar las piernas a la altura de los tobillos, no de la otra manera, y tiro de la falda del vestido para que tape todo lo posible. Por desgracia, eso hace que la parte de arriba del vestido baje demasiado, así que tengo que retorcerme para que todo quede bien cubierto. Chris me mira fijamente con el ceño fruncido.

Lucas se sienta en una de las butacas y, cuando se acomoda, percibo un parecido con Chris que no noto a menudo. Lucas se parece más a su madre, está claro. No hay fotografías de ella en ninguna parte de la casa, solo en el cuarto de Lucas, pero yo he estado en su habitación y he visto cuánto se parecen.

Chris tiene en la mano el vigilabebés de Grace, y cuando lo deja sobre la mesa, el ratón de su ordenador se mueve y la enorme pantalla cobra vida. En ella se ve una imagen congelada en altísima definición en la que estamos Lucas y yo en la iglesia, sentados al piano. Lucas mira a la cámara mientras yo toco, inclinada sobre el piano, con una de las manos de camino a por la siguiente nota y las puntas del pelo rozando las teclas.

En primer plano está Tom Barlow, o más bien su espalda, y es a él a quien está mirando Lucas.

Es el momento en que todo empezó, y cuando mi madre entra en la habitación, da un respingo al verlo.

Lunes por la mañana

Sam

El juez no aceptó que existieran circunstancias atenuantes en el caso de Zoe.

Falló en su contra porque, según dijo, simplemente no se creyó que ella no supiera cuánto había bebido esa noche. No importó todo lo que aportamos sobre que era una chica sensata, una buena estudiante y que tenía un concurso de piano al día siguiente. Puede que no le hubiéramos convencido de ninguna forma, pero los testimonios de Eva Bell y su amiga, que contradecían tan rotundamente la versión de Zoe de que Jack Bell le echó algo en la bebida, sin duda pusieron la cuchilla sobre la cabeza de Zoe y contribuyeron a que cayera.

Zoe permaneció de pie en la sala mientras el juez hablaba con ella.

–Considero –dijo, mirándola por encima de sus gafas de leer– que, como solo tenías catorce años la noche de la fiesta, no tenías por qué controlar la cantidad de alcohol que bebías pensando en que después tendrías que conducir, porque entonces no tenías edad para ponerte a conducir un vehículo a motor. Pienso que te pusiste a beber sin control durante toda la noche y que realmente no tienes ni idea de qué ni cuánto bebiste. Por todo ello, desgraciadamente, determino que, aunque no supieras exactamente cuánto habías bebido, sí que sabías que estabas demasiado ebria como para ponerte al volante de ese coche.

La sentenció a dieciocho meses en un centro de internamiento y a recibir asistencia psicológica para rehabilitarse. Eso a efectos prácticos significaba que probablemente solo pasaría allí unos nueve meses más o menos. A mí me pareció que no estaba del todo mal dadas las circunstancias, pero su familia no pudo tener la satisfacción de probar que Zoe solo había hecho lo que hizo porque no sabía que estaba borracha. Cuando se la llevaron, no se atrevió a mirar a nadie.

Me despedí de su madre en voz baja y fue un momento doloroso. Tessa también estaba ahí; las recuerdo a las dos a las puertas del juzgado con expresiones de desolación. Ese día no había nadie más allí apoyando a Zoe.

Necesité un tiempo para sacarme ese caso de la cabeza. Tenía una cierta sensación de fracaso, porque me preguntaba si debería haber insistido más en que se declarara culpable desde el principio; eso podría haberle conseguido una sentencia más indulgente. Al final nos la jugamos con la defensa, perdimos y fue Zoe quien pagó el precio. Me preguntaba si al menos haber dicho la verdad le habría producido después cierta satisfacción o si eso era algo de lo que se arrepentía, o peor, algo que se recriminaba.

Dos años después, tras mudarme a Bristol para ampliar mi experiencia en el campo del derecho penal, me encontré con Tessa por casualidad. Nos reconocimos inmediatamente y quedamos para tomar un café a la semana siguiente. Después las cosas evolucionaron desde ahí hasta llegar a esta noche.

Ahora, cuando veo a Tessa entrar en su furgoneta e incorporarse al tráfico del lunes por la mañana que avanza por delante de mi apartamento para ir a enterarse de cómo y por qué ha muerto su hermana, para mí está claro que es posible que las cosas acaben de ponerse extremadamente complicadas.

Domingo por la noche
Después del concierto

Zoe

Todo va extrañamente bien. Aunque, viendo la cara de Lucas, nadie lo diría, porque tiene la expresión que ponen en las series de televisión cuando alguien está a punto de sufrir una urgencia médica.

Cuando a mi madre se le pasa la impresión de haberse encontrado esa imagen congelada de Tom Barlow, Lucas y yo en la pantalla, recupera el control de una forma que a mí me resulta muy impresionante teniendo en cuenta las circunstancias.

Cuando baja, no lleva la ropa que suele ponerse desde que disfrutamos de esta segunda oportunidad de tener una familia. Ahora va con unos *leggings* y una camiseta holgada. Tal vez es eso lo que hace que me relaje un poco, porque va vestida como iba antes de que ocurriera todo, cuando todavía vivía con mi padre: está guapa y la ropa es bonita, pero mucho más informal. Se ha quitado el maquillaje de la cara y se ha recogido el pelo. Las mangas cortas y sueltas de la camiseta hacen que sus brazos se vean muy delgados y frágiles, y sin la base de maquillaje las zonas oscuras bajo sus ojos parecen cardenales. Yo me doy cuenta en ese momento de que mi madre está muy cansada.

Se queda parada un momento en el umbral, y Chris le señala hacia las butacas y el sofá gastado. Pienso que se va a sentar a mi lado, pero no, elige la butaca que hay frente a Lucas, así que a Chris le queda el asiento libre del sofá. Cuando se sienta, su peso hace que los cojines del sofá se hundan y yo vuelvo a pensar en mis hombros y mis rodillas al aire.

–Zoe, siéntate erguida –es lo primero que mi madre me dice, y me mira con unos ojos enrojecidos y vacíos en los que solo se aprecia esa mirada insondable que tuvo permanentemente durante mucho tiempo después del accidente–. Estás encorvada.

Me fijo en que Lucas también modifica su postura cuando ella lo dice, pero mi madre no se da cuenta. Tiene todo su ser centrado en Chris, como si fuera el último animal de su clase en la tierra.

–Gracias por escucharnos –dice–. Zoe y yo tenemos que daros una explicación, os lo debemos a los dos, y yo os agradezco que queráis oírla...

Entonces mamá traga saliva con expresión de amargura y empiezan a caer lágrimas de sus ojos, aunque ella no las presta atención.

Al verla, a mí también me entran ganas de llorar y tengo que esforzarme mucho para no hacerlo.

Pero mamá no se percata. Está sentada muy tiesa en el sillón y mira fijamente a Chris con unos ojos que una vez le oí a él decir que le parecían preciosos.

Chris no es nada dado a las descripciones poéticas («Yo no soy más que un informático. Tú eres la creativa», dice a veces, cuando mamá le pide que elija algo de la decoración), así que «preciosos» es probablemente lo máximo que se puede esperar que él diga. Yo podría añadir más cosas a esa descripción. Los ojos de mamá son de un azul ártico y cristalino. El azul es muy pálido en el interior de los ojos, pero tienen una zona más oscura en el borde y, si los miras de cerca, se ve que hay una mota marrón en uno de sus iris, una intrusa entre tanto azul.

Les cuenta a Chris y a Lucas toda la historia del accidente y mi caída en desgracia con pelos y señales, de la misma forma que la contamos en el juicio. Es la versión de la historia en la que yo parezco más buena que mala, la versión en la que pienso que estoy haciendo lo correcto cuando decido conducir el coche. La versión verdadera.

Cuando mamá termina, Chris se levanta. No ha dicho ni una palabra mientras ella hablaba. En la pantalla del ordenador sigue congelada la imagen de la iglesia, como el grito silencioso de Munch. Ella intenta cogerle la mano cuando él pasa a su lado, pero no es lo bastante rápida. No me mira. Solo coloca las manos en el regazo y espera. Yo hago lo mismo que ella.

Me quedo mirando las luces encendidas de la habitación porque el resto del estudio está a oscuras. La lámpara de la mesa de Chris proyecta un círculo tímido de luz amarilla sobre la superficie de la mesa; también están encendidos los apliques de cristal de las paredes, que tienen forma de antorchas ardientes, y la bombilla que ilumina el cuadro con el famoso chip de ordenador de Chris en su marco. Pero entre todas esas luces solo hay penumbra.

–Maria, me alegro de que me lo hayas contado –dice Chris–. Gracias.

Mi madre aprieta los labios, que desaparecen en el interior de su boca. Las lágrimas ahora van cayendo más rápido por su cara. Tampoco Chris me mira. Ni a mamá. Mira al monitor del ordenador como si estuviera hipnotizado. Se inclina y utiliza el ratón para pinchar en el botón de reproducir. La imagen se pone en movimiento.

–¡Una farsa! –grita Tom Barlow–. ¡Esto es una farsa!

En la pantalla, en esa grabación en la que estoy yo, por fin veo a Tom Barlow. Me quedo mirándole y de repente me levanto, me golpeo la cadera con el piano y salgo del encuadre. Parezco la niña que huye del lobo en el cuento. Lucas está mirando la pantalla fijamente. En ese momento mi madre, que estaba sentada delante, se levanta, se gira y dice:

–Señor Barlow... Tom...

Y Chris lo pone en pausa.

–Pero ahora me resulta difícil aceptar el hecho de que me hayas mentido *dos* veces –continúa Chris.

Eso de «me resulta difícil aceptar» es jerga de la que se usa en terapia. He participado en suficientes sesiones para reconocerla en cuanto la oigo.

–Es mejor describir tus emociones que demostrarlas –me repetía pacientemente Jason durante una de nuestras sesiones de los lunes después de que me hubiera pasado todo el fin de semana en el Centro llorando o enfurecida–. Así la gente podrá ayudarte a gestionarlas en vez de sentirse el blanco de ellas.

Chris sigue hablando y pienso en que si su voz fuera un gato, ahora estaría avanzando hacia mi madre sin hacer ruido, imparable, y mirándola sin parpadear.

–Me has mentido sobre el pasado de Zoe, pero creo que eso puedo entenderlo, creo que sí. Lo que Zoe y tú habéis tenido que pasar es claramente... No tengo palabras para describirlo ahora mismo. Deberías habérmelo dicho, pero entiendo la razón por la que no lo hiciste; es una mentira por omisión. Lo que no entiendo, lo que me parece una verdadera bofetada en la cara, es por qué me has mentido antes, cuando me has negado que conocieras a ese hombre. Eso es una mentira en toda regla, y ya sabes lo que pienso de las mentiras. Y *eso* es lo que me está resultando muy difícil aceptar.

–Lo siento –contesta mi madre.

Se levanta y va hacia él.

–¡Ha venido a mi casa! –exclama Chris–. Es inestable. Alguien debería vigilarle ¡y de repente aparece en mi casa!

–No quería mentirte –continúa mi madre.

–Ya sabes lo que pienso de las mentiras. Sabes que no caben en mi casa.

–Nuestra casa –puntualizo, no sé por qué; simplemente se me escapa porque ha dicho dos veces «mi casa». Pero no debería haber dejado que esas palabras salieran de mi cabeza.

–¡Tú no te metas en esto! –responde sin mirarme; no aparta los ojos de mamá, pero estira el brazo bruscamente y me señala con un dedo.

Mamá corre hacia él. A su lado se la ve más pequeña de lo normal porque está descalza. Le rodea la cintura con los brazos y apoya la cabeza contra su pecho. Él está demasiado enfadado para corresponder y deja los brazos levantados en el aire, manteniendo así activamente cierta distancia entre los dos. Ella levanta la cabeza para mirarle con una especie de súplica, intentando que él proyecte su luz sobre su cara.

–Lo siento mucho, muchísimo –dice–. Me entró el pánico. Debería haber confiado en ti. He sido estúpida e insegura.

Los brazos de mamá aprietan aún más a Chris hasta que llega a unir las manos tras su espalda, y veo que el cuerpo de él se relaja un poco bajo su contacto. Me sorprende un poco esa reacción. A mi lado Lucas los mira fijamente también, pero nota que le estoy observando y gira la cabeza para devolverme la mirada durante un segundo. Me pregunto si yo también tengo ese poder sobre él o si es él quien manda.

Chris aparta los brazos de mi madre de su cuerpo y le coge las manos entre las suyas, como si fueran a rezar juntos.

–Va a llover –anuncia. Tiene razón; de repente me doy cuenta de que un aire fresco y fuerte hace temblar la ventana abierta y oigo que el follaje se agita fuera–. Quitemos la mesa y vayámonos a la cama.

–Chris... –Hay una desesperación en la voz de mi madre que hace que se me rompa el corazón; se nota que todavía no sabe cómo va a salir todo eso.

Él también la percibe.

–Ya hablaremos –contesta–. Arriba –añade, y le coloca el pelo detrás de la oreja.

–Hablemos aquí –pide Lucas–, todos juntos.

Chris le mira.

–Creo que esto es algo que Maria y yo tenemos que tratar a solas.

Yo estoy de acuerdo con él, aunque sé que Lucas no quiere que los dejemos solos, pero no entiendo por qué, y además quiero que mamá tenga una oportunidad de arreglarlo.

–Yo quito la mesa –me ofrezco. Me pongo de pie justo cuando la lluvia empieza a golpear la ventana–. Ya lo hago yo. Vosotros id a dormir. –Cuando llego a la puerta, me giro, les miro un momento a los dos, que siguen plantados en medio del estudio, y digo–: Chris, mamá, lo siento.

Domingo por la noche
Después del concierto

Tessa

Uno de los fluorescentes que hay bajo los armarios de la cocina parpadea sin hacer ruido. Tengo que cambiarlo.

Sam no responde al teléfono, así que le dejo un mensaje preguntándole si puedo ir a su casa, aunque no sé si ya estará dormido, y por eso me disculpo por si le molesto. Somos muy educados el uno con el otro, Sam y yo, aunque no es por formalidad. Creo que es el miedo que tenemos de perdernos el uno al otro.

Dejo el teléfono en la mesa de la cocina y me lo quedo mirando hasta que la pantalla se apaga. Hago un círculo con los hombros para relajarlos y liberar la tensión que se ha alojado allí; ahora mismo es como si me los apretaran con unas tenazas.

El ambiente de la habitación está muy cargado y el olor de la lasaña de Richard todavía flota en el aire; es empalagoso y me da la sensación de que lo tengo pegado en el fondo de la garganta. Cojo un vaso y abro el grifo del fregadero, espero a que corra el agua caliente hasta que sale fría, lo lleno y me lo bebo de un trago. Miro por la ventana nuestro jardín a oscuras y al ver la silueta del cobertizo de Richard al fondo recuerdo cómo me lo encontré allí hace unas horas.

Y aunque sé que las casas y las calles de Bristol están llenas de gente que está pasando una noche de domingo normal, cómoda y tranquila, me siento como si fuera la última persona de la tierra.

De repente no puedo soportar quedarme en casa ni un minuto más. Cojo el bolso y me voy otra vez. Me voy a arriesgar y presentarme en la puerta del piso de Sam, porque creo que ahora mismo no sería capaz de estar en ningún otro sitio.

Estoy a medio camino, a punto de aparcar en alguna parte para intentar llamarle de nuevo y avisarle de que voy, cuando recuerdo que me he dejado el teléfono en casa, en la mesa de la cocina. No tengo fuerzas para volver a cogerlo ahora que ya estoy cerca de casa de Sam, no puedo.

No importa, pienso. A Richard no le vendrá mal estar unas cuantas horas sin poder contactar conmigo; así entenderá lo que es tener un cónyuge que nunca está disponible para darte su apoyo. No le vendrá mal sentir miedo cuando se despierte por la mañana y tenga que enfrentarse a las acciones poco fiables de la persona con la que se supone que comparte la vida. Si por la mañana voy directa al trabajo, me las puedo arreglar sin el teléfono, y Richard siempre puede llamar a la clínica para encontrarme. Le diré que me he quedado a dormir en casa de Maria o de una amiga.

Me sorprenden esos duros sentimientos de resentimiento hacia él, pero la verdad es que hace falta energía para poder con un cónyuge alcohólico, y esta noche no me queda nada, así que la maldad se cuela y se abre paso.

Empieza a caer la lluvia mientras voy conduciendo. No es fuerte, pero sí persistente, y los limpiaparabrisas chirrían sonoramente al barrer el cristal.

El centro de la ciudad está vacío y encuentro fácilmente un aparcamiento cerca del edificio de apartamentos de Sam.

Antes de subir a su piso, me quedo sentada en el coche un momento y me pregunto si debería volver a casa de Maria para comprobar que todos están bien, pero me recuerdo que ya es adulta y que no debo interferir.

Me pregunto lo que estará haciendo o pensando Tom Barlow. Me pregunto si estará tumbado en la cama junto a su mujer, despierto y dándole vueltas a las cosas, o si estará en internet buscando más información sobre Zoe y su nueva familia.

Las gotas repiquetean sobre el techo de mi furgoneta con persistencia metálica, como una descarga de fusiles de juguete. Mis pensamientos se han vuelto tan agotadores que decido que ya he pasado bastante tiempo sentada en el coche. Salgo y cruzo corriendo la ancha acera que separa la carretera del edificio de Sam. No me detengo hasta que llego a resguardarme bajo la cobertura parcial que ofrece la cubierta de escasas proporciones de su portal y pulso el timbre de su apartamento.

Domingo por la noche
Después del concierto

Zoe

Fuera, el agua de la superficie de la piscina está muy agitada a causa de la lluvia que está cayendo. Cerca hay un zorro engullendo un trozo de *bruschetta* que habrá cogido de la mesa. Sale huyendo al verme. Lo primero que hago es entornar las grandes puertas que dan a la cocina hasta dejarlas casi cerradas, porque la lluvia se está colando dentro y mojando el suelo de piedra, que ya resbala una barbaridad. Voy cogiendo todo lo que puedo de la mesa para meterlo dentro; la lluvia no deja de caer y me estoy empapando.

Cuando me giro para entrar corriendo a casa por segunda vez, Lucas está en el umbral de la puerta que da a la cocina. Ahora la lluvia cae con la suficiente fuerza como para rebotar sobre los platos y aterrizar en mi cara. Soy consciente de que esto podría constituir un momento romántico, el momento en que la heroína empapada se encuentra con el héroe, que la abraza. Pero eso no pasa.

–No debemos dejarlos solos –repite Lucas.

–¿Me ayudas?

–Entra.

–He dicho que me iba a ocupar de quitar la mesa y de limpiar.

Quiero hacer eso esta noche al menos. Voy a dejar la cocina reluciente para mi madre y después me voy a ir a dormir con Grace otra vez para que ella no tenga que despertarse durante la noche; ya lo tengo pensado.

–¿Por qué no me escuchas?

–Porque pareces trastornado –contesto, aunque no es del todo cierto.

Dejo los platos junto al fregadero y espero que Lucas venga a ayudarme, pero solo se queda ahí plantado.

–¿Cómo lo has sabido? ¿Lo mío? –pregunto.

–Toqué en un concurso de piano en Truro una vez. Estabas allí. Me ganaste. Me acordaba de ti –confiesa con una media sonrisa.

–¿Cuándo?

Intento recordarlo; hay un concurso en Truro en el que participé varios años durante mi infancia, pero no recuerdo a Lucas.

–Fue hace años. Me ganaste, así que recordaba tu nombre y me pareció que me sonabas. El resto lo encontré en internet.

–Pero no permitieron que se divulgara mi nombre.

–No es difícil unir las piezas si buscas lo suficiente.

Tiene sentido que me recuerde de lo del piano. Aparte de los niños que veía todos los años en los concursos, solo recuerdo a los que me ganaron. Probablemente por eso él me recuerda a mí y yo a él no.

–Pero, ¿y Chris?

–Estaba con mi madre entonces. Fuimos a pasar una semana de vacaciones e hizo mal tiempo, así que decidimos de repente que me apuntase al concurso, para que adquiriera experiencia de cara a las actuaciones.

–Oh.

No sé qué decir y solo dejo esa exclamación en el aire porque Lucas nunca habla de su madre. Entonces se me ocurre algo.

–¿Cómo sabías lo de Panop? –pregunto.

–Vi que tenías esa aplicación en tu teléfono. Encontrar tu cuenta fue fácil.

Seguramente me habrá mirado el teléfono en algún momento. Siempre lo dejo sobre el piano sin darme cuenta; se me olvida porque es difícil distinguirlo encima de la madera negra brillante. Y probablemente también me habrá visto alguna vez meter la contraseña.

–Es lo que usaban para mandarme mensajes –le cuento–. La gente de mi antiguo colegio. Me acosaban.

–Lo siento. Yo solo quería llamar tu atención. Creí que si sabías que podía guardar un secreto, me creerías.

–¿Has leído los mensajes antiguos que me envió la gente?

–No, no se puede.

Menos mal.

–¿Que te creería? ¿Qué es lo que tengo que creer? –tengo que preguntar, porque lo que ha dicho es algo raro.

–Lo del guion.

–No necesitabas hacer eso. Habría leído el guion de todas formas.

Me parece que se está comportando de manera muy extraña y que está siendo un poco egoísta con el tema del guion, teniendo en cuenta todo lo que está pasando.

–Perdona –dice, pero suena impaciente al decirlo y eso también me molesta, porque los mensajes que me ha mandado me han asustado mucho–. Entra. Vamos arriba.

Me coge del brazo y yo intento zafarme de su mano, pero me está agarrando bastante fuerte.

–Sube tú. Yo voy cuando termine.

–¡Zoe!

–¿Qué? Quiero hacer esto para mi madre.

Parece que va a responder algo pero lo que quiere decir le resulta demasiado difícil, así que deja caer el brazo. Pero tengo la marca de sus dedos y ahora me duele.

–Vale –contesta por fin, y se va al piso de arriba.

Cuando termino de limpiarlo todo, la casa ya está en silencio y todas las luces están apagadas. Al pasar por delante del estudio de Chris, veo la luz verde fija del vigilabebés y me doy cuenta de que se les ha olvidado llevárselo a su habitación, lo que me da todavía más razones para ir a dormir con Grace.

Arriba todos los dormitorios, la escalera y el pasillo también están a oscuras y no se oye nada. Si la mariposa sigue ahí, ahora no hace ruido. Solo se oye la fuerte lluvia que sigue repiqueteando sobre el tragaluz de cristal que hay encima de la escalera.

Abajo he preparado las cosas para el desayuno y lo he dejado todo perfecto. He sacado la taza favorita de mi madre y he puesto una bolsita de té Earl Grey a su lado junto con la cucharilla. Le he puesto otra taza a Chris con su bolsita de English Breakfast, porque ese es el que le gusta a él.

En mi dormitorio me quito el vestido mojado y me pongo una camiseta y los pantalones cortos del pijama. Me seco el pelo con una toalla y cojo el iPod de mi mesita. Una regla de esta casa es que Lucas y yo tenemos que escuchar grabaciones del repertorio que estamos tocando antes de dormir. Nos ayuda a recordar las piezas y graba los detalles en nuestras memorias.

Entro con cuidado en la habitación de Grace. Está tumbada boca arriba en su cuna, con la cabeza hacia un lado. Tiene los puños cerrados, pero sin apretarlos. Se ha metido uno en la boca y con el otro se roza el suave pelo alborotado de la parte de atrás de la cabeza. Así es como duerme siempre. Está muy calladita, y aunque sé que no debería hacerlo, la cojo y la llevo a la cama conmigo. La pongo entre mi cuerpo y la pared para que no se caiga. No se revuelve ni un poco y yo me acerco para inhalar su olor.

Me pongo los auriculares despacio y enciendo el iPod. Empieza a sonar la música. Chopin. Un nocturno.

Cuando la música sube, pienso en mi hermanita, que está a mi lado, y en que, si hay alguna forma de compensar al mundo por lo que hice, seguro que pasa por cuidarla a ella, hacer todo lo que pueda para asegurarme de que no comete los errores que yo cometí y ayudarla a que no haga daño a nadie nunca. Es una promesa que me hice la primera vez que fui a verla al hospital y que me repito constantemente.

Me acomodo y me envuelvo solo con una sábana, porque sigue haciendo calor en la habitación. Y justo antes de que me duerma con la relajante música de Chopin sonando en los auriculares, veo en el reloj que hay junto a la cama que ya pasan unos minutos de la medianoche, lo que significa que ya no es domingo, sino lunes. Y espero que ese día sea mejor que el anterior.

Domingo por la noche

Medianoche

Tessa

Sam y yo nos ponemos a ver una película de Hitchcock y nos relajamos. Cuando nos vamos a la cama, me hago un ovillo contra su cuerpo. Después de todo lo que ha pasado esta noche, me siento como si por fin estuviera en un lugar seguro, un lugar en el que no necesito cuidar, ni apoyar, ni hacer nada por nadie. Puedo ser simplemente yo.

La respiración de Sam se vuelve rítmica, lo que indica que está dormido, pero yo me quedo despierta un rato más pensando en todo lo que ha pasado y en lo contenta que estoy de estar lejos de la casa de Maria. No es mi vida, después de todo, es la de Maria, y ella es una adulta que ha tomado sus decisiones.

No le he contado a Sam lo que ha ocurrido porque no quiero enturbiar el tiempo que pasamos juntos. Quiero que las pocas horas que vamos a pasar el uno en compañía del otro sean sencillas, agradables y no se vean perjudicadas por las imperfecciones que se han ido desperdigando como manchas por los demás aspectos de mi vida.

Pero incluso sintiendo el calor de su cuerpo junto a mí y escondida tras el caparazón de su compañía para resguardarme de la realidad durante un rato, no puedo evitar que se me escapen un par de lágrimas antes de dormirme. Solo un par.

Domingo por la noche
Medianoche

Zoe

Me acabo de dormir cuando me despierto de nuevo de repente y oigo chillidos. Durante un momento, todavía un poco confusa, pienso que soy yo la que chilla.

Pero no.

El sonido llega desde la parte delantera de la casa y es agudo y aterrador.

También hay gritos y conmoción en la casa, pasos retumbando por el suelo.

Con Grace en los brazos, salgo corriendo al pasillo desierto, donde todas las puertas de los dormitorios están abiertas y las luces encendidas. También hay luz abajo. La puerta principal está abierta de par en par. La cruzo y después recorro medio corriendo el camino de gravilla; siento las piedrecillas resbaladizas clavándose en las plantas de mis pies. Katya y Barney Scott están junto al cobertizo de madera en el que guardamos los cubos de basura. Los dos están empapados por la lluvia, hechos una sopa, con la ropa pegada al cuerpo como si fuera plástico de cocina.

Están mirando hacia la puerta del cobertizo, donde veo a Chris en calzoncillos y camiseta, tapándose la boca con la mano.

–Llamad a una ambulancia –grita. Se vuelve hacia Katya y Barney–. Dadme un teléfono –pide–. Tenemos que llamar a una ambulancia.

Grace empieza a lloriquear en mis brazos porque está oscuro, hay bastante humedad, todo el mundo grita y ella no entiende por qué la hemos despertado. Intenta limpiarse la lluvia que le cae sobre los ojos con los puños, pero lo único que consigue es que el agua le entre dentro.

–Llévate al bebé de aquí –me ordena Chris, pero está ocupado toqueteando el teléfono de Barney y no puede detenerme cuando paso a su lado y miro hacia el cobertizo.

En el suelo del cobertizo está mi madre, tumbada tan inmóvil como las tumbas de la iglesia, su pelo angelical empapado de sangre en un lado de la cabeza. Tiene los ojos abiertos, mirando fijamente a la nada.

Todavía estoy arrodillada a su lado cuando llegan los servicios de emergencias. Me han quitado a Grace de los brazos hace rato, pero no han podido apartarme del lado de mi madre. He hundido la cara en su cuello y después en su pecho y he inhalado su olor por última vez. Le he acariciado la suave piel de la sien, igual que ella nos hacía a Grace y a mí. Le he susurrado al oído cosas que quería decirle. Y mientras hacía todo eso, sus ojos han seguido sin moverse.

Cuando uno de los sanitarios me aparta del cuerpo de mi madre y me saca del cobertizo, veo a Chris, a Barney y a Lucas allí fuera. Katya está en el umbral de la casa con Grace en brazos.

Veo una ambulancia en la entrada con las puertas de atrás abiertas de par en par y un coche de policía cuyas luces parpadean despacio. Veo que la lluvia ha amainado y ahora las gotitas de agua, que son como finas motitas de polvo en el aire, resplandecen y caen en espiral, iluminadas de una forma que parecen de color azul sobre el negro de la noche.

Intento volver corriendo hasta el cuerpo de mi madre para quedarme con ella un poco más porque no estoy preparada para dejarla ir todavía, pero me impiden hacerlo.

Lunes

Zoe

Me quedo sentada con los demás formando un círculo en el salón de esa casa que es nuestra segunda oportunidad de tener un hogar y me siento como si me fuera a romper si alguien me toca, como si tuviera la piel y el pelo quebradizos y mis dientes no se fueran a separar nunca.

Hay algunas piezas musicales que he tocado que se me quedaban dentro y me hacían sentir así, aunque la sensación desaparecía cuando apartaba los dedos de las teclas del piano.

Pero esta sensación no se va. Se me queda pegada y me recuerda a antes.

«El dolor se reproduce y acaba floreciendo», me decía Jason en el Centro durante las sesiones de terapia, cuando intentaba asegurarse de que no me quedaba dentro un dolor que no había aflorado por las tres muertes que causé. Y no iba desencaminado, porque el dolor por la pérdida de Gaviota y los otros brotó como un nuevo capullo al principio y pasó mucho tiempo antes de que empezara a marchitarse.

Conozco los nombres de todos esos sentimientos, porque Jason me los dijo. Los adultos le ponen nombre a todo lo que sientes, como si eso sirviera para neutralizarlo. Pero se equivocan. Algunas cosas se instalan en tu interior, bajo la piel, y nunca se van, no importa cómo las llames.

Lo que siento hoy es más grande que lo de antes. Tras la muerte de mamá, el dolor no ha florecido; ha explotado y ha creado instantáneamente una nube con forma de hongo que ha llenado el cielo nocturno y ahora nos envuelve a todos; es una nube enorme y tóxica. Se ha salido de la escala de Richter.

La siento.

Chris la siente.

Lucas la siente.

Grace no. Porque ella no entiende lo que ha pasado. Ella sigue siendo un bebé y todos la miramos y nos la pasamos de unos brazos a otros, incapaces de explicárselo.

Estamos todos sentados en el salón de nuestra casa, juntos, como si esto formara parte de una novela de Agatha Christie.

Cuatro adolescentes, un bebé y Chris.

Y una agente de policía que se ha sentado con nosotros allí también y que no deja de mirar al suelo, pero que seguro que está escuchando todo lo que decimos. Yo sé muy bien que los agentes de policía siempre están escuchando.

Quiero a Tessa conmigo y ellos también quieren contactar con ella, decirle lo que ha pasado, pedirle que venga y esté con nosotros, pero nadie la encuentra. No contesta al móvil, y aunque no dejan de llamar al fijo de su casa, el tío Richard no lo coge.

Fuera la lluvia ha parado y también han apagado las luces azules que parpadeaban, aunque los coches de policía siguen ahí. Los vemos cuando el sol empieza a elevarse en un amanecer brumoso, pero con demasiada luz, que hace que se desvanezcan las sombras que ocultaban nuestras caras. Todos parecemos cansados, pálidos, como si el golpe producido por el *shock* nos hubiera dejado sin sentido.

Han colocado una cinta amarilla cruzando la entrada de la casa y alrededor del cobertizo, donde está el cuerpo de mi madre.

Al principio uno de los policías nos preguntó si podía haber sido un accidente, si mi madre había bebido.

–No lo sé –contestó Chris–. No tengo ni idea. Tomó un poco de vino, pero ya nos habíamos acostado todos. Estábamos dormidos.

Chris está alterado y nervioso, pero es el primero que se lanza a acusar a otra persona.

–Ha tenido que ser ese hombre... Tom Barlow. Tienen que ir a buscar a un hombre que se llama Tom Barlow.

El policía le dice a Chris que se siente y se calme, le asegura que comunicará esa información y que ya le harán todas las preguntas pertinentes a su debido tiempo, pero que por ahora prefieren, si no tenemos inconveniente, que nos quedemos todos donde estamos.

Lucas empieza a sollozar con un llanto fuerte y desesperado. Eso hace que Grace vaya gateando hasta él, le ponga la manita en la pierna y se apoye para levantarse. Él acerca la mano para acariciarle los deditos y solloza un poco más. La niña le mira la cara con la boca abierta y al final se echa a llorar ella también; se deja caer en el suelo, aterrizando sobre su trasero, y también se la ve muy triste.

Llega el padre de Barney Scott y desde el umbral dice:

–Lo siento mucho.

Tras hablar con la policía, se lleva a Barney.

Todo el mundo habla. Lo recuerdo de la vez anterior. Esas conversaciones constantes y las jaulas que se construyen con las palabras.

Katya tiene la cara húmeda por las lágrimas y su postura ya no transmite arrogancia. Está sentada a mi lado y parece que quisiera abrazarme, como se ve en esos reportajes de televisión en los que las mujeres se aferran unas a otras y aúllan, pero yo no siento nada por ella y además estoy acostumbrada a gestionar mis sentimientos sola, así que me aparto un poco para asegurarme de que ni siquiera me toque.

Más tarde, cuando el amanecer deja paso a la mañana, nos preguntan si nos importaría que nos trasladaran a la comisaría. Nos dicen que la casa se ha convertido en la «escena» y mi mente vuelve automáticamente al juzgado, donde no dejaban de repetir eso de «la escena del accidente» una y otra vez. Instintivamente miro a mi alrededor para ver si mamá ha tenido el mismo recuerdo que yo y entonces me acuerdo: ella ya no está.

La agente de enlace nos acompaña al piso de arriba, uno por uno, para que cojamos lo que llama de una manera muy afectada «lo imprescindible». Vamos todos excepto Grace, cuya bolsa llena de cosas preparo yo, porque no quiero que lo haga Katya.

Fuera, en el camino de gravilla, mientras espero a que nos lleven a la comisaría ya notando el calor que se va abriendo paso en ese nuevo día como si no hubiera pasado nada fuera de lo normal, como si no hubiera polvo azulado por todas partes ni un cuerpo roto allí al lado, para intentar mantenerme entera me concentro en la sensación de las piedras puntiagudas presionando las suelas de mis Converse. Pero ni así puedo evitar mirar el cobertizo y preguntarme si mi madre sigue ahí, porque la ambulancia ya se ha ido. Hay un policía delante de la puerta del cobertizo que está mirando su teléfono, y, cuando pregunto en voz alta lo que estoy pensando, alguien me dice que se van a llevar a mi madre muy pronto.

–¿Y no les hace falta la ambulancia? –pregunto, pero esta vez no responde nadie.

Necesitan dos coches para transportarnos a todos. Antes de que podamos irnos, Chris se enfurece porque intenta sacar la sillita de Grace del coche de mamá, pero se queda atascada. Normalmente es mi madre quien saca y mete la sillita. Cuando por fin logra arrancarla de un tirón, Chris suelta una maldición y tira la sillita sobre la gravilla, lo que hace que las piedrecitas salgan volando por todos lados, y le da una patada a un lateral del coche de policía, pero nadie dice nada. Yo recojo la sillita y la coloco en el coche. Ahora Grace y yo vamos juntas en el asiento de atrás y yo le estoy agarrando con fuerza los deditos; Katya está sentada junto a mí, con la bolsa de las cosas de Grace sobre las rodillas.

En el coche, el policía que conduce me dice que por fin han conseguido contactar con el tío Richard, el marido de Tessa, y que va a venir a la comisaría.

Cuando nos alejamos de la casa, otro policía levanta la cinta con la que han cerrado nuestra calle para que podamos salir; alguien que está en la acera con sus perros se nos queda mirando fijamente y yo noto un vacío en el estómago. Lo único que siento es que necesito a mi madre y en mi mente no deja de dar vueltas la idea de que mi vida se está desmoronando de nuevo; me parece que está a punto de estallarme la cabeza y empiezo a llorar. Katya no lo ve porque está mirando por la otra ventanilla con una cara que se parece a la de las estatuas de la isla de Pascua. Grace está muy ocupada jugando con una piedrecita que debe haber cogido del camino de entrada a la casa.

Ahora, a pesar de las lágrimas, me siento culpable además porque creo que mamá se habría dado cuenta mucho antes de que Grace se podría meter esa piedra en la boca y se la habría quitado de las manos antes de que lo hiciera.

Y junto a esa idea que ya ocupa su espacio en medio de mi cerebro confuso, noto que el miedo está empezando a desplegarse tan rápido como el dolor.

Dos preguntas se abren paso en mi mente, y las dos son tan aterradoras que me echo a temblar.

Una: ¿Y si la muerte de mamá ha sido una venganza por lo que yo hice y después alguien va a venir a por mí?

Dos: ¿Y si la policía cree que lo hice yo?

Al fin y al cabo, soy una asesina con una condena a mis espaldas.

Tessa

Cuando llego a la avenida donde está la casa de Chris y Maria, no me dejan entrar. Aparco en una calle cercana y corro hasta que me detienen los brazos levantados de un agente de policía que está haciendo guardia ante una cinta que dice «escena del crimen» colocada, algo floja, cruzando de lado a lado la entrada de su calle.

–Soy familiar –digo–. Es mi hermana.

Él empieza a explicarme que esa no es razón suficiente para invadir la «escena del crimen», pero no puedo escucharle; necesito verlo, así que me zafo de él, me agacho para pasar bajo la cinta y corro unos cien metros por la calle hasta que llego a la entrada de la casa de Chris y Maria, inspirando con fuerza un aire que me abrasa la garganta.

Llego justo a tiempo para ver cómo sacan una bolsa de cadáveres del cobertizo y la colocan sobre una camilla. Casi me caigo redonda allí mismo y tengo que apoyarme en una de las columnas de piedra dorada que hay a la entrada. Esa imagen es la confirmación de que es cierto.

Maria, mi hermana menor; ella que siempre fue más vivaz que yo, pícara, mi sombra cuando éramos pequeñas, la que podía hacer sonreír a nuestro padre incluso cuando se suponía que debía estar enfadado con ella, ahora se ha ido. Se supone que no se debe sobrevivir a una hermana menor, eso no está bien. Como no tengo hijos que tema que puedan fallecer antes que yo, esto altera para mí el orden natural de las cosas de una forma inesperadamente impactante. Nuestros padres ya han fallecido, pero no me había sentido huérfana hasta ahora porque tenía a Maria.

Mientras miro a esos hombres que se la están llevando, imagino cómo será para ellos, porque yo conozco el peso de un cadáver. He sacado cadáveres de animales del maletero de un coche o los he levantado de una mesa de operaciones más de una vez. Cuando todos los tejidos se quedan sin vida y el corazón deja de latir, el peso de la muerte es extraordinario. Si alguien nos trae un animal muerto a la clínica, cuando tenemos que llevar el cuerpo del aparcamiento al edificio para la cremación, normalmente esperamos a que no haya cerca ningún transeúnte para no herir su sensibilidad.

Pero esos hombres de la camilla que hay fuera de la casa de Maria no se molestan en tomar esas precauciones. No son sanitarios, ya no hace falta nadie con formación médica para estas situaciones; son hombres cuyo trabajo muy pocas veces se aprecia, porque se dedican a recoger cuerpos sin vida. Llevan rodando la camilla hasta la parte de atrás de una furgoneta, en la que no pone nada. Tampoco hace falta una ambulancia a estas alturas.

El agente de policía aparece a mi lado y me aleja de allí, pero tiene la amabilidad de sujetarme a la vez y de explicarme que el cuerpo de Maria queda ahora a cargo del forense, pendiente de que le hagan la autopsia, y que se ha abierto una investigación de asesinato.

Y cuando miro la casa por última vez, pienso algo que ya se me había pasado por la cabeza antes: «Qué pena y qué desperdicio». E incluso mi alma escéptica no puede evitar preguntarse si mi familia no estará siendo víctima de algún tipo de maldición.

Zoe

Me siento segura en el coche de policía porque si Tom Barlow le ha hecho daño a mi madre, no podrá venir a buscarme allí, pero también tengo miedo porque la sensación que experimento dentro del coche de policía es la misma que en la ocasión anterior.

No hace frío, ni está oscuro, ni llevo ropa de fiesta, ni tengo esquirlas de cristal en el pelo y cortes en la cara, ni tampoco estoy borracha, pero es un coche de policía que me lleva a alguna parte.

Entonces se me ocurre la idea de que necesito a Sam.

Sé que está en Bristol ahora, porque Tessa le contó a mamá una vez que se lo había encontrado por la calle y que ahora vivía allí, como nosotros.

«Qué coincidencia, ¿no te parece?», le dijo mi tía a mi madre, pero por supuesto mi madre no quería hablar de eso con Tess, así que Tess tuvo que guardarse su opinión sobre la coincidencia para sí.

La única persona que puede llevarme a ver a Sam es el tío Richard, pero no puedo decírselo nada más verle, porque cuando nos encontramos con él en la comisaría me abraza con demasiada fuerza y después lo único que hace es intentar decirle a la policía que la tía Tessa no fue a dormir a casa anoche. Nadie le hace caso al principio, pero, después de decirlo por millonésima vez, por fin alguien le pregunta a Richard si tiene alguna razón para temer por su seguridad o si cree que Tess podría haber discutido con su hermana por alguna razón.

–¡No! –grita Richard con una voz demasiado quebradiza, una octava más alta de lo habitual–. No, claro que no, demonios. ¿Cómo se atreve?

El tío Richard siempre se altera mucho con todo lo que tiene que ver con Tess, y mi madre dice que eso es porque la quiere muchísimo.

Quiero ir a ver a Sam por lo que hice antes. Le necesito a él y sus consejos porque tengo miedo de que me culpen a mí.

Mantengo las ideas claras el tiempo suficiente para poner en acción mi plan; soy capaz de meter todo mi dolor en una caja y cerrar la tapa con la ayuda de mis pensamientos. Jason me enseñó a hacerlo en el Centro.

–Imagínate tu dolor como una flor que ha florecido –fue lo que me dijo en una de las sesiones.

–Ya me has dicho antes eso de que el dolor florece –respondí.

–Sígueme la corriente –insistió–. Imagínatelo.

Así que cerré los ojos y lo hice: convertí el dolor en una peonía, grande y exuberante.

–Ahora haz que esa flor sea de papel.

Al oírle decir eso, abrí los ojos.

–¿Qué?

–No pierdas la imagen. ¿Sabes lo que es el origami?

–Claro. Es un arte japonés. *Ori* significa «doblar», y *kami*, «papel». La primera referencia clara a modelos hechos de papel aparece en un poema de 1680 de Ihara Saikaku.

Jason se apoyó en el respaldo y me miró.

–Zoepedia... –dijo.

Su comentario me animó a continuar.

–El poema habla de mariposas en un sueño, y esas mariposas son de origami. Tradicionalmente se usaban en las ceremonias de las bodas.

Inspiré porque había más cosas que podía contar. Pensé en recitarle un verso del poema en japonés, porque lo había leído fonéticamente una vez, pero Jason me interrumpió:

–Bien, pues imagínate una flor de origami.

En mi mente la peonía que me había imaginado pasó de ser una masa de suaves pétalos, tan suaves que podrían asfixiarte, a algo hecho a base de pliegues agudos y simetrías.

–Ahora dobla la flor para que se cierre. Dobla los pétalos hacia dentro.

Veo esa acción mentalmente: el cierre de la flor, el perfecto paquetito que podría hacer con ella. Su florecimiento se había invertido.

–Imagínate guardando esa flor doblada en una caja. La puedes sacar luego y dejar que se abra de nuevo, pero por ahora la vas a guardar doblada para conservarla y ver qué pasa cuando no la tienes presente un rato.

No funcionó inmediatamente, pero después de practicar esos pensamientos, por fin creí eso que decía Jason de que no pasaba nada si algunas veces me alejaba del dolor y de la culpa, y descubrí que así lograba recuperar mi cerebro concentrado; el cerebro que me permite memorizar algo que veo, el cerebro que me conecta con la música, el cerebro que la abuela Guerin decía que era como la cesta de la colada de nuestra familia: siempre lleno hasta el borde, siempre rebosante, tanto que nunca se podía mantener todo dentro y cerrar la tapa.

Así que ahora, la mañana después de que mi madre haya muerto, estoy usando la técnica de Jason y metiendo mi dolor por ella en una caja. Sé que no puedo mantenerlo ahí mucho tiempo, porque es demasiado grande, pero también sé que es esencial que lo haga y que tenga la mente a pleno rendimiento. Le pido a Richard que me lleve a ver a Sam; le digo que tenemos que ir por lo que me pasó antes y que Sam conoce a Tessa de entonces y por eso tal vez pueda ayudarnos a encontrarla.

Richard me mira y dice:

–Bueno, aquí no están haciendo nada de utilidad, así que vamos, intentémoslo.

Tío Richard encuentra los datos del despacho de Sam muy rápido en internet con su móvil, pero cuando no le responden al teléfono, dice que seguramente es porque es demasiado temprano y que lo mejor será ir hasta allí.

Al principio nos cuesta un poco convencer a la policía para que nos deje ir, porque actúan como si no supieran qué pensar. Chris, Lucas y Katya nos miran fijamente como si les causara un *shock* tremendo que pretendamos abandonarles. Pero Richard es listo y sabe que la policía no puede retenernos en la comisaría porque no estamos arrestados y por tanto no pueden evitar que nos vayamos, sobre todo si es solo durante un rato. Les dice que Sam es un amigo de la familia, además de abogado, y que a mí me resultaría un gran consuelo ir a verle.

Al agente con el que está hablando está claro que no le gusta, pero parece que ya ha puesto todas las objeciones que podía y Richard se las ha rebatido sin vacilar, así que al final solo le pregunta a Richard si cree que está en condiciones de conducir. Richard me lanza una mirada nerviosa, como hace todo el mundo cuando se menciona la conducción y el alcohol, y después le asegura al policía que va a llamar a un taxi, que es el medio de transporte que le ha traído a la comisaría. Veo que esa pregunta le hiere el orgullo, pero intenta no mostrarse enfadado ni indignado porque quiere que el policía nos deje marchar.

Cuando llegamos al despacho de Sam, los empleados acaban de abrir, pero tenemos que esperar un poco porque resulta que es el día libre de Sam, algo que no se me había ocurrido. Mientras su secretaria le llama, algunas de las personas que hay por allí se nos quedan mirando cuando pasan a nuestro lado con sus elegantes trajes.

–Viene para acá –dice la secretaria tras hablar con él–. Han tenido suerte de que haya podido localizarlo.

Cuando Sam llega, todo es mucho mejor porque nos refugiamos en la privacidad de su despacho, y siento una oleada de alivio porque Sam conoce todos los detalles de lo que hice. Con él no hay nada que ocultar y no tengo que fingir que soy otra persona.

A veces creo que soy más feliz cuando estoy con gente que lo sabe todo. En el Centro todos estábamos allí porque habíamos hecho algo malo, así que yo no era diferente de los demás, y eso me relajaba en cierta manera; realmente era así. Y con Sam siento que él no me juzga, solo quiere ayudarme. Puedo contarle cualquier cosa. Con esta segunda oportunidad de tener una familia no es así. Hay muchas cosas que no puedo decir, demasiadas de las que tengo que avergonzarme aunque el veredicto del juicio fue injusto conmigo y solo de pensarlo se me revuelve algo dentro todos los días.

Sam se sienta y nosotros también. Y en su despacho cálido y oscuro, con una alfombra que rasca y sus títulos enmarcados y colgados torcidos en la pared tras su mesa, sé que estoy preparada para contarle todo lo que ha pasado.

Sam

Esto es un *déjà vu:* una vez más Zoe Maisey sentada delante de mí, pálida por el *shock*. Las únicas diferencias son que esta vez no tiene cristales en el pelo y no va vestida con ropa de fiesta. Lleva un pijama muy parecido a un chándal de estilo muy adolescente y encima una delgadísima chaqueta de lana, con la que se envuelve como puede. Está temblando.

Junto a ella está su tío. Tiene la cara enrojecida, suda y apesta a alcohol. Espero que no haya traído a Zoe en coche, porque sospecho que todavía supera la tasa de alcohol permitida, pero me tranquilizo pensando que seguramente alguien de la familia se lo habrá impedido.

Lo peor es que, a pesar de los ojos inyectados en sangre, los poros dilatados, la piel grasienta y la mata de pelo despeinado que empieza a encanecer a la altura de las sienes, Richard es obviamente un hombre muy agradable y muy guapo. Su actitud es amable y encantadora, aunque suena sorprendentemente pijo. Nunca me habría imaginado que Tess tendría un marido pijo, pero veo claramente por qué se casó con él y tengo que refrenarme para no odiarle por ello. No debería hacer comparaciones entre nosotros. Los celos son totalmente inapropiados en esta situación.

–Necesita a su tía –dice Richard–. A mi mujer. Llevamos horas intentando contactar con ella, pero se fue a alguna parte anoche y se dejó el móvil en casa. No sabemos dónde está.

Yo sé su nombre, pero él no sabe que yo lo sé, así que debo tener cuidado con lo que digo.

Le tiendo la mano.

–Soy Sam Locke –me presento.

–Richard Downing.

Su mano tiembla al estrechar la mía y tiene la palma sudada. Estrecha mi mano entre las dos suyas y su alianza, idéntica a la de Tess, se me clava en el nudillo al hacerlo.

–Disculpe que hayamos aparecido así, de sopetón, pero sé que usted les ayudó mucho entonces. Mi esposa, Tessa, me lo ha contado, y Zoe estaba desesperada.

Me pregunto por qué nunca vino al juzgado en Devon, por qué él y yo no hemos coincidido nunca antes. Aunque no tengo tiempo para pensar mucho en eso, porque se pone a hablar con urgencia, casi atropelladamente.

–Lo que pasa es que estoy preocupado por ella –explica–. No sé dónde está. Perdone, sé que esto no es nada en comparación con lo que ocurrió anoche, pero no es propio de Tessa. ¿Y si a ella también le han hecho algo?

Tiene los ojos desorbitados y se le ve genuinamente preocupado, pero yo no quiero tener esta conversación.

Miro a Zoe, que nos está contemplando con los ojos vidriosos; me parece que no está registrando nada de lo que estamos diciendo.

–Estoy seguro de que su mujer aparecerá –le digo a Richard un poco bruscamente, porque la verdad es que no puedo tranquilizarle diciéndole que sé que ella está bien–. Tal vez se haya quedado en casa de alguna amiga anoche.

Él va a decir algo, pero yo no puedo dejar que eso continúe, así que me vuelvo hacia Zoe y le hago la pregunta que me ha estado dando vueltas en la cabeza desde que me llamó Jeanette.

–¿Por qué has recurrido a mí?

–Porque me recuerda a lo de antes –responde–. Tengo la misma sensación.

Se hunde, dejándose arrastrar por unos sollozos tan terribles y desgarradores que es como si solo con oírlos te contagiara su dolor. Pero lo que no dejo de preguntarme, incluso mientras ella da rienda suelta a sus emociones, es si Zoe sabe algo y por eso cree que necesita protección.

Richard intenta consolarla. La rodea con sus brazos y ella deja caer la cabeza sobre su hombro. Él parece sentirse fatal, y cuando nuestras miradas se cruzan, su expresión es de compasión y confusión, pero también hay una súplica de ayuda en esos ojos.

–¿Por qué te parece que esto es como lo de antes? –le pregunto a Zoe cuando se calma un poco–. ¿Te sientes responsable por algo?

–¡Oiga! –exclama Richard.

–Tengo que preguntarlo.

–¡Acaba de perder a su madre! –Las palabras le salen con dificultad.

–Estoy de su lado, pero tengo que saber por qué ha querido venir a verme.

Zoe es emocional y socialmente inmadura, pero también es excepcionalmente inteligente. Todos los informes sobre ella que se presentaron en el juicio hicieron hincapié en ese punto. Posee unas capacidades de procesamiento iguales a las de cualquier juez que pudiera juzgar su caso, y tiene experiencia con el sistema judicial también. Sí, está en *shock*, y sí, su madre acaba de morir, pero ha recurrido a mí por alguna razón y tengo que saber exactamente cuál es.

Se aparta del hombro de su tío, que ha dejado húmedo por las lágrimas, y dice:

–Porque tengo miedo.

–¿Miedo de qué?

–Miedo de Tom Barlow.

Le recuerdo del juicio.

–¿Por qué de Tom Barlow?

–Me han dicho que interrumpió el concierto de ayer y que después se presentó en su casa –explica Richard mientras Zoe me mira fijamente con ojos de cervatillo desvalido.

–¿Crees que le ha hecho daño a tu madre?

–No lo sé. Es un hombre agradable.

Siempre decía eso entonces: Amelia Barlow es horrible, pero su madre y su padre son muy agradables.

–La policía dice que van a interrogarle –añade Richard.

–Si la policía lo sabe, no tienes por qué preocuparte –le aseguro a Zoe–. No dejarán que te haga daño.

Ella niega con la cabeza frenéticamente.

–¿Qué? –pregunto.

–¿Y si me culpan a mí?

Suspiro. La mente de Zoe se ha adelantado y ha recorrido el camino propio de alguien que tiene mentalidad de víctima. Decido ser un poco duro en mi respuesta:

–¿Hay algo por lo que te puedan culpar, Zoe?

–Oh, Dios santo, pobre niña –dice Richard acariciándole la espalda–. No hace falta que respondas a eso.

En sus ojos veo que entiende que tengo que preguntarle eso y que está preparada para contestarme. No es la primera vez que hablamos de su responsabilidad en la muerte de alguien; Zoe y yo ya hemos hecho esto antes y no nos perturba, aunque Richard parece a punto de vomitar.

–No –contesta–, estaba durmiendo. Me quedé dormida con mi hermana pequeña, mi nueva hermana. Me fui a dormir con ella a su habitación. No oí nada porque tenía puestos los auriculares.

Estoy a punto de tranquilizarla porque, si ha sido así, no debería tener nada de lo que preocuparse, ya que no hay razón para que la policía piense que ella querría hacerle daño a su propia madre, pero Richard me interrumpe.

–¡Tessa fue al concierto! –suelta de repente, como si ese recuerdo fuera un pez gordo que de repente ha conseguido atrapar con un anzuelo vacío en medio de las aguas turbulentas de su confuso cerebro.

–Y vino a cenar con nosotros después –añade Zoe–. Estaba allí.

–Sí, es verdad –confirma Richard cuando Zoe le recuerda los movimientos de Tess. A pesar de la resaca, sus neuronas están encontrando las conexiones que le sirven para poner un poco de orden en lo que pasó anoche–. Fue al concierto y después hablamos y me dijo que se quedaría a cenar, pero no volví a verla después.

Yo sí, pienso, pero no puedo decirlo.

–Tomamos *bruschetta* –le cuenta Zoe a Richard. Las lágrimas siguen cayendo lentamente por sus mejillas–. Pero ahora está allí la policía, no nos dejan entrar en casa.

Aunque a menudo pienso en ella como alguien demasiado inteligente para su edad, hoy delante de mí es fundamentalmente una niña, y me siento un poco culpable por haber optado por la vía dura a la hora de hacerle las preguntas, aunque la verdad es que no tenía elección.

Ahora mismo me doy cuenta de que todo esto queda más allá de mi competencia profesional. Me parece más una visita personal que una profesional, y eso me pone muy nervioso. Si Tess estuviera con Zoe, ella no la habría dejado venir a verme.

Me levanto y miro por la ventana. Necesito organizar mis pensamientos.

Hay varias ideas dando vueltas por mi cabeza: que Zoe va a necesitar muchísima ayuda, pero no del tipo que yo puedo proporcionarle. Que está aquí porque tiene miedo, eso es todo, no porque necesite asistencia legal. Mi instinto me dice que ella no es la autora de esto, y mi instinto no suele equivocarse, aunque es verdad que ha pasado alguna vez.

Pero por encima de todo, lo que me llena de aprensión y me hace intentar abrir un poco más la ventana con la esperanza de que entre una bocanada de aire fresco desde el frío y húmedo callejón que separa nuestro pequeño edificio de la alta torre que tenemos al lado es que acabo de darme cuenta de que, aunque quisiera, no podría ayudar a Zoe en esto, en nada que tenga que ver con ello, ni a nivel profesional ni personal. Y eso es porque el hecho de que haya pasado la noche con Tess significa dos cosas: primero, que soy un testigo potencial, y segundo, que nuestra relación va a acabar saliendo a la luz.

Creo que ahora necesito una salida.

Zoe

Sam mira por la ventana de su despacho al edificio de enfrente durante mucho rato mientras yo sigo sentada y apoyada contra mi tío Richard, que huele extrañamente dulce, y pienso en los hombres que probablemente estarán ahora en la casa, en nuestra segunda oportunidad de tener un hogar, examinándolo todo en busca de pistas. Imagino que el lugar estará como el coche destrozado de Devon: rodeado de una cinta que dice «Propiedad de la policía».

Me pregunto si la mariposa seguirá agazapada en ese rincón alto del techo del descansillo o si en la oscuridad ha abierto y cerrado sus alas tantas veces que ha gastado todas sus reservas de energía y ha acabado cayendo al suelo. Me pregunto si los hombres de los monos blancos encontrarán un pequeño montoncito de escamas polvorientas y un cadáver de patitas flacuchas sobre la moqueta de color crema.

Tras un rato, Sam carraspea, dice que necesita hacer una llamada y sale del despacho. Richard y yo nos quedamos donde estamos. Él se pasa un rato haciendo algo con su teléfono, pero al final lo pone sobre la mesa, aunque después lo coge varias veces para mirarlo; es evidente que está deseando recibir una llamada de Tess.

Yo simplemente me quedo mirando la vista que Sam ha estado contemplando un momento atrás.

Las ventanas del edificio de enfrente son como cajitas, y en cada una se ve una escena del día de otra persona. Veo una señora en un escritorio abriendo sobres con cuidado con un abrecartas. Saca las cartas, las desdobla y después les da un fuerte golpe con un sello grande. No lo oigo, obviamente, pero mi cerebro añade la banda sonora y el ruido seco del sello al golpear el papel suena con fuerza en mi mente, acompañado del sonido del abrecartas al rasgar el sobre y el ruido de sorber que hace ella cada vez que bebe de su taza de café para llevar. Los sonidos se alternan en mi cabeza y aumentan de volumen, crecen como el pánico que siento, hasta que Sam regresa.

Y tengo razón al sentir ese pánico, porque él me ha traicionado.

–Acabo de llamar a tu padre –dice–. Viene para acá.

–¡No!

No quiero a mi padre, no, de ninguna manera. No podía conmigo antes, así que ¿cómo va a poder ahora que las cosas están aún peor?

–No te enfades, Zoe –continúa Sam–. Necesitas tener a alguien que cuide de ti.

–¡Tú no sabes nada!

–Sí que lo sé.

Me mira asintiendo, como si eso demostrara que tiene razón, algo que no es cierto, y quiero discutir con él porque estoy muy asustada por cómo se va a comportar mi padre conmigo.

Estoy mirando a Sam muy fijamente mientras pienso qué decir cuando suena el teléfono de Richard; él se lanza a cogerlo de la mesa, donde se está deslizando sobre la superficie brillante por culpa de la vibración, que es aún mayor que el temblor de sus manos.

En la pantalla dice «MÓVIL TESS».

–¡Oh, Dios mío, eres tú! –dice casi gritando tras darle varios golpes torpes a la pantalla hasta que logra descolgarlo–. ¡Gracias a Dios! ¡Gracias a Dios! ¿Dónde demonios estabas?

Ella le habla acelerada; oigo su voz al otro lado de la línea, pero no entiendo las palabras. La cara de Richard se va relajando mientras escucha concentrado lo que ella dice.

–Lo siento, cariño –dice tras unos momentos–. Siento lo de Maria. No podía creérmelo y pensé que tú... No, no te preocupes. Pensé que te había pasado algo a ti también –confiesa con la mano en el pecho, pero después miente descaradamente al asegurar–: Dios, Tessa, no. No estoy llorando, no. No. Vale, sí. –Y entonces recupera el hilo–. Estamos en el despacho del abogado, el abogado de Zoe, ¿te acuerdas de él?... Porque ella ha querido que la trajera aquí... Claro que le hemos dicho a la policía adónde íbamos. La verdad es que aquello era un caos, no me inspiran ninguna confianza... No, eso no se me ha ocurrido... No, lo siento, no, tal vez debería, pero no había tiempo para pensar... Sí, está aquí... Vale... –Me pasa el teléfono–. La tía Tess quiere hablar contigo. Está bien.

Al principio no puedo hablar con ella. El sonido de su voz, que suena extraña y estrangulada, me hace echarme a llorar otra vez.

–¿Qué ha pasado? –pregunta.

Necesito un momento para recuperar el control de mi respiración; Richard me rodea los hombros con el brazo.

–No lo sé. Estaba en el cobertizo. Ella nunca entra en el cobertizo.

–¿Cuándo? ¿A qué hora?

–Nos fuimos a dormir. Todos nos fuimos a dormir y Katya nos despertó cuando volvió.

–¿Katya encontró a tu madre?

–¡Sí!

–Zoe, tú no has hecho nada malo, así que no te comportes como si lo hubieras hecho, no lo hagas. Creo que deberías irte del despacho de Sam y volver a la comisaría con los demás.

–No quiero estar en la comisaría.

Igual que el juzgado, la comisaría es un nido de víboras: un lugar donde puedo equivocarme, decir algo que no debo, cavar mi propia tumba y acabar tras las rejas.

–Lo sé, lo entiendo, pero yo ya voy para allá. Te veo allí y después nos enteraremos de qué está pasando y veremos qué hacemos. Tú no necesitas un abogado. No has hecho nada malo.

–No quiero estar con la policía.

–Pero tampoco quieres que empiecen a pensar que has hecho algo, ¿verdad?

A veces la gente te dice las cosas abiertamente, tal cual, y eso me gusta. No se me había ocurrido que venir a ver a Sam podía empeorar las cosas, pero de repente me doy cuenta de que es posible que tenga razón.

Ella guarda silencio por unos instantes y yo aprovecho para preguntarle:

–¿Dónde estabas?

–Me quedé a dormir en casa de una amiga. Y me dejé el móvil en casa. Siento no haber podido estar contigo antes.

–¿Ahora voy a tener que ir a vivir con papá?

Ella suspira antes de responder y suena muy desanimada.

–La verdad es que no sé qué vamos a hacer, mejor que vayamos paso por paso. ¿Zoe? ¿Sigues ahí?

–Sí.

–No te preocupes por eso ahora. Nosotros te cuidaremos, ¿vale? Te lo prometo.

Sam es amable conmigo cuando nos acompaña hasta la entrada del edificio. Nuestros pasos resuenan sobre los escalones al bajar.

–Creo que nunca ha aparecido un cliente en mi despacho así –comenta–. Es algo muy poco habitual, la verdad.

Tal vez nadie te ha necesitado tanto como yo, pienso. Estamos ya en las escaleras de entrada al edificio y las suaves sombras de primeras horas de la mañana empiezan a reducirse y a volverse más toscas ahora que el sol se está elevando y comienza a sobrecalentar la ciudad y a hacer resplandecer todas las superficies.

–No tengas miedo, Zoe –continúa–. La policía te protegerá hasta que sepan lo que pasó. Ellos podrán hacerlo mucho mejor que yo.

Me sorprende que Sam, que vio lo mal que me fueron las cosas antes, pueda pensar eso, y mucho más que llegue a decírmelo. Hasta ahora no había entrado nunca en la categoría de «adultos que no entienden nada», pero se acaba de ganar su carné de miembro justo en ese momento, en esos mismos escalones, y me invade la desesperación.

En el coche, de vuelta a la comisaría, tengo la mente tan vacía y a la vez tan llena con todo lo que está pasando que no me doy cuenta de nada aparte de que el aire acondicionado del taxi no funciona y que el sudor está provocando que a Richard le aparezcan unas medialunas de sudor bajo las axilas.

Tessa

Llego a la comisaría al mismo tiempo que Richard y Zoe. Él casi se cae al salir del taxi en su urgencia por abrazarme, pero es a Zoe a la que quiero rodear con mis brazos primero, porque ella es de mi carne y de mi sangre.

–¿Dónde has estado? –pregunta Richard mientras yo abrazo a mi sobrina–. Estaba muy preocupado.

Siento un relámpago de irritación al oírle decir eso, porque me parece que su preocupación no es por mí, sino por sí mismo. Además, ya estoy bastante enfadada con Richard por haber llevado a Zoe a ver a Sam; enfadada porque eso es arriesgado para mí y también porque me parece arriesgado para ella. Zoe no necesita abogado. ¿Por qué íbamos a querer complicar esta desesperada situación buscando abiertamente asesoramiento legal para ella? Eso la hace parecer sospechosa. Richard no tiene sentido común, no debería haber cedido ante su petición.

–Por Dios, ya hablaremos de eso luego –respondo.

No le miro a los ojos, pero por la forma en que nos sigue a Zoe y a mí, caminando detrás de ambas mientras vamos hacia la entrada de la comisaría y después adelantándonos brevemente para sujetarnos la puerta, pienso: no sabe lo de Sam y yo, y ahora mismo estoy agradecida por ello.

Dentro, un agente uniformado nos acompaña por un pasillo de la comisaría. Oímos a Chris antes de verlo. Cuando giramos una esquina, nos llega su voz, que suena muy alta, casi incontrolada; le está diciendo a alguien que ya ha sido suficiente y que la familia no puede permanecer más tiempo en la comisaría.

–¿Por qué nos tienen aquí retenidos? –pregunta–. ¿Pero están haciendo algo útil?

Por fin llegamos a una puerta abierta que lleva a una pequeña sala en la que Lucas, Katya y el bebé están sentados en unos sofás colocados alrededor de una mesita larga y baja. Grace tiene la cara húmeda por las lágrimas y está en brazos de Katya; la expresión de la *au pair* es la de alguien que está física y mentalmente agotada. Chris está junto a la puerta, quejándose a una agente que parece algo intimidada por él.

–Acabamos de empezar el proceso de abrir una investigación sobre la muerte de su esposa, señor –explica escogiendo muy cuidadosamente las palabras–. Si no le importa permanecer con nosotros mientras lo hacemos, le iremos informando de todo lo que está ocurriendo. Es una situación complicada...

Chris la interrumpe.

–Yo entiendo la complejidad. Lo que no entiendo es por qué nos retienen aquí, por qué estamos *acampando* en la comisaría. ¿Qué planes tienen?

Su voz ahora es aún más alta, y eso altera al bebé de nuevo.

–Podéis venir a nuestra casa –ofrezco–. Si queréis.

Chris se fija en nosotros por primera vez, pero apenas mira a Zoe. Después vuelve a mirar a la agente.

–¿Tenemos permiso para irnos? –pregunta–. ¿O es que somos sospechosos?

Ella responde con cautela.

–No les estamos reteniendo aquí, señor. Solo queríamos ofrecerles un lugar donde quedarse ahora que no pueden acceder a su casa. Y teniendo en cuenta que vamos a necesitar hablar con todos ustedes muy pronto, hemos creído que sería más fácil si estaban aquí.

Detrás de Chris, Grace se queja bajito. Katya la hace botar un poco sobre su rodilla de una forma más bien desganada, pero solo consigue que Grace se ponga a chillar más alto por la desesperación. Zoe pasa junto a Chris y va a buscar a la niña para cogerla en brazos.

–¡Tengo una hija pequeña! –exclama Chris–. Y otros dos hijos de los que soy responsable. ¡Esto no está bien! ¡Mírelos!

La imagen es bastante descorazonadora. Hay bolsas tiradas por el suelo y cosas de bebé por todas partes: un cochecito, un cambiador en el suelo y un bote de potito a medio comer junto a una bolsa de toallitas.

Necesitan ayuda.

–Agente –intervengo–, pueden venir todos a mi casa, si no hay inconveniente. Está aquí cerca, en Stoke Bishop.

–Voy a preguntar –contesta–. Supongo que preferirán que se queden todos aquí por ahora, pero lo voy a consultar.

Cuando la agente se aleja por el pasillo, me acerco a Chris y, como si se nos hubiera ocurrido de repente, nos abrazamos un poco incómodos. El dolor de Chris le ha debilitado físicamente y está tan tenso como la piel de un tambor.

La policía accede a que todos nos vayamos a mi casa y hacemos el trayecto en diferentes vehículos.

Pero en cuanto llegamos, me arrepiento de haberme ofrecido a acogerlos, porque la realidad de tener en mi casa a Chris, al bebé, a Katya y a los adolescentes de repente me resulta abrumadora. También ha venido con nosotros una agente de enlace con la familia. Entre todos hacen que el espacio resulte increíblemente claustrofóbico, aunque mi casa tiene un buen tamaño para los estándares de cualquiera. Pero no queda espacio para mi propio dolor.

Richard se da cuenta de cómo me siento, tal vez porque él se siente así también.

–Ve arriba –me dice–. Tómate unos minutos a solas.

Cuando estoy subiendo por las escaleras, le oigo añadir:

–Y date una ducha.

Me doy cuenta de que todavía llevo la ropa que me puse para el concierto. Seguramente él no se acuerda de lo que llevaba ayer, pero no es tonto, y me pregunto si ese comentario de la ducha tendrá algún mensaje subliminal implícito o si acaso me estoy volviendo paranoica.

Cuando la noticia de la muerte de mi hermana empieza a calar en mi mente, siento ganas de ser dura con Richard: si le he engañado, es porque se lo merece. Me ha obligado a base de alcohol.

Abro el grifo de la ducha y dejo correr el agua hasta que está casi demasiado caliente para soportarla. Oigo gritos que llegan desde abajo y el fuerte llanto del bebé, pero no quiero salir de la ducha, quiero aguantar hasta que me resulte insoportable quedarme ni un segundo más, porque hay una parte de mí que no puede con ninguno de ellos, que no quiere ver ninguna de sus caras.

Pienso en Sam y en mi noche con él y solo quiero volver a estar allí, en su piso, donde la banda sonora es el sonido del río y lo que se ve desde la ventana son sus aguas, donde lo único que importa somos nosotros mientras Richard está borracho y mi hermana y Zoe están bien viviendo su nueva vida y no hay complicaciones.

Aparte de eso, mientras el agua me cae por la espalda y las lágrimas se deslizan por mi cara, no siento nada.

Zoe

Después de que mamá conociera a Chris, dejamos de ir a casa de Tess con regularidad, pero a mí su casa me encanta.

«Todas las casas son un mundo», decía mamá cuando ella y Chris estaban decidiendo los acabados que iban a poner en esa casa que era nuestra segunda oportunidad de tener un hogar. Mamá hizo que le enviaran muchísimas muestras de cosas diferentes que después extendía sobre la mesa e iba moviendo como piezas de un rompecabezas, observándolas con detenimiento para ver cuáles pegaban mejor juntas.

Teníamos muestras de tela, de piedra, de madera y de pintura de todos los tonos imaginables. Mamá se decidió por colores neutros, materiales caros y telas muy suaves. Le encantaba lo que había escogido. Sonreía cuando traían cada cosa nueva y quedaba justo como quería, y además Chris le decía: «Qué buen gusto tienes, Maria».

Al final el mundo que ella construyó era como el de una revista. A ella le encantaba, y a Chris también. Siempre estaban hablando de cuánto les gustaba. Grace vomitó en algunos sitios y yo les dije que me encantaba también, pero la verdad es que echaba de menos nuestra granja. Cuando Katya llegó, echó un vistazo a todas las habitaciones de la casa y, cuando volvió a la cocina, dijo:

«Tenéis un estilo de vida de lujo», y pareció estar muy satisfecha.

Lucas no dijo nada. Recorría sin decir nada las diferentes partes de la casa, y cuando se acomodaba en alguna, a mí me recordaba a una sombra oscura proyectada sobre la arena blanca.

La casa de Tessa es muy diferente de la nuestra, pero a mí me gusta de verdad. Cuenta muchas historias sobre Tess y Richard.

Lo fundamental que cuenta es que, cuando eran más jóvenes, Tess y Richard viajaron mucho y fueron coleccionando cosas. Su casa es como una vitrina para todos los objetos que se trajeron, pero no es nada pija. Es cálida y cómoda, y está llena de fotos y de objetos que puedes coger y examinar si quieres; también puedes tumbarte en el sofá, con sus mantas, sus echarpes y a veces también con un perro de los que Tess tiene en acogida por algo de su trabajo. Hay alfombras por todo el suelo con las que hay que tener cuidado de no tropezar, porque tienen los bordes enrollados y zonas raídas; nada es perfecto en esa casa. Hay estanterías cubriendo la mayor parte de las paredes del salón con libros colocados sin orden ni concierto, todos de diferentes tamaños y alturas y ni uno en orden alfabético ni nada parecido. Son sobre todo libros de viajes, de ciencia y de veterinaria, pero también hay muchas novelas y montones de DVD.

En cuanto llegamos, Tessa se va al piso de arriba y Richard se esfuerza por preparar té para todo el mundo, pero nadie tiene ganas de tomárselo. Chris se pone a andar arriba y abajo hasta que se detiene bruscamente y le grita a Katya:

–¡Haz que el bebé deje de llorar! ¿Es que no puedes conseguir que se calle?

–¡El bebé ha perdido a su madre! –contesta Katya también a gritos, con una potencia sorprendente–. No es un momento para hacer que se calle.

Richard mira a uno y después a la otra, y al final le dice a Chris:

–Tal vez yo pueda ayudaros en algo, ¿qué necesitáis?

–El bebé necesita un sitio donde dormir –contesta Katya–. Y leche.

La amabilidad de Richard ha hecho que su tono se suavice, aunque sigue mirando fijamente a Chris con intensidad. Ojalá yo me atreviera a mirarle así, aunque me pregunto qué diría él si yo lo hiciera.

–¿Podrías echarme una mano? –le pide Richard a Katya–. Vamos a ver qué podemos arreglar.

Ella se recoloca a Grace sobre la cadera y sigue a Richard un poco enfurruñada.

Chris se vuelve hacia mí.

–¿Es verdad que has ido a ver a un abogado esta mañana? –pregunta.

Asiento. Tengo un dolor de cabeza que hace que se me llenen los ojos de lágrimas, y después de lo que me dijo anoche, esa pregunta me suena como una amenaza.

–¿Por qué?

–No lo sé.

–Seguro que sí lo sabes.

Siento que me empiezan a temblar las manos y no sé qué decir. No estoy preparada para hablar con él de eso todavía. Ha sido un secreto durante tanto tiempo que ahora parece que ya no tengo palabras para explicarlo.

–¿Qué? –pregunta, aunque creo que no he llegado a decir nada.

–Quería que Sam me ayudara. Le conozco de antes.

Chris está de pie en el centro de la habitación, con los brazos cruzados y el pelo de punta porque se ha pasado las manos por él muchas veces esta mañana. Me contempla como si fuera un cuadro interesante.

–Hay muchas cosas que no sé de ti, Zoe –dice, y yo agacho la cabeza para interrumpir el contacto visual.

En el Centro compartía habitación con una chica que me contó que ella hacía eso siempre para evitar que su padre le diera una paliza. «A veces funcionaba y a veces no, pero no cuesta nada intentarlo, ¿no? Ellos solo quieren sentir que son los reyes de tu vida», decía.

Funciona ahora con Chris, confirmando mi opinión de que la mayoría de la gente es miembro de pleno derecho del club de la esquizofrenia: actúan de una manera hasta que dejan de hacerlo. Sin más. Incluso Jason era de una manera conmigo hasta que de repente dejó de serlo.

Chris se sienta en el sofá entre Lucas y yo y extiende los brazos para cogerme una mano a mí y otra a Lucas, como si fuéramos a rezar.

No me gusta el contacto físico con él, pero obligo a mis dedos a flexionarse sobre su palma caliente.

–Seguimos siendo una familia –dice Chris con voz ahogada–, y quiero que sepáis que ahora estoy aquí para los dos.

Me aprieta la mano con fuerza y después se levanta y sale de la habitación sin decir nada más.

Lucas y yo nos miramos. No hemos estado los dos a solas desde que pasó.

–Lo siento –dice él.

–¿Por qué estaba fuera de la casa? –pregunto–. ¿Qué estaba haciendo allí?

–No lo sé.

Agacha la cabeza y eso me enfada, porque necesito más de él. Quiero la conexión que tuvimos anoche.

–Ahora es cuando empieza todo –digo, y él muerde el anzuelo.

–¿Qué quieres decir?

A veces, cuando estoy enfadada, quiero soltarle a la gente todas las cosas terribles que sé, quiero que sientan las cosas horribles que yo he sentido.

–Puedes hacer eso –me dijo Jason una vez después de que le describiera que, tras el accidente, los ojos de Amy Barlow estaban abiertos pero sin vida y que tenía la oreja medio arrancada de la cabeza en la parte de atrás del coche–. Puedes intentar obligarme a entrar en la escena y hacerme daño con eso, pero los dos sabemos que ese es un espacio que solo puedes ocupar tú, Zoe, y que mi trabajo es ayudarte a alejarte de él de la mejor forma, no unirme a ti en ese lugar. No es mi horror. Cuando les lanzas esas cosas a otras personas, te estás castigando a ti misma, porque eso solo servirá para alejarlos.

Pero hoy ignoro el consejo de Jason e intento castigar a Lucas con lo que sé.

–¿Sabes lo que van a hacer? Nos van a llevar a la comisaría, nos interrogarán, cogerán nuestros teléfonos, nuestros ordenadores, nos harán esperar y nos encerrarán en una celda. Y la investigación seguirá y seguirá y después llegará el juicio. Nunca termina, Lucas. No importa lo que hagas después, nunca desaparece.

–Estábamos todos dormidos –contesta–. No sabemos nada.

–¿Lo estabas? ¿Tú estabas dormido?

–¡Papá y yo estábamos dormidos! –insiste.

–Yo también estaba dormida. No oí nada.

Pensar que dormía mientras alguien le hacía daño a mi madre es una tortura para mí, porque creo que podría haber sido diferente si no me hubiera puesto los auriculares; habría oído salir a mamá y tal vez la habría detenido, le habría dicho que viniera a la cama conmigo y con Grace. Podría haberlo conseguido, podría haber fingido que me dolía la cabeza o el estómago o algo. Habría venido, creo.

Empiezo a llorar otra vez, pero Lucas no se mueve. Solo se queda mirando la alfombra de retales, que tiene un patrón geométrico repetitivo que hace que la vista gire una y otra vez en una espiral. E incluso cuando las lágrimas se detienen, los dos nos quedamos en silencio y yo contemplo un dibujo a plumilla de un edificio que el tío Richard ha enmarcado y colgado sobre una estufa de leña. Es espartano y perfecto, con unas líneas negras ordenadas sobre el blanco, como el papel pautado, y entonces se me ocurre algo.

–¿Crees que salió allí afuera con el señor Barlow?

–No lo sé –confiesa–. ¿Cómo sabes que nos van a coger los teléfonos?

–Porque es lo que hacen siempre.

–Pero no somos sospechosos.

–Lo seremos.

–¿Por qué?

–Por lo que pasó.

Te lo dicen en el Centro. Si te lo han hecho una vez, la segunda vez te lo harán más rápido. Eso les facilita la vida. Todo el mundo en el Centro se siente como si hubiera una conspiración contra ellos.

–No la hay –decía Jason cuando hablábamos de ello–. Aunque es cierto que algunas personas están atrapadas en un ciclo sin fin de delitos y castigos, no tiene por qué pasarte a ti eso, Zoe. Tú no deberías ser una de ellas.

–Mi sentencia fue injusta.

–Sé que tú crees eso, y puede ser verdad o no...

–Es verdad.

Lo pienso todos los días: la sensación de que me engañaron en mi juicio, la desesperación de que nadie me creyera. En el Centro todavía me sentía furiosa por ello, y aunque en el fondo sigo sintiéndome así, he aprendido a ocultarlo porque nadie quiere oírlo.

–Pero déjame terminar –continuó Jason–. Independientemente de si tu sentencia fue acertada o no, ahora tienes que mirar hacia delante, y vas a tener el apoyo y la oportunidad de escapar de ese ciclo.

Mi apoyo era mi madre y mi oportunidad era la música, algo que organizaba mi madre... ¿Qué me queda ahora?

–No tiene sentido que sospechen automáticamente de ti –dice Lucas.

–No tiene que tener sentido –contesto.

–Es una paranoia.

No le voy a contestar a eso. Sobre estos temas hay cosas que solo sé yo. Lucas no tiene experiencia.

–Zoe, ¿puedes hacer algo por mí? –pregunta cuando se da cuenta de que no voy a contestar a su comentario.

–¿Qué?

–Borra el e-mail que te envié. El guion.

–¿Por qué?

–¿Lo has leído?

–Solo la primera parte.

–Pues bórralo. Yo también lo voy a borrar.

Saca su teléfono y se desplaza por la pantalla seguramente para borrarlo de la bandeja de enviados.

–¿Por qué?

–Ya no importa. Es una tontería.

–¿El qué?

–Dame tu teléfono. Yo lo borro.

–No.

Se desliza por el sofá para acercarse a mí y me pone la mano en la pierna, lo que hace que un relámpago me recorra el cuerpo, aunque no es la misma sensación que tuve anoche cuando me besó; es más extraña, no sé por qué.

–Yo lo borraré. Por favor. No es más que una tontería. Y ahora me siento mal. Por favor, Zoe. Yo también he perdido a mi madre, recuérdalo...

Le cuesta encontrar palabras para explicar lo que quiere decir y eso me frustra.

–¿Qué?

Hay una pausa, durante la cual me mira fijamente, examinándome, detectando mi impaciencia.

–Es complicado –es lo único que dice–. Es personal.

–Me estás rayando –digo. Es algo que todo el mundo decía en el Centro. Después le pregunto–: ¿Has ido a ver a un terapeuta por lo de la muerte de tu madre?

No sé si yo debería ir. No me importa si es bueno como era Jason, pero sí si es condescendiente y me mira con lástima.

–No.

Pero me da la sensación de que miente, porque aparta la mirada.

–¿Por qué no?

–No lo sé. Papá... Papá dijo que nos ayudaríamos el uno al otro, que nos iría mejor haciéndolo por nuestra cuenta. Y estábamos bien.

Por la forma en que se muerde el labio inferior, veo que no es verdad. Después me tiende la mano para que le dé el móvil y dice:

–Por favor, Zoe...

Cedo y se lo doy, porque soy una blanda.

Toca la pantalla unas cuantas veces antes de devolvérmelo.

–Pueden encontrar todo lo que has borrado, lo sabes, ¿no? –digo cuando lo cojo–. Encontrarán los mensajes de Panop que me enviaste.

Lo digo aunque sé que no importa mucho que los encuentren, porque conocerán mi historial de todas formas en cuanto metan mi nombre en sus ordenadores, y además enviar mensajes por Panop como los que me ha enviado Lucas no es un delito, pero por alguna razón sigo con ganas de presionarle un poco. Pero él no tiene oportunidad de responderme, porque el tío Richard nos interrumpe.

–Va a venir la policía –anuncia–. Quieren hablar con todos una vez más.

Hemos hablado con ellos un poco esta mañana, pero en grupo, no uno por uno, que es lo que más les gusta, como yo sé muy bien.

–Versiones iniciales –digo–. Eso es lo que quieren.

Richard

Mantén la calma y sigue adelante.

Es un eslogan que se ve por todas partes últimamente; incluso está impreso en un trapo que hay sobre el radiador en nuestra cocina. Seguramente se ha vuelto parte de la cultura popular, pero ese eslogan tiene sus raíces en la búsqueda de fuerza y autosuficiencia en tiempos de guerra. Hoy juro que seré la verdadera encarnación de ese mensaje, porque la muerte de Maria es una tragedia que ha empujado a nuestra familia a una crisis y es necesario que alguien mantenga la cabeza en su sitio.

Mi cabeza realmente está atenazada por un terrible dolor sordo (estoy sufriendo el peor tipo de resaca, que ya casi se ha convertido en migraña) y tengo la garganta tan reseca como si hubiera cruzado el Kalahari, pero la acción siempre ha sido el mejor analgésico para mí, mucho mejor que cualquiera que se pueda comprar en una farmacia. Además, me ayuda a mantener a raya la vergüenza.

La desconsolada familia solo lleva en nuestra casa una hora, pero ya se ve que el bebé es el más difícil de manejar, así que decido hacerme cargo de él.

Es una criatura hermosa, absolutamente encantadora, y tengo que admitir que ya le he cogido cariño. La *au pair* se estaba ocupando de ella, pero al final ha resultado inútil porque se ha ido a la cama, aunque hay que reconocer que la pobre chica parecía más que agotada y me da la sensación de que probablemente ella y yo estamos padeciendo los mismos síntomas esta mañana como consecuencia del alcohol, aunque yo tengo la ventaja de haber dormido algo.

Tessa no vino a casa anoche. Es una idea perturbadora, porque habría que haber nacido ayer para no darme cuenta de que es probable que haya pasado la noche con otro hombre. Si no hubiera reaccionado poniéndose tan a la defensiva, tal vez me habría creído que durmió en casa de una amiga. Está en *shock*, obviamente, y eso puede ser la causa de la alteración de su conducta, pero ella y yo llevamos tanto tiempo inmersos en un juego de acusaciones y recriminaciones que reconozco las respuestas culpables y defensivas en cuanto las veo. Después de todo, yo soy un experto en ambas.

Mientras acuno a su bebé, mi mente no deja de pensar en Maria y en que, secretamente, eso sí, nunca le he tenido cariño. Era una mujer preciosa, como sus dos hijas, pero siempre me resultó quisquillosa y, sinceramente, algo frívola también.

Tessa no estaba nada de acuerdo conmigo, así que no hablábamos de eso para no pelearnos, pero nunca me gustó la forma en que Maria y Philip presionaban implacablemente a Zoe con el tema del piano. Por lo que yo vi, esa pobre chica nunca pudo subirse a un árbol o darle de comer a un pollo en esa granja porque eso le quitaba tiempo para ensayar sus escalas. Philip no era tan malo como Maria, pero también era cómplice. No sé por qué Tessa siempre disculpaba a su hermana y a Philip por eso; supongo que cargaba con la culpa de ser la hija que había conseguido mejores cosas, la niña buena, y le alegraba que Maria por fin tuviera una oportunidad de llegar a la altura de esos logros, aunque fuera a través de su hija.

La invasión de nuestra casa resulta extraña. Aunque ayer perdí la batalla contra mis necesidades imperiosas, que se vieron amplificadas en el silencio de ese sitio, hoy veo que mi autocontrol está funcionando bastante bien. Es raro, dadas las circunstancias y los niveles de tensión que soporto siempre, pero no obstante lo agradezco.

Llevo al bebé arriba para intentar cambiarle el pañal y desperdicio tres de esas malditas cosas antes de conseguir ponerle uno. No es fácil sujetar uno limpio a esas extremidades resbaladizas, pero me gusta la forma en que la niña me coge la mano mientras lo intento. Ha conseguido que pare ese maldito temblor.

De camino al piso de abajo me detengo delante de la puerta del baño. Tengo un par de botellas de vodka guardadas ahí, bajo la bañera, escondidas tras el revestimiento. Mi garganta me lo pide, mis labios lo desean y mi cabeza me grita que vaya a por ellas. Incluso el corazón me traiciona.

Mientras estoy allí buscando excusas, el bebé me mete los deditos en la boca (está obsesionada con hacer eso, no tengo ni idea de por qué razón) y yo le aparto la mano y me humedezco los labios resecos. Vamos, Richard, me digo, recomponte. No sé por qué, pero me parece mal beber con la niña en brazos. Ella es la antítesis del mugriento camino que suele seguir mi vida; es fresca, perfecta, natural, y yo no la voy a estropear.

Dejo atrás la puerta del baño y bajo las escaleras.

Después, cuando Tessa tenga ganas, tenemos que hablar ella y yo sobre dónde estuvo anoche, y la conversación sin duda será tan triste y amarga como muchas otras de las nuestras, tal vez peor.

Pero, mientras, tengo que intentar ser de utilidad.

–Grace, preciosa –le digo a la niña–, ¿te apetece comer algo?

Cuando llegamos a la cocina, me siento reforzado por haber resistido la tentación de tomarme una copa y decido poner en práctica unas cuantas resoluciones firmes. Voy a cuidar al bebé para que los demás no tengan que hacerlo. Voy a intentar resistir la tentación de preguntarle a mi mujer dónde estuvo anoche, porque acaba de perder a su hermana.

No voy a decepcionar a esta familia que sufre y no voy a decepcionar a mi esposa.

Consigo mi primer pequeño éxito cuando Grace accede encantada a comerse un plátano machacado.

Sam

En cuanto Zoe Maisey y su tío Richard se van, cierro la puerta y miro el reloj.

La resonancia está programada para las 11:30 y después tengo cita con el médico para hablar de los resultados. Es lo que describen como «un procedimiento de urgencia», algo que yo preferiría no saber.

Puedo ir al hospital andando desde mi despacho, así que tengo tiempo de sobra para hacer una llamada de teléfono, aunque sé que no debería.

Inspiro hondo mientras busco en los contactos de mi teléfono hasta que encuentro al sargento Nick George. Es un antiguo compañero del colegio y creo que me hará un favor. No puedo llamar a cualquiera, porque no debería estar haciendo esto dado que soy un testigo potencial.

Antes de marcar, decido que es mejor hacer esta llamada desde la calle. Parte del negocio de un abogado se basa en la discreción; a veces las paredes tienen oídos y esta es una llamada que no debería oír nadie.

Al salir, mi secretaria me dice:

–¿Vas a volver o estarás fuera el resto del día, Sam?

–Fuera –respondo–. Fuera todo el día.

–Trabaja demasiado... –oigo que le dice a otra administrativa mientras la puerta se cierra detrás de mí–. Se supone que hoy es su día libre.

No saben lo de mi cita médica, nadie en el trabajo lo sabe.

Nick George trabaja en el Departamento de Investigación Criminal de la policía de Bristol. Quedamos para tomar algo cuando me mudé aquí y después me he enterado de que se casó, que tuvo mellizos gracias a un tratamiento de fecundación *in vitro* y que su mujer lo ha pasado mal cuidando a los dos bebés mientras él trabajaba de noche. Nos llevábamos bien en el colegio, aunque nunca estuvimos muy unidos, pero había buen rollo y los dos éramos ambiciosos. Empollones en secreto. Nuestros caminos en el trabajo no se han cruzado todavía, pero probablemente solo era cuestión de tiempo.

Fuera, en las calles, hace mucho calor. Llamo al número de Nick mientras cruzo el centro, intentando ir por las zonas sombreadas que hay junto a los edificios, pero no responde. Me devuelve la llamada unos minutos después, cuando ya voy por el borde del canal, adonde me he acercado en busca de la belleza de la lisa superficie del agua, pero la basura que roza el hormigón de sus orillas y los reflejos de los edificios corporativos que me rodean me distraen.

–¿Qué interés tienes en esto, Sam? –pregunta Nick.

Me detengo en la sombra junto a un bar que hay pegado a la orilla, donde la acera está pringosa por las bebidas que se derramaron anoche. A mi lado hay un gran solar que han vaciado para construir algo. Tras la lluvia se han formado un par de charcos poco profundos en el centro, pero mayormente es una amplia extensión de polvo y escombros.

–Los conozco.

Creo que lo mejor es ser abierto con él desde el principio, pero no soy del todo sincero porque no le cuento que es posible que sea un testigo.

–No puedo contarte mucho, excepto que el cuerpo se encontró fuera, delante de la casa, en un anexo exterior.

Me alivia oír eso, porque comprendo inmediatamente que en esa situación la policía puede barajar un amplio número de sospechosos, tanto de dentro como de fuera de la familia.

Para mí es importante que pueda ser alguien ajeno a la familia, por razones obvias. Quiero hacerle mil preguntas, como por ejemplo si sabe la causa de la muerte, pero eso sería cruzar la línea y no debo hacerlo.

–¿Estáis unidos?

–Conozco a la hermana de la mujer que ha muerto.

–Oh, vaya, lo siento.

Los dos sabemos que la conversación ha terminado y que probablemente ni siquiera debería haberse producido. Le pregunto por su mujer y los niños y, justo cuando estoy a punto de colgar, dice:

–He oído que no estás bien de salud.

–¿Quién te lo ha dicho?

–Mi madre. –Se ríe un poco avergonzado–. El pajarito de Bideford sigue cantando.

Les he hablado a mis padres de mis síntomas y de las sospechas de los médicos. Son las únicas personas que lo saben. O las únicas que yo creía que lo sabían. Pero obviamente lo han estado contando por ahí.

–Estoy bien.

–¿Es cierto eso?

Y de repente, mientras miro al solar vacío que tengo al lado y echo de menos a Tessa, siento que necesito contárselo a alguien.

–Tengo que hacerme una resonancia hoy para confirmar el diagnóstico. Es complicado.

–¿Hay probabilidades?

–Están bastante seguros.

–Lo siento, tío.
–No pasa nada.
–¿Vas a seguir trabajando?
–Mientras pueda, sí.
Carraspea.
–¿Nos tomamos una copa un día de estos?
–Claro. Oye, tengo que irme corriendo. Ya te llamaré.
–Si no me llamas tú, te llamo yo.
Probablemente le llamaré yo.

Tessa

Richard tiene al bebé en brazos. Va por la casa con Grace apoyada en la cadera como si eso fuera algo que hace todos los días y no sé cómo me hace sentir eso.

Ha pasado mucho tiempo desde que nuestros amigos tuvieron hijos que nosotros llevábamos en brazos y no creo que Richard haya cogido nunca a Grace. Pero ahora se ha transformado en la viva imagen del tío bonachón, y como yo sé que he hecho algo mal, odio esa imagen de bondad que tiene hoy. Casi me da la sensación de que lo está haciendo para burlarse de mí.

Pero intento apartar ese pensamiento, porque sé que el dolor es algo extraño e impredecible y veo que ahora me está provocando profundas oleadas de furia. Si soy sincera, lo que realmente querría es que Richard estuviera cuidando de mí y solo de mí.

¿O quiero que sea Sam el que lo haga? Estoy confusa, y la verdad seguramente sea que en este momento los quiero a los dos.

–Katya está descansando –explica Richard–. La pobre chica estaba medio muerta. Creo que ha estado cuidando al bebé toda la noche.

Está fingiendo que no lo está pasando mal por los efectos de la borrachera de ayer, pero he visto la caja de ibuprofeno vacía en el dormitorio.

Estamos a solas, al margen del bebé.

–¿Dónde estuviste anoche, Tess? –pregunta.

–Necesitaba pasar un tiempo sola.

Él deja la respuesta en el aire, visiblemente dolido por ella. Hay discusiones que hemos tenido tantas veces que ya se las sabe: él es alcohólico, así que yo gano en cuanto a moralidad. Casi siempre. Por eso me da una respuesta sumisa.

–Estaba preocupado –responde al fin.

Nos miramos el uno al otro desde diferentes partes de la habitación y Grace intenta meterle los deditos en la boca.

–Oh, no hagas eso otra vez –le dice zafándose de sus dedos–. Ahí dentro solo vas a encontrar unos empastes antiquísimos y alguna otra cosa muy horrible.

Pero ella lo intenta otra vez.

–¡Para! –exclama negando con la cabeza, y se ríe, solo un poco, pero ese sonido y la expresión divertida en su cara me conmueven porque no estoy segura de cuándo fue la última vez que oí reír a Richard.

Cuando llegan a casa los policías, el ambiente cambia inmediatamente. Antes íbamos por las habitaciones como almas en pena y la agente de enlace se mantenía ocupada con el hervidor y el té, como una mamá gallina; ahora todos estamos coartados, nerviosos, inquietos, y sentimos que estamos bajo escrutinio constante.

Chris despliega ante los inspectores la mejor versión de su yo profesional que logra componer en esas circunstancias: les estrecha la mano e intenta encontrar las palabras para hacer preguntas prácticas, pero me recuerda a un juguete robótico estropeado; se ve lo que pretende hacer, pero no le sale bien.

Los inspectores preguntan si hay una habitación que les pueda servir para hacer los interrogatorios.

Los instalo en el comedor.

En el salón Zoe está hecha un ovillo en un rincón del sofá, con la mirada atenta y la cara oculta tras el pelo.

A su lado Lucas parece catatónico.

Richard se ha llevado a Grace arriba para intentar que duerma un poco en nuestra cama; le oigo cantarle una nana que no sabía que conociera. Katya se ha quedado dormida en una de las camas del pequeño cuarto de invitados por los efectos del *shock*, por el agotamiento o por el exceso de lo que fuera que tomó anoche; es difícil saberlo.

Vacío la mesa del comedor para hacerles sitio a los inspectores. Hay cosas de mi trabajo por todas partes, sobre todo papeles de administración de la clínica. Lo aparto todo a un lado junto con otra de las maquetas en construcción de Richard (esta al menos está a medio montar tras haberle dedicado en algún momento toda la precisión y el cuidado de los que es capaz).

Me ofrezco a prepararles té a los inspectores, como si fueran fontaneros que hubieran venido a revisar la caldera. Rechazan mi oferta. Son muy profesionales y llevan camisas inmaculadas metidas bajo brillantes cinturones de cuero. Ambos tienen el pelo corto y uno luce unas cuantas canas alrededor de las orejas. Me recuerdan a los testigos de Jehová que a veces aparecen en la puerta, siempre muy elegantes.

Piden hablar con Chris primero y todos esperamos, nerviosos y en silencio casi total, en compañía de la agente de enlace mientras oímos de fondo el murmullo indistinguible de sus voces durante cuarenta y cinco minutos; nos separan de ellos el pasillo y la puerta cerrada del comedor. Cuando Chris sale por fin, parece crispado.

Después llaman a Zoe, pero ella no se mueve; esos ojos, que son los de mi hermana, me miran a mí.

–Quiero que Sam esté conmigo –dice–. ¿Podemos llamar a Sam, por favor?

Y entiendo que yo soy la única persona a la que puede recurrir ahora y la responsabilidad que eso implica hace que se me haga un nudo en el estómago.

–No lo necesitas, cariño. De verdad que no.

Pero sigue sin moverse del sofá. Me pregunto si la policía podrá llevársela a la fuerza al comedor para que responda a sus preguntas.

–¿Por qué no vas a hablar un momento con los inspectores? –intenta la agente de enlace. Es una mujer regordeta que emite un leve silbido al respirar que a mí me gustaría tratarle, como si fuera uno de mis animales–. En cuanto hablen contigo podrán seguir adelante con la investigación y descubrir lo que le pasó a... –No termina la frase.

La mirada que le lanza Zoe es feroz.

–No va a pasar nada malo. –Intento sonar tranquilizadora, pero me cuesta.

–Haz lo que te dicen ya –ordena Chris, y sus palabras llaman la atención de todos de repente, como el chasquido de un látigo–. No es negociable.

Zoe se levanta bruscamente. La ropa le cuelga del cuerpo de una forma un poco lúgubre durante un momento, hasta que se envuelve en ella y se abraza antes de ir hacia el comedor. Veo que se deja caer en una silla delante de los inspectores y que después uno se levanta y rodea la mesa para cerrar la puerta.

Zoe

Mamá era mi protectora. Incluso cuando no lo hacía bien, por lo menos se podía decir que lo había intentado. Yo lo sabía, y además Jason me lo recordaba todo el tiempo. Ella no habría dejado que me interrogaran sin Sam presente.

Mamá era un poco más alta que yo y tenía ese pelo rubio y brillante que todo el mundo admiraba y que hemos heredado Grace y yo.

Cuando yo era pequeña, ella era una persona firme y suave y siempre daban ganas de abrazarla. Olía a humo de leña y a comida. En el piso en el que vivimos después del accidente olía a humo de cigarrillo, y en nuestra segunda oportunidad de tener un hogar no tenía un olor, sino un perfume, alguno de los que Chris le regalaba y cuyos frasquitos pijos estaban colocados en una hilera en su tocador. También estaba más delgada ahora. Ya no daban ganas de abrazarla, como antes, pero tan delgada estaba muy guapa, todo el mundo lo decía.

En el suelo del cobertizo su cuerpo parecía frío, y también transmitía esa sensación.

Ahora solo tengo a mi padre, a Tess, a Richard, a Sam y a Chris. Pero no estoy muy segura de Chris; de hecho de lo único de lo que estoy segura es de que no lo conozco en realidad ahora que mamá no está para hacer de puente entre nosotros. Y también estoy segura de que ayer por la noche me llamó zorra y que había oscuridad en sus ojos.

Tess y Richard me quieren, pero no me van a defender como lo haría mi madre.

Sam cree que no lo necesito.

Mi padre todavía no ha llegado, y de todas formas tampoco quiero que venga.

Así que cuando me siento delante de los agentes, decido que tengo que protegerme sola. Y sé lo que voy a hacer.

Los policías son exactamente iguales entre ellos, como si acabaran de sacarlos de un molde de inspectores. He conocido muchos policías y estos dos son sin duda los más profesionales. Me recuerdan a unos hombres que vinieron a casa a conocer a Chris: te daban ganas de arrancarles sus trajes perfectos para verles los corazones que latían y los pulmones que respiraban debajo de la piel.

–Sentimos mucho tu pérdida –dice uno de ellos.

No les respondo inmediatamente, porque estoy pensando en el Centro.

Cuando llegué al Centro, pensé que allí todo el mundo iba a ser tonto. En el caso de algunos de ellos, tenía cierta razón, pero solo si hablamos de inteligencia de la que se mide en un examen. La que se valora en esta segunda oportunidad de tener una familia.

Pero los chicos del Centro no eran nada tontos si de lo que hablamos es de ser listo. Sabían cosas de los interrogatorios de la policía, del asesoramiento legal y de los juzgados que nadie te cuenta en tu vida antes del Centro.

Ahora mismo nadie me está acusando de ningún delito, lo sé.

Pero aunque no me van a acusar, lo que no deja de darme vueltas en la cabeza es lo que decían los chicos del Centro sobre dar respuestas del tipo «sin comentarios» en los interrogatorios; es la mejor estrategia para que no te veas comprometida por algo que has dicho. Lo que nadie te dice es que incluso aunque no estés arrestada, incluso aunque solo estés «charlando» con la policía, puedes hacer lo que ellos llaman una «declaración relevante» y después podrán preguntarte al respecto en un interrogatorio oficial y grabarlo e incluso citar ese interrogatorio en el juzgado.

Ergo: nada de lo que hables con la policía es «privado y seguro».

Ergo: decido que con esos inspectores voy a optar por una defensa del tipo «sin comentarios».

Porque, aunque ellos me van a decir que esa es una conducta poco colaboradora y que puede dar lugar a suspicacias, etc., etc., todas esas tácticas de intimidación que usan, seguro que así podré evitar meterme yo solita en su trampa, porque un interrogatorio con respuestas de «sin comentarios» deja toda la carga de la prueba sobre la policía si tiene intención de acusarte.

¿Por qué le estoy dando tanta importancia a lo que decían los chicos en el Centro? En parte es porque, además de que me di cuenta de que eran mucho más listos de lo que yo creía, también me cayeron bien y confiaba en ellos, al menos en unos cuantos (no en todos, claro, porque algunos eran verdaderos psicópatas). Y también porque hay una cosa más de mi vida de la que ya nadie habla: lo terriblemente injusto que fue mi veredicto.

Eva Bell me arrebató la oportunidad de conseguir el veredicto de «no culpable» que mi madre quería, porque mintió para proteger a su hermano. En aquel momento mi madre lloró y afirmó que era «un error de la justicia», Sam se quedo pálido y dijo que lo sentía mucho y mi padre acusó a mi madre de convencerme para que me declarara no culpable. En el Centro hablé con Jason de ello un poco, pero nunca era una conversación muy larga porque todos en el Centro creían que con ellos se había cometido algún tipo de injusticia, así que los trabajadores sociales están hartos de oírlo.

Cuando salí del Centro, ya vivíamos en el piso, y mi madre todavía hablaba de eso porque sentía amargura por lo que había pasado, pero desde que conoció a Chris, ya nunca más me permitió ni mencionar lo injusto que había sido. Había llegado la hora de «dejarlo atrás», me dijo. No había sitio para el «error de la justicia» en esa segunda oportunidad de tener una vida, porque en ella nada de eso existía. Lo borraron, aunque la injusticia de todo ello me quemaba por dentro desde el juicio y sigue haciéndolo.

Pero lo que puedo hacer ahora es utilizar lo que aprendí de aquello: lo que aprendí fue que, por mucho cuidado que tengas, nunca es suficiente, y que no se puede confiar en el sistema. Nunca.

Es difícil hacer lo que he decidido hacer, lo sé por lo que pasó antes, porque los primeros interrogatorios son la fase suave, cuando crees que los policías son tus amigos, que te entienden, y es tentador hablar, incluso quieres hablar; después del accidente yo se lo conté todo y no me di cuenta de que cada palabra era otra palada de tierra en el proyecto de cavar mi propia tumba.

Así que me digo que tengo que ser fuerte y poner en práctica mi estrategia desde el principio. Por eso, cuando el inspector dice que siente mi pérdida, yo contesto:

–Sin comentarios.

Se produce un silencio y después uno de los dos dice:

–No te estamos acusando, guapa. Esto que estamos haciendo aquí no es un interrogatorio oficial. Solo queremos que nos cuentes lo que pasó anoche, para hacernos una idea, para tener una versión inicial de las cosas, nada más.

Cuando oigo lo que acaba de decir, pienso: lo sabía, sabía que iban a decir lo de «versión inicial».

–Sin comentarios –respondo de nuevo.

Él deja su cuaderno en la mesa y coloca el bolígrafo encima. Después se inclina hacia mí.

–No necesitas responder «sin comentarios» en una conversación como esta. No te estamos pidiendo que hagas una declaración, solo estamos hablando.

–Sin comentarios.

–¿Puedes decirnos al menos tu edad?

–Sin comentarios.

–Nos han dicho que tocaste el piano en un concierto anoche –interviene el otro inspector.

–Sin comentarios.

Eleva las cejas casi hasta la frente. No siempre sé cuándo le resulto molesta a la gente, pero ahora veo claramente que a él le estoy poniendo de mal humor.

–He oído que tocar el piano se te da muy bien.

–Sin comentarios.

–Es difícil hacer actuaciones ante un público a tu edad, ¿no?

Contestar «sin comentarios» a todo es más difícil de lo que parece. La necesidad de responder es muy fuerte, sobre todo cuando las preguntas son amables o pretenden halagarte. Las respuestas normales a sus preguntas llegan a formarse en mi boca, pero tengo que tragármelas y solo escupir las dos palabras que ellos tienen que fingir que no les resultan frustrantes.

–Sin comentarios.

–¿Dirías que eres un prodigio?

–Sin comentarios.

–¿Te gusta tocar con tu hermano?

Esa es mucho más difícil de no contestar, porque lo han entendido todo mal y odio que la gente diga cosas que no son correctas. «Hermanastro», quiero decir, y en mi cabeza añado: «imbéciles». A Jason no le gustaba que corrigiera a la gente, pero a mi madre y a mi padre nunca les importó. Les hacía reír.

–Sin comentarios.

Veo que estoy cabreando también al que está más callado. Está probando diferentes tácticas conmigo todo el rato: sonríe, después me mira con ojos duros y luego parece intrigado, como si no pudiera entender por qué estoy diciendo lo de «sin comentarios».

De repente el que me habla carraspea y dice:

–Zoe, sabes que estamos intentando llegar al fondo de lo que sucedió anoche, ¿no? Decirnos lo que ocurrió sería bueno para todos, porque podríamos centrarnos en descubrir lo que le pasó a tu madre. Y tú quieres eso, ¿verdad?

–Sin comentarios.

Intenta no demostrar frustración, pero una leve mueca de sus labios me dice que sí la siente y tengo que morderme los labios para no mostrar una sonrisita.

En el Centro, si conseguías reírte a expensas de la policía, te ponían una estrellita dorada, una pegatina en el *ranking* o te daban un trofeo, algo así.

Pero no creo que el inspector note el asomo de sonrisa en mis labios porque de repente se abre la puerta de la habitación y me sobresalta. En el umbral aparece mi padre, el real, el de verdad.

Tessa

Estoy junto a Philip Guerin cuando Zoe y él se ven las caras por primera vez y mi impresión es que podrían tener perfectamente el Gran Cañón entre ellos; ninguno de los dos parece capaz de moverse al principio, pero cuando por fin Philip abre los brazos, ella se levanta de la silla y corre hacia él.

–¿Por qué están interrogando a Zoe sin un adulto presente? –es lo primero que dice.

Los inspectores se levantan y el de la izquierda dice:

–Si no me equivoco, Zoe tiene diecisiete años.

–Están casi pasándose de la raya –dice su padre–, y lo saben.

Lo dice con cierto aburrimiento, como si el conocimiento que tiene sobre los derechos de los menores fuera algo que no le importara lo más mínimo, y seguramente así es.

–Es perfectamente aceptable –se reafirma el inspector–. Sobre todo porque no la estamos acusando de nada. Es una conversación informal. ¿Y usted es?

–Su padre.

Philip Guerin ha envejecido desde la última vez que lo vi, y lo ha hecho bastante mal. Maria me contó que no le había ido bien desde el accidente, que incluso su anciana madre tenía que ir a la granja a hacerle de comer. Se ve tristeza en las arrugas que le han aparecido en la cara, en su postura hundida, pero puede ser resultado de las noticias que le han dado esta mañana.

A pesar de todo no puedo evitar sentir una punzada de resentimiento hacia él porque abandonó a Zoe y a mi hermana alegando que el resultado de su vida compartida era demasiado para él. Él se absolvió de la culpa y acusó a mi hermana de presionar demasiado a Zoe, pero yo le vi hacerlo a él también y le oí utilizar todo un arsenal de armas parentales para animar a su hija a tocar el piano: amenazas, cantidades ingentes de alabanzas cuando lo hacía bien y montañas de chantaje emocional («No quieres decepcionar a tu profesor, ¿verdad? Ni a tu madre, con todas las cosas a las que está renunciando para que tú puedas tocar»).

El inspector le tiende la mano, dice que siente su pérdida y los dos se estrechan las manos, incómodos, y se presentan formalmente. Zoe todavía no ha despegado su cuerpo del de su padre.

–No quiero que piense que nos estamos excediendo aquí, señor Guerin –continúa el inspector–. Entiendo que Zoe ya tiene experiencia con el sistema judicial, pero quiero tranquilizarle asegurándole que no está bajo sospecha en este caso y que solo intentamos obtener su testimonio sobre lo que pasó anoche para poder llegar al fondo del asunto.

Y desde el pecho de su padre, con la voz amortiguada por la ropa de él, Zoe dice:

–Estaba dormida.

Philip levanta una mano como diciendo: «Ahí lo tienen, ya se lo ha dicho todo», pero no envuelve a su hija en un abrazo en respuesta al de ella. Mientras Zoe se aferra a su pecho con algo que solo puedo calificar de ferocidad, él únicamente deja los brazos caídos junto a los costados en un gesto que parece de derrota y yo tengo la terrible sensación de que Philip no va a resultarle de ayuda a Zoe, ni mucho menos.

Sam

Nick George me llama inesperadamente cuando estoy sentado en la sala de espera del hospital. Van un poco retrasados y estoy matando el tiempo mirando las noticias en mi teléfono para ver si ya dicen algo referente a Maria.

«CADÁVER ENCONTRADO EN UNA CASA DE STOKE BISHOP», dice únicamente un titular de Bristol 24/7.

La única novedad sobre el caso está en la web de noticias de la policía, donde se dice que el cadáver es de una mujer de treinta y tantos. Todavía no han hecho público el nombre de Maria, pero seguro que se sabrá pronto.

Nick no se molesta en intercambiar frases corteses esta vez.

–Mira, solo te voy a decir esto, y ni siquiera debería hacerlo.

Me tapo el otro oído con un dedo porque la recepcionista está hablando muy alto con un anciano con la cabeza tan gacha que se ve claramente la topografía de las vértebras de su nuca.

–¿Qué?

–Los forenses han encontrado rastros de salpicaduras de sangre en la casa.

–¡No!

–No puedo decirte más. Pasarán varios días hasta que sepamos con seguridad de quién es la sangre o tengamos cualquier resultado, pero he pensado que debías saberlo.

–Dios...

Dejo que la información cale en mi cerebro. En cuanto llega a un escenario, el equipo de forenses de la policía hace una prueba sencilla que resalta la sangre y el semen, incluso aunque se hayan limpiado. Es la única prueba que da un resultado inmediato. Todo lo demás hay que enviarlo al laboratorio.

–Tengo que dejarte. Espero que no se pongan las cosas demasiado feas para la familia ahora.

–¿Dónde estaba la sangre?

–Sabes que no puedo decírtelo. Ni siquiera debería decirte lo que ya te he dicho.

Me gustaría sacarle más información, pero no quiero tentar a la suerte.

–Gracias, Nick. Te lo agradezco de verdad.

–No pasa nada. Lo siento mucho.

Entiendo que se refiere a mi salud, no a la muerte de Maria Maisey. Es una llamada de conmiseración, su forma de darme una palmadita en la espalda, el guiño de un hombre a otro que lo está pasando mal.

Alguien me da un golpecito en el hombro. Es una enfermera que lleva una bata de hospital y mi historial.

–Perdona, Nick. Tengo que dejarte, pero te lo agradezco, tío. De verdad que sí.

La enfermera me lleva hasta un cubículo minúsculo, me da la bata y me dice que me la ponga. «Hay una taquilla en el pasillo donde puede dejar sus cosas», me dice.

Me cambio y, antes de dejarlo todo en la taquilla, intento llamar a Tessa, pero me salta el buzón de voz. La enfermera se queda mirándome. «El radiólogo espera y debería darse prisa», insiste.

Tessa

Cuando me llega el turno de hablar con los inspectores, me tiemblan las manos. La adrenalina que me ha ayudado a aguantar las últimas horas ha desaparecido. Me siento con las manos bajo la mesa, sobre el regazo, donde siguen con sus movimientos involuntarios. Se me ocurre que así deben de ser las cosas para Richard.

En la repisa de la chimenea, detrás de los inspectores, veo un jarrón con flores marchitas que se me ha olvidado cambiar. Me las regaló una familia agradecida tras una cirugía, pero ahora se han convertido en esqueletos con pétalos quebradizos como el papel y tallos doblados. A su lado hay colgada una acuarela que Richard y yo trajimos de Hong Kong y que siempre me ha encantado: pinceladas de color elegantes y sencillas que dibujan dos peras en una rama y un pequeño pájaro. La serenidad de la escena está a un mundo del lío en el que andamos todos metidos.

Lo primero que me dicen los inspectores es algo del tipo: «Sentimos mucho su pérdida, señora Downing», y después tienen que esperar a que deje de llorar. Normalmente soy yo la que hace eso en la consulta: espero a que el dolor de los otros se aplaque después de explicarles con palabras amables alguna situación horrible, así que me resulta raro que se hayan cambiado las tornas. Y también me da vergüenza.

–Lo siento. Perdón –me disculpo.

–No, por favor –contesta el inspector que ha hablado–. Tómese el tiempo que necesite.

Miran sus cuadernos mientras yo me limpio las lágrimas y, tras un intervalo razonable, cuando dejo de gimotear, me preguntan si estoy lista para continuar.

–¿Cómo la mataron? –les pregunto.

–Oh, en este momento no podemos decirlo con seguridad. El cuerpo de su hermana está en manos del forense para que pueda hacerle pruebas y establecer exactamente lo que ha ocurrido –responde el inspector que es un poco más bajo. Tiene una mirada amable.

–Todo a su debido tiempo –añade su compañero, como si yo estuviera siendo irracional y exigiendo un servicio ultrarrápido.

Entonces, claro, me pongo a pensar en la morgue, en el brillante acero inoxidable, los cuerpos en neveras, el repiqueteo de los instrumentos quirúrgicos sobre las bandejas de metal y el corte sin sangre de la incisión para la autopsia. Mi hermana es demasiado hermosa para eso. Siempre he tenido cierto instinto protector hacia ella; por mucho que intentara resistirlo, y aunque ella escogió su propio camino independiente en la vida, he sentido ese instinto cada día de mi vida hasta hoy, el día en que ella ha conseguido eludirlo con una irrevocabilidad definitiva.

–¿Podría contarnos lo que pasó anoche?

–¿Desde qué hora?

–Desde cuando usted quiera.

Demuestran paciencia y tienen cuidado de no guiar mis respuestas, lo veo. Lo que les cuente es cosa mía.

–Fui al concierto de Zoe –empiezo–. Empezaba a las siete y media, pero yo llegué a las seis cuarenta y cinco para aprender a utilizar la videocámara, porque me habían encargado grabar la actuación de los chicos.

–¿Fue sola?

Asiento, esperando que no me pregunte por qué. Me siento aliviada cuando lo único que hace es tomar nota. El otro hombre tiene los brazos cruzados y la cabeza un poco ladeada. Solo escucha y observa, y eso me pone nerviosa. Sam aparece brevemente en mi mente, porque se me ocurre que este es su mundo, un mundo al que yo nunca me he asomado antes.

–¿Puede hablarnos del concierto? –pregunta el inspector que escribe.

Los recuerdos vuelven, vívidos y muy reales. Se lo cuento todo. Por las respuestas de los inspectores, me doy cuenta de que ya saben lo de la condena de Zoe y pienso que han hecho comprobaciones de antecedentes muy rápido o se lo ha contado Chris. Supongo que lo más probable es esto último.

Toma más notas y me piden que les hable de lo que pasó después.

Las palabras fluyen hasta que llego a la parte en que todos volvemos a casa de Chris y Maria, porque eso es territorio privado y yo soy, como Maria, una persona muy reservada en esos asuntos. La invasión de la privacidad de nuestra familia fue una de las cosas que a todos nos resultó más difícil de soportar después del accidente de Zoe.

–¿Va a hablar la prensa de lo que ha pasado? –les pregunto a los inspectores.

–Dirán que se ha producido una muerte. –Es el que escucha quien responde–. Y después hablarán de los progresos de la investigación.

–¿Y sobre Zoe?

–No vamos a hacer pública la historia de Zoe.

–¿Y ellos?

La respuesta la veo en la expresión de sus ojos, que me transmite que a partir de cierto punto no tienen control sobre lo que haga la prensa.

–Haremos todo lo posible para asegurarnos de que no ocurra si ello puede provocar un juicio previo –contesta por fin.

El otro hombre le mira con dureza y añade:

–No adelantemos acontecimientos.

–¿Qué?

Al principio no entiendo lo que dicen. De repente siento como un puñetazo en el estómago cuando me doy cuenta de que se refieren a que Zoe podría ser sospechosa.

–Continuemos. ¿Podría contarnos qué pasó cuando llegaron a la casa?

Lo intento, pero mi instinto natural a mantener la privacidad hace que dude con las palabras y las descripciones. Me siento culpable cuando me piden que pare un momento para que puedan anotar mis palabras sobre la conversación que tuve con Tom Barlow. Cuando me preguntan por qué le seguí, también me siento culpable cuando confieso:

–Porque no sabía lo que iba a hacer.

Y después la culpa aumenta aún más cuando pienso en él en el umbral de su casa con su esposa y su hijo.

Lo que estoy diciendo de él va contra mi instinto de que es un hombre bueno y cariñoso, pero también alimenta una sospecha que sé que Chris comparte: que Tom Barlow puede ser quien le ha hecho daño a Maria. Me pregunto si ella salió de la casa para verlo e intentó persuadirlo de que no hiciera público lo de Zoe. ¿Se le desencadenaría una rabia que él ya no pudo contener tras esa noche larga de calor, desesperación y frustración? Es la versión de los hechos que ahora parece más probable.

También siento que necesito defender a mi hermana (es difícil dejar atrás las costumbres arraigadas) hasta el punto de que resumo la escena que protagonizó Maria junto a la piscina diciendo que empezó a sentirse un poco mal tras tomar una copa de vino, que estaba cansada después de estar atendiendo al bebé y que nunca soportó bien el calor. Y luego les cuento a los policías que me fui a casa después de que Maria saliera de la piscina.

–¿Y cómo parecían estar las cosas en la familia en ese momento, cuando se fue?

–Creo que todo el mundo estaba cansado y un poco agobiado; el concierto y la revelación los habían alterado a todos. Fue una noche complicada.

–¿Le pareció que su marido estaba enfadado con ella?

Pienso en la pregunta antes de contestar, principalmente porque no estoy segura.

–Creo que estaba disgustado, pero la quiere mucho, ¿saben?

Recuerdo a Chris envolviéndola con la toalla, abrazándola, y a ella enterrando la cabeza en su pecho.

–La quería –rectifico.

–Bien.

Lo apunta todo, pero mientras escribe me pregunto si realmente estoy segura de eso.

–¿Tiene algo que añadir?

El inspector que me observa ha notado algo en mi expresión.

–No.

Mi hermana tenía una buena vida, estoy segura. Es lo que todos queríamos para ella después de lo que pasó, es lo que se merecía.

–Solo una cosa más –dice el inspector–. Estamos pidiéndoles a todos los que estaban en la casa que nos dejen sus teléfonos. Solo para ayudarnos a descartar cosas y acelerar la investigación. ¿Le importaría darnos el suyo?

Pienso en todos los mensajes y los e-mails que hemos intercambiado Sam y yo y que están en el teléfono, pero intento que eso no se refleje en mi cara porque el inspector me está observando.

–No, no hay problema –digo, saco el teléfono del bolsillo y se lo paso.

Él se lo da a su colega, que lo mete en una bolsa y escribe mi nombre en la parte exterior. Veo que ya tienen el de Zoe.

–¿Han arrestado a Tom Barlow? –pregunto, porque siento que deberían estar más interesados en lo que hizo él anoche.

El inspector me mira como si me estuviera evaluando.

–Han interrogado al señor Barlow –responde–, pero tiene una coartada sólida. Él no asesinó a su hermana.

Zoe

Papá y yo salimos al jardín y nos sentamos. Hay un banco que mi madre habría hecho que limpiaran con agua a presión, porque tiene líquenes y caca de pájaro, pero a nosotros no nos importa y nos sentamos en él de todas formas.

Papá se limpia los ojos porque le caen lágrimas despacio, como si le supuraran igual que el alquitrán que se iba escapando de las antiguas traviesas ferroviarias que teníamos en el patio de la granja. Sé que está llorando por mamá, pero estoy acostumbrada a verle así, porque pasaba a menudo después del accidente, cuando se sentaba durante horas delante de la ventana de nuestra granja y miraba hacia la hondonada en el paisaje que permitía ver un leve destello del mar.

No nos hablaba nadie en el pueblo tras el accidente, aunque algunos conocían a papá desde que nació. Nos excluyeron de la comunidad también. Nadie compraba nuestros productos, ni quería compartir los gastos del gasoil, ni nada por el estilo. Eso fue lo que destrozó a mi padre en realidad, al menos eso decía la abuela Guerin. No lo que yo hice, sino cómo le trató la gente después de eso. Le partió el alma.

–No puedo creerlo –dice ahora–. Nunca pensé que ella sería la primera en irse de los dos.

Está pensando en mamá, pero yo no sé qué decir porque todo parece irrelevante ahora ante el problema que tenemos, que es quién la mató y el miedo que yo tengo.

–El padre de Amelia Barlow vino al concierto –digo–. No sabíamos que le habían puesto una placa en el cementerio de la iglesia.

–Sé lo que hizo anoche, pero ese hombre no es un asesino –contesta mi padre.

–¿Cómo lo sabes?

–Porque conozco a su familia.

–¿Y qué te dice eso?

–Que está hecho de buena pasta, Zoe.

–¿Por qué? ¿Porque es de Devon? ¿Qué importa eso? Papá, necesitas un baño de realidad. Yo soy de Devon y maté a gente, ¡pero tú nunca diste la cara por mí así!

He saltado. No me pasa a menudo, pero cuando ocurre me siento como si pudiera explotar de furia contra toda la gente que no quiere aceptar que lo que hice fue un accidente y que nunca debería haber ido a la cárcel. Me frustra que la gente que se supone que me quiere no pueda con todas las cosas que tengo en mi cabeza y entonces me pongo furiosa por las ideas en sí mismas, por la fuerza que tienen, la forma en que se aceleran y se multiplican y me mantienen despierta por las noches.

Según Jason y mi madre, cuando estoy furiosa soy mi peor enemiga.

Me he puesto de pie y estoy delante de papá. Sé que debo de tener mala pinta, porque siento la cara desencajada. Si mi madre estuviera aquí ahora, me agarraría de los hombros, me miraría a los ojos y me diría que me tranquilizara, que contara hasta diez con ella e intentara utilizar las técnicas para mantener el control de mis emociones.

Mi padre solo entierra la cara entre las manos. Yo no puedo soportarlo y empiezo a pegarle. No le pego con fuerza, pero estrello las manos abiertas una y otra vez contra sus hombros y su cabeza y no dejo de pegarle hasta que él se levanta, me agarra las muñecas y grita.

–¡Basta, Zoe! ¡Basta!

Siento que me fallan las rodillas y acabo en el suelo, sobre la hierba recortada del césped de Tess que me pincha las pantorrillas, la frente y las manos. Algunas briznas acaban dentro de mi boca abierta.

No quiero a mi padre con sus ojos siempre húmedos y esa mirada de decepción y derrota permanente que sé que he causado yo. Quiero a mi madre.

Por el rabillo del ojo veo los troncos gemelos de las piernas de mi padre, de pie inútilmente a mi lado, y entonces oigo la voz de la agente de enlace.

–¿Va todo bien, señor Guerin?

–No, no va bien –responde–. No sé qué hacer con ella.

Y entonces me levantan del suelo entre los dos; yo mantengo el cuerpo todo lo flácido que puedo al principio, porque a veces, cuando la gente decide hacer lo que le parece contigo, esa es la única forma que te queda de protestar y de mostrar lo que sientes.

Richard

Zoe está montando una escena en el jardín. Lo veo desde la ventana de la cocina y los inspectores del comedor lo ven también, porque uno interrumpe la conversación con Tessa y llama a la agente de enlace para que salga a ayudar. Grace y yo estamos buscando algo más que ella pueda comer; al final nos decidimos por una galleta, que la niña parece disfrutar muchísimo. Alguien ha metido un biberón con su leche en la nevera y yo decido calentarlo. Me he fijado antes en cómo lo ha hecho la chica rusa: un cazo pequeño, agua caliente y el biberón flotando dentro. Me siento muy profesional cuando me echo un poco de leche en la parte interior de la muñeca para comprobar la temperatura, como también la he visto hacer a ella.

–Está perfecto, cariño –le digo, y Grace se lo mete en la boca antes incluso de que nos dé tiempo a dirigirnos al salón.

Lo engulle con la intensidad glotona y un poco perturbadora de un corderito que chupa la ubre de una oveja.

Al entrar sobresaltamos a Lucas; estaba mirando mi colección de DVD y ha dado un brinco cuando hemos aparecido en la puerta del salón, como si le hubiéramos pillado rebuscando en mi cartera.

–Te puedo prestar alguno si quieres –digo para que se quede tranquilo–. Bueno, hoy no, quiero decir cuando las cosas... Aunque si te sirve de ayuda ponerte a ver algo ahora, tú mismo.

–No, gracias. Solo estaba mirando.

Vuelve a sentarse y hunde las manos en los bolsillos.

No sé muy bien qué decirle, pero siento pena por él. Probablemente le había cogido cariño a Maria, tal vez incluso la quería, y soportar esto después de la prematura pérdida de su madre va a ser duro. *Es* duro. También es verdad que no tengo palabras porque no estoy acostumbrado a hablar así; normalmente hablo principalmente con otros científicos en el trabajo y con Tess en casa. Mis amigos hace tiempo que se colaron por las grietas enormes que había entre mis infrecuentes intentos de mantener el contacto. Probablemente debería decirle algo que le tranquilizase, que le consolase, pero lo único que se me ocurre es:

–¿Te gustan las películas entonces?

Él asiente. El movimiento es muy económico, y el contacto visual, muy fugaz.

–¿Qué tipo de películas te gustan?

Me mira a mí y después a la puerta, como si no estuviera seguro de si debería estar hablando de esto, pero yo creo que no pasa nada, sobre todo si eso le ayuda a despejar un poco la mente y le demuestra que alguien se interesa por él.

–Me gustan algunas películas antiguas.

–¿Por ejemplo?

–Eh... *Apocalypse Now* es una de mis favoritas.

Me sorprende que en esa casa tan estricta le hayan permitido ver esa película, pero intento que no se note mi sorpresa.

–Tiene una de mis secuencias de apertura favoritas –contesto.

Se yergue bruscamente en el asiento y me mira con una intensidad asombrosa.

–Ya, es increíble. El montaje es un poco confuso al principio, pero te muestra toda la escena, empezando con el lento sonido de las aspas del helicóptero que van y vienen como un eco; después se va adentrando entre las palmeras, con el cielo azul encima, y por fin se ve el humo amarillo, el helicóptero cruzando entre los árboles y ¡bum!, la explosión con toda su fuerza. Y hay un montón de imágenes solapadas unas con otras: se ve la cara en la habitación del hotel por encima de las imágenes de sus recuerdos de Vietnam, después el ventilador en el techo que se convierte en las aspas del helicóptero y *This is the End* sonando por encima de todo y aumentando de intensidad cuando le ves los ojos con esas pupilas que son solo dos puntitos. Luego la cámara va hasta la ventana y estás en Saigón. Y empieza la voz en *off*. Es increíble.

Mientras dice todo eso, parece haber cobrado vida, y yo me quedo perplejo porque nunca he oído a ese chico hablar tanto. Es cierto que solo lo he visto unas cuantas veces, pero siempre se ha comportado como si fuera mudo. Tessa me ha comentado lo mismo también.

–Me encanta la escena en que le dan instrucciones al protagonista –comento, porque quiero que siga hablando, creo que es bueno para él.

Me mira con unos ojos llenos de vida que parecen hechos de melaza negra. Entonces suelta, con un acento un poco extraño:

–«Porque hay un conflicto en cada corazón humano, entre lo racional y lo irracional, entre el bien y el mal... Todo hombre tiene su límite de resistencia».

–¿Qué? –pregunto, un poco incómodo, antes de darme cuenta de que está citando la película, justo la escena que acabo de mencionar. La verdad es que la recuerdo solo vagamente, pero no quiero desanimarle, así que digo–: Oh, perdona, ¡claro! Bravo, Lucas. Muy bien. Es una película muy oscura, me parece.

Eso sí lo recuerdo.

–Creo que es su mejor película –afirma.

–¿Cuál?

Chris ha entrado sin que nos diéramos cuenta, pero no hace ni el intento de venir a coger a su hija. El pobre hombre parece totalmente destrozado.

–¿Quieres que te traiga algo? –ofrezco–. ¿Una taza de té?

–No, sigue con lo que estás haciendo –dice señalando a Grace, que no ha reaccionado a su aparición porque continúa concentrada en el biberón, que ya está casi vacío–. Espero que no te hayas puesto pesado con eso de las películas –le dice a Lucas con cierta dureza, me parece a mí, aunque claro, todos están sometidos a mucha presión.

–No, ni mucho menos. De hecho me estaba respondiendo a una pregunta que le he hecho –digo para quitarle importancia.

Lucas vuelve a mirar al suelo.

Nos distrae la imagen de Zoe, a la que llevan como pueden por el pasillo y después arriba; está apoyada en el brazo de la agente de enlace y su padre va detrás. Suben muy lentamente mientras nosotros miramos.

–Creo que le está superando todo esto –le digo a los otros, porque me parece que tengo que excusar su conducta, tal vez porque nos pertenecía a nosotros antes que a ellos.

Y aunque Grace elige ese momento para terminar su biberón e incorporarse hasta quedar sentada con el último chorrito de leche cayéndole de los labios, no puedo dejar de advertir que Chris está mirando a Zoe con una expresión que no podría calificar de amistosa ni cariñosa.

Zoe

Me llevan arriba y me dicen que me tumbe en la cama individual que hay en el despacho de Richard. Las sábanas huelen a hombre y están arrugadas, como si alguien las hubiera usado, pero es blanda y cómoda, y siento que el sueño me arrastra, como me pasaba a veces en el Centro: la sensación es más como si me hubieran dado un golpe en la cabeza que como si me dejara llevar tranquilamente. Es como si mi cuerpo decidiera que necesita estar un tiempo desconectado y no hay más que hablar.

En el Centro me dijeron que fue el *shock* lo que me convirtió prácticamente en una narcoléptica durante los dos primeros meses.

Cuando cierro los ojos, siento el hundimiento del colchón bajo el peso de mi padre, que se ha sentado en un extremo de la cama. Según me voy durmiendo, me digo que espero que no me esté mirando como hacía antes, como si nunca pudiera llegar a entenderme. Cuando me despierto, ya no está y me siento aliviada.

Me despierto sobresaltada: lo hago con una inspiración profunda y brusca y una repentina necesidad de incorporarme, como si el edredón estuviera a punto de asfixiarme. Entonces la certeza de que mi madre ya no está se cuela poco a poco en mi mente consciente, como el agua que pasa por los agujeros de un colador.

El reloj digital que hay en la mesita de Richard me dice que solo he estado dormida unos veinte minutos. Oigo voces abajo, pero son lejanas e indistinguibles.

Dejo que me caigan unas cuantas lágrimas en silencio, porque no quiero que nadie me oiga sollozar y venga a mirarme con lástima. No me gusta que la gente me vea llorar, tengo eso muy arraigado desde que era pequeña: «No llores si pierdes un concurso, Zoe, porque eso es de mala perdedora», me decían. O: «Si te pones a llorar, el ensayo te llevará el doble de lo necesario».

No llorar en público podría considerarse un pequeño tributo a mi madre.

También es un tributo al Centro, donde sollozar durante mucho tiempo podía convertirte en un objetivo para los demás, porque eso no les dejaba dormir y acababan gritándote que los estabas volviendo locos y que te iban a dar motivos para llorar de verdad si seguías de esa manera.

Así que las lágrimas me caen en silencio y pienso en que mi madre siempre ha estado ahí para decirme qué hacer y ahora no sé quién lo va a hacer.

Pienso en Lucas, que también perdió a su madre. Eso me recuerda el e-mail que ha borrado y decido que quiero leer el guion. La primera parte era un poco sentimentaloide y rara, pero tiene que haber algo más ahí; si fuera todo una historia de amor, no me habría pedido que lo borrara. Sé que ya no lo tengo en mi correo, pero todavía estará en la cuenta de mi madre, porque también se lo envió a ella.

No tengo mi teléfono, lo tienen los inspectores, que me lo pidieron, como le dije a Lucas que harían, para poder revisar mi mundo privado una vez más y después fingir en un interrogatorio que los «expertos de internet» les han dicho todo lo que significan las abreviaturas de los mensajes.

Verán los mensajes de Panop que me pusieron los pelos de punta ayer, pero eso no me importa mucho porque no es ilegal que use Panop; solo es algo que Jason consideraba «no recomendable», y puedo explicar que Lucas se enteró de lo de mi pasado y me los envió para vacilarme.

La mesa de Richard está a poca distancia de la cama en la que estoy tumbada: toco el ratón del ordenador y el monitor vuelve a la vida en silencio. Hay algo de su trabajo en la pantalla, pero lo que yo quiero es internet, así que minimizo la ventana que tiene abierta y abro el buscador. No me pide ninguna contraseña en ningún momento. En nuestra casa no es así; allí todo está protegido con contraseña por «la importancia de la seguridad de internet y de los datos personales».

No me cuesta acceder al correo de mi madre. No lo hago a menudo, pero sí a veces, porque vi su contraseña una vez y resulta una gran tentación: su contraseña es ZoeGrace y unos cuantos números.

Pero su cuenta de correo es muy aburrida. Normalmente solo escribe a su esteticista y al peluquero, le llegan montones de e-mail*s* de confirmaciones de pedido, habla con alguna gente del mundo del piano o amigas del grupo de mamás, y a veces ella y Chris tienen conversaciones increíblemente aburridas por e-mail sobre colores de pintura, cuándo va a venir el hombre a podar el árbol o cosas por el estilo.

Encuentro fácilmente el e-mail de Lucas y veo que nadie lo ha abierto todavía. Lo abro. Le ha mandado a mamá exactamente lo mismo que me envió a mí; está casi al principio de su bandeja de entrada, justo encima de un e-mail de Chris cuyo asunto es «Cita del miércoles», como si mi madre fuera su secretaria o algo parecido.

Richard y Tess deben de tener un wifi fantástico, porque el adjunto que Lucas ha enviado se abre inmediatamente. Empiezo a leer justo donde lo dejé.

LO QUE SÉ

por LUCAS KENNEDY

SEGUNDO ACTO

INT. LA NUEVA CASA DE CHRIS Y JULIA. DÍA

JULIA, que lleva el pelo recogido y una bata, está subida a una escalera en medio de una habitación muy bonita, con proporciones elegantes y generosas. Está pintando una moldura muy intrincada que hay en el centro del techo.

JULIA MORIBUNDA (V. O.)

Mi matrimonio fue maravilloso al principio. Mi única tristeza fue que nos trasladamos a vivir demasiado lejos de mi madre, tanto que no pude estar con ella cuando murió. Tampoco tuve tiempo de hacer amigos en Bristol antes de conocer a Chris y de que nuestra vida juntos me arrastrara, así que me dediqué en cuerpo y alma a intentar que nuestro matrimonio fuera fantástico. Reformamos una casa preciosa que Chris compró y pronto nos enteramos de que estábamos esperando un bebé.

Se ve a JULIA dejar de pintar un momento, apartarse unos mechones de pelo de los ojos y ponerse una mano sobre el abdomen. Ha sentido algo y en su cara se ve que lo sabe.

INT. CASA DE LOS KENNEDY,
DORMITORIO DE CHRIS Y JULIA. DÍA

La habitación está decorada con mucho gusto y hay una cuna con barrotes al pie de la cama. Sentada en la cama, con su hijo recién nacido en brazos, está JULIA.

JULIA MORIBUNDA (V. O.)

El embarazo fue a las mil maravillas. Me encontré bien y con mucha energía durante todo el tiempo que duró. Y un cálido día de mayo nació mi bebé. Lo llamamos Lucas. Chris escogió el nombre.

Se ve un primer plano del bebé. Es precioso.

JULIA MORIBUNDA (V. O.) (CONTINUACIÓN)

El problema fue que Chris nunca llegó a establecer un vínculo con el bebé.

Cuando la cámara se aparta, se ve a CHRIS de pie al lado de la cama. Mira a su mujer, que está totalmente embelesada con su hijo, pero la expresión de su cara es de vacío. No siente nada. Se gira y sale de la habitación. JULIA, hipnotizada mirando los ojos de su hijo, no se da cuenta de nada. Solo levanta la cabeza cuando oye el ruido de la puerta al cerrarse.

JULIA

¿Chris?

INT. CASA DE CHRIS Y JULIA, SALÓN. DÍA

Es el día de Navidad, unos años después. Se ve un hermoso árbol alto y un fuego en la chimenea. La decoración navideña es elegante, comedida y sobria.

JULIA MORIBUNDA (V. O.)

Tras el nacimiento de Lucas, seguíamos dando la impresión de ser una familia feliz, y muchas veces lo éramos. Pero algo había cambiado.

CHRIS, JULIA y LUCAS están abriendo regalos. No es una escena especialmente alegre, hay demasiada formalidad en el pequeño grupo, pero los tres lo están haciendo todo con bastante buen ánimo, aunque LUCAS, de tres años, parece un niño callado y muy reservado. Cuando le dan un regalo, mira a su padre buscando su permiso antes de abrirlo.

JULIA MORIBUNDA (V.O.)

El problema era que, desde que Lucas nació, Chris empezó a tener tendencia a perder los nervios. Al principio no era tan malo, pero con el paso de los años fue empeorando y comenzó a dar miedo.

LUCAS, que ya ha abierto su regalo, lo deja en el suelo y lo mira. JULIA está en un sofá a su lado abriendo un regalo de CHRIS. Cuando lo saca del envoltorio, suelta una exclamación; es un anillo claramente muy caro, más ostentoso y llamativo que el de compromiso.

CHRIS

¿Qué ocurre?

JULIA

No pasa nada. Es precioso. Solo me he sorprendido. Para bien, claro, nada más.

CHRIS

No te gusta.

JULIA

Cariño, me encanta. Solo que es mucho más de lo que me esperaba. Es una preciosidad, de verdad.

Saca el anillo de la caja e intenta ponérselo en el dedo, pero no le entra.

JULIA (CONTINUACIÓN)

¡Oh, vaya!

Se lo quita e intenta ponérselo en otro dedo, pero el anillo es demasiado pequeño. Se ríe, nerviosa. CHRIS la está mirando como un halcón. LUCAS juega sobre la alfombra, ajeno a todo.

JULIA (CONTINUACIÓN)

¿Crees que podremos cambiarlo?

CHRIS

Póntelo.

JULIA

Cariño, me queda un poco pequeño. Si lo llevamos a la tienda, seguro que podrán agrandarlo, ¿no crees?

CHRIS

Póntelo. En ese dedo no. Los anillos no se llevan en el meñique.

JULIA mira a LUCAS y después otra vez a CHRIS, que la observa inexpresivo, con los brazos cruzados.

JULIA

¿No quieres ver qué te he comprado yo?

CHRIS

Quiero ver que te pones el anillo.

Por la cara que pone JULIA, se ve que sabe que no tiene sentido discutir con CHRIS, que teme que las cosas empeoren. CHRIS mira sin pestañear a JULIA, que empuja con fuerza el anillo para que pase por el nudillo de su dedo corazón. Le cuesta y está claro que se está haciendo daño, pero no dice nada para que LUCAS no se dé cuenta. Cuando por fin logra ponerse el anillo, JULIA le muestra la mano temblorosa a CHRIS para que lo vea. CHRIS le coge los dedos y se los gira un poco a un lado y al otro para examinar el anillo. Es imposible no fijarse en la piel enrojecida, arañada y magullada de alrededor de la joya.

CHRIS (CONTINUACIÓN)

Te queda muy bien. Muy bien.

CHRIS se acerca para darle un beso a JULIA y ella se presta, intentando sonreír.

JULIA MORIBUNDA (V. O.)

Llevé puesto el anillo una semana, hasta que tuve que ir al hospital a que me lo cortaran y me dieran antibióticos para la infección que me había provocado en el dedo magullado. Cuando Chris se enteró, me arrancó un mechón de pelo y me dijo que tenía suerte de que solo me hubiera hecho eso.

INT. COCINA DE LA CASA DE LOS KENNEDY. NOCHE

LUCAS, de seis años, está terminando su cena mientras JULIA prepara algo para CHRIS y para ella. LUCAS y JULIA intercambian sonrisas y se nota que el ambiente entre ellos está impregnado de dulzura y cariño.

JULIA MORIBUNDA (V. O.)

Pero Chris no se comportaba siempre así. De hecho normalmente era muy generoso y tierno, pero había ciertas cosas que le desencadenaban esas conductas. Con el tiempo fui reconociéndolas.

La escena pacífica se ve interrumpida por el sonido de un motor y después un portazo de la puerta del coche. JULIA mira nerviosa el reloj de la cocina.

JULIA

¡Oh! Parece que papá ha llegado pronto. Lucas, ¿por qué no subes corriendo a jugar a tu cuarto mientras yo termino la cena para papá?

La cena que está preparando hasta ahora consiste solo en pilas de ingredientes troceados. Le falta mucho para estar lista y se ve que eso la pone aún más nerviosa. LUCAS se levanta y ella le saca corriendo al pasillo.

JULIA (CONTINUACIÓN)

Muy bien, cariño. Luego subo a darte un beso de buenas noches.

LUCAS

¿Y papá también?

JULIA

No lo sé. Tal vez esté muy cansado, pero yo sí subiré, te lo prometo.

Ahora habla con urgencia, se le acaba el tiempo. Se oye abrirse la puerta de atrás.

CHRIS

¿Hola? ¿Julia?

JULIA

(susurrando)

¿Qué es lo que tienes que acordarte de hacer en cuanto subas?

LUCAS

Ponerme mi cedé.

JULIA

Muy bien. ¿Y qué más?

LUCAS

Cerrar mi puerta con llave.

JULIA

Eso es, cielo, muy bien. Eres un niño muy listo.

Cuando JULIA está segura de que ha subido y oye el ruido del cerrojo de su puerta y el principio del cuento del cedé, se estira la ropa y se coloca el pelo antes de entrar en la cocina.

JULIA (CONTINUACIÓN)

Hola, cariño. ¿Qué tal estás?

CHRIS

¿Dónde estabas?

JULIA entra y cierra la puerta de la cocina.

INT. COCINA DE LA CASA DE LOS KENNEDY. NOCHE

Solo ha pasado una hora, pero la habitación está hecha un desastre. Hay comida y copas tiradas, y está claro que ha ocurrido algo violento.

JULIA MORIBUNDA (V. O.)

Pero incluso cuando las cosas se ponían peor, tras cada episodio de violencia Chris se mostraba arrepentido.

CHRIS y JULIA están sentados en el suelo, los dos desaliñados. JULIA tiene la blusa rasgada, las mejillas enrojecidas por el pánico y el pelo muy despeinado, pero ella y CHRIS están abrazados, aunque él lo hace con más fuerza que ella.

CHRIS

Lo siento. Lo siento. Te quiero mucho. No sé qué haría sin ti.

JULIA MORIBUNDA (V. O.)

Y siempre le perdonaba porque, sinceramente, no veía la forma de dejarle. Tenía miedo de lo que nos podía hacer a los dos si me iba. Y sentía vergüenza. Oh, cuánta vergüenza. La vergüenza mantenía mis labios sellados.

CHRIS no lo ve, pero en la imagen se percibe la desesperación de la cara de JULIA mientras él le acaricia el pelo.

INT. HOSPITAL PRIVADO,
CONSULTA DE UN MÉDICO. DÍA

JULIA y CHRIS están sentados uno junto al otro a un lado de un escritorio y al otro lado hay un MÉDICO.

JULIA MORIBUNDA (V. O.)

El problema es que una vida de miedo acaba pasándote factura, así que cinco años después, cuando me diagnosticaron un tumor cerebral, mi confianza y prácticamente todas mis fuerzas se esfumaron.

CHRIS

¿Hay algo que se pueda hacer?

MÉDICO

Podemos intentar tratar el tumor, controlarlo, pero no podemos curarlo, y la cirugía es demasiado arriesgada.

CHRIS

¿Cuánto tiempo tendrá, con el tratamiento?

MÉDICO

Es difícil de decir. El tratamiento podría prolongarle la vida un mes o tal vez tres. Aunque hay un pero, y es un pero importante: el tratamiento puede tener unos efectos secundarios extremos.

Se produce un momento de silencio mientras CHRIS y JULIA asimilan el significado de esas palabras.

JULIA

Así que hablamos de una cuestión de calidad de vida.

MÉDICO

Sí.

JULIA

Que me traten y estar enferma durante meses para morirme después de todas formas o rechazar el tratamiento y morirme más rápido, pero más cómoda.

MÉDICO

Se podría decir que se reduce a eso, sí.

CHRIS

¿No sería conveniente que pidiéramos otra opinión? ¿Está seguro?

MÉDICO

Puede pedir una segunda opinión si lo desea, pero en este caso pondría mi reputación en juego. Me quedaría muy asombrado si alguien le dijera algo diferente.

EXT. APARCAMIENTO DE UN HOSPITAL. DÍA

CHRIS y JULIA entran en el coche, cada uno sumido en sus pensamientos.

JULIA MORIBUNDA (V. O.)

Pedimos otra opinión de todas maneras; Chris se lo podía permitir. Pero, como había predicho el primer médico, nos dijo exactamente lo mismo. Chris no se tomó bien la noticia.

Se ve a CHRIS golpear el volante del coche y volverse hacia JULIA. La coge del pelo de una forma que da la impresión de que es algo que hace habitualmente e intenta golpearle la cabeza contra la ventanilla del acompañante. Se detiene justo antes de que se produzca el impacto, pero la mantiene ahí, a un centímetro del cristal.

CHRIS

¿Qué voy a hacer?

JULIA MORIBUNDA (V. O.)

Y, por primera vez en mi vida, le planté cara.

JULIA

Pues me vas a soltar el pelo y me vas a llevar a casa para que podamos darle la noticia a Lucas los dos juntos.

En la cara de CHRIS se advierte sorpresa y también se nota que siente una tentación muy grande de estrellarle la cabeza contra la ventana con más fuerza incluso de la que pretendía ejercer en un primer momento, pero al final la suelta y la dura expresión de su cara desaparece. Enciende el motor.

La cámara sigue enfocando la cara de JULIA cuando arrancan. CHRIS da marcha atrás demasiado rápido y después sale por las puertas del hospital acelerando.

JULIA MORIBUNDA (V. O.)

Ese día fue la primera y única vez que le planté cara, y no sé por qué funcionó, pero lo hizo. Chris hizo todo el trayecto conduciendo demasiado rápido, como siempre, porque sabía que yo odiaba la velocidad. Después siguió utilizando pequeños detalles para hacerme la vida imposible, pero nunca más volvió a tocarme. Tal vez fue porque temía que los médicos, que ahora eran prácticamente los propietarios de mi cuerpo, se dieran cuenta de lo que estaba pasando.

Se ve a JULIA lanzarle una mirada furtiva a CHRIS para examinar la expresión desesperada de su cara en busca de pistas.

JULIA MORIBUNDA (V. O.)

Creo que, en definitiva, era miedo a la muerte, al poder que tiene. La muerte me iba a llevar, así que él ya no podía tenerme. Tal vez eso significaba para él que ya no merecía la pena meterme miedo. O tal vez tenía miedo de que si me tocaba pudiera infectarlo, arrastrarlo conmigo a la órbita de la muerte. Pero tampoco le di muchas vueltas a eso porque había una pregunta mucho más importante en mi cabeza: ¿cómo podía dejar a Lucas en esas condiciones?

Cuando CHRIS y JULIA llegan a casa, ven a LUCAS, que está mirando por la ventana de delante. Obviamente les estaba esperando.

Zoe

Me quedo totalmente alucinada tras leer ese trozo del guion. Me siento fatal desde lo más profundo de mi ser. Quiero seguir leyendo porque veo que hay otro acto, me muero por hacerlo, pero al levantar la vista me encuentro la cabeza de la agente de enlace asomando por la puerta.

–Zoe, ¿crees que ya podrías bajar al piso de abajo con los demás? –está preguntando, pero entonces ve que estoy en el ordenador y se pone a cruzar la habitación muy decidida; no sé por qué en ese momento me recuerda a esa aspiradora que fue tan famosa, Henry the Hoover: bajita, redonda y avanzando casi como si se arrastrara con una expresión inamovible en la cara.

Entonces se pone a hablarme con un tono de «aquí mando yo»; es el que utilizaban en el Centro antes de ponerse a gritar.

En el Centro había una progresión de tonos de voz: primero el más tranquilo, el de «aquí mando yo», después el de «no me vaciles», le seguía el de «te estoy avisando» y por fin los gritos. Para entonces ya se habían reunido unos cuantos trabajadores sociales con la firme intención de recurrir a las inmovilizaciones; en esos casos los chicos que no tienen demasiado sentido común o que han entrado en pánico acaban inmovilizados simplemente por pasarse de la raya.

Le pasó a uno de los chicos justo cuando yo llegué. Todo el mundo hablaba de ello durante mis primeras semanas.

La voz de «aquí mando yo» de la agente de enlace no está mal, pero no consigue evitar el tono de superioridad moral que la gente tiene cuando piensa que está más cuerda que tú.

No puedo negar que estaba conectada a internet, porque la agente no es tonta, pero he conseguido cerrar las ventanas donde estaban el correo de mi madre y el guion, e incluso borrar a todo correr la referencia del historial antes de que a ella le dé tiempo a acercarse lo bastante, sacarse las gafas del bolsillo de la camisa, ponérselas y mirar la pantalla. Soy muy rápida cubriendo mis huellas. Hay tantas reglas en la casa donde vivimos que hay que serlo.

–¿Qué estabas mirando, guapa? –pregunta la agente.

–YouTube.

Con los ojos estamos manteniendo una conversación completamente diferente, que no tiene nada que ver con las palabras que decimos. Bajo una frente en cuyo ceño se forman unas arrugas profundas, sus ojos dicen: «¿Qué demonios estás mirando?», y los míos responden: «Tendría que haber una colisión planetaria para que yo te lo contara».

–¿Algo especial en YouTube?

–Estaba buscando una grabación de una pieza de música especial.

–No hace falta que lo cierres porque yo estoy aquí.

–Es una que le gustaba mucho a mi madre. No tengo ganas de compartirla hoy, si no le importa.

Pese a la cantidad de veces que me han dicho que no llore en público (o justo por eso), desde que era pequeña he sido capaz de cortar las lágrimas, pero también de provocarlas, y hoy es más fácil que nunca porque ya están ahí de todas maneras y son de verdad.

Lloriqueo un poco para librarme de la agente. Después ella me acompaña abajo diciendo:

–Oh, pobrecita. No es fácil, ¿verdad?

Pero sé que no es tonta, y creo que esas palabras son un claro intento de conseguir que me «abra». Pero hay más posibilidades de que me convierta en la séptima esposa de Enrique VIII que de que haga eso.

Tessa

La conversación con los inspectores me está resultando interminable. El único respiro que me dan se produce cuando nos percatamos de que Zoe está pegando a su padre en el jardín y uno de los inspectores interrumpe las preguntas para pedirle a la agente de enlace que intervenga, pero después continúan sin tregua.

Me hacen muchas preguntas sobre las personas ajenas a la casa con las que Maria tenía contacto. A mí me entra cada vez más calor y me noto más cansada con cada pregunta. Uno de los teléfonos de los inspectores vibra y el ruido me despierta un poco. Él lo silencia.

Pero entonces el teléfono de su compañero empieza a vibrar también. Se miran y el compañero dice:

–Discúlpeme, por favor. –Y sale al pasillo para responder al teléfono; descuelga y dice su nombre, sin más. Es lo único que oigo antes de que la puerta se cierre.

Su salida deja tras él, como si fuera una estela, una recién creada sensación de tensión, o tal vez sea expectación. El hombre que está hablando conmigo mira hacia la puerta un par de veces antes de retomar las preguntas.

–¿Sabe qué vida social hacía su hermana fuera de casa?

Abro la boca para responder, pero me doy cuenta de que no tengo ni idea, porque Maria nunca hablaba de sus amigos. Cuando nació Grace, le pregunté si se iba a unir a algún grupo de mamás con bebés, pero me dijo muy rotundamente que ya hizo eso con Zoe en Devon y que ya no lo necesitaba. «Ahora estoy en un lugar diferente», dijo, y yo pensé que eso era cierto en muchos sentidos, pero no lo expresé en voz alta porque en esa época su bienestar emocional todavía era precario.

–Creo que pertenecía a un club de tenis. –Es todo lo que consigo aportar–. A veces participaba en una liga. Está en Clifton, creo. Es un club de Clifton. –Pero nada más decirlo, me doy cuenta de que no estoy segura, aunque creo haber visto a Maria con la ropa de tenis una vez–. Chris o Katya, la *au pair*, sabrán mejor que yo lo que hacía a diario –añado para ocultar la vergüenza que siento por saber tan poco de la vida de mi hermana.

Hubo un tiempo en que lo sabía todo de ella, porque compartíamos habitación, ropa, secretos... todo. Pero eso fue cuando éramos adolescentes.

–Y creo que también iba a un club de lectura –añado porque he recordado algo.

Recuerdo a Maria en la cocina, vestida con vaqueros ceñidos, una camisa de seda y tacones, cubriendo con plástico un plato de entremeses, dándoles instrucciones a Katya y a Zoe y diciéndole a Lucas que su padre volvería dentro de una hora más o menos. Y yo siguiéndola por el pasillo y diciéndole:

–Perdona, solo pasaba por aquí. No sabía que ibas a salir.

–No tengo muchas ganas –contestó metiendo el plato de comida en el maletero–. ¿Crees que saldrá bien?

Era una pregunta para la que no esperaba respuesta; a Maria nunca le gustó que le dieran consejos.

–¿Y por qué no tienes ganas? –pregunté mientras ella cerraba el maletero.

–Porque el libro que teníamos que leer es muy largo y *muy* difícil y no he podido terminarlo.

–¿Y eso importa mucho?

–¡Sí, claro! No quiero hacer el ridículo.

–¿Y tienes que ir?

–Lo organiza la mujer de uno de los colegas de Chris. Es conveniente que vaya.

–Ah. ¿Y te has leído el resumen?

–No soy tan tonta como parezco –dijo, pero sonrió y me guiñó un ojo y supe que le iba a ir bien.

Era un comentario muy típico de Maria, un breve destello de su yo más joven y más divertido, y algo que probablemente nunca diría si estuviera Chris presente. Delante de él ella ocultaba todas sus inseguridades y siempre parecía fresca, serena, decidida y satisfecha.

–Luego te llamo –dijo, y yo me despedí.

Después me subí a mi coche y me pregunté qué libro sería antes de recordar con una sonrisa los ejemplares gastados de las novelas de Jackie Collins y de Jilly Cooper que compartíamos en el pasado.

No le cuento esa conversación al inspector, claro, porque es irrelevante. De todas formas él me dice, tras soltar uno de esos irritantes resoplidos que elevan la comisura de la boca de la gente, que Chris ya les ha hablado del club de lectura y que les ha dado los nombres.

La conversación no continúa porque su colega se asoma y llama desde la puerta al inspector que me está haciendo las preguntas.

–¿Le importa que retomemos esto más adelante? –dice, un recurso profesional que apenas logra enmascarar su tono de urgencia.

–No, claro que no –respondo.

Me alivia que no hayan llegado a preguntarme dónde pasé la noche de ayer.

Cuando salgo del comedor, me doy cuenta de que la conversación me ha dejado muy intranquila; me da la sensación de que estoy empezando a cuestionarme todo lo que he creído en algún momento.

Quiero llamar a Sam. Voy en busca del teléfono fijo, un aparato inútil y pasado de moda que ni siquiera es inalámbrico y que tenemos en la cocina. Pero cuando entro, me encuentro a Philip sentado allí.

Él todavía tiene su móvil. Supongo que la policía no se ha molestado en pedírselo porque ni siquiera estaba en Bristol anoche. Está hablando por él en voz baja. Cuando me ve, murmura una disculpa dirigida a la persona con la que está hablando y cuelga.

A Philip siempre se le han visto todas las emociones en la cara (creo que es una de las cosas que a Maria le atrajeron de él desde el principio), y ahora no es una excepción.

Lo que se advierte en su cara en este momento es culpa y cierta necesidad también, algo típico de él. Esa cualidad de extrema disponibilidad emocional y su necesidad de compartir y hablar son rasgos que le conferían cierto atractivo cuando era joven pero que no ha ido desarrollando con la edad, sino que han acabado convirtiéndose en una inmadurez emocional que sé que me va a poner los nervios de punta.

–No sé qué hacer hoy –dice.

–Ninguno de nosotros sabe muy bien lo que vamos a hacer –respondo–. Pero si necesitas un sitio donde dormir, seguro que podemos encontrarte un edredón y prepararte una cama con unos cuantos cojines del sofá, como mínimo.

Mi nivel de irritación está aumentando porque no quiero tener que ocuparme en este momento de trivialidades domésticas como dónde va a dormir cada cual, y se eleva aún más cuando veo en su cara que esa no era la respuesta que esperaba. Deduzco que tiene alguna otra cosa en la cabeza.

–No puedes volver a coger el coche para regresar a casa esta noche –continúo–. ¿Y Zoe?

–No sé qué puedo hacer por ella.

–¿Que no sabes qué puedes hacer por ella?

–Bueno, ¿qué puedo hacer, Tess? Nos hemos distanciado. ¿Qué consuelo puedo ofrecerle?

–¡Eres su padre!

Me meto las manos entre el pelo a ambos lados de la cabeza. Se me acaba de olvidar todo lo que he aprendido en los seminarios de comunicación interpersonal a los que he asistido por mi trabajo. La actitud de Philip Guerin es absolutamente inexplicable para mí, y si no responde como debe en este momento, no me hago responsable de mis acciones.

–Lo siento –contesta–. Lo siento. ¡Es que no sé cómo ser su padre! ¿Cómo se puede ser el padre de alguien como Zoe?

Le doy una bofetada.

Le estrello la mano con fuerza contra la mejilla y su cara gira bruscamente hacia un lado. Él se aparta de mí y se pone la mano sobre la mejilla dolorida.

–Te la merecías –aseguro.

–Así es como me siento. –Hay un temblor en su voz, el sonido de la indignación que borbotea en su interior exigiendo atención, pero yo no me arrepiento lo más mínimo.

Creo que si tienes la suerte de tener un hijo, tienes que quererlo tanto si la sociedad dice que tiene algún defecto como si no, y tanto si tú crees que lo tiene como si no.

–Tienes una obligación con tu hija.

–He conocido a otra persona –confiesa–. No sé si podremos hacernos cargo de Zoe.

Se me cae el alma a los pies. Philip, como Maria, ha empezado una nueva vida y obviamente piensa que Zoe y sus circunstancias constituyen una amenaza que puede desbaratarle los planes.

–¿Lo dices en serio?

Agacha la cabeza.

–Entonces lo menos que puedes hacer es decírselo tú mismo. Pero hoy no, Philip, hoy no.

–Está bien.

–Y no sé con quién va a querer quedarse ella. ¿Has pensado en eso siquiera?

–¿Contigo? –pregunta, y yo no puedo creer lo que oigo.

–¿Va todo bien? –pregunta Chris.

Está en la puerta. Nos mira a uno y después al otro, examinando nuestras expresiones en busca de pistas de lo que está ocurriendo. No tengo ni idea de cuánto tiempo lleva allí, ni de lo que ha oído.

Quiero cargar contra Philip, decir algo que le avergüence, preguntarle qué demonios le pasa, acusarle de haber perdido la cabeza y recordarle que su hija es su responsabilidad, no la mía, pero no lo hago porque Chris es el padre de la hermana de Zoe.

Pase lo que pase, Zoe es una niña y debemos pensar en su futuro, y Grace tiene que ser parte de ese futuro, porque ese bebé es muy importante para Zoe; incluso Philip, con sus hándicaps emocionales, tiene que haberse dado cuenta si las ha visto juntas alguna vez. Por eso hay que cuidar la relación con Chris. Sé que eso es lo que querría Maria.

–Esto es difícil para todos –contesto solamente.

Me pregunto cuánto sabe Chris de Philip. Sé que Maria le contó a Chris que tuvieron un divorcio muy complicado y que por eso no había mucho contacto entre Zoe y su padre. Pero eso fue antes del concierto. Probablemente Chris ahora tendrá sus dudas sobre esa versión de los hechos.

–Lo comprendo –dice Chris.

Antes de que podamos seguir con la conversación, entra Richard en la habitación con el bebé.

–¿Podrías quedarte con ella un momento, papá? –le pide a Chris, y le pasa a la niña–. Tengo que ir al baño.

Odio esa frase cuando la dice Richard porque puede significar cualquier cosa: puede ser justo lo que parece, que tiene la vejiga a reventar, o tratarse de un eufemismo para decir que va a buscar la botella de algo alcohólico que tiene en su «escondite», debajo de la bañera, para echarse un trago a toda velocidad y después tirar inútilmente de la cadena, como si eso pudiera ocultar el aliento inevitablemente alcohólico o las venitas enrojecidas de su cara.

Chris coge a Grace, que le mira con extrañeza como diciendo: «Qué sorpresa encontrarte aquí».

Él se la sienta en el brazo flexionado con un movimiento fluido y los dos se miran.

–Te pareces mucho a tu madre –dice, y entierra la cara en su cuello.

La niña responde con un grito de placer y le rodea la cabeza con los brazos. A Grace le gusta mucho abrazar. Sus abrazos de bebé son muy intensos, pero así es mucho mejor.

–Gracias a Dios que te tengo –le dice Chris a su hija con lágrimas en los ojos.

Yo siento que el estómago me da un vuelco porque entiendo que es posible que Grace, que tiene la sangre de mis padres corriendo por sus venas, viva su vida muy alejada de nuestra familia, y pensar en eso me aterra, sinceramente.

¿Chris y Lucas la van a criar en esa casa tan enorme? ¿Y dónde estará Zoe? ¿Aceptará Philip que él tiene que cuidar de su hija? ¿O ella estará mejor con nosotros o incluso con Chris, para poder estar cerca de su hermana?

–Tenemos mucho de que hablar –digo por fin.

–Lo sé –contesta Chris.

Pero ninguno de los dos es capaz de soportar semejante conversación justo ahora, así que nos separamos y buscamos la seguridad que nos da estar en habitaciones diferentes. Philip sigue hundido en su asiento.

Sam

No puedo atarme las cintas de la bata de hospital porque las he perdido por algún punto de mi espalda, así que voy por el pasillo humillado, agarrándomela como puedo para evitar que todo el mundo me vea los calzoncillos.

El aparato de la resonancia me resulta familiar porque lo he visto en la televisión, pero no me esperaba el ruido que se oye cuando estás dentro ni la incomodidad de tener que quedarte muy quieto durante tanto tiempo con las manos colocadas por encima de la cabeza.

En medio de la oscuridad de la máquina y del sonido ensordecedor que puedo oír a pesar de los protectores que me han dado, intento pensar en lo que me ha dicho Nick y lo que eso significa para Tessa y para Zoe.

Significa que, a menos que alguien se colara en la casa, hay muchísimas posibilidades de que quien asesinó a Maria fuera alguien de dentro, y lógicamente la investigación de la policía tomará esa dirección. Pienso que Tessa llegó a mi piso anoche, en su silencio, y me pregunto qué es lo que no me contó.

Pienso en Zoe en mi despacho esta mañana y le pido a Dios que me estuviera diciendo la verdad.

Pienso en las ondas magnéticas que me están atravesando el cuerpo.

Pienso en toda la gente de la sala de espera y en que casi todos tienen a su familia o a algún amigo con ellos, a alguien que les sujeta la mano o alguien con quien hablar. La autocompasión se abre paso en mi mente y dispara la desesperación y la claustrofobia que siento.

Mi relación con Tessa es lo mejor y lo peor que tengo en mi vida. No quiero a nadie más, pero mientras siga con Richard no puedo tenerla.

No hay nada que desee más en este momento que encontrarla allí cuando salga de esta máquina.

Necesito hacer un terrible esfuerzo para seguir inmóvil, pero me obligo a hacerlo porque lo último que quiero es que tengan que repetirme la resonancia.

Por los auriculares que llevo se oye una voz que me dice que ahora van a examinarme la columna. Ya han terminado con la resonancia del cerebro.

Me pregunto qué estará viendo el radiólogo.

Zoe

Me encuentro a la agente de enlace, que me ha dicho que se llama Stella y que puedo llamarla así en todos los sitios a los que voy. Tiene «una pequeña charla», como dice ella, con Richard, aunque en realidad es una charla bien larga, como si acabara de salir de una red llena a rebosar de palabras. Le dice que yo estaba conectada a internet en su ordenador y después nos advierte a él y a mí unas veinte veces de que lo mejor será que no entre en internet por ahora, porque puedo leer algo que no es conveniente que vea.

Pero sé que no es por eso. Sé que me está observando en busca de señales que indiquen que he hecho algo. Lo peor es que estoy desesperada por leer el final del guion de Lucas.

Mi padre está en la cocina, y aunque sigo enfadada con él, entiendo que es la mejor oportunidad que tengo para acabar de leer el guion, porque él todavía tiene teléfono. Está sentado solo en la mesita de la cocina de Tess, que parece sacada directamente de una cafetería, con una taza de té delante que no se está bebiendo. Levanta la vista lentamente y me mira como si le diera miedo que vuelva a ser presa de otro ataque de furia.

–¿Me dejas tu teléfono? –pregunto.

–¿Qué?

–Solo un momento.

Inspira hondo y creo que va a decir que no, pero lo que dice es:

–Zoe, creo que es mejor que me quede en un hotel esta noche, para no agobiar aún más a Tessa.

–¿Puedo ir contigo?

Estaría bien salir de aquí, alejarme de la policía, de Chris, de Richard y de todos los demás. Estaría bien que estuviéramos solos papá y yo.

–No me parece una buena idea. Deberías quedarte aquí con los demás.

–¿Por qué?

No parece querer responder a eso, pero estoy justo delante de él, esperando a que diga algo, así que no puede escabullirse.

–¿Por qué, papá?

–Bueno... –empieza a decir por fin, pero para entonces ya estoy a punto de explotar, porque a veces parece que le leo la mente y sé de antemano qué va a decir.

Así que le grito.

–¡No he hecho nada! De verdad, lo juro. ¿Pero qué es lo que piensas de mí?

–No estaba pensando eso. Es que hay otras cosas que tener en cuenta si te estás planteando volver a Devon.

Eso suena como si se estuviera preparando para decirme que no me quiere allí y me hace sentir como si me hubieran clavado unos dientes enormes.

Pestañeo para apartar las lágrimas y centrarme en lo que quiero: el teléfono. Ya me he hecho una herida en la boca de tanto morderme; ahora clavo las muelas en ese trozo de tejido blando y magullado y así logro recuperar la compostura. Jason estaría orgulloso.

–¿Me prestas tu teléfono, por favor? –pregunto otra vez–. Solo quiero buscar una cosa.

Él me da el teléfono, porque ahora se siente obligado. Explotar la culpabilidad es una buena forma de obtener lo que quieres de las personas. Jason no me lo dijo, pero no ha hecho falta que me lo diga nadie. Lo he aprendido porque la culpa por lo que pasó me ha obligado a ir amoldándome para encajar en lo que los demás han querido de mí cada día de mi vida.

En el pasillo me encuentro con Stella; me recuerda al perro ovejero de la granja, siempre intentando reunir al grupo.

–Voy al servicio –explico.

Me he metido el teléfono de papá bajo la cintura de los pantalones y he cerrado la chaqueta por encima.

Subo las escaleras despacio deliberadamente, rozando con la mano el pasamanos a propósito, para que no crea que tengo prisa.

Echo el cerrojo a la puerta del baño y me siento en el váter.

No puedo acceder a la conexión wifi de Tessa con el teléfono porque no me sé la contraseña y el teléfono de mi padre no se conecta automáticamente como el ordenador de Richard, pero no pasa nada porque el teléfono tiene señal 3G, así que solo me lleva un minuto entrar en el correo de mi madre y abrir otra vez el guion.

El final es muy triste.

LO QUE SÉ
por LUCAS KENNEDY

TERCER ACTO

INT. DORMITORIO DE LUCAS. NOCHE

JULIA está sentada en la cama de LUCAS, leyéndole un cuento para dormir. Está muy enferma.

JULIA MORIBUNDA (V. O.)

Al principio le mentí a Lucas sobre mi diagnóstico, porque era demasiado doloroso decirle toda la verdad. Solo le dije que estaba enferma, pero no hasta qué punto. Pero Lucas es listo y pronto se dio cuenta de que era bastante peor que eso.

LUCAS

¿Mamá?

JULIA

¿Sí?

LUCAS

¿Te vas a morir?

JULIA

Bueno, a veces la gente que está enferma se muere.

LUCAS

¿No puedes tomarte alguna medicina que te ponga mejor?

JULIA

Ya estoy tomando medicinas.

LUCAS

¿Te las ha dado el médico?

JULIA

Sí, me las ha dado el médico.

LUCAS

¿Y van a funcionar?

JULIA

(con dificultad)

No, cariño. Seguramente no.

Se miran. JULIA querría que LUCAS entendiera, pero a la vez desearía que no tuviera que hacerlo así, de repente.

JULIA MORIBUNDA (V. O.)

No me respondió, pero después ya no quiso apartarse de mi lado.

INT. DESPACHO DE CHRIS. NOCHE

CHRIS está tumbado en su sofá, mirando al techo. Se ve el reloj de la pared y la oscuridad en el exterior; es muy tarde.

JULIA MORIBUNDA (V. O.)

Chris tampoco lo encajó nada bien. Pero en vez de quedarse a mi lado, se alejó. Mi enfermedad le provocaba repulsión. Se pasaba todo el tiempo que podía fuera de casa.

INT. PASILLO DE LA CASA DE LOS KENNEDY. DÍA

Suena el timbre y LUCAS sale corriendo para abrir.

JULIA MORIBUNDA (V. O.)

Y eso supuso un problema, porque como resultado de la conducta de Chris, y a pesar de la excelente asistencia domiciliaria que él me consiguió, fue Lucas quien se convirtió en mi principal cuidador.

LUCAS abre la puerta y se encuentra con una ENFERMERA.

LUCAS

Hola, Annie.

ENFERMERA

Hola, amiguito. ¿Qué tal va?

LUCAS

Hoy está un poco triste. Creo que le duele.

ENFERMERA

Bueno, vamos a ver si podemos hacer algo por ella, ¿vale?

Arriba, LUCAS se queda mirando desde la puerta del dormitorio de JULIA mientras la ENFERMERA entra, la saluda con delicadeza y empieza a moverse a su alrededor, ocupándose de sus cosas.

JULIA MORIBUNDA (V. O.)

Que Lucas estuviera viendo y haciendo cosas para las que era demasiado pequeño a mí me resultaba insoportable. Y lo peor era que sí que tenía edad suficiente para darse cuenta de que Chris debería estar allí con nosotros, cuidando de mí. Así que decidí que algo tenía que cambiar. Solo se me ocurrió una cosa, y necesité todas mis fuerzas para poder hacerlo. Había llegado la hora de ser dura primero para poder ser buena a la larga.

INT. COCINA DE LA FAMILIA KENNEDY. MAÑANA

CHRIS está esperando en el umbral, con las llaves del coche en la mano, y mirando a JULIA y a LUCAS. JULIA está sentada en la cama con LUCAS delante y le está estirando el uniforme. Los brazos y las muñecas de JULIA se ven frágiles.

JULIA MORIBUNDA (V. O.)

Le obligué a apartarse de mi lado para que su vida pudiera ser lo más normal posible. Fue la única forma que se me ocurrió de enseñarle el camino que necesitaría recorrer para seguir adelante. Él no quería. No quería ir al colegio, prefería quedarse en casa y meterse en la cama conmigo, pasar junto a mí hasta el último minuto, pero le obligué a ir a las clases de piano, a los entrenamientos deportivos y al colegio.

LUCAS

(llorando)

No quiero ir.

JULIA

Pues tienes que ir.

LUCAS

Por favor...

JULIA
(enfadada)
Lucas, ¡no discutas conmigo!

LUCAS se queda desconcertado y dolido por el tono de voz de su madre. Se vuelve y sale por la puerta, detrás de su padre, sin decir nada. La puerta se cierra tras ellos y se ve a JULIA, sola en la habitación, totalmente destrozada.

JULIA MORIBUNDA (V. O.)
Me rompió el corazón tener que hacerlo. Pero sabía que para sobrevivir a la vida con su padre tenía que ser fuerte, así que no me quedaba más remedio que alejarlo como fuera. Y supe también que las cosas no podían seguir como hasta entonces.

INT. DORMITORIO DE CHRIS Y JULIA. DÍA

JULIA está en la cama y se la ve aún peor que antes. La ENFERMERA está en la habitación, abriendo cajas de medicamentos.

JULIA
¿Podrías hacerme un favor? ¿Me traes papel, un bolígrafo y algo para apoyarme? Habrá en el cajón del escritorio, en el piso de abajo.

ENFERMERA
¿Vas a hacerme un dibujo?

JULIA
(sonríe, aunque está demasiado cansada para bromas)

No, quiero escribir una carta. ¿Me traes un sobre también?

ENFERMERA

Claro. ¿Quieres un sello?

JULIA

No, gracias.

ENFERMERA

¿Qué tal está Lucas?

JULIA

Hoy ha ido al colegio. Creí que no lograría que fuera.

ENFERMERA

Eso está bien. Es la primera vez que he tenido que abrir la puerta con la llave y esperaba que fuera por eso. No es bueno que esté por aquí todo el tiempo.

JULIA

Lo sé.

ENFERMERA

Se las apañará, no te preocupes.

JULIA

(se nota su dolor)

Eso espero. De verdad que lo espero.

ENFERMERA

Es un buen chico.

JULIA

Sí que lo es.

INT. DORMITORIO DE CHRIS Y JULIA. NOCHE

JULIA está incorporada en la cama, sola, y se ve que está terminando de escribir algo.

JULIA MORIBUNDA (V. O.)

Escribí la carta. Era la orden de «No resucitación».

JULIA mete la carta en el sobre con cuidado y después, con mucho esfuerzo, la guarda en el cajón superior de la mesita de noche. Dentro del cajón hay una caja. La saca. Al abrirla, se ve que dentro tiene un montón de pastillas.

JULIA MORIBUNDA (V. O.)

Conté las pastillas que llevaba tiempo almacenando para asegurarme de que tenía suficientes.

Satisfecha, vuelve a colocar la caja en el cajón, junto al sobre, y apaga la luz.

EXT. UNA CALLE CERCA DE LA CASA DE CHRIS Y JULIA. MAÑANA

Es otro día. LUCAS va caminando al colegio. Lleva un gorro y un abrigo. La cámara le sigue por el camino.

JULIA MORIBUNDA (V. O.)

Después solo era cuestión de esperar a un día de colegio.

Se ve a LUCAS sentado en una clase en el colegio, incapaz de concentrarse. Mira fijamente el libro mientras el PROFESOR sigue con su cantinela.

JULIA MORIBUNDA (V. O.)

Fue algo terrible, lo sé, pero entendí que era la única forma de librarle de las últimas semanas de mi vida, de evitarle verme devastada por el dolor y sin el control de mi cuerpo. Quería que la separación fuera más limpia, más ordenada, más fácil de soportar para él.

Se ve a LUCAS en el comedor del colegio, jugueteando con el contenido de su tartera, sin ganas de comer nada de lo que contiene. Mira su teléfono, le envía un mensaje a JULIA y espera la respuesta.

JULIA MORIBUNDA (V. O.)

Pero a veces el momento que se elige es fundamental, y Lucas me envió un mensaje justo después de que me tomara las pastillas, me tumbara en la cama y colocara la carta sobre mi pecho. Y como no le respondí, supuso que algo iba mal.

LUCAS se queda mirando su teléfono. Después intenta llamar a JULIA al móvil y al fijo. Nadie responde. LUCAS sale corriendo del comedor del colegio, cruza la puerta principal y echa a correr hacia su casa.

JULIA MORIBUNDA (V. O.)

No sé cómo pudo suponerlo, pero lo hizo.

LUCAS entra como una tromba en casa, sube las escaleras a la carrera e intenta acceder a la habitación de JULIA, pero ella ha cerrado con llave. LUCAS llama a JULIA, aporrea y le da patadas a la puerta y después descarga todo su peso contra ella. Como nada funciona, saca el teléfono y llama a Emergencias.

LUCAS

Sí, hola. Una ambulancia, por favor. Sí, y que vengan también los bomberos. Por favor, que vengan rápido. Es por mi madre.

INT. HABITACIÓN PRIVADA DE HOSPITAL. MUY BIEN EQUIPADA. NOCHE

Se ve todo exactamente como estaba antes, en la primera escena. LUCAS y CHRIS siguen la vigilia junto a la cama de JULIA.

JULIA MORIBUNDA (V. O.)

No quería que Lucas me encontrara. La idea era que fuera la enfermera quien hallara mi cuerpo cuando ya estuviera muerta. Pero incluso esto es mejor que las largas semanas de deterioro que Lucas habría tenido que soportar si no. Mi final en este hospital será lo más controlado posible. Y será pronto. Pero, antes de irme, seguro que ahora mismo se te ocurre una pregunta: ¿cómo pude dejar a mi hijo con su padre? ¿Con el hombre que me aisló de mi gente, que me golpeaba la cabeza contra las paredes y que me redujo a prácticamente nada en sus manos? Y mi respuesta es: la verdad es que no tenía elección. Mi único consuelo: que Chris nunca tocó a Lucas. Al menos hasta entonces. Y yo esperaba, rezaba para que, si mi hijo entendía que debía ser fuerte, Chris nunca llegara a tocarle. Eso era todo lo que podía hacer.

De repente las máquinas empiezan a pitar como locas y entran corriendo las ENFERMERAS y el MÉDICO y apartan a CHRIS y a LUCAS de la cama. Ellos no pueden hacer más que contemplar, impotentes, cómo se va JULIA. La orden de no resucitación prohíbe cualquier intervención y su fin llega rápido. Se sabe que ha llegado porque las ENFERMERAS y el MÉDICO se apartan de la cama.

JULIA MORIBUNDA (V. O.)

Hice todo lo posible para darle a mi hijo lo mejor de mí, de mi yo roto, maltratado, humillado, pequeño y viejo. Mi intento de suicidio y la orden de no resucitación fueron mi acto definitivo de amor y lo más difícil que he hecho en mi vida. Y lo hice porque el final, después de todo, era inevitable.

LUCAS mira inexpresivo, en *shock*, mientras el MÉDICO registra la hora de la muerte de JULIA; la cara de CHRIS se contorsiona por el dolor. CHRIS le pone una mano en el hombro a LUCAS, casi como si estuviera sorprendido por esos sentimientos tan fuertes y necesitara apoyo.

Pero LUCAS se aparta de él.

FIN

Richard

Ahora debería estar luchando contra mis demonios.

Normalmente las emociones que tengo cuando estoy sobrio son un cóctel de enfado y desesperación, adornado con una dosis de vacío, y me da la sensación de que eso es algo que está grabado en cada célula de mi cuerpo, una parte tan integral de mi ser como el ADN.

Y cuando me siento así, el alcohol es la única cura que conozco, la única cosa que puede librarme de ese sufrimiento. Pienso en el alcohol como un camarero ágil, vestido de blanco y negro, que se abre paso entre la multitud con una bandeja plateada en alto en la que lleva una generosa dosis de alivio e inconsciencia preparada especialmente para mí.

¿Quién podría resistirse?

Yo no. No un día normal, cuando lo único que quiero es paz, cuando haría cualquier cosa por escapar de esas emociones. Cualquier día normal, si tengo que elegir, elegiré beber. Tomarme algo me parece necesario, inevitable. El sabor puede que no me guste, pero la sensación cuando baja por la garganta es increíble, un adormecimiento físico que anticipa el inminente y largamente deseado aturdimiento de la mente.

Pero hoy, con el bebé en brazos, siento algo diferente. Me siento vigorizado.

Es una sensación tan inusual para mí que me la tomo con mucha precaución, sobre todo porque este es el peor momento posible para decirle a Tessa que me siento un poco mejor.

Cuando llega alguien desde la comisaría con unos kits para hacer pruebas de ADN y nos piden a todos que nos reunamos para que nos tomen muestras con un bastoncillo, los otros parecen horrorizados, así que me pongo de pie y anuncio que yo seré el primero.

El agente recién llegado tiene un corte de afeitado bastante feo en la mandíbula en el que me fijo mientras él se pone unos guantes de látex y frota la parte interior de la mejilla con una esponjita pegada a un palito. Hace una leve mueca al hacerlo y me da un poco de vergüenza que el aliento me huela tan fuerte.

Cuando termina conmigo, Tessa es la siguiente. Me pasa el bebé a mí, como si fuera el testigo en una carrera de relevos, y Grace y yo subimos a despertar a Katya, porque también quieren tomarle una muestra a ella.

Está dormida boca abajo en la habitación de invitados y no le gusta nada que la despierte.

Baja las escaleras y entra en el comedor con la barbilla muy alta. Un par de minutos después vuelve a salir con una expresión de desagrado en la cara.

Llega justo a tiempo para oír a Chris decirle a uno de los inspectores:

–Me ofende que me pidan que me haga una prueba invasiva sin darme primero una explicación.

Y cuando el inspector empieza a hablar de «pruebas rutinarias» y de «ayudarnos con la investigación», Katya exclama en voz alta:

–Me he dejado mirar la boca, aunque eso no está en mi contrato, solo por lo difícil que es la situación.

Chris se queda un momento perplejo y ella aprovecha la oportunidad para soltar unas cuantas pullas más.

–La gente debe hacer lo correcto. Tú debes hacer lo correcto. Tú, que siempre hablas tan serio, tan profesional, bla, bla, bla, pero que nunca abrazas a tu hijo.

Miro a Lucas. Los está mirando a los dos, nervioso, y no deja de mover la pierna arriba y abajo, como si rebotara.

–¡Hazte la prueba! –grita Katya, y señala la habitación donde el agente joven está sentado junto a una pila de kits envueltos en plástico.

Una nube oscura cruza el semblante de Chris y pienso que eso solo puede acabar con lágrimas. ¿Qué hombre podría perder a su mujer víctima de una muerte violenta y después tener que escuchar esas cosas?

Zoe también tiene la boca abierta; supongo que todo esto la desconcierta porque seguramente nunca ha visto un arrebato así en su nueva familia, en la que siempre parece estar todo enterrado, incluidas las emociones.

–Katya... –digo, y le pongo una mano en el brazo, porque incluso su postura es beligerante.

Cuando lo hago, el bebé se inclina hacia ella con los brazos extendidos y Katya no puede resistirse. Se vuelve y coge a Grace en brazos. Detrás de ella, Chris vuelve a sentarse, una retirada táctica que me alegra ver.

–Te estamos muy agradecidos –continúo–. Es una situación horrible. Sentimos mucho que tengas que tomar parte en esto, te lo digo sinceramente.

–Quiero llamar a mi agencia –responde ella–. He hablado con la policía, me han mirado la boca y ahora quiero irme y estar en otro sitio porque la tristeza me pesa en el corazón.

Se coloca el puño sobre el esternón y presiona, como si fuera una especie de saludo. Grace apoya un dedito torpe en una lágrima que cae por la mejilla de Katya.

Pienso que probablemente tenga razón y que no es mala idea que se vaya; a estas alturas, yo ya domino lo básico sobre el bebé y podemos prescindir de ella. Así que la saco de la habitación y la llevo adonde está el teléfono. Cuando levanta el auricular, le cojo al bebé.

Detrás de nosotros, Lucas dice:

–Papá, ¿nos vamos a hacer la prueba?

No puedo evitar mirar y veo que Chris responde con un asentimiento tenso.

Evitada la crisis, esa satisfacción interna secreta que siento crece un poquito más.

Tessa

Les doy la muestra de ADN, pero quiero saber por qué nos la están pidiendo y por qué interrumpieron antes tan repentinamente la conversación que mantenían conmigo.

No fue una interrupción dramática exactamente, pero ahora los policías tienen un cierto aire... como de entusiasmo reprimido, tal vez.

Mi mente va a toda velocidad, como un galgo al que acabaran de abrirle la puerta, y pienso que necesito llamar a Sam, que lo necesito de verdad, ahora más que nunca, porque tal vez él sepa interpretar la situación mejor que yo.

Cuando Katya termina de hablar con su agencia, Richard la acompaña arriba otra vez, como si fuera la mamá pata, y yo aprovecho la oportunidad para intentar contactar con Sam.

No me responde. Hoy tenía el día libre, así que no sé por qué no contesta. Lo intento un par de veces y al final le dejo un mensaje diciendo que volveré a llamar más tarde.

Intento no sentirme decepcionada con él por no contestarme, pero una parte de mí piensa que estaría bien tenerlo ahí, pendiente por si le necesito. Al fin y al cabo, sabe lo que está pasando.

Cuelgo el auricular y cuando me giro me encuentro a Richard en el umbral.

–¿A quién llamabas? –pregunta.

Las mejores mentiras son las que se acercan más a la verdad. Es una idea que aparece en mi cabeza, aunque no sé de dónde ha salido. No me considero una persona mentirosa, a pesar de lo de mi aventura. Mi infidelidad es lo único que oculto; en todas las demás cosas de mi vida soy totalmente transparente.

–Al abogado de Zoe –respondo–. Quería saber por qué nos están tomando muestras de ADN.

–¿Qué te ha dicho?

–No estaba. Me han dicho que estaba fuera.

Mi mente ha sido lo bastante rápida para dar con la respuesta más plausible y fingir que he llamado a Sam al despacho, no a su móvil.

–Ha sido muy duro con Zoe –comenta Richard–. Demasiado duro.

–Se conocen lo bastante para que eso no sea problema, te lo aseguro.

Durante el juicio de Zoe, Richard acababa de empezar a entrenarse en ingerir alcohol en cantidades inimaginables porque había descubierto hacía muy poco que su situación profesional se había quedado fatalmente estancada. No vino ni una vez a Devon a apoyarla. No presenció nada de todo aquello. Y eso, claro, es otra fuente de resentimiento por mi parte.

Cojo a Grace mientras Richard calienta su comida, que acaba de sacar de la nevera.

–Katya me ha dicho que le gusta esto –dice mostrándome una cucharada de una cosa pringosa y naranja fuerte.

Grace le observa fijamente. Está claro que le gusta Richard y él pone caras que la hacen reír, pero yo no estoy de humor para compartir el momento porque en lo único que puedo pensar es en que Grace seguramente no llegue a recordar a Maria y que tal vez no sea parte de nuestras vidas en el futuro.

–Espero que podamos ver a Grace –digo de repente.

–¿Qué?

–Bueno, se irá con Chris, ¿no?

Richard se yergue, horrorizado, y me mira.

–¿Se irá?

–¡Es su padre! ¿Tú qué crees?

–No lo había pensado, la verdad.

Se gira para revolver el puré y veo que ha hundido los hombros.

–Bueno, con suerte podrá venir a quedarse con nosotros cuando sea un poco más mayor –dice–. ¿Y cómo se las va a arreglar Chris?

–No lo sé.

–¿Zoe se irá con ellos?

–Lo dudo mucho. ¿Por qué se iba a ir con ellos?

Él percibe mi tono de irritación.

–Dame a Grace –contesta–. Puedo hacerlo solo. Tú tómate el tiempo que necesites.

Estoy un poco irritable porque hay que solucionar esas cosas, algo que va a ser complicado y doloroso para los niños y probablemente para nosotros también, y no puedo con todo eso ahora.

No puedo ignorar tampoco las ligeras dudas sobre Chris que han empezado a surgirme. Es peligroso que mi mente vaya por ese camino, soy consciente, pero estoy empezando a ver con otros ojos algunos de sus comportamientos, especialmente la forma en que envolvió a mi hermana con la toalla y se la llevó al final de la noche. En ese momento me pareció un gesto de amor, pero a la luz de todo lo que ha pasado, no puedo evitar encontrarle una lectura más siniestra. ¿Era amor o control? Su agresividad con Tom Barlow en la casa y su forma de tratar a Lucas, cómo le reprendió delante de todos, me empujan claramente hacia esa lectura negativa.

Quiero preguntarle a Richard qué le parece, porque, a pesar de todo, se le da muy bien juzgar caracteres, o al menos se le daba bien antes, pero nos interrumpe el timbre de la puerta.

–Serán los de la agencia de la *au pair* –dice él.

–Ya abro yo.

Él prueba una cucharadita del puré de Grace y hace una mueca.

–Esto está demasiado caliente –le dice a la niña–, vamos a tener que esperar un poco. –Cuando me alejo hacia la puerta, me pregunta–: ¿Cuál es el número de la oficina del abogado? Voy a llamar otra vez. Creo que has hecho bien en buscar asesoramiento.

–Oh, no me lo sé de memoria...

–No importa. Le daré a la rellamada –dice cuando ya estoy junto a la puerta principal.

Y mientras abro la puerta, y antes de que me dé tiempo a pensar lo que estoy haciendo, grito: «¡No!», porque sé que si lo hace va a llamar al móvil personal de Sam.

La representante de la agencia de *au pairs* de Katya me mira desconcertada, igual que Richard.

–Perdón –me disculpo con la señora de la puerta.

Ella me tiende la mano.

–Tamara Jones, West Country Elite Au Pairs. Siempre intentamos responder inmediatamente a las emergencias.

Detrás de mí siento la mirada de Richard clavada en mi espalda, y cuando llevo a Tamara Jones arriba para ver a Katya, veo que tiene al bebé sujeto con una mano y el teléfono agarrado en la otra.

Zoe

No quiero estar cerca de Chris después de lo que acabo de leer.

Y tampoco lo quiero a él cerca de mí, ni cerca de Lucas, ni mucho menos quiero que esté cerca de Grace nunca más.

Y ojalá nunca, jamás, hubiera estado cerca de mi madre, porque tengo la horrible sensación creciendo en mi interior de que puede haberla matado en uno de sus ataques de violencia.

Me cuesta mucho permanecer tranquila con esa idea en la cabeza. Estoy desesperada por hablar con Lucas sobre el guion, decirle que ahora entiendo por qué insistía tanto en que lo leyera y que siento lo que les pasó a él y a su madre. Pero Lucas ahora ni siquiera me mira. Está ahí sentado, mirándose fijamente los dedos y arrancándose trozos de piel enrojecida de sus uñas mordidas.

También quiero decírselo a alguien más, me muero por hacerlo para que sepan cómo es Chris en realidad, pero no sé a quién elegir, porque necesito pensar en quién me creería. Ahora mismo no estoy segura al cien por cien de que Lucas quiera que comparta el contenido del guion, porque veo que Chris puede ser muy mala persona, pero al fin y al cabo es el padre de Lucas.

Estoy reflexionando sobre todo eso mientras estamos otra vez todos sentados en los sofás: Lucas, Chris, Tess, yo y la agente de enlace, que está comiendo un sándwich que huele fatal, a pescado. Nadie habla. Richard le está dando de comer a Grace en la cocina. Mi padre ha vuelto a salir al jardín con su teléfono. Cuando bajé y se lo devolví, intenté contarle lo que había leído en el guion, pero me dijo: «Ahora no, Zoe».

Los inspectores se han ido por ahora, pero han dicho que volverán después para «conversar un poco más». Katya también se acaba de ir; se la ha llevado una señora de la agencia. Estoy triste por eso y a la vez no lo estoy. No me cae bien, obviamente, pero el hecho de que se haya ido hace la situación aún más real y más definitiva. Hace que todo me apriete y me agobie un poco más.

El pánico va en aumento y me muero por gritar lo que sé y salir corriendo de la habitación para no tener que estar sentada cerca de Chris. Hay un consejo de Jason que no deja de darme vueltas en la cabeza: «No reacciones a todo inmediatamente, Zoe. Piensa antes de hablar».

El problema es que no creo que pueda callármelo ni un minuto más, así que intento recurrir a quien creo que es más seguro.

–Tía Tessa... –empiezo a decir, porque quiero pedirle que salga de la habitación conmigo para poder contárselo en privado. Creo que ella es la persona más adecuada, en la que más puedo confiar.

Me ha parecido que he soltado su nombre con mucha urgencia, pero mi voz debe de haber sonado tranquila porque Tessa se gira hacia mí lentamente con una expresión que parece decir: «¿Has dicho algo?». Y, antes de que pueda decir nada más, Chris me interrumpe.

–¿Puedo usar tu teléfono, Tessa? Creo que debería reservar una habitación de hotel para nosotros, para pasar la noche.

–¿Nosotros? –pregunta ella.

Chris frunce el ceño, como si le pareciera una pregunta estúpida.

–Para Lucas, para Grace y para mí –dice.

–Podéis quedaros aquí –responde ella.

–Seguro que todo será más fácil si dejamos de molestaros.

–No es problema, de verdad.

–No, no lo voy a permitir. Ya has hecho bastante acogiéndonos a todos y dejando que venga aquí la policía.

–¿Y no quieres dejar aquí a Grace?

–Es mi hija.

–Pero seguramente no será fácil cuidar de ella en una habitación de hotel. Hay poco sitio. Puedes dejarla aquí por ahora; tenemos jardín y a Richard le gusta cuidar de ella, seguro que no le importa.

–Voy a reservar una *suite*, no te preocupes. Estaremos bien, pero gracias. –Es una respuesta definitiva–. ¿Puedo usar tu teléfono? –insiste.

Ella señala con la mano hacia la cocina.

–Claro.

Parece tan devastada como yo y me pregunto si el corazón le estará latiendo tan rápido como a mí el mío. Me digo que le tengo que contar lo de Chris ahora.

Pero no consigo hablar con ella, porque Richard aparece en el umbral cuando Chris está a punto de salir de la habitación. Tiene en brazos a Grace, que está cubierta de puré naranja: lo tiene en la cara, en la ropa, en las manos y en el pelo. Y Richard también tiene bastante encima.

–Hemos tenido una pequeña catástrofe –explica Richard.

Chris mira a Grace. Ella le enseña la palma de una de sus manitas, que está cubierta de comida, y después la cierra para formar un puño y demostrar que la pasta naranja se cuela entre sus dedos. Está encantada. A Grace le encanta la suciedad.

Chris no hace ni el más mínimo intento por cogérsela a Richard, pero yo me levanto del sofá y llego en dos zancadas.

–Le voy a dar un baño –digo, y miro a Chris–. No te la puedes llevar así.

No se la puede llevar de ninguna manera.

–¿Llevársela adónde? –oigo que pregunta Richard.

Pero no oigo la respuesta porque voy de camino arriba con la pegajosa Grace. La meto en el baño lo más rápido que puedo y cierro la puerta para que estemos solo ella y yo. Abro los grifos de la bañera y dejo que me ayude a echar el gel. Cuando acabamos, las dos nos sentamos en la alfombrilla del baño que hay en el suelo.

–Grace, estás hecha un asquito –le digo.

Me imagino que mi madre se habría reído si me hubiera oído decir algo así.

Y me pregunto cuánto tiempo podremos aguantar encerradas allí para evitar que Chris se la pueda llevar.

Richard

Zoe me quita al bebé de los brazos como si la casa estuviera en llamas y tuvieran que huir. Sube las escaleras a la carrera y oímos que cierra la puerta del baño.

–¿Puedo usar el teléfono ahora? –le pregunta Chris a Tessa.

–Ya te he dicho que sí.

–Lucas –le dice Chris a su hijo antes de salir de la habitación, y el chico levanta la cabeza bruscamente–, vete a buscar tus cosas y las de Grace.

–¿Adónde os vais? –le pregunto a Chris, pero no me oye o por lo menos eso finge–. ¿Adónde van? –le pregunto a Tess cuando se ha ido.

Estamos solos. La agente de enlace se ha ido a alguna parte; seguro que está recorriendo la casa como lleva haciendo todo el día, igual que si fuera una turbia detective privada. Lucas también se ha ido, obedientemente, para hacer lo que ha dicho Chris; se ha escabullido de esa manera que tiene él de hacer las cosas, como si le diera vergüenza su propia presencia en la habitación.

–A un hotel.

–¿Con el bebé?

–No es nuestro bebé, Richard.

Eso me molesta. Tengo mis debilidades, pero no soy imbécil, y llevo todo el día intentando ser paciente con Tess.

–He llamado al abogado. Con la rellamada. Y le he dejado un mensaje –digo.

Ella parpadea rápido.

–Oh... –es lo único que responde, pero veo que sabe lo que voy a decir.

–Pero es curioso, porque era un móvil. Me ha saltado su buzón de voz personal.

Ella respira profundamente por la nariz mientras me mira. Consigue hábilmente mantener la expresión impasible, pero veo el pánico que hay detrás por muy bien escondido que lo tenga. Su mente debe de ir a mil por hora y todo lo que logra responder al final es:

–¿Estás seguro de que no te has equivocado de número?

Entonces cito el mensaje del buzón de voz.

–«Hola, soy Sam. Deja un mensa...».

Ella me interrumpe.

–Me sé su número de antes, ¿vale? De cuando el juicio.

–¿Y te acuerdas de un número de... hace dos años y medio o tres?

–¡Sí!

–¿Y por qué dijiste que habías llamado a su oficina?

–Me he equivocado. Hoy no es un buen día para mí, no sé si lo habrás notado.

No me gusta su tono.

–¿Qué ocultas, Tess? ¿Dónde estuviste anoche?

–Ahora no, por favor. No estoy para esto ahora.

Nos quedamos sentados en silencio. Yo intento dilucidar si su explicación es plausible. Podría serlo. O podría no serlo. Me parece que estoy demasiado cansado para saberlo.

Tess deja el sillón frente a mí donde estaba y viene a sentarse a mi lado. Durante un momento me pregunto si va a hacerme algún gesto de cariño y el corazón se me acelera ante esa expectativa, porque ha pasado mucho tiempo desde la última vez que alguno de los dos le ofreció al otro algún tipo de consuelo, un simple contacto nada más, pero lo que hace es inclinarse hacia mí y susurrar:

–He estado pensando.

Espero que continúe, pero antes de hacerlo se levanta y cierra la puerta. Después vuelve a sentarse justo como antes.

–Si las pruebas de ADN significan que nos están barajando como sospechosos, tiene que haber sido Chris, ¿no?

–¿Chris?

–Si alguien de la casa mató a Maria, tuvo que ser Chris, ¿no crees?

Me cuesta oír lo que dice porque habla en voz muy baja.

–*Si* fue alguien de la casa –repongo.

–¿Y por qué iban a tomar las muestras si no?

–No lo sé.

La puerta se abre y los dos nos apartamos bruscamente como niños culpables.

–Ya he hecho la reserva –dice Chris–. Voy a recoger nuestras cosas y nos iremos después del baño de Grace.

Pensar en la partida del bebé es sorprendentemente doloroso, pero me digo que todavía queda mucho que hacer, que tengo que apoyar a Tess y a Zoe, y eso es un consuelo relativo. Estoy decidido a aferrarme a esta nueva sensación de utilidad.

Detrás de él aparece la agente de enlace.

–¿Quiere que organicemos su traslado hasta allí, señor Kennedy? –ofrece.

–No, no quiero llegar en un coche de policía, gracias. Llamaré a un taxi.

¿Podría haberlo hecho?, me pregunto. Es tan agradable, tan educado. Ha trabajado duro para conseguir todo lo que tiene y ha pasado por mucho.

Pero me surge otra pregunta que todavía no he tenido tiempo de considerar con todas las distracciones repentinas de tener que llevar a Zoe al abogado, pasar horas en la comisaría preocupándome por dónde estaba Tessa y cuidar de todos cuando llegaron a casa. La pregunta es: si no lo ha hecho Chris, ¿quién entonces? ¿Ha llegado ese momento en que todos empezamos a buscar signos de culpabilidad en los demás? ¿Ha hecho Zoe bien al ir al abogado esta mañana? ¿Es que iba un paso por delante, ella que sabe más que la mayoría de culpas y acusaciones? ¿Tess acabará de llegar a las mismas conclusiones que ella? Y yo ¿debería?

Zoe

No se tarda mucho tiempo en llenar la bañera para Grace, porque no hace falta que haya mucha agua. Mientras se va llenando, intento convencerla de que se tumbe para poder quitarle la ropa, pero no quiere, así que tengo que improvisar y desvestirla como puedo primero mientras está sentada y el resto cuando se levanta y se pone a golpearme la espalda con la jabonera. Sin la ropa, se la ve gordita, y tiene los muslos casi más gruesos que mis brazos.

La meto en el agua y la agarro bien, porque no hay alfombrilla antideslizante en la bañera de Richard y Tess para evitar que se escurra, y Grace es como una nutria resbaladiza. Pasamos unos cuantos momentos complicados en los que llega a deslizarse debajo del agua y tengo que sacarla rápidamente, pero ella ni se entera del peligro porque se lo está pasando bomba.

Una vez que ha salpicado gran parte del baño y me ha mojado bastante a mí, el agua empieza a enfriarse y me doy cuenta de que tengo un problema. Ha llegado la hora de sacarla y necesito una toalla para agarrarla, porque tiene la piel tan suave y el cuerpo tan resbaladizo por el agua con jabón que me da miedo que se me escurra y se me caiga si no la cojo con una toalla, pero no veo ninguna por allí. El toallero está vacío. No puedo soltarla y dejarla sin vigilancia en el baño ni un segundo para ir a buscar una porque no deja de intentar ponerse de pie y sé que se puede caer y golpearse con los grifos.

Así que grito para pedir ayuda. Llamo a Tessa, pero es Lucas quien acude a mi llamada. Desde donde estoy, y sin dejar de sujetar a Grace, llego justo para abrir el cerrojo de la puerta y dejarle entrar.

Espero no mirarle con cara rara, aunque seguramente sí; necesito decirle que he acabado el guion, pero no sé cómo sacar el tema. Al mismo tiempo me doy cuenta de que en mi mente están cambiando algunas cosas que pensaba sobre él antes de saber cómo era Chris.

Le cuento el problema de la toalla y él se va otra vez. Cuando vuelve, lleva una colcha en la mano.

–No he encontrado toallas –dice.

Y yo pienso que mi madre nunca permitiría que no hubiera toallas en el baño. De hecho, oigo en mi mente el sonido de desaprobación que haría con la boca si nos viera ahora. Pero aquí estamos, y creo que la colcha servirá.

Lucas se envuelve los brazos con ella y se agacha hacia la bañera para coger a Grace.

A ella la colcha le encanta porque es muy grande. Cuando Lucas la tumba en el suelo sobre la colcha, Grace se pone a jugar con ella agitando los lados y tapándose la cabeza con ellos; parece un gatito rodeado de hierba gatera. Nos sentamos a ambos lados y la miramos. Es casi como si fuéramos sus padres.

Me levanto y vuelvo a echar el pestillo de la puerta, porque sé que es mi oportunidad de hablar con Lucas. El corazón empieza a latirme con fuerza.

–He leído el guion. Entero –digo.

Él no me mira, pero veo que la cara se le queda petrificada. Sigue jugando con Grace, tapándole la cara con la colcha y después quitándosela de repente, lo que la hace reír. No dice nada.

–He leído el final en el teléfono de mi padre –continúo, por si se lo está preguntando y para que no crea que me lo estoy inventando.

Cuando levanta la vista para mirarme, es como si le hubieran quitado una capa de secretos de la cara, y sus ojos tienen la expresión más profunda y más triste que he visto en mi vida.

–Quería avisarte –contesta–. Y a tu madre también. Quería que supierais cómo es.

No puedo responder porque siento que mis peores miedos se han hecho realidad, pero no importa, porque él sigue hablando.

–Porque si mi madre o yo se lo hubiéramos contado a alguien, tal vez le habríamos detenido y ella habría vivido más tiempo. No habría hecho lo que hizo.

–¿Él mató a tu madre? –Casi no me atrevo a preguntarlo, pero parece que es eso lo que está diciendo.

–No. Mi madre se suicidó. Se estaba muriendo de todas formas, pero si su vida hubiera sido mejor, si él no le hubiera destrozado la vida y no le hubiera hecho daño, ella habría vivido más, habría luchado mejor contra la enfermedad. Sé que habría sido así.

Siento que un escalofrío me recorre todo el cuerpo, desde la coronilla hasta la punta de los pies. Es una oleada de repugnancia, tristeza, miedo y creo que también certidumbre.

–¿Crees que tu padre mató a mi madre?

Tessa

Philip Guerin ha entrado silenciosamente desde el jardín y se ha instalado con nosotros en el salón. Tiene la cara enrojecida por el calor. La agente de enlace está en la cocina fregando tazas de té.

Philip ha oído a Chris reservar la habitación y le pregunta dónde se van a alojar. También comenta en voz alta que no sabe si él debería hacer lo mismo.

–Hay mucho sitio aquí ahora –dice Richard.

Pero Philip insiste, haciéndole a Chris un montón de preguntas totalmente inútiles sobre dónde está el hotel y si está lejos de aquí.

Chris le dice el nombre del hotel y yo sé en cuanto lo oigo que Philip Guerin no se puede permitir alojarse allí ni en el mejor de sus sueños. Veo que Chris lo sabe también. Parece irritado y le da respuestas cortas, claramente con la mente en otra parte, aunque Philip no parece estar captando la indirecta. No deja de hablar sobre un hotel en el que se alojó una vez cuando iba de camino a otra parte. Es la conversación insulsa más aburrida del mundo y yo quiero gritarle que se calle porque estoy intentando pensar. También me esfuerzo por actuar con normalidad cerca de Chris, algo que de repente me resulta muy difícil porque no puedo dejar de pensar en lo que él podría ser capaz de hacer.

Suena el teléfono de casa. A mí ya me resulta un sonido extraño, pero Richard, que se pasa el día entero en casa, siempre me dice que no dejan de llamar operadores de venta telefónica y que es muy molesto, y yo tengo que morderme la lengua para no darle una respuesta sarcástica; la verdad es que no tiene mucho más que hacer en todo el día que contestar esas llamadas, para qué negarlo.

Cuando el sonido del teléfono taladra el aire, mi mirada se encuentra con la de Richard.

–Seguramente será el abogado –dice.

Chris se pone alerta.

–¿Y qué quiere?

–Ya lo cojo yo –contesto, y salgo disparada de la habitación.

No sé si eso le resultará sospechoso a Richard, pero no me importa. Necesito oír la calidez serena de la voz de Sam; necesito alguien que me proporcione un respiro de mi familia. Quiero su consejo, claro, pero ahora mismo también quiero sentir su cariño.

Cuando llego a la cocina, el teléfono ya ha dejado de sonar y la agente de enlace está colgando el auricular.

–Era Sam Locke –dice–. Ha dicho que no puede hablar ahora porque tiene que acudir a una cita, pero que volverá a llamar.

Siento como si me hubieran arrebatado algo, una sensación irracional probablemente, pero no puedo evitarlo. También estoy molesta, porque ¿qué cita puede ser tan importante como para que Sam no tenga tiempo de intercambiar unas palabras conmigo? Cojo el teléfono y le doy al botón de rellamada, rezando para que responda mientras escucho los primeros tonos.

–Sam Locke –contesta por fin, y oigo cautela en su tono.

Probablemente no está seguro de si es Richard o yo quien le llama.

Tardo un par de segundos en responder, porque la agente de enlace está saliendo de la habitación con un plato de galletas.

–¿Hola? –pregunta Sam al otro lado de la línea.

La agente va muy despacio, como si estuviera haciendo lo posible por oír lo que voy a decir, pero yo espero hasta que se va y la puerta se cierra tras ella.

–Soy yo –le digo a Sam.

–Me ha llamado Richard.

–Lo sé. Perdona. Queríamos que nos asesoraras.

–Lo siento mucho, Tess, pero tengo que ver a alguien dentro de un momento, no dispongo de mucho tiempo.

–La policía nos ha estado tomando muestras de ADN. ¿Crees que eso significa que somos sospechosos?

Se produce un silencio y después dice:

–Han encontrado pruebas en la casa, así que sí, creo que la familia es sospechosa. No debería contarte esto, Tess, así que no le digas a nadie que te lo he dicho.

–Oh, Dios mío. ¿Qué pruebas?

–Sangre. Y la habían limpiado. Es lo único que pueden encontrar en tan poco tiempo. Es posible que haya más pruebas esperando en el laboratorio, porque el resto de los análisis lleva más tiempo.

–Por eso nos están pidiendo muestras a todos...

–Es probable, sí –asegura–. Querrán saber de quién es la sangre.

–Será de ella.

–Es mejor que no saques conclusiones precipitadamente.

–Bueno, ¿de quién podría ser?

–Lo único que digo es que pasarán días hasta que eso pueda confirmarse.

Suena un poco distante, y su tono es más profesional y menos tranquilizador de lo que a mí me gustaría, porque ahora tengo mucho miedo. Quiero decirle a Sam que tengo cada vez mayor certeza de que Chris le hizo daño a Maria, pero temo que Chris pueda oírme contárselo.

Pienso en el móvil de Philip. Ha estado cambiándoselo de mano nerviosamente durante la mayor parte del día, como si fuera el cabo de salvamento que le uniera a otro mundo, un mundo en el que preferiría estar.

–Sam, voy a pedir prestado un móvil y te vuelvo a llamar. Es difícil encontrar privacidad aquí, así que, por favor, contéstame cuando lo haga.

–Tengo una cita que no puedo eludir. Pero no tardaré.

–Tengo miedo –digo, y se produce un largo silencio en el que le oigo tragar saliva y me parece que me llega también el eco de sus pasos, como si estuviera recorriendo un pasillo.

–Sam, ¿dónde estás?

Se oye otra voz lejana.

–¿Señor Locke? Puede pasar.

–Tengo que irme –dice Sam–. Perdona. Intentaré contestar, te lo prometo.

–Chris se va a llevar a la niña –añado.

Pero es demasiado tarde, porque Sam ha colgado.

Admito que me siento muy dolida por eso. No estoy acostumbrada. Normalmente soy yo la que tiene que terminar la llamada de forma prematura o comportarme de manera furtiva. Sam siempre ha estado ahí para mí, esperando pacientemente a que yo tenga tiempo de ir a verle, a que pueda coger el teléfono cuando él me llama.

Intento tranquilizarme, racionalizar que tiene que acudir a esa cita, sea lo que sea, pero la verdad es que estoy enfadada. Si de verdad fuera tan importante, seguro que me lo habría comentado, me digo.

Y no puedo evitar sentirme abandonada.

Zoe

Lucas se me queda mirando fijamente cuando le pregunto si cree que su padre mató a mi madre y por la forma en que lo hace estoy segura de que él sabe la respuesta, pero antes de que le dé tiempo a decir nada, llaman a la puerta del baño.

–¿Va todo bien por ahí, mis chicas favoritas?

Es Richard. Creo que no sabe que Lucas está allí dentro con nosotras y no quiero que lo sepa, porque por fin tenemos la oportunidad de hablar sin nadie delante.

–Sí, estamos bien –respondo.

–¿Necesitas que te eche una mano?

–No. Bajamos enseguida.

Vuelvo a mirar a Lucas. Se le ve un poco ido. Mantiene la colcha colgando por encima de la cara de Grace, sujeta con su mano congelada en el aire, y ella desde abajo intenta cogerla. Lucas empieza a hablar, pero yo le pongo un dedo sobre los labios porque quiero asegurarme de que Richard se ha ido.

Pasan unos segundos y, cuando creo que ya no está, digo:

–¿Tu padre te ha hecho daño a ti?

Él hace una mueca de dolor e intenta contener las lágrimas, así que creo que ya sé la respuesta.

–¿Crees que tu padre mató a mi madre? –pregunto otra vez.

–No –contesta.

Lo dice en un susurro, y ahora sus ojos dejan traslucir una tristeza enorme, inmensa. Mira a Grace, que todavía está intentando coger la colcha con un diminuto ceño arrugando su frente lisa. Cae una lágrima desde el pómulo de Lucas y aterriza en la tela, oscureciéndola.

Una expresión extraña cruza sus ojos mientras mira a nuestra hermana y yo siento el impulso de arrebatarle la colcha por si se le ocurre ponérsela sobre la cara para asfixiarla, pero antes de que me dé tiempo a hacer nada, él la baja despacio para que ella pueda cogerla y la reacción de Grace es prácticamente de éxtasis.

–Estaba intentando protegerla –dice Lucas.

–¿A tu madre?

–No. A la tuya.

–¿Qué?

–Lo siento –dice–. Tengo que decirte que fue un error. Yo la maté, Zoe, pero fue por error.

Se me llenan los ojos de lágrimas calientes, siento que los labios y la barbilla se me hunden sin que pueda evitarlo y los músculos de mi cuerpo parecen disolverse. De repente no tengo nada dentro, no hay palabras para responder a Lucas.

–Lo siento –dice de nuevo–. Pero fue un accidente, lo juro. Y he decidido que lo voy a contar todo.

Los sollozos me ahogan y me provocan convulsiones. Me cubro la boca con la mano para acallarlos porque son muy violentos.

Lucas coge a Grace y la abraza con fuerza. Él también solloza. Nos quedamos los dos allí sentados durante un rato que parece eterno. Después me da a Grace y dice:

–La voy a echar de menos. Es tan perfecta...

Le brillan la frente por el sudor provocado por el día caluroso, las mejillas por las lágrimas y el labio superior por los mocos.

Y cuando él estira la mano para coger el picaporte, la frase que no deja de darme vueltas en la cabeza y que me hace abrazar a mi hermana con todas mis fuerzas es: «Lucas mató a mi madre».

Sam

El médico se sienta al otro lado de un escritorio que está claro que solo usa para estas consultas, porque se pone inmediatamente a abrir y cerrar cajones, irritado, y a coger cosas de la mesa y dejarlas de nuevo con un ruido seco. Temo que lo que está haciendo acabe provocando que se le caigan las gafas sin montura que lleva en equilibrio precario sobre la punta de la nariz.

–Me cambian las cosas de sitio continuamente –comenta–. Siéntese, por favor.

–Sam Locke –me presento, y le estrecho la mano antes de sentarme.

No estoy acostumbrado a ocupar este lado del escritorio en situaciones como esta y me siento como si necesitara demostrarle de alguna manera que me considero su igual, aunque sea solo con un apretón de manos.

Pero me reprendo inmediatamente por sentirme así, porque no va a cambiar nada de lo que me va a decir; no es más que mi orgullo intentando inútilmente reivindicarme como profesional de su mismo nivel. Además, el médico parece ajeno a todo ello. Seguro que lo ve veinte veces al día. Para él soy solo un paciente, alguien con quien hay que mantener una razonable distancia profesional, igual que tengo que hacer yo con mis clientes, supongo.

–Solo necesito un bolígrafo –añade con las cejas levantadas–. Ridículo, ¿no le parece?

Le doy el bolígrafo que llevo en el bolsillo y él escribe algo en un grueso historial con las esquinas del papel dobladas que hay dentro de una carpetilla de cartón que rebosa, antes de dejarlo a un lado.

–¡Bien! Disculpe todo esto. Siempre me pasan a la gente demasiado rápido. Siempre con prisas.

Coge una carpeta marrón delgada de un montón muy bien apilado. Está nueva y en la tapa pone mi nombre. Cuando la abre, veo un papel de mi médico de cabecera, la deriva al especialista, y solo un par de folios más.

–Ajá –dice–. Sí. Veo que acaban de hacerle una resonancia.

Asiento.

–Pues tenemos que echarle un vistazo.

Empieza a escribir en el teclado del ordenador. Tiene que mirar para encontrar la tecla que necesita.

–Esperemos que el sistema se porte bien con nosotros hoy –comenta–. Hay muchas trampas que hay que sortear para poder acceder a las resonancias.

Yo estoy callado y solo le observo. Es mejor que no me caiga mal, pienso, porque ese hombre es el que me tendrá que tratar. En la cabeza tiene solo una pelusilla, que lleva muy corta; en la parte de atrás, y en los lados y en la coronilla se distingue un brillo que sospecho que a él no le gustaría si lo viera. Lleva un traje caro y un nudo extravagante en la corbata, que es, sin duda, de seda, y luce una gruesa alianza de oro en el dedo anular y un reloj caro y ostentoso en la muñeca. Sospecho que tiene una clínica privada muy lucrativa.

Con tanta ropa buena, seguro que tiene calor, pienso, porque yo lo tengo.

–¡Ah, sí! Aquí la tenemos –anuncia por fin–. La encontré.

Y mientras la estudia, veo que en su cara se forma un ceño y siento como si estuviera contemplando un trozo de mi mundo desgajándose y cayendo al vacío.

Zoe

Quiero arrancarle los ojos a Lucas.

Pero también quiero abrazarle.

Todavía tengo a Grace en los brazos y la estoy abrazando tan fuerte contra mí que ha empezado a llorar. Lucas sigue de pie a nuestro lado, mirándonos sin moverse, aunque tiene la mano en el picaporte del baño.

–¿De qué intentabas proteger a mi madre? –pregunto.

–De papá.

–¿Por qué?

–Porque estaba a punto de hacerle daño. Intenté apartarla de él al ver que iba a por ella. La empujé, porque no tenía tiempo de hacer otra cosa, pero estábamos en la parte superior de las escaleras y ella se cayó y se dio un golpe en la cabeza. No quería que pasara algo así, estaba intentando ayudarla. Fue un accidente, te lo juro, Zoe. Lo siento.

Y antes de que pueda responder nada, quita el pestillo, gira el picaporte y desaparece. El movimiento de la puerta provoca que entre en el baño una corriente de aire caliente. Yo me quedo sentada ahí, entre las salpicaduras que ha hecho Grace, abrazándola mientras ella lloriquea. El peso de lo que acaba de decirme Lucas hace que me cueste respirar, y me impide incluso entender realmente lo que ha pasado, pero es lo que tengo que hacer.

Lucas dice que quería proteger a mi madre de Chris y que la mató sin querer. Me ha dicho las mismas palabras que yo dije en mi juicio: «Fue un accidente».

–¿Cómo estás? –Es Richard, que está en el pasillo. Ha aparecido como de la nada–. ¿Estás bien, cariño? –pregunta–. ¿Has estado llorando otra vez?

–No quiero que Chris y Lucas se lleven a Grace –digo.

Lo suelto sin más porque es lo que siento, pero también porque algo me dice que no cuente lo que Lucas acaba de decirme. Creo que es porque no quiero que sea verdad.

Richard me mira un poco raro y durante un momento me pregunto si ha estado escuchando tras la puerta, si habrá oído lo que ha dicho Lucas.

–¿Lucas está bien? –pregunta.

–Sí, bien. Solo me está ayudando.

Me observa la cara un segundo y después sus ojos se posan en Grace.

–Entiendo por qué no quieres que se vaya –dice.

Le acaricia la cabeza a Grace, ella le tiende los brazos y él la coge.

–Quiero hacer algo para que no se la lleven.

–Creo que no podemos.

–Pero Grace nos pertenece a mi madre y a mí. Siempre ha sido así.

–Mira, sé que es muy duro, pero Chris es su padre. No podemos hacer nada.

–Ayúdame. Yo quiero quedarme aquí, aunque solo sea un poco.

El tío Richard está todavía más rojo y sudoroso que esta mañana. Se sienta en el borde de la bañera con Grace apoyada en su rodilla.

–¿Y si les ofrecemos quedarnos con Grace por ahora, solo hasta que se hayan registrado en el hotel y se instalen? –propone–. Podemos llevársela después.

–Necesita dormir un poco.

–Pues diremos eso. Que es mejor que duerma aquí antes de irse.

Miro a Grace. No suele dormirse rápido ni sin montar alboroto, y si se pone a chillar, es posible que Chris quiera llevársela inmediatamente. Nunca se muestra paciente en esas situaciones.

–La voy a meter en el cochecito –digo–. Si la mecemos un poco, se dormirá.

Grace tiene un cochecito tan acolchado como el carro de un emperador. Cuando está cansada, nunca aguanta más de cinco minutos en él sin dormirse, porque es muy cómodo y mamá dice que le gusta la sensación de estar en movimiento.

–¿Puedes decírselo tú a Chris? Sé que a mí no me hará caso, y además no quiero cruzar ni una sola palabra con él.

–Déjamelo a mí –contesta Richard.

Me pone una mano en el hombro y yo siento que puedo confiar en él, que está de mi lado, y de repente entiendo que hay algo aún más importante que tengo que hacer: necesito encontrar a Lucas antes de que hable con alguien más.

Las escaleras hacen un ruido atronador cuando las bajo corriendo. Tengo suerte, porque encuentro a Lucas nada más llegar abajo. Está en el vestíbulo, delante de la puerta del salón. Parece como si estuviera reuniendo fuerzas para abrirla y decirle a todo el mundo lo que ha pasado.

Le agarro del brazo.

–Ven conmigo –susurro.

Él se zafa de mi mano. Tiene los nervios de punta.

–Tengo que hacerlo.

Las palabras suenan como si tuviera los dientes tan apretados que necesita hacer un esfuerzo terrible para decirlas.

–Primero necesito que vengas. Por favor.

Le cojo la mano otra vez, me la acerco a la boca y poso muy suavemente los labios sobre el dorso de sus dedos. Es lo único que se me ocurre. Quiero que sienta mi contacto porque cuando acabó mi primera oportunidad de tener una vida, sentía que nadie quería tocarme por lo que hice, porque yo no me lo merecía.

La gente no dejaba de hablarme a mí, o de hablar de mí, de lo que hice y cómo «seguir adelante», de la culpa y la reparación, de las sentencias cumplidas y las oportunidades futuras, y yo lo entendía todo, pero nunca me animó nada de eso ni me dio fuerzas, en parte porque sentía profundamente lo que había hecho, lo sentía tanto que me dolía todos los días, en parte porque estaba enfadada por lo que había pasado en mi juicio, pero sobre todo porque pensaba que no iba a volver a merecerme nada nunca, jamás.

–Tu autoestima está bajo mínimos –me dijo Jason–, y no me gusta verla así.

–Pues imagínate a mí –respondí.

Fue al final de nuestra penúltima sesión, casi la última conversación que tuvimos; la última en buenos términos, en realidad.

Lucas empieza a temblar y sus dedos se relajan bajo los míos.

–Cuando se lo digas –susurro–, te llevarán inmediatamente y no nos volveremos a ver en mucho tiempo, tal vez nunca más. Solo quiero hablar contigo una vez más antes de que lo cuentes. Por favor.

Eso parece ponerle más nervioso. O está nervioso por mí y por lo que podría hacerle ahora que sé lo que ha pasado.

–Quiero oír tu historia –insisto, porque esa es otra oportunidad que yo no tuve: la de poder contar mi historia sin que la gente me sermoneara sobre lo que tenía que decir.

A veces pienso que me habría gustado contarles mi historia a las madres y los padres de los chicos que maté, que no les habría resultado tan duro si lo hubieran oído de mi boca lejos de los juzgados, los jueces y los abogados.

–No es una buena idea –me dijo Jason–. El afán de reparación de la justicia aconseja las reuniones entre las familias de las víctimas y los condenados en algunas situaciones, pero esta no es una de ellas.

–Lucas –digo su nombre en un susurro contra su mano, aterrada de que puedan interrumpirnos, oírnos, o de que haya llegado demasiado tarde–. Por favor...

Cuando se desliza sobre sus dedos, mi aliento parece más cálido que el día.

Su temblor aumenta. Decido jugar mi carta final y saco el as que tengo en la manga.

–Lo entiendo –aseguro–. Te lo prometo.

Espero poder mantener lo que acabo de decir. El impulso que siento de castigarle, de atacarle, de hacerle pedazos, de retorcer y destrozar su cuerpo como los de los chicos que iban conmigo en el coche es fuerte, y mi parte sensata está librando una dura batalla contra él.

–¿Adónde podemos ir? –dice justo cuando pensaba que ya todo estaba perdido, que iba a confesar e ir a la cárcel y que Chris desaparecería de nuestras vidas con Grace y yo me quedaría sin nada.

Suspiro de alivio y le digo que hay un sitio.

Tessa

Chris, Philip y yo estamos sentados en silencio. La agente de enlace hace varios intentos de iniciar una conversación trivial (o cualquier tipo de conversación en realidad): habla de tazas de té, del proceso del duelo, de la estructura de las investigaciones policiales y después del tiempo.

Chris consigue emitir algunas respuestas y ella las atrapa al vuelo, como un perro al que le tiran las sobras. Creo que le han debido enseñar en alguna parte que tiene que intentar conectar con nosotros, convertirse en nuestra amiga. Quiero decirle que me importa un bledo cuántas veces al día tiene que regar sus geranios por la ola de calor, pero en vez de eso logro ignorarla y que sus palabras se conviertan en un muro de ruido blanco tras el que yo intento pensar.

Philip está en el sillón más cómodo, con la cabeza echada hacia atrás, la boca abierta y roncando suavemente. El viaje y madrugar tanto le han agotado, nos ha dicho. No tengo palabras para describir la furia que siento por su egoísmo.

Observo a Chris por el rabillo del ojo mientras habla con la agente de enlace. Me pregunto si debería comentarle a ella mis sospechas y, si lo hiciera, qué podría decirle. Si se lo cuento a la policía y Chris adivina que lo he hecho, pero al final resulta que me equivoco, nunca podremos superarlo, y no sé si estoy lo bastante segura para arriesgarme.

Estoy agradecida hasta cierto punto de que Chris quiera irse a un hotel. Me dará la oportunidad de hablar con Richard sobre él y de pedirle consejo a Sam. Además, Chris no se comporta como un hombre culpable; parece simplemente destrozado.

Tampoco puedo negar que estoy deseando recuperar el espacio que Lucas, él y el bebé ocupan en mi casa, porque así podré llorar a mi hermana y darle a Zoe la oportunidad de llorar a su madre.

Así que cuando Chris se levanta para mirar por la ventana a ver si ha llegado su taxi, siento que estoy deseando que estuviera ya aquí.

–¿Ya ha llegado? –pregunta la agente de enlace.

–No –contesta, pero al segundo siguiente dice–: Oh, sí, creo que aquí está.

Entonces, cuando se va para abrir la puerta, se me ocurre que si es culpable de algo, puede huir, pero inmediatamente me parece una idea loca y estúpida y algo de lo que debe preocuparse la policía y no yo. Esto no es la televisión, me digo, y la gente no puede desaparecer en un instante, sobre todo no con un negocio floreciente que necesita que lo gestionen, un perfil bastante público y un bebé y un adolescente a su cargo.

–¡Lucas! –llama Chris dirigiéndose al piso de arriba.

Ahora estamos los tres en el vestíbulo, pero no hay señales de Richard ni de los chicos.

–¡Lucas!

No responde nadie.

–Voy a buscarlo –me ofrezco.

Chris abre la puerta principal y aparece el conductor, muy elegante con una camisa inmaculada con el cuello abierto y unos pantalones chinos. Evidentemente no es el atuendo cómodo habitual de un taxista común, y además detrás de él veo un vehículo negro y brillante. Chris ha llamado a uno de sus chóferes del trabajo, deduzco, así que «taxi» era una descripción un poco inexacta. Me recuerda una vez más lo poco que sabía de la vida que Maria y él llevaban.

Corro arriba y voy al baño para ver si todavía hay alguien allí con el bebé. Hay señales por todas partes de que han bañado a Grace (agua en el suelo, jabón en el desagüe), pero en la habitación no hay nadie.

–¿Zoe? –llamo–. ¿Richard?

Otra vez sin respuesta.

–¿Lucas?

Veo que su mochila está encima de una de las camas de la habitación de invitados, cerrada.

Después miro por la ventana: ahí fuera están Lucas y Zoe, en el jardín, y parece que tienen a Grace en el cochecito; la están moviendo pacientemente adelante y atrás en el patio, que está a la sombra.

Es una imagen preciosa; es como si se hubieran unido para ser unos padres sustitutos para Grace y sé que Maria estaría feliz si pudiera verlos. Los veo mirar a Grace por debajo de la capota del cochecito y después empezar a pasear lentamente por el jardín con ella, aunque las losetas irregulares y los trozos de césped duro y reseco que hay por todas partes complican su avance.

Oigo voces en el vestíbulo y bajo.

–Es que ha caído redonda en mis brazos después del baño –está explicando Richard–, como un tronco, así que la hemos metido en el cochecito y hemos pensado que seguramente vosotros preferiríais ir al hotel e instalaros y volver a recogerla luego. O también podemos llevárosla nosotros.

Chris no parece nada contento. Mira su reloj, impaciente.

–No quiero tener que andar de acá para allá luego, así que creo que voy a enviar al chófer a la oficina a buscarme unas cuantas cosas, que es algo que pensaba hacer de todas formas. Cuando vuelva, la niña ya habrá dormido una hora o así. ¿Os parece bien eso? –pregunta.

–Claro –contesto yo.

A mí me parece un buen plan, y además, me he quedado sin la energía necesaria para darle ninguna otra respuesta.

Zoe

Tumbo a Grace en el cochecito, cierro la capota y cuando la paseo un poco por el patio se apaga como una luz. Levanta las manitas para ponerlas junto a la cabeza, un puño al lado de cada oreja; es una imagen verdaderamente adorable. Tiene la tripa al aire y se ve cómo sube y baja despacio cuando respira.

Lucas y yo la llevamos hasta el final del jardín, empujando el cochecito con cuidado por las zonas llenas de obstáculos, y lo aparcamos en la sombra bajo un árbol muy alto y con muchas hojas que hay junto al cobertizo del tío Richard.

Le hago una seña a Lucas para que entre conmigo en el cobertizo. El interior es un horno y huele a virutas de madera, a pintura y a pegamento. Pero, a pesar de todo, cierro la puerta cuando estamos los dos dentro.

Hay una mesa de trabajo a un lado con herramientas y otras cosas y encima una balda donde están expuestas todas las maquetas de Richard. La mayoría son aviones hechos de madera de balso, pero también hay maquetas Airfix pintadas con mucho esmero y unas cosas que son como un mecano con motores y cables que parecen complicadas.

Lucas no las mira. Se apoya en la pared y se va dejando caer hasta que acaba sentado en el suelo. Después me mira.

–¿Qué es lo que quieres? –pregunta–. ¿No me odias?

Me arrodillo a su lado, muy cerca de él. No disponemos de mucho tiempo antes de que alguno de esos adultos entrometidos nos encuentre y quiera saber qué estamos haciendo.

–Lucas –digo, le cojo las manos y se las aprieto, primero una y después la otra, porque quiero que se concentre solo en mí–. Esto es muy, pero que muy importante.

–Estoy preparado para contárselo todo. –Empieza a sollozar otra vez–. Lo siento mucho.

–¡No! –exclamo–. No, no debes hacerlo. Todavía no.

–Tengo que hacerlo –dice.

Los sollozos son demasiado fuertes y le sacudo las manos para intentar sacarle de ese estado, pero no funciona, así que al final le doy una bofetada en la mejilla lo más fuerte que puedo. Me escuece la mano por el golpe, que le proyecta la cara bruscamente hacia un lado.

–Lucas –repito–. Escúchame. Deja de llorar.

Sus ojos están inyectados en sangre y todavía tiene húmedas la zona de alrededor de los labios y la de debajo de la nariz. Parece hundido. Se ven un millón de cosas en su expresión, pero yo estoy supercentrada y lo bloqueo todo excepto lo que quiero decirle.

–¿Tu padre sabe lo que hiciste? –pregunto.

–Sí.

–¿Y qué ha dicho?

–Ha dicho que tenemos que protegernos el uno al otro. Los dos tenemos que decir que estábamos dormidos y que no sabemos nada. Nadie podrá probar nada.

–Cuéntame exactamente lo que pasó.

–Cuando nos fuimos a la cama anoche, yo no podía dormir. Te oí subir y después seguí despierto y tumbado en la cama mucho rato, hasta que les oí discutir en su dormitorio. Sonaba como si estuviera siendo violento con ella, y yo tuve miedo de que estuviera tan enfadado por las mentiras que le contasteis las dos que fuera capaz de hacerle daño, así que salí de la cama, fui a su dormitorio y abrí la puerta para decirle que parara. La tenía agarrada, y en cuanto me vio la soltó, pero después vino a por mí. Estaba muy furioso. Yo salí al pasillo para huir de él, pero me alcanzó junto a las escaleras y me empujó contra la pared. Y tu madre... Tu madre vino corriendo por detrás de él, lo pilló por sorpresa y consiguió apartarlo de mí un segundo. Estaba entre él y yo, pero le dio la espalda para comprobar que yo estaba bien. Tras ella vi que él se había recuperado muy rápido y que se lanzaba a por Maria, así que intenté apartarla de un empujón, tirarla al suelo. Pero cuando la empujé, se golpeó con el poste del pasamanos, no sé cómo rebotó, y cayó por las escaleras.

Veo toda la escena en mi cabeza; ahí está mi madre, tirada y rota al final de las escaleras.

–Había sangre –añade–. Se golpeó la cabeza cuando cayó y había sangre.

Y todo ocurrió mientras yo estaba en la cama, durmiendo, con Chopin puesto en el iPod y Grace en los brazos. Pensar en eso casi me deja completamente bloqueada y me roba todo el coraje.

–Él me obligó a limpiar la sangre –cuenta Lucas, y le da una arcada al recordarlo–. Me obligó a limpiarla mientras él se la llevaba fuera. No sabía que iba a dejarla junto a los cubos de basura. Lo siento. Se merecía algo mejor que eso.

Necesito un momento para encontrar las palabras con las que formular la siguiente pregunta, porque es la más difícil, y tengo que recurrir a todas mis reservas de fuerza para mantener mis emociones bajo control. Pero lo hago por mamá.

–¿Por qué querías que borrara el guion?

–Porque papá me dijo que teníamos que cubrirnos el uno al otro. Él no sabía lo del guion, pero pensé que, si la policía lo veía, sospecharían de él y podría acabar diciéndoles que lo hice yo. Pero quiero contarlo todo porque ya no puedo soportarlo más.

Estoy tan cerca de Lucas que puedo examinar su cara con una precisión casi forense para intentar comprender cada arruga y cada curva que hay en ella. Le veo todos los poros, y el arco de las pestañas pegadas y húmedas, y reconozco su olor; es el mismo que había en el Centro a veces.

Es el olor del miedo.

–Él también le hizo daño a tu madre.

–Sí.

–¿La mató él?

–No.

–¿Pero murió por su culpa?

–Se suicidó porque él la hacía sentir inútil.

Conozco ese sentimiento, habita en cada célula de mi cuerpo.

–Pero se estaba muriendo de todas formas, ¿no?

–Nunca luchó contra la enfermedad. Tal vez habría luchado si su vida no hubiera sido tan horrible. No tenía razones para querer seguir viviendo. Ya te lo he contado.

Pongo un dedo sobre los labios de Lucas para que no continúe por ahí.

–Shhh –digo.

Lo que no digo es: «Pero te tenía a ti», porque a veces entiendo que es mejor guardarte algunas cosas si estás segura al cien por cien de que van a herir a los demás.

Su aliento huele como agrio, pero no me da asco. Me doy cuenta de que Lucas lleva mucho tiempo cargando con un secreto, igual que yo, y me encanta ser la única persona que puede ver su alma. Esa idea es poderosa y hace que mi corazón se acelere.

Acerco mi mejilla a la suya, presiono la una contra la otra, y la humedad de sus lágrimas nos une y nos sella. Después apoyo la cabeza en su hombro mientras él llora sin parar, como si su tristeza no fuera a acabar nunca. Pero durante todo ese tiempo, mi mente está trabajando y empiezo a tener las ideas clarísimas.

–Lo grabé con mi teléfono –dice de repente–. Lo grabé haciéndole daño a tu madre cuando abrí la puerta del dormitorio, porque quería utilizarlo para enseñarte a ti cómo es él.

–¿Todavía lo tienes en tu teléfono?

Si está ahí, la policía lo encontrará.

–Lo eliminé cuando borré el guion.

Les llevará un poco más de tiempo, pero lo encontrarán. Pero yo quiero actuar con rapidez.

–Pero lo subí a la nube antes de borrarlo –explica–. Por si necesitaba probar que estaba intentando ayudarla porque mi padre le estaba haciendo daño.

Me describe lo que hay en el vídeo y, cuando lo oigo, mis ideas toman forma. Una forma perfecta.

Cojo las dos manos de Lucas entre las mías una vez más e inspiro hondo.

–Te perdono –le digo entonces, porque esas son las palabras que yo siempre quise oír.

Y se las digo a él aquí y ahora porque sé, aunque él no sea consciente de eso todavía, que son el mayor regalo que puedo hacerle. Solo deseo que sean suficientes.

Porque de repente he comprendido algo que es todavía más importante que saber lo que Lucas le hizo a mi madre; he entendido que Lucas es mi única oportunidad de mantener a Grace conmigo.

Porque si no, la tendrá Chris.

Y le hará daño.

Lo sé en lo más profundo de mi corazón.

Sam

–Creo que ya ha tenido una conversación con su médico de cabecera sobre lo que podríamos encontrar en la prueba que le hemos realizado hoy –dice el médico.

–Sí.

–Como sospechábamos, en su resonancia se ve claramente que hay lesiones. Y están tanto en el cerebro como en la columna.

Gira el monitor del ordenador hacia mí y veo una imagen de mi cráneo.

–Esto es una sección de su cerebro. Es como si estuviéramos mirando desde la coronilla hacia los pies –explica–. Hay lesiones visibles aquí, aquí y hay otra más que creo que podrá ver ahí. –Y con el bolígrafo señala varias zonas de la pantalla.

Está señalando unas pequeñas manchas de color gris pálido que se ven distintas que el resto de la imagen, como si alguien hubiera dejado varias huellas dactilares pequeñitas en el interior de mi cabeza.

–Considerando estas lesiones en conjunto con el resto de sus síntomas –continúa el médico–, yo diría que todo apunta hacia un diagnóstico de esclerosis múltiple, pero me gustaría hacerle una punción lumbar para confirmarlo. ¿Sabe lo que es?

Durante un momento no consigo articular palabra porque tengo la garganta muy seca.

–Extraer fluido de la columna –respondo.

–Lo hacemos para buscar algo que se llama proteínas básicas de mielina. Si las encontramos, se confirmará el diagnóstico. Si no, desgraciadamente eso no asegura que no tenga la enfermedad, solo que no había proteínas en la muestra, así que seguramente tendremos que repetir la prueba. Pero basándome en esta resonancia, creo que sería razonable que se preparara para una confirmación del diagnóstico de esclerosis múltiple. –Se pone a escribir en el ordenador otra vez–. Creo que lo más aconsejable en este momento es que hablemos de las opciones que existen para aliviar los síntomas que tiene. ¿Me los puede describir?

Una hora y media más tarde, tras una larga espera en la farmacia del hospital, salgo del edificio con una bolsa de medicamentos y una cita para hacerme una punción lumbar la semana siguiente, además de los datos de contacto de la enfermera especialista en esclerosis múltiple del hospital, a la que acabo de conocer.

Fuera, en las calles asfixiantes, siento que me molesta la intensa luz del sol y la forma en que se refleja en los techos y los capós de los coches, y en las ventanas de los edificios de alrededor.

Me han dicho que la medicación debería reducir los síntomas de pérdida de sensación y el dolor de las articulaciones pronto, y debería estar agradecido porque eso me hace sentir muy vulnerable cuando estoy fuera de casa, sobre todo cuando hay mucha gente, y cada vez es más difícil ocultárselo a los demás.

Sabía que el diagnóstico era probable, y aunque todavía no está confirmado, no creo que el médico me hubiera aconsejado que me preparara si no estuviera razonablemente seguro.

Incluso a la sombra me agobia el calor y las recientes noticias que me han dado. Saco el teléfono. Tess todavía no me ha llamado.

–Perdóname –digo, aunque sé que no puede oírme, y silencio el teléfono.

Me acerco a uno de los taxis que están parados delante del hospital y le doy al taxista la dirección de mi casa. No respondo a ninguna de las preguntas que me hace buscando entablar una conversación. En el silencio que he impuesto, le veo mirarme por el espejo retrovisor, claramente preguntándose qué me habrá pasado.

Cuando llego a casa, a mi piso vacío, desearía más que otra cosa en el mundo tener a alguien que pudiera venir a acompañarme esta noche, alguien a quien poder decírselo, alguien que lo pasara conmigo todo, hasta el final.

Zoe

Cuando tu mundo explota, todos los trocitos vuelan y se desperdigan, y nunca más los vuelves a ver ni nada vuelve a ser como antes.

Perdí el mundo que tenía antes del accidente y mi madre me ayudó a construir uno nuevo. Ahora ese mundo ha desaparecido también y no voy a volver a ver a mi madre, pero no quiero perder el resto de los trocitos.

Antes de salir del Centro, Jason me enseñó una última cosa. Acabábamos de terminar nuestra última sesión, dos días antes de que me dejaran libre, y le pregunté por qué todos nosotros estábamos encerrados como animales cuando lo que habíamos hecho muchos de nosotros solo había sido un error, o algo inevitable, porque éramos estúpidos y demasiado jóvenes, o cuando había otras razones para que estuviéramos allí, como por ejemplo testigos que mintieron y un juez que no se creyó la verdad cuando la oyó.

–El castigo se considera un elemento disuasorio efectivo –respondió Jason, y se ajustó el cuello de su camiseta de Bowling for Soup, un gesto que siempre hacía cuando se sentía incómodo–. Al menos esa es la teoría –añadió–. Mira, Zoe, no es un sistema perfecto y lo sabemos, pero por eso son importantes estas sesiones, porque aquí es donde tienes oportunidad de desmontar lo que te pasó y comprender las razones de todo ello para intentar encontrar una forma de seguir adelante.

–Yo conté la verdad en mi juicio y me metieron en la cárcel de todas maneras –repuse.

–Bueno, como te acabo de decir, no es perfecto, pero ya sabes que antes los chicos no tenían sesiones de terapia, así que has tenido suerte en ese sentido.

El reloj que había colgado bastante alto en la pared indicaba que se nos había acabado el tiempo. Pero me pareció una forma poco productiva de acabar nuestra última sesión, porque me había dicho esas cosas un millón de veces antes.

Pero esa no fue la última cosa que me enseñó.

Después de oír eso me quedé sentada, preguntándome si Jason iba a decir algo gracioso o agradable como despedida (eso era lo que yo quería en realidad), pero solo dijo que era hora de irme y me acompañó hasta el pasillo, como siempre.

Hay lugares en el Centro donde no te ven las cámaras de vigilancia. La mayoría de nosotros los evitamos; nadie quiere quedarse solo en uno de ellos, da miedo. Es de las primeras cosas que aprendes al llegar.

Jason se detuvo en uno de esos lugares, entre dos puertas que comunicaban zonas diferentes. Me quedé esperando a que pasara su tarjeta de seguridad y abriera las siguientes puertas para que pudiéramos seguir, como era habitual, pero él se quedó parado y me agarró el brazo. No había nadie más por allí porque era una hora en la que la mayoría de la gente estaba encerrada.

–Zoe –empezó–, te vas dentro de dos días y creo que tienes muchas posibilidades de no volver por aquí, de verdad lo creo. De hecho me decepcionaría a nivel personal que regresaras.

–No lo haré.

Lo dije apresuradamente porque no me gustaba cómo sus dedos me apretaban el brazo. Intenté apartarme, pero no pude alejarme mucho porque el espacio era muy pequeño. Todos los músculos de mi cuerpo se tensaron por el miedo.

Y me quedé petrificada allí. Él soltó la mano que me había estado agarrando con demasiada fuerza y fue deslizando los dedos por mi brazo, por encima de la manga de la sudadera y del puño, hasta que llegó a la muñeca. Sus dedos entraron en contacto con mi piel y yo contuve la respiración cuando se colaron por debajo de la tela y empezaron a subir. La yema de su dedo meñique se apoyó levemente sobre el hueso de mi muñeca y yo deseé que ese hueso se disolviera en ese momento, porque era una sensación escalofriante.

–Eres tan guapa, tienes tanto talento... –dijo a continuación, y su voz sonó como si tuviera la lengua pastosa–. No perteneces a un sitio como este.

En ese momento su mano pasó de la muñeca a la mejilla. El movimiento fue lento y me rozó un pecho por un lado al subir. Yo eché la cabeza hacia atrás y sentí que mi cara temblaba mientras me acariciaba la mejilla con un dedo.

Su respiración sonaba fuerte e irregular.

–Voy a gritar –advertí.

–Es mi palabra contra la tuya, Zoe. ¿A quién te parece que van a creer?

No contesté, porque ya sabía la respuesta a esa pregunta: a él.

Acercó su cabeza a la mía y me rozó el cuello con los labios.

–Tu vida va a ser así de ahora en adelante y tienes que recordarlo –fue lo último que dijo.

Y entonces se apartó de mí de repente, pasó la tarjeta para abrir la puerta y me la sostuvo para que la cruzara en dirección a las fuertes luces de la zona común, como si no hubiera pasado nada. Yo empecé a andar despacio, porque tenía miedo de caerme redonda, y apenas oí a Jason saludar a Gemma, que era quien estaba de guardia, y decirle que hiciera pasar a la siguiente persona; me sentía como si tuviera que hacer un gran esfuerzo para que cada bocanada de aire entrara en mis pulmones.

Fui a mi habitación y me hice un ovillo sobre la cama, encogiéndome todo lo que pude. Sentía frío, estaba temblando, y lo único que evitó que arrancara la sábana y me tapara con ella hasta el cuello fue pensar que solo me quedaban dos días más en ese lugar antes de que mi madre viniera a buscarme y después de eso no volvería a ver a Jason y podría tener otra vida, una segunda oportunidad de tener una vida.

Recuerdo bastante bien todo lo que me dijo Jason cuando estaba en el Centro, porque tengo muy buena memoria, pero fue ese mensaje final que me dio en ese lugar sin cámaras el que se quedó grabado a fuego en mi mente.

Ya sabía que la vida era injusta y que las estructuras que establece la sociedad para protegerte no siempre funcionan, pero lo que Jason me enseñó en aquel lugar y momento fue que lo que me pasó me había marcado para siempre, que me había convertido en alguien con el que la gente podía hacer lo que quisiera, como un juguete con el que otras personas pueden jugar, en alguien sin voz y sin el derecho a tener una vida normal.

A menos que...

A menos que fuera lo bastante valiente para asumir yo el control.

En el calor asfixiante del cobertizo de mi tía se acaba de formar una idea perfecta en mi cabeza: quiero salvar a Grace de Chris y mantenerla conmigo para poder convertirla en la chica que mi madre habría querido que tuviera la oportunidad de ser.

Miro a Lucas e intento saber si puedo conseguir que esa idea funcione. Será un verdadero desafío, lo sé, porque Lucas es como un perro apaleado la mayor parte del tiempo, sobre todo ahora. Pero lo que tengo en mente no se puede llevar a cabo sin él, así que necesito desesperadamente que sea valiente también, porque va a tener que mentir sobre lo que pasó.

Le cuento en susurros la idea que acabo de tener, pero, como me temía, cuando termino de decirle lo que es necesario que haga, él contesta:

–No puedo.

–Sí que puedes.

–No.

–Si dices la verdad, te encerrarán, Lucas, como me hicieron a mí. Y no sabes lo que es estar allí dentro. Y tu padre se quedará con Grace y le hará daño. Y puede que yo no os vuelva a ver a ninguno de los dos. Jamás.

Intento erguirme en toda mi estatura. Echo los hombros atrás y sacudo el pelo para que me quede tras la espalda. Me pongo como se puso mi madre cuando Chris y Lucas volvieron del concierto. Adopto la postura que ella mantuvo durante todos los días de mi juicio, cuando era fuerte. La postura que quiero que Grace tenga cuando sea mayor pase lo que pase.

El problema es que, por muy fuerte que yo sea, el miedo que hay en los ojos de Lucas parece llevar allí, profundamente enraizado, mucho tiempo; seguramente así es. También entiendo que ahora mismo él se siente igual que yo justo después del accidente: como un animal atrapado, arrasado por el pánico y el dolor, y agobiado por el *shock* de lo que ha pasado, pero tengo que sacarlo de ahí y hacer que vea tan claro como yo lo que tenemos que hacer.

–¿Quieres que Grace tenga una vida como la tuya? –pregunto–. ¿Una vida marcada por el miedo a tu padre?

Niega con la cabeza, pero dice:

–Lo que me estás pidiendo que haga está mal.

–No está mal si acaba bien. Piénsalo.

Estoy empezando a desesperarme, porque si no accede a hacer lo que le pido, perderemos todo lo que nos queda, los dos. Pienso en el guion y sé que en el fondo tiene que sentir la misma furia que yo.

–La furia puede ser una liberación –me dijo Jason una vez, aunque también me aconsejó que no demostrara que la sentía tan a menudo como lo hacía en aquel momento.

Desesperada, cojo una de las maquetas de Richard de la balda que tenemos al lado y se la tiendo a Lucas.

–Destrózala –digo.

Es la única forma que se me ocurre de conectar con los sentimientos de rabia que debe estar reprimiendo en su interior y seguramente la única forma que tengo de conseguir que acepte mi plan aquí y ahora.

–¿Qué? ¡No!

–¡Vamos!

Se la acerco una vez más, pero él la aparta bruscamente; en ese gesto me parece ver que la furia empieza a borbotear y me pregunto si alguna vez la habrá dejado salir. Es suficiente para convencerme de que mi táctica es buena.

–Yo lo haré –afirmo–. No tengo miedo.

Y justo delante de su cara cojo el ala del avión y me pongo a doblarla muy lentamente. La tensión del material va creciendo bajo mis dedos.

La maqueta es delicada y preciosa. Le habrá llevado horas, o incluso días, montarla.

–¡No! –grita Lucas, e intenta arrebatármela de las manos.

Yo dejo que me la quite.

–Rómpela –insisto.

–¡No!

Lo agarra como si fuera una delicada porcelana, pero le tiemblan las manos.

–Representa tu vida con tu padre –continúo presionando–. Rómpela y te liberarás de todo. Rómpela por tu madre. Rómpela y podremos hacer lo que tenemos que hacer para conseguir justicia para tu madre y para la mía.

–¿Por qué me estás haciendo esto? Intenté avisarte, ¿no es verdad? Te envié el guion.

–¡Me lo enviaste demasiado tarde!

Mira el avión que tiene entre las manos.

Pienso en el aliento de Jason rozándome la cara, en las palabras que me dijo cuando estábamos así («Es mi palabra contra la tuya, Zoe. ¿A quién te parece que van a creer?»), y sé que si Lucas no accede a colaborar conmigo, no voy a poder hacerlo sola.

–Nos creerán, sé que lo harán. Es la única forma –aseguro.

–¿Y qué pasa con los mensajes de Panop que te envié? La policía los encontrará en tu teléfono.

–Ya saben lo de mi pasado, Lucas, y no importa que tú lo sepas también. Piénsalo. Eso es lo único que prueban los mensajes de Panop.

Lo veo todo con una claridad pura, inmaculada, y me estoy frustrando cada vez más porque él no lo ve. Es como si tuviera barro en el cerebro; está pensando en todas las cosas que no importan.

–Y si hacemos esto bien –añado–, no se van a molestar en mirar mucho nuestros teléfonos.

–Maria no se merecía a mi padre. Ni tampoco mi madre. Nadie se lo merece.

–Grace no se lo merece tampoco.

Le da vueltas al avión entre las manos. Al final acaba sujetándolo por un ala, como he hecho yo antes, y entonces, justo cuando creo que lo va a dejar en su sitio y después a escabullirse del cobertizo porque he fallado en esto como en todo lo demás, veo que empieza a doblarla. Contengo la respiración mientras se acumula la tensión en la madera, que empieza a astillarse.

Lucas da un respingo, pero yo le animo.

–No lo dejes ahora.

Y es como si esa frase fuera una especie de liberación para él, como si toda su rabia de repente hubiera entrado en ebullición.

Le rompe el ala al avión, después la cola, y yo tengo que echarme atrás porque empieza a golpearlo contra las paredes del cobertizo hasta que se rompe y se hace pedacitos, aunque él sigue golpeándolo sin parar hasta que temo que se vaya a romper la mano. Mientras lo hace, no deja de decir:

–Te odio. Te odio, joder.

Los dos sabemos que no me lo está diciendo a mí; se lo está diciendo a su padre.

Cuando termina por fin, se queda mirando unos trozos que le han quedado en la mano como si no estuviera muy seguro de cómo han llegado allí.

–¿Lo harás? –pregunto.

–Vale –responde.

Y el corazón me da un vuelco por el alivio.

Richard

Cuando Chris por fin decide quedarse un poco más para esperar a que Grace se despierte, me pide que le preste mi ordenador.

–Tengo que arreglar un par de cosas del trabajo para que no me molesten durante los próximos días –explica. Su expresión es sombría y se le ve estresado.

–Claro, lo que necesites –respondo.

Le llevo arriba, al ordenador de mi despacho.

¿Es posible que haya hecho algo?, me pregunto de nuevo cuando le dejo con sus cosas. Tengo que resistir la tentación de mirar por encima de su hombro. Tessa tiene sus sospechas, es evidente, pero eso podría ser fruto de la culpa, porque ella está convencida, no sé por qué, de que habría podido salvar a Maria si se hubiera esforzado más en mantenerse cerca de ella después de que se casara.

Cuando cruzo el pasillo, me doy cuenta de que el baño ha quedado hecho un verdadero desastre después del paso de Grace por allí y decido ordenar un poco y arreglarlo para Tessa. Seco toda el agua derramada con esa colcha que ya está húmeda, la dejo en el pasillo con intención de sacarla después al jardín para tenderla y al final enjuago la bañera para retirar los restos de jabón del interior.

Mientras estoy limpiando, de repente recuerdo algo que me ha parecido oír cuando Zoe estaba bañando a Grace y siento cierta confusión: me ha parecido oír a Lucas decir algo sobre la muerte de Maria, pero estoy seguro de que me estoy equivocando, porque he hablado con Zoe inmediatamente después de eso y seguro que habría reaccionado de forma diferente si fuera así.

Me pregunto si podré convencer a Chris de que deje que Grace se quede hasta la hora de su cena. Será difícil organizarla en el hotel. Me pregunto si la niña comerá sopa. Y si va a empezar a echar de menos a su madre.

Parece que Grace ha estado jugando con todos los botes de plástico que estaban cuidadosamente colocados a un lado de la bañera, así que los voy recuperando de todos los rincones de la habitación y los coloco en sus lugares habituales. Tess y yo no estamos acostumbrados a que las cosas no estén en su sitio. Tenemos una vida muy tranquila.

Estoy de rodillas en el suelo, intentando alcanzar un bote de champú que se ha colado tras la estantería que hay bajo el lavabo y se ha quedado encajado cuando noto una repentina urgencia. Primero es una oleada de cansancio y después un cúmulo de emociones que no puedo soportar.

A mi lado, empotrada en el revestimiento que rodea la bañera, hay una puertecita. Si la empujo, se abrirá y tras ella aparecerá una botella de vodka que tengo escondida. Vodka barato y malo. Vodka anestésico, maravilloso. Solo tengo que empujar un poco con los dedos y lo tendré.

Pero voy a portarme bien. Me siento allí mismo, sobre las rodillas, en nuestro pequeño y bonito baño y pienso en ese precioso bebé, en la familia rota de Tessa y en el caos de nuestro matrimonio, y aunque necesito hasta el último gramo de fuerza de voluntad que hay en mi cuerpo, consigo salir del baño sin tocar la botella.

Alejarme de allí es difícil. Pero hay una recompensa, no puedo negarlo; mientras bajo despacio las escaleras, me obligo a reconocer que resistirme a coger la botella es también un cierto triunfo, por muy mal que me sienta justo ahora.

Tessa

Estoy en el piso de abajo, caminando como un tigre enjaulado. Los inspectores han dejado libre el comedor por ahora y no paro de dar vueltas por allí, como si esa habitación pudiera darme alguna pista o ayudarme a pensar.

Pero estoy demasiado inquieta para quedarme ahí mucho rato. Salgo al pasillo y casi choco con Zoe.

Se sobresalta y suelta un gritito. Parece tensa y muy nerviosa y no me mira a los ojos, algo que no es habitual en ella. Me dice con voz ahogada, como si le costara respirar, que quiere reunir a todo el mundo en el salón.

Ella despierta a su padre, llama a Richard, que está en el jardín comprobando que el bebé está bien, hace bajar a Chris, que estaba en el dormitorio de arriba, y nos pide a todos que nos sentemos, pero reserva un asiento en el sofá, al lado de Chris, en el que insiste en que se siente la agente de enlace.

Lucas también se encuentra allí, haciendo algo con la televisión. La ha encendido, tiene dos mandos en la mano y está pasando una serie de pantallas que yo no reconozco.

Cuando Richard entra en la habitación, le pregunta a Lucas qué quiere hacer y le ofrece su ayuda, pero el chico la rechaza con bastante brusquedad. Para mí es evidente que él sabe de sobra lo que está haciendo, aunque también es innegable que le consumen los nervios, igual que a Zoe.

Mientras todo el mundo se va sentando, Zoe se queda de pie junto a mi sillón y yo le acaricio la muñeca delgada.

–¿Qué pasa, mariposa? –pregunto.

Ella no me mira y no responde; está hipnotizada mirando lo que está haciendo Lucas.

Su estado me recuerda al que tenía cuando se celebró el juicio; me rompía el corazón porque siempre parecía estar en otra parte. Era como si su esencia se hubiera retirado y acurrucado por el miedo, y aunque tal vez no debería haber sido así, eso la volvía de alguna forma inalcanzable para el resto de nosotros.

–¿Zoe? –le hablo de nuevo porque su comportamiento me está asustando un poco.

Pero en ese momento Lucas dice:

–Listo.

Y como si ese fuera el pie que estaba esperando, como si se tratara de algo que los dos han ensayado, ella se vuelve hacia los demás y suelta un discurso breve con una voz tan lacónica que hace que me recorra un escalofrío:

–Lucas y yo teníamos miedo. Pero ahora hemos decidido contar lo que sabemos. Este vídeo es de anoche.

Todos nos volvemos hacia la televisión.

Parece que Lucas la ha conectado a internet y lo que hay en la pantalla es una web de vídeos. Me pregunto si lo que va a poner es el vídeo del concierto. Pero parece que no.

La imagen que aparece en la pantalla es del interior de la casa de Chris y Maria.

Lucas

Grabé esto con mi teléfono, en secreto, anoche. Lo tenía junto a la pierna y mi padre no se dio cuenta.

Mientras vemos lo que grabé en el salón de Tessa, delante de mi padre y de todos los demás, la única forma que se me ocurre de obligarme a quedarme allí, verlo de nuevo y cumplir con lo que hemos acordado Zoe y yo es ponerme a pensar en qué cosas haría de forma diferente si fuera a rodar esta escena para una película de verdad.

El hecho de haber grabado toda la escena en secreto antes de soltar el teléfono y de que la cámara solo enfocara el techo hace que la grabación tenga un cierto aire a *El proyecto de la bruja de Blair* o a *Paranormal activity*. La apariencia es la de una película de terror *indie* de bajo presupuesto, y eso podría funcionar. Pero me gustaría que tuviera otro estilo, así que la rodaría de otra forma.

La primera escena sería una escena en movimiento. La cámara tendría que seguirme por el pasillo, y por eso utilizaría una de mano que enfocara por encima mi hombro desde detrás de mí, para que el espectador pudiera ver cómo me acerco a la puerta del dormitorio de mi padre y Maria y lo presenciara todo desde mi punto de vista.

Mientras voy por el pasillo, la banda sonora tendría un tono grave y notas largas (cuerdas graves tal vez) y sería como una especie de zumbido. Se oirían los sonidos amortiguados de una discusión desde el otro lado de la puerta del dormitorio.

Cuando me paro ante la puerta y escucho, la cámara giraría para mostrar mi cara, para que se vea que intento ser valiente.

Después se cerraría el foco para hacer un primer plano de mi mano abriendo la puerta del dormitorio. La puerta se abre de par en par.

El zumbido de la música sube, pero todavía no es demasiado alto.

Se ve el interior de la habitación. Está iluminada solamente por la pequeña lámpara de la mesita, así que hay largas sombras proyectándose por todo el espacio que hacen que mi padre parezca aterrador, como el malo de la portada de un cómic.

Mi padre está de pie al lado de Maria. La agarra del pelo y tiene su cabeza contra la pared. A ella se le ve muy bien el largo y bonito cuello.

Después habría una serie de primeros planos: el dorso de la mano de mi padre, el pelo de Maria escapándose entre sus dedos, la piel estirada al máximo de sus nudillos y la cara de ella con la mandíbula tensa por el dolor y el miedo.

El zumbido de la banda sonora aumenta y se incorporan otras cuerdas con un tono más agudo y diferente, para que suene discordante.

Estaría satisfecho con ese principio; lo mostraría todo como pasó exactamente.

Cuando se da cuenta de lo que está viendo allí, rodeado de toda la gente que hay en el salón de Tessa, mi padre intenta lanzarse hacia la televisión para evitar que todo el mundo oiga lo que va a decir en el vídeo. Pero a su lado están sentados el padre de Zoe y también la agente de policía; el padre de Zoe agarra a mi padre del brazo y le dice que se siente con una voz que suena educada pero mortífera. El padre de Zoe tiene la cara descompuesta, pero es grande y fuerte, y mi padre no puede enfrentarse a él.

Estamos llegando a la parte de la película en la que todo pasa muy rápido. Todos los presentes miran el vídeo hipnotizados.

La imagen está un poco movida ahora, porque estaba asustado, pero me pongo otra vez a imaginarme cómo la rodaría.

Mi padre se vuelve hacia mí y me ve en la puerta. «Sal de aquí», dice. En ese momento tendría que asegurarme de que se viera la vena que le sobresale en la sien, enrojecida y furiosa.

Puede que ese sea un buen momento para volver a hacer otro plano de mi cara, para que quede claro que tengo más miedo aún pero que me estoy esforzando por no salir huyendo de la habitación, como he hecho muchas veces antes; me quedo donde estoy porque quiero que mi padre deje de hacer lo que está haciendo.

Un primer plano de la cara de Maria, que gira la cabeza para mirarme, aunque mi padre sigue agarrándola del pelo. Sus ojos están llenos de mensajes que no puedo interpretar, porque no la conozco tan bien como a mi madre. Cuando mi padre le suelta el pelo, ella los cierra y cae al suelo como una muñeca de trapo.

Otra secuencia en movimiento, de nuevo con la cámara de mano, para que se vea que papá viene directo hacia mí. Yo me quedo donde estoy.

–No se te ocurra tocarlo –amenaza Maria.

–¡Cierra la boca! –grita papá.

–Si le haces daño, se acabó –contesta ella.

Ahora se detiene la música. Un silencio repentino sería muy efectivo, creo.

Él se detiene, se vuelve a mirar a Maria y se ríe. Ella levanta la barbilla desafiante, pero se la ve pequeña y frágil en comparación con él, igual que a mi madre.

–¿Pretendes amenazarme? –pregunta él–. ¿Eso es lo que estás haciendo?

Deseo que ella siga mirándole fijamente, pero no lo hace, baja la vista.

–Y si esto se acaba –continúa él–, ¿adónde crees que vas a ir? ¿A otra ciudad? ¿A otro piso mugriento? ¿Crees que puedes quedarte sola con tu hija otra vez? ¿Sin dinero? ¿O vas a volver arrastrándote a Devon, a vivir entre esa gente a cuyos hijos asesinó tu hija? No podrás, Maria. No eres capaz de hacerlo sola.

Un primer plano de su cara que deje claro que ella se da cuenta de algo.

–No lo harías –responde Maria.

Entonces entiendo que ella ha comprendido que mi padre está dejando entrever que le quitaría a Grace.

–Lo que no voy a hacer es dejar que críes a mi hija en una casa en la que estéis solo tu hija y tú –replica él.

Y mira a Maria igual que antes miraba a mi madre, como si ella no valiera nada y nunca pudiera llegar a valer la pena para él.

Después se vuelve hacia mí otra vez y esta vez su expresión está llena de furia. Yo doy un paso atrás en dirección al pasillo. Y otro, y un tercero.

En la televisión que tenemos delante se nota que la cámara del teléfono se mueve y ahora solo se ve la parte de atrás de mi pierna, porque lo escondí. Después solo hay trozos de acción, pero los que lo están viendo y conocen nuestra casa seguro que se han dado cuenta de que estoy caminando hacia atrás en dirección a la escalera.

No quiero huir ante él, quiero mantenerme en mi sitio y gritarle, escupirle a la cara todas esas cosas que veo en las películas. Quiero decirle quién es y lo que es y preguntarle por qué es un monstruo y por qué un monstruo como él querría quedarse con una niña. O con sus dos hijos. Quiero que baile mientras le disparo balas justo al lado de los pies. Quiero que sude por el miedo cuando comprenda que no estoy allí para hacer un trato con él, sino para matarlo, pero es como el coronel Kurtz en toda su gloria, un enorme maníaco, un Goliat corrompido por el poder. Me acosa en mis sueños con su violencia y durante el día lo hace con sus palabras cargadas de amenazas, dichas en voz baja y controlada.

Pero tengo miedo y todo mi coraje me abandona. Ahora me ha atrapado: con las manos sobre mi pecho, me empuja contra la pared, justo al principio de las escaleras.

Tras él Maria empieza a levantarse, aunque le cuesta mucho, como si sintiera un gran cansancio y solo una leve chispa de rebeldía la impulsara. Papá no se da cuenta. Mis ojos están fijos en los suyos y veo que ha cerrado la otra mano y ahora es un puño.

No sé adónde mirarle, si a los ojos o al puño; no estoy seguro de que me vaya a golpear, porque nunca antes me ha pegado. Hasta ahora. Me ha pellizcado y me ha empujado, pero normalmente solo utiliza las palabras para humillarme y someterme.

Lo que más repulsión me provoca es que he dejado que me lo hiciera durante toda mi vida y también le permití hacérselo a mi madre. Pero a ella nunca le dejó moratones visibles. Nunca. Mi padre era demasiado listo para eso. De ahí que ninguno de los médicos que trataban a mamá llegará a sospechar nunca nada.

La culpa y la furia contra mí mismo por no haber evitado nunca que le hiciera daño ocupan mi mente todas las horas del día de todos y cada uno de los días; es lo que oigo cuando toco el piano, lo que resuena en mi cabeza cuando veo películas y cuando estoy en el instituto, es algo que nunca me deja en paz. No hay nada que lo haga desaparecer, excepto tal vez Zoe. Porque ella es como yo: también guarda secretos horribles.

Fui a ver a una orientadora en el colegio. Nadie sabe que fui. El problema fue que, cuando llegué a la cita, no pude decirle lo que quería, así que le conté un montón de mentiras sobre lo estresado que estaba por los exámenes. La orientadora me dio un montón de folletos, totalmente inútiles, pero me dijo algo que sí me sirvió: «¿Por qué no escribes las cosas que te agobian? En un diario, por ejemplo. Tal vez te ayude». Le dije que no quería escribir un diario, a lo que respondió: «¿Y una canción?». Le pregunté si le parecía uno de esos aspirantes a estrella de la canción con un grupo adolescente o algo así y entonces ella preguntó: «¿Y qué te gusta entonces?». «Las películas», confesé. «Bueno, pues intenta escribir un guion», me propuso.

El guion que escribí es el que les envié a Zoe y a Maria. Puse mi alma y mi corazón en él. Lo fui construyendo a partir de los recuerdos de mi madre; me imaginé las escenas en mi cabeza basándome en lo que me contó mi madre de cuando papá y ella empezaron a salir y lo que vi en fotos viejas. Y se lo envié a ellas porque quería que Maria supiera que yo era consciente de cómo era él, para que no se sintiera sola.

También quería avisar a Zoe, porque mi madre no pudo enfrentarse a él sola, ni solo con mi ayuda; hacía falta más gente, y pensé que Zoe podría ayudarme a ayudar a Maria.

Pero Zoe tenía razón: se lo envié demasiado tarde.

No miro a papá mientras se está reproduciendo el vídeo en la televisión. Dejo de pensar en cómo lo habría rodado y me pongo a mirar las caras de todos excepto la suya. Percibo horror en ellas mientras ven lo que yo he estado viendo toda mi vida.

En la televisión se acaban repentinamente las imágenes en movimiento. Dejé caer el teléfono cuando mi padre me estrelló de espaldas contra la pared, justo antes de que Maria lo cogiera por sorpresa y consiguiera apartarlo de mí.

A partir de ahí en el vídeo solo se ve el techo del pasillo y la lámpara de araña, que resplandece por la tenue luz que llega desde el dormitorio.

Pero se oye la trifulca. Maria lo aparta de mí y me pregunta: «¿Estás bien?». Eso cuesta oírlo, porque en cuanto mi padre se recupera un poco, solo unos segundos después, exclama: «¡Maldita zorra!». Entonces se oye el movimiento de cuando intenté apartarla de un empujón, una exclamación de Maria y luego el ruido del golpe contra el poste del pasamanos y la caída.

En ese momento yo empiezo a gritar, pero mi padre me tapa la boca para que no haga más ruido y los dos nos quedamos mirando la sangre que sale de la parte de atrás de la cabeza de Maria y forma un charco sobre la madera brillante de las escaleras.

Unos segundos después termina la grabación; recogí el teléfono y detuve la grabación mientras mi padre bajaba corriendo las escaleras para intentar salvarla.

Pero lo importante es que no se ve que fui yo el que empujó a Maria para alejarla de papá y que fue eso lo que provocó su caída por las escaleras. Si solo se escucha la grabación es como si lo hubiera hecho él: es el resultado inevitable de su violencia.

Y para que no quede ninguna duda, hago lo que me ha dicho Zoe. Me giro hacia la gente que está en el salón, miro a la agente de enlace a los ojos y digo:

–Él la empujó.

Y por segunda vez en doce horas, mi padre se lanza a por mí con el puño en alto.

Levanto las manos para protegerme la cara y me hago un ovillo en el sillón.

Pero no llega a pegarme, porque Philip le detiene a tiempo.

–¡Ni se te ocurra! –amenaza Philip–. ¡No te atrevas!

Empuja a mi padre para que vuelva a sentarse en el sofá y lo retiene allí.

–¿De verdad vas a hacer esto? –me pregunta papá–. ¿Lucas? ¿Lo has pensado bien? ¿No crees que sería mejor que dijeras la verdad?

Tengo que dejar de mirarle y obligarme a seguir adelante, a mantenerme fuerte. Es increíblemente difícil no responderle, pero no debo hacerlo. Zoe ha dicho que lo único que hace falta es que mantengamos nuestra historia, y yo tengo intención de hacerlo.

Zoe también hace su parte.

–Yo lo vi –dice–. Salí del dormitorio cuando oí gritar a Chris. Mi madre estaba intentando proteger a Lucas y Chris la empujó por las escaleras. La empujó con mucha fuerza y me hizo daño a mí también.

Se baja un lado del pantalón y le muestra a la agente de enlace un cardenal grande que tiene en la cadera.

–A mí también me empujó –explica.

La agente de enlace nos separa a mí y a Zoe de papá. Ella y Philip se quedan con él; los dos salimos de la habitación y les contamos nuestra historia nuevamente a Tess y a Richard. Ellos, los dos, nos creen y el alivio es inmenso.

Después llegan los inspectores y hablan con papá (parece que solo han pasado unos minutos desde que la agente de enlace llamó para pedir refuerzos). Y tengo que reconocer que el estómago me da un vuelco cuando veo que se lo llevan.

Corro hacia la puerta abierta para ver cómo lo meten en el coche de policía. No puedo evitarlo.

–¡Papá! –grito, pero él no se gira ni me mira, ni una sola vez, hasta que está sentado en el asiento de atrás del coche y este da marcha atrás para salir.

Entonces sus ojos se quedan mirándome fijamente mientras se aleja.

Sam

Es tarde cuando por fin le devuelvo la llamada a Tessa. Intento llamarla al móvil, pero salta directamente el buzón de voz otra vez, y no quiero llamar al teléfono de su casa por si responde su marido.

Al otro lado de las ventanas de mi piso veo que ya se ha reunido la multitud habitual de esa hora de la noche. Van de camino a los pubs que hay a la orilla del río o vuelven a casa desde el trabajo.

Me siento con una cerveza en la mano en la silla que tengo en el balcón, pero lejos del borde, entre las sombras, donde estoy oculto pero puedo observar a la gente allá abajo.

Estoy en ese estado mental en el que tu vida te parece tan vacía que te da la sensación de que cada detalle de las vidas de los demás está diseñado para hacerte daño. Odio a la pareja que pasa, de la mano, junto al agua. Odio al oficinista que va caminando con desenvoltura y el teléfono en la oreja, charlando con alguien a quien va a ver luego.

Incluso odio a la anciana que pasea con su perrito detrás. Los he visto antes. Hacen el mismo camino todos los días. El perro nunca lleva correa. El animal ya sabe adónde van y a los dos les gusta la compañía del otro.

Soy tímido. Nunca voy a ser uno de esos tíos escandalosos que toman cervezas con un grupo grande de gente en un pub junto al río, como el que estoy viendo ahora mismo al otro lado del agua; yo soy más bien ese hombre que está en un rincón porque ha quedado con uno de sus pocos amigos o con su amante.

¿Pero me va a querer mi amante ahora?

Yo era su refugio, pero ahora voy a ser una carga. Sufriré ataques que me impedirán moverme y que me causarán un dolor insoportable. Y probablemente todo empeorará con el tiempo, así que ¿qué utilidad puedo tener ahora para ella? Seré más bien como su marido con su alcoholismo, y sé que eso la agota. Dentro de poco mi estado mental y mis capacidades físicas no van a ser mejores que las de él e inevitablemente todo irá empeorando.

Me clavo un dedo en la palma de la mano izquierda, deseando que desaparezca esa falta de sensación, desesperado por sentir algo en esa zona, pero nada ha cambiado, por supuesto.

Cojo la bolsa de medicamentos que he traído del hospital y que he dejado a mis pies, quito la pegatina que la cierra y miro dentro.

Hay tres cajas de pastillas diferentes.

–Normalmente, el momento del diagnóstico es el peor para nuestros pacientes –me dijo la enfermera especialista a la que fui a ver después de la consulta con el médico y que fue conmigo desgarradoramente encantadora–. ¿Va a haber alguien en casa con usted esta noche?

–Sí –mentí. No quería su compasión.

Me dio folletos con títulos como «Aprender a vivir con esclerosis múltiple» e «Información para pacientes». Folletos que sigo creyendo que son para otras personas, no para mí.

Me bebo la cerveza despacio y pienso en la fragilidad de la vida. Pienso en Zoe Maisey y en su pobre madre.

Tengo que empezar a tomarme las pastillas esta noche. Y tengo que fijarme bien en las dosis.

Debo intentar no regodearme demasiado en lo poco que apreciaba la vida antes de que el paso del tiempo quedara marcado por la apertura de cajas de medicamentos, el sonido de las pastillas en los frascos y el ruido que hace la enfermera al rasgar el envoltorio para sacar una jeringuilla nueva, una solo para ti.

No puedo tomar las pastillas todavía. Las tomaré, pero ahora no.

Mis padres se lo van a tomar mal. Me llamarán pronto para preguntarme qué ha dicho el médico y tendré que contárselo.

Pienso en los mensajes que tenía en el teléfono: el de Tess y el de su marido, que me dejaron hace horas.

Me pregunto si la policía habrá conseguido hacer algún progreso.

Miro en internet un poco distraído para ver si hay alguna novedad, porque volver a llamar al sargento George sería demasiado, y me incorporo bruscamente en la silla cuando veo que han arrestado a alguien.

«Todavía no se ha hecho público el nombre del sospechoso, pero se cree que el hombre es un miembro de la familia», dice una web de noticias.

«El hombre». Así que no es Zoe. Gracias a Dios.

¿Pensaba que había sido Zoe? No. ¿Pero trabajo en derecho penal y he visto que todo es posible, por mucho que te resistas aceptarlo? Sí. Así que nunca se puede descartar nada.

Con una búsqueda más exhaustiva encuentro una foto con mucho grano, hecha con teleobjetivo seguramente, en la que se ve a un hombre en la parte de atrás de un coche de policía. Estoy casi seguro de que es Chris Kennedy, el marido de Maria. No me sorprende; es lógico que él fuera uno de los principales sospechosos de la policía.

Tess debe de estar totalmente destrozada, porque creía que ese matrimonio estaba sirviéndole de salvación a su hermana.

Vuelvo a llamarla al móvil y salta el buzón, así que no me queda más remedio que ser valiente y llamar al fijo.

No sé si voy a contarle lo de mi diagnóstico, pero quiero saber cómo está y qué está pasando. Quiero oír su voz y decirle cuánto lo siento y que estoy pensando en ella. Y para ser sincero, también quiero saber si va a poder volver a verme, porque la necesito.

Tessa

Cuando se han ido todos, nos sentamos en el jardín. Es casi de noche, pero todavía hace calor, y además queríamos escapar de los confines de la casa en la que hemos estado atrapados todo el día y que ahora parece deshonrada, porque ha sido el lugar donde nos hemos enterado de lo que Chris le hizo a Maria.

Conforme el día avanzaba han ido apareciendo grandes zonas de sombra en el jardín que se han ido alargando inevitablemente, pero el sol sigue colándose por encima de la valla en algunas partes y calentando nuestro césped.

Me quedo sentada en el banco con Richard. La hierba me pincha los tobillos. A mi lado Richard suda y está muy callado. Los dos estamos en *shock* todavía.

Mi hermana se involucró en este nuevo matrimonio para escapar de su antigua vida. Era vulnerable y yo debería haberla protegido mejor.

Se lo digo a Richard.

–También era ambiciosa –contesta–. Y tú no eras responsable de su felicidad.

–Debería haber hecho más. Debería haberme dado cuenta.

–No te quería tan cerca. Creo que ella sabía perfectamente lo que hacía.

–Pero ¿qué es lo que estaría soportando? –Hablamos en voz muy baja, porque los niños, los tres, están en el jardín con nosotros–. Ha pagado un precio muy alto –añado.

–El más alto –puntualiza él.

Los niños han puesto una manta en el suelo en una zona de sombra, a unos metros de nosotros, han llenado de agua un recipiente y están jugando con Grace. Philip Guerin está con ellos.

Cualquier otro día, esa sería una escena perfecta.

Nuestro manzano se está muriendo. El tronco se divide en dos cerca de la base y, aunque un lado ha producido una buena cosecha de manzanas este año, el otro no ha dado fruto.

Philip Guerin está sentado cerca de Zoe, pero no muy cerca. Sé que no quiere que ella se vaya a vivir con él.

Zoe cambia de postura sobre la manta. Con el sol iluminándola desde detrás, su pelo se convierte en una cascada blanca que me recuerda mucho a mi hermana cuando era joven. La luz dorada recorta su silueta, hace resplandecer sus delgados brazos y sus delicados hombros y arranca destellos a las gotas de agua que cruzan el aire cuando Grace salpica.

Algo me está dando vueltas en la cabeza, un detalle.

Miro a mi preciosa sobrina y veo que le está señalando algo a Grace.

Es una mariposa, el animal que le sirve de apodo a Zoe.

Y mientras la miro, me doy cuenta de lo que no me encaja.

Es el cardenal de la cadera de Zoe, porque estoy bastante segura de que recuerdo que su cadera chocó con el piano cuando huía de Tom Barlow en la iglesia. Bastante segura, pero no segura del todo. Me pregunto dónde estará el vídeo del concierto, porque en él se verá. Y me pregunto si tendré agallas suficientes para comprobarlo y si realmente quiero saberlo, porque Zoe le ha dicho a la policía que Chris se lo hizo, que la empujó.

La mariposa va volando en busca de algo que comer entre los mosquitos que aparecen aprovechando la oscuridad. La reconozco: es una mariposa lunares de plata, una criatura hermosa. En sus alas se ve un patrón en naranjas y negros que parece mágico bajo los rayos del sol y en contraste con el intenso azul de ese cielo que en menos de media hora el atardecer hará cambiar de color. Mientras revolotea entre las briznas marrones de nuestro césped seco, la mariposa hace que mi mente viaje a lugares más exóticos que este.

La lavanda que flanquea nuestro camino de entrada está casi seca ya, pero sé que la mariposa irá hasta ella. Veo que lo hace. Después continúa su camino cruzando la hierba. Va directa a donde están los niños y Grace agita los brazos emocionada. La mariposa pasa a su lado en dirección a una esquina del jardín, donde una semilla rebelde de budelia se ha convertido con los años en una planta enorme y magnífica. Ahora mismo la bañan los rayos del sol. Los ramilletes de flores de color morado oscuro se arquean y se alejan de la planta; están cubiertos de insectos y mariposas.

Veo a la mariposa dirigirse a la budelia trazando un camino ondulante pero determinado y, como era de esperar, se posa ligera sobre uno de los generosos racimos. Cierra las alas y empieza a comer.

Se bañará en la dorada luz del sol y se dará un festín con el néctar hasta que el anochecer empiece a tragarse toda la luz del sol; entonces encontrará un lugar en la oscuridad, cerca, en el que quedarse a esperar a que la luz vuelva a aparecer por la mañana y le caliente las alas y el cuerpo para que pueda volver a salir en busca de aventuras un día más.

Así es como funciona el mundo, pienso. Es el orden natural de las cosas, algo que me fascinaba tanto cuando era niña y que todavía lo hace. Pero esa mariposa no va a ver muchos amaneceres. Su esperanza de vida es muy corta. Algunas especies hibernan, pero esa en concreto no.

Richard me rodea los hombros con el brazo y yo no me aparto.

Y pienso: si Sam me dijera que me quiere, ¿podría irme ahora?

–Philip no quiere que Zoe vaya a vivir con él –le digo a Richard.

–Lo sé. Sé que no se la va a llevar.

Richard está llorando; lo hace a menudo. Tiene una depresión grave.

Suena nuestro teléfono.

Richard

Hay una imagen en mi mente que da la sensación de que está justo a mi alcance; es una idea que se forma y luego se emborrona un poco, amenazando con desaparecer como si fuera un espejismo que flotara en el cálido aire de la noche.

No he bebido hoy, así que eso significa que es real, aunque no consiga que adquiera la solidez necesaria.

La idea es esta: que Tessa y yo nos quedemos con esos niños. He hablado con Philip Guerin y quiere volver a Devon sin su hija. Ha conocido a otra mujer. Es del pueblo y cercana a las familias que perdieron a sus hijos por lo que hizo Zoe. Su relación no saldrá adelante con Zoe en su casa y Philip no quiere considerar la posibilidad de mudarse y empezar de nuevo en otro sitio.

Podríamos intentar convencerlo, pero ¿por qué íbamos a hacerlo cuando puede haber una alternativa?

Mentalmente le borro de la escena que tengo delante de mí y me la imagino así.

Estamos Tess y yo en el banco. Yo la estoy rodeando con el brazo y ella se queda donde está, no rehúye mi contacto como hace siempre. Delante de nosotros hay tres niños sobre una manta: dos princesas rubias y un chico moreno y listo.

Hay dos adolescentes dañados y una niña perfecta que no va a recordar a su madre. Nosotros los estamos cuidando a los tres. Llenarán nuestros días y nuestras noches y nosotros completaremos las suyas. Yo cocinaré para ellos, les organizaré la vida y llevaré a los mayores en coche a sus clases de música mientras Tess trabaja, como siempre. Los cuidaremos con paciencia, les daremos amor y apoyo y sus vidas serán todo lo que puedan ser. Les daremos una vida normal; no dejaremos que nos seduzca su talento, ni que nos den lástima sus historias.

Solo hay una cosa que hace que ese milagro tiemble y amenace con disolverse en el aire.

Es lo que me pareció oír antes, cuando Zoe estaba en el baño con Grace.

Lucas decía: «Fue un accidente» y «He decidido que lo voy a contar todo». Sonaba como una confesión, pero tal vez estaba hablando de lo que había visto. Tiene que ser eso.

No le voy a mencionar eso a Tessa, pero supongo que si se lo dijera, ella contestaría: «Bueno, ¿y qué significa eso? ¿Estás seguro de haberlo oído bien? ¿Habías bebido?». Así que es mejor que no se lo diga.

Ya he limpiado todos los trozos de la maqueta rota que he encontrado en el cobertizo. Si uno de ellos la ha roto, tampoco ha hecho nada que no haya hecho yo alguna vez en el pasado; a veces toda la tristeza que sentía me llevaba a un acto de destrucción como ese.

Para asegurarme de que estoy en condiciones de hacerme cargo de esos niños, voy a peinar toda la casa, sacar todas las botellas y vaciarlas en el fregadero. Y nunca más volveré a comprar alcohol. Iré a Alcohólicos Anónimos. Seré un padre perfecto para ellos. Y si Lucas no quiere quedarse con nosotros, siempre será bienvenido aquí para ver a su hermana Grace.

Hoy no es el día indicado para decirles nada de eso a los niños. Ni tampoco lo será mañana, ni tal vez la semana que viene, pero es la oferta que quiero hacerles cuando estén listos para oírla.

Si Tessa quiere.

Estoy dispuesto a negociar.

Si ella lo acepta, no le preguntaré por qué se sabía de memoria el móvil personal del abogado de Zoe, ni llamaré a sus amigas para preguntarles si se quedó en casa de alguna de ellas anoche. Porque creo que sé dónde estuvo. Creo que estuvo con él. Es ella quien me lo ha dicho, poniéndose tan a la defensiva cuando lo llamé. No estoy seguro al cien por cien y no tengo ni idea de cómo ha podido pasar, pero estoy dispuesto a vivir con un poco de incertidumbre. Es un demonio más llevadero que los que han estado conviviendo conmigo durante los últimos años. Probablemente me he merecido con creces la infidelidad de Tessa, y seguro que no es peor que lo que yo le he hecho pasar a ella.

Lo que quiero decirles a los niños, lo que me hace sentirme decidido, fuerte y lleno de esperanza es esto: «Quedaos con nosotros. Os cuidaremos y nos aseguraremos de que no sufráis más daño. Nosotros podemos ser vuestra familia».

Desde el interior de la casa llega el sonido del timbre del teléfono fijo y siento que Tess se pone tensa a mi lado.

–Yo lo cojo –digo.

Sam

Llamo al teléfono fijo de Tess porque siento que tengo que hacerlo. No quiero que se sienta abandonada.

Suena una y otra vez y estoy a punto de colgar cuando contesta Richard.

Siento la tentación de colgar, pero eso sería muy infantil, y hoy no es un día para comportarse así.

–Hola –saludo–. Soy Sam Locke, el abogado de Zoe. Me has llamado antes.

Lo digo porque sospecho que no sabe que Tess y yo hemos hablado después de que él me hubiese dejado un mensaje.

–Gracias, Sam –responde–, pero ya no necesitamos tu ayuda. La policía ha arrestado a alguien.

–Sí, lo he visto en las noticias. Lo siento mucho. ¿Estáis todos bien? Ha debido ser un *shock* terrible.

–Sí, enorme.

Por su tono parece que se le ha pasado por la cabeza decir algo más, y de repente me pongo tenso porque pienso que puede que sepa lo de Tess y yo.

–Bueno, no quiero molestar. Si hay algo más que pueda hacer por vosotros, no dudéis en llamarme.

–Creo que ya has hecho suficiente, ¿no te parece?

–¿Perdón?

–No te pongas en contacto con mi familia nunca más. No hables con Zoe y, sobre todo, no vuelvas a hablar con mi mujer.

–¿Qué?

–Creo que me has entendido muy bien.

–Yo...

–Déjanos en paz.

–Perdona, yo...

Pero mis palabras se quedan en el aire, porque ya ha colgado.

Me quedo sentado con el teléfono en la mano y me pregunto si Tessa le ha contado lo nuestro, si ha tenido que decírselo. Todavía estoy sentado allí varios minutos después, especulando y asombrado por la ferocidad del tono de Richard, cuando mi teléfono suena otra vez.

«Tess», pienso inmediatamente. Pero no. Son mis padres y no puedo ignorarles. Hoy no. Mi madre llora cuando le cuento que están un paso más cerca de confirmar el diagnóstico.

–¿Y cómo te las vas a arreglar, cariño? –pregunta–. ¿Vas a volver a casa?

–No lo sé, mamá. Ya veremos.

No tengo intención de hacerlo. Pero cuando cuelgo, me bebo otra cerveza, observo el río un rato más y empiezo a sentir lo que parece ser el duelo por la pérdida de Tessa. Entonces la sugerencia de mi madre me tienta. Me tienta alejarme de esta ciudad, de esta vida y de esa relación que me ha traído una gran felicidad pero también un inmenso sentimiento de culpa. Me tienta ir a otra parte a recuperarme de mi tristeza, a reorganizar mi vida.

Si vuelvo a Devon, seguiré sufriendo, mi enfermedad degenerará inevitablemente y echaré de menos a Tess todos los días, pero al menos tendré el aire del mar, un paisaje rural maravilloso y gente que me quiere y que me conoce. Será un regreso, claro, pero también una nueva oportunidad.

Porque ¿qué me queda a mí aquí ahora?

Esos pensamientos me dan vueltas en la cabeza mientras contemplo el reflejo del sol, que incide con fuerza en las ventanas del astillero que hay enfrente de mi apartamento, que se va hundiendo a lo lejos, tras el horizonte, hasta que desaparece completamente

Después de eso, las luces de la ciudad y sus reflejos en el agua tienen que hacer verdaderos esfuerzos para atravesar la oscuridad.

Epílogo

Música para una velada de invierno

Viernes, 20 de febrero de 2015

7 de la tarde

Clifton Music Club, Bristol

Zoe Maisey

tocará en solitario obras de

Chopin, Bach y Mozart

Para hacer sus reservas o para cualquier consulta sobre futuras actuaciones, pueden escribir a: tessa.downing1@gmail.com

Zoe

Estoy de pie a un lado del escenario, esperando para entrar.

Fuera hay hielo en la acera. Cuando llegamos, el tío Richard ha tenido que cogerme del brazo porque casi me resbalo al salir del coche.

Lucas está entre la multitud, ocupándose de la videocámara. Él ya no toca en público, aunque a veces sí le da por «aporrear un poco el piano»; así es como describe su forma de tocar. Ahora está muy metido en lo del cine, que es lo que le ocupa en estos momentos. Se pasa horas viendo películas con el tío Richard.

Mi tío ya no hace maquetas, dice que nunca le gustaron mucho en realidad; se ha involucrado en lo de las películas con Lucas.

Grace está aquí, pero no creemos que aguante mucho entre el público.

Richard dice que tal vez no debería traerla a estas cosas, pero que está seguro de que tiene un interés por la música poco común en una niña de su edad. Mi forma de tocar la hipnotiza, asegura. Está sentado con ella en un extremo de la última fila, para poder salir fácilmente y llevarla a casa cuando se ponga a alborotar. Pero quería que al menos hiciera acto de presencia aquí esta noche. Es mi primer concierto desde que murió mamá y creo que todos sabemos en el fondo que es una especie de tributo a ella.

Mi piano ha salido de esa casa que era nuestra segunda oportunidad de tener un hogar y ha pasado a ocupar un sitio en el comedor de la casa de Tess. Richard ha convertido su cobertizo en una especie de sala de cine, en donde Lucas y él editan películas y las ven en una pantalla desplegable.

–Es el cielo para los amantes de la tecnología –dice Tess cada vez que entra allí.

Llamé a Sam una vez al trabajo, pero me dijeron que se había marchado y había vuelto a Devon. Me confesaron que estaba mal. Intenté contárselo a Tessa, pero no quiso hablar de ello. Entonces me recordó a mamá cuando intentaba ignorar algún tema; vi que apretaba los labios y que reprimía sentimientos que yo no pude identificar.

Esta noche voy a tocar un programa corto, pero que incluye algunas de las obras favoritas de mi madre.

Hace mucho frío, así que estoy bien abrigada: llevo guantes y una chaqueta de lana y me han colocado junto al radiador que hay en la destartalada habitación verde. Hemos escogido con especial cuidado el lugar para la actuación. No es una iglesia; es un club donde se toca música. El piano del escenario es un precioso Steinway y hay sitio para ochenta personas. Y esta vez entraré por un lado del escenario, no por el pasillo.

No dejo de repetir un mantra en mi cabeza: esta es mi tercera oportunidad.

No creo que tenga siete vidas, pero sí espero tener tres.

Oigo que dicen mi nombre en el escenario y, justo antes de salir, le mando un mensaje interiormente a mi madre. «Esto es para ti, mamá», pienso, y tengo que limpiarme una lagrimita del ojo.

Me quito la chaqueta y los guantes.

Estoy bastante bien esta noche, con un vestido que me escogió mamá antes de morir: es negro, de seda, con cuello alto y mangas tres cuartos. Y me he cepillado el pelo hasta que ha quedado sedoso, como le gustaba a ella. Cuando entro en la sala y subo al escenario, el público aplaude.

Antes de sentarme le hago una breve reverencia al público y entonces el aplauso se detiene. Tess está en primera fila. Me mira y levanta el pulgar. Tras ella, casi todos los asientos están ocupados. Mi reputación me precede. Como habría dicho Chris si no lo hubieran condenado a quince años de cárcel: «No hay publicidad mala».

Me siento, ajusto la banqueta, mantengo el control de la respiración y pongo las manos sobre las teclas.

La pieza que toco es un nocturno de Chopin. Es dolorosamente hermoso, una música que acaricia el alma, que puede lograr que vibren las entrañas. Es para mi madre y para Lucas, que ya no quiere tocar pero al que le encanta escuchar. Y también es para Grace, porque ella va a ser justo como yo, lo sé. Y es para Richard y para Tess, que ahora se ocupan de nosotros. Y para mi tercera oportunidad de tener una familia.

Cuando le arranco la primera nota al piano, me sumerjo inmediatamente en la música, me pierdo y me veo atrapada por ella. Cada frase delicada y evocadora resuena en lo más profundo de mi ser y siento que mi madre la está viviendo conmigo.

Y sé que todo va a salir bien. Mucho más que bien, en realidad.

Agradecimientos

Han ocurrido muchas cosas en el año que ha pasado desde que empecé a trabajar en este libro y estoy en deuda con toda la gente que me ha apoyado en este tiempo.

Le debo un agradecimiento inmenso a Emma Beswetherick, mi increíble editora, que hizo muchísimo por darle forma a mi primer libro y que me ha brindado la confianza y la oportunidad de escribir este. No habría podido hacerlo sin tu entusiasmo extraordinario, tu apoyo incansable y tus certeros consejos editoriales.

También tengo que darle las gracias al fantástico personal de Little, Brown: a Charlie King y Tim Whiting, cuyo apoyo agradezco infinitamente; a Kate Doran y Aimee Kitson por un marketing impresionante; a Jo Wickham por introducirme poco a poco en el mundo de la publicidad, y a Stephanie-Elise Melrose, por hacerse cargo del timón con tanta energía y creatividad; a Dominic Wakeford por todo el trabajo invertido en el manuscrito, y a Ceara Elliot por el fabuloso diseño de la portada. Y agradezco a Kate Hibbert que les encontrara un hogar a mis libros en los Estados Unidos en la editorial William Morrow, donde mi adorable editora, Amanda Bergeron, y el resto del equipo de Nueva York han hecho maravillas con la edición americana. Ha sido un enorme placer trabajar con todos vosotros.

Quiero dedicarle un agradecimiento especial a mi maravillosa agente, Nelle Andrew, que siempre está ahí con el consejo que me hace falta. Contigo nunca me faltan toneladas de apoyo y me siento muy afortunada por tenerte conmigo.

Gracias infinitas a las fabulosas Rachel Mills, Alexandra Cliff y Marilia Savvides de PFD, que han trabajado para que mi libro desplegara sus alas y se lanzara al mundo, junto con la encantadora Rebecca Wearmouth, que es quien completa el equipo de derechos de autor; ha sido divertidísimo trabajar con todas vosotras.

Y un mensaje para todos los editores internacionales y las editoriales que han comprado mi libro: muchas gracias. Vosotros también habéis contribuido a darme el coraje suficiente para ponerme a escribir este nuevo libro. Ha sido una alegría trabajar con todos y conoceros a muchos de vosotros durante este último año.

Gracias a mi compañera de escritura, Abbie Ross, por estar ahí en cada paso del camino. Tu apoyo, tu amistad y tu determinación incansables me han mantenido en la brecha y me han inspirado.

Mi más profundo agradecimiento a Annemarie Caracciolo, Philippa Lowthorpe, Bridget Rode, Janie y Phill Ankers, Jonathan y Cilla Paget, Andrew Beck y Vonda Macmillan Beck por estar ahí y regalarme vuestras palabras de apoyo. Annemarie, tú te has ganado el trofeo por dar las mejores charlas para motivarme.

Ha sido inestimable la ayuda de los dos inspectores jubilados que también me ayudaron muchísimo con *Encuéntrame* y que en esta ocasión han sido de nuevo tremendamente generosos con su tiempo y sus consejos para este libro; sus ideas han sido fundamentales para decidirme por una escena del crimen y una línea de tiempo que funcionara dentro de la intrincada trama que tenía en mente. Muchísimas gracias a los dos.

También he tenido que documentarme sobre derecho penal y sobre recintos penitenciarios para algunos aspectos de este libro; Rob Rode y Margaret Evans han sido enormemente generosos con su tiempo y sus conocimientos y por ello les estoy muy agradecida también.

Cualquier error en el procedimiento legal o policial es responsabilidad exclusivamente mía.

Y ya dentro de mi hogar le debo el mayor de los agradecimientos a mi familia, que ha tenido mucha paciencia conmigo cuando desaparecía en mi despacho del sótano durante días, semanas y meses para terminar este libro.

Jules Macmillan: gracias por darles de comer a los niños, a los perros y al pez mientras yo escribía. Y por escucharme cuando necesitaba hablar del libro (que era casi todo el tiempo), por ayudarme a salir de unos cuantos callejones sin salida de la trama y por tus sugerencias siempre atentas y brillantes. Y gracias sobre todo por apoyarnos infinitamente a este libro y a mí.

Rose, Max y Louis Macmillan: gracias por todo. No os habéis quejado ni una vez cuando vuestra madre a tiempo completo se ha convertido de repente en una escritora a tiempo completo, y eso ya es mucho. Gracias también por responder pacientemente a todas mis preguntas y dejarme incluir algunas de las cosas que os interesan a vosotros en este libro. Y lo más importante, no se me olvida: un millón de gracias a los tres por hacerme sonreír todos los días. Estoy muy orgullosa de todos vosotros.

En qué me inspiré para escribir Mariposa en la sombra

La idea para este libro empezó a gestarse en mi mente mucho tiempo antes de empezar a escribir la novela. Hace años me contaron la historia de una adolescente y no he podido olvidarla. La chica en cuestión era de una buena familia y había tenido todas las oportunidades en la vida, pero había algo diferente en ella: una noche cometió un gran error e hizo algo que causó la muerte de un adolescente y graves heridas a otro. Ella tenía unos diecisiete años cuando ocurrió. Como resultado de lo que hizo, la enviaron a la cárcel, arrebatándole la oportunidad de terminar el instituto y de seguir teniendo la vida «normal» que todos esperaban. Mientras estaba en la cárcel, empezó a tomar drogas, y cuando salió ya había desarrollado dependencia. A pesar de todos los esfuerzos de su familia, acabó viviendo en sitios de mala muerte y al margen de la sociedad. Nunca recuperó su camino en la vida.

Me quedé muy impactada por esa historia. Sentí lástima por la chica y por su familia, y todo eso me hizo plantearme muchas preguntas. ¿Qué pasaría si te dejaran de repente sin oportunidades de vivir una vida «normal», antes incluso de que llegaras a tenerla en realidad, y todo por una decisión imprudente?, me preguntaba. ¿Es posible tener una segunda oportunidad en la vida después de que te pase una cosa así? ¿Y cuánto valor tendría para ti y para tu familia esa segunda oportunidad?

Esas preguntas me rondaron mucho tiempo; la idea de la novela se me ocurrió pensando en que unos sucesos similares supondrían un pasado fascinante, aunque difícil, para un personaje y que incluso sería más interesante si la chica en cuestión fuera una especie de prodigio, porque eso le pondría las cosas aún más difíciles a su familia. La cuestión de qué aptitud excepcional asignarle a Zoe fue fácil de decidir, porque una de mis hijas tiene un gran talento musical, así que ya llevo varios años frecuentando el mundo de los concursos de piano. Normalmente se trata de un mundo muy divertido y lleno de compañerismo, pero a veces te encuentras con niños o jóvenes a quienes sospechas que siempre han estado empujando para que toquen al máximo nivel, lo que supone para ellos una presión tremenda que les lleva a intentar ganar siempre, como le ocurre a Zoe.

Según se iba desarrollando la novela, sentí que quería utilizar el personaje de Zoe para explorar el mundo de los adolescentes, que a veces son muy inteligentes y tienen un gran desarrollo emocional, pero a los que todavía les falta mucho para tener el control de sus vidas. La personalidad de Zoe y su vida contienen muchos contrastes en esa línea. Su mente es brillante y ella es rápida y con una gran imaginación, pero también ha desarrollado una fuerza y una disciplina extraordinarias gracias a sus estudios de piano; ha pasado un tiempo en la cárcel, pero ahora vive rodeada de lujos y privilegios; se está forjando una imagen pública como pianista, pero ese talento también ha servido para aislarla de sus compañeros. Me fascinaban esas yuxtaposiciones y el efecto que podían tener sobre una chica tan joven, cómo afectaban a sus sentimientos y su comportamiento. Pensaba mucho en Zoe como un pájaro enjaulado: sola, brillante, hermosa y valiente, alguien a quien no se debe subestimar.

Decidí que la historia se iba a desarrollar en un marco temporal muy reducido y que quería utilizar las mínimas localizaciones y pocos personajes, porque mi intención era transmitir la intensidad y la claustrofobia del teatro de cámara (un formato que me encanta). También me apasionan las películas y los libros en los que las acciones de una persona desencadenan las de otra y así se va construyendo una espiral imparable, como ocurre en este libro. Por esa razón también quise introducir otras voces narrativas además de la de Zoe. Esperaba que fuera un recurso que permitiera al lector experimentar la historia de una forma casi cinematográfica, porque los personajes entran y salen de escena y el lector ve la acción desde el punto de vista de cada uno de los personajes principales. Además, es un recurso que debería permitir conocer a cada uno de los personajes en mayor profundidad (o al menos eso espero), porque les arranca su cara pública y deja a la vista sus verdaderos pensamientos y motivaciones. Sentía que dejar entrar al lector en la cabeza de más de uno de los personajes podría hacer la historia más interesante y mostraría cómo sus motivaciones interactuaban con las de Zoe.

Fue un desafío abrumador, pero emocionante, combinar todos esos elementos en una novela, y espero que hayan disfrutado del resultado.

Los libros que inspiraron
Mariposa en la sombra

Mientras estaba escribiendo este libro, quise leer otros libros que se centraran en una de estas tres cosas: busqué novelas que tuvieran una fuerte voz adolescente, que se desarrollaran en un marco temporal muy reducido y que contaran con varios narradores.

Durante los nueve meses que necesité para escribir la novela, leí muchas obras que pertenecen a alguna de estas tres categorías y unas cuantas cosas más al margen de ellas, pero los diez títulos que incluyo aquí son mis favoritos.

El guardián entre el centeno, de J. D. Salinger

Es un clásico, obviamente, pero la voz del narrador adolescente, Holden Cauldfield, y las descripciones de sus sentimientos de alienación y su lucha para entender su identidad tienen un poder innegable. Me encantó el estilo de escritura de este libro, ese flujo de consciencia extravagante que me hizo sentir como la confidente de Holden, y la forma en que Salinger da vida a la mente salvaje, inteligente y poderosa del protagonista.

Rebeldes, de S. E. Hinton

Es un clásico sobre el paso de la adolescencia a la madurez, pero también una novela maravillosa y desgarradora que ilustra perfectamente la forma en que los adolescentes pueden acabar siendo víctimas de sus circunstancias. La historia la cuenta la potente voz en primera persona del personaje de Ponyboy Curtis. Es un personaje que caló profundamente en mí desde que el libro cayó en mis manos. Todavía hoy siento una punzada de preocupación por él, y eso que han pasado treinta años desde que lo leí por primera vez.

Special Topics in Calamity Physics, de Marisha Pessl
(no traducido al castellano)

Blue van der Meer es la adolescente lista y estudiosa que narra la novela. Me encantaron su energía y la forma en que se va revelando su mente a lo largo de las páginas mientras ella intenta averiguar por qué se suicidó una de sus profesoras favoritas. Es una historia aguda e inteligente, llena de desafíos para el lector, y la resolución es simplemente genial.

Fuera de quicio, de Karen Joy Fowler

Rosemary es la narradora de esta novela, y aunque ya no es una adolescente porque está en la universidad, la mayor parte del libro se centra en describir sus primeros años. Su voz fresca y estrafalaria me atrapó desde el primer momento y me fue arrastrando al galope por las páginas. Es un libro ingenioso, brillante y poco habitual en el que la acción te sorprende, pero también es una novela en cuyo núcleo residen temas de reflexión fundamentales. Seguro que, tras leerlo, todo el mundo acaba con una mejor comprensión del amor y la familia.

Bajo la misma estrella, de John Green

Me encantó Hazel Grace Lancaster, la narradora adolescente de esta novela maravillosa. *Bajo la misma estrella* se escribió originalmente para adolescentes y a mí me la pasó mi hija después de leérsela. Admito que la abordé con cierto escepticismo, pero cuando empecé a leerla, no pude dejarla. La inteligencia, la bondad y la agudeza de Hazel, combinadas con la inusual perspectiva de la vida que le confiere su enfermedad y, obviamente, las vulnerabilidades normales de una adolescente, convierten a esta novela en una historia preciosa, aunque triste, sobre una familia y una vida. Una lectura absolutamente esencial.

Mientras agonizo, de William Faulkner

Esta novela cuenta la historia de la muerte y entierro de Addie Bundren, la matriarca de una gran familia de Mississippi en la década de los veinte. La narración tiene unos quince puntos de vista diferentes; cada uno de ellos cuenta la historia en un intenso flujo de consciencia y todos se van cruzando; a veces parecen incluso entrelazarse unos con otros. Según progresa el libro, cada narrador va revelando más cosas sobre la vida de Addie, de los miembros de su familia y de otros. Es un libro exigente y una historia sombría, pero es también potente, convincente y sobre todo humana.

Crónica de una muerte anunciada, de Gabriel García Márquez

Esta novela corta es una obra de arte. La acción se desarrolla en un solo día y cuenta las horas finales de Santiago Nasar. Nos enteramos en la primera línea de que va a morir al final de la novela, pero nos vemos arrastrados por la extraordinaria observación que hace García Márquez de lo ordinario y lo extraordinario, a la vez que vamos viendo que, contra toda probabilidad, la muerte va persiguiendo a Santiago durante todas esas horas hasta que por fin le alcanza. Es un estudio increíble sobre la naturaleza humana, el amor, el destino y la venganza.

La entreplanta, de Nicholson Baker

Esta novela tiene el marco temporal más corto que analicé mientras estaba investigando para mi novela. Tiene lugar solamente en la hora de la comida y nos pasamos ese tiempo dentro de la mente del narrador, Howie, oyendo todos sus pensamientos. La extraordinaria atención al detalle es simplemente fantástica, como también lo es la descripción de los caminos que pueden recorrer nuestras mentes cuando se ponen a vagar. Y sobre todo la novela convierte lo mundano en virtud. No es un libro que se pueda leer con prisa; es una lectura exigente, pero extrañamente relajante.

La cena, de Herman Koch

Es una novela que te engancha. La acción tiene lugar en una sola noche, durante una cena elegante en la que el protagonista y su esposa quedan con el hermano de él y su cuñada para hablar de lo que deberían hacer con sus hijos adolescentes, que han hecho algo muy chocante.

Gente corriente, de Judith Guest

Esta poderosa novela inspiró una película que ha sido siempre una de mis favoritas. Cuenta la historia de una familia rica de las afueras que se esfuerza por seguir viviendo de forma normal después de que se produzcan dos sucesos que podrían destrozar la vida de cualquiera. Narrada por Conrad Jarrett, un chico adolescente, es una exploración llena de sensibilidad de la depresión, el amor, el dolor y la culpa, e ilustra con profusión de detalles los tremendos esfuerzos psicológicos necesarios para mantener las apariencias en momentos en que sabes que la vida nunca va a volver a ser la misma.